Un père pour ses enfants

*

Rendez-vous avec lui

*

Un médecin hors pair

SCARLET WILSON

Un père pour ses enfants

Traduction française de
SOPHIE BRUN

BLANCHE

HARLEQUIN

Collection : Blanche

Titre original :
A DADDY FOR HER TWINS

HARPERCOLLINS FRANCE
83-85, boulevard Vincent-Auriol, 75646 PARIS CEDEX 13
Service Clients — www.harlequin.fr
ISBN 978-2-2804-9926-2 — ISSN 0223-5056

Composé et édité par HarperCollins France.
Imprimé en janvier 2024 par CPI Black Print (Barcelone)
en utilisant 100% d'électricité renouvelable.
Dépôt légal : février 2024.

FSC
www.fsc.org
MIXTE
Papier issu de sources responsables
FSC® C159065

Pour limiter l'empreinte environnementale de ses livres, HarperCollins France s'engage à n'utiliser que du papier fabriqué à partir de bois provenant de forêts gérées durablement et de manière responsable.

1

Arthur Fletcher, alias Fletch, se sentait fatigué, pour ne pas dire exténué. Et il n'avait à s'en prendre qu'à lui-même. Il avait atterri la veille à Singapore Changi Airport et avait exploré cet immense dédale agrémenté d'espaces verts, de jardins à papillons, de fontaines, sans oublier sa multitude de restaurants et de boutiques. Au lieu de quitter l'aéroport le plus beau du monde aussitôt après avoir récupéré sa valise, comme il avait coutume de le faire à chaque affectation à l'étranger, il avait décidé de profiter de son temps libre – il ne prendrait ses nouvelles fonctions que le lendemain – pour découvrir ces aménagements absolument splendides. D'autant que si tout se déroulait comme prévu, il n'y reviendrait sans doute que dans deux ans, à la fin de son contrat.

Le St David's Hospital, où il s'apprêtait à exercer en tant que pédiatre et médecin référent d'étudiants en pédiatrie, n'avait ouvert ses portes que cinq ans auparavant et bénéficiait déjà d'une renommée internationale flatteuse. Implanté dans l'un des quartiers les plus dynamiques de la capitale, il ne désemplissait pas et offrait de multiples occasions de parfaire ses connaissances ainsi que de les transmettre aux jeunes recrues. Aussi Fletch n'avait-il pas hésité une seconde lorsqu'un chasseur de têtes l'avait contacté pour lui proposer ce poste. Pareille promotion ne se refusait pas, d'autant qu'elle lui permettait de renouer avec un pays qu'il avait particulièrement apprécié lors d'une précédente mission.

Tout aurait été parfait s'il avait pu prendre possession des clés de son appartement et y emménager comme prévu au lieu de devoir passer sa première nuit à l'hôtel. Restait à espérer que le problème se réglerait rapidement.

Il n'avait rendez-vous qu'à 10 heures, mais il avait dormi d'un sommeil agité et s'était réveillé très tôt. À présent, il buvait un café à la cafétéria aménagée dans le hall d'entrée, au rez-de-chaussée de l'hôpital. Malgré l'heure matinale, on se serait cru dans une ruche. C'était certainement le moment de la relève des équipes médicales, car les uns sortaient tandis que les autres entraient, vêtus de leurs uniformes dont la couleur variait selon les services.

Son téléphone vibra, et il consulta son écran. Un message de Lisa. Il en avait reçu précédemment un de Jess. Toutes deux des ex, devenues des amies, qui lui souhaitaient bonne chance pour sa première journée au St David's Hospital. Fletch comptait à son actif de nombreuses liaisons. Aucune ne durait plus de six mois, il y veillait, refusant de s'engager dans une relation plus pérenne. À quelques rares exceptions près, la séparation se passait plutôt en bonne intelligence, et il entretenait d'excellents rapports avec la plupart de ses anciennes conquêtes. Il n'envisageait pas sa vie sentimentale autrement, du moins pour le moment. Un jour, sans doute, lui viendrait l'envie de fonder une famille mais, pour l'instant, il ne se sentait pas prêt. Il copiait vraisemblablement l'exemple de sa mère qui, après avoir divorcé du père de Fletch, avait enchaîné les aventures, expliquant à son fils qu'il fallait « toujours essayer avant d'acheter ». Elle avait fini par fréquenter un homme avec lequel elle avait de nouveau eu envie de partager sa vie et l'avait même épousé. Qui sait, dans quelques années, peut-être lui aussi rencontrerait-il l'élue de son cœur. C'était du moins ce que lui prédisaient ses ex en se moquant du célibataire endurci qu'il était devenu.

Percevant du remue-ménage du côté de l'entrée, il tourna la tête dans cette direction. Une jeune femme semblait un peu dépassée par la situation. D'une main, elle tenait une fillette, tandis que de l'autre, elle soutenait un petit garçon grognon agrippé à son cou. Pas étonnant qu'elle ait toutes les peines du monde à manœuvrer la poussette double qui précédait l'adorable trio.

Spontanément, Fletch se leva pour voler à son secours.

— Je peux vous aider ?

La jeune maman lui adressa un sourire de gratitude.

— Volontiers ! s'exclama-t-elle en plaçant d'autorité le bambin dans ses bras. Je vous présente M. Grincheux, également prénommé Justin. Et voici Mia. Quant à moi, je m'appelle Madison. Je ne crois pas vous avoir déjà rencontré.

Elle était vêtue d'un uniforme bleu marine, et ses cheveux d'un brun lumineux étaient coiffés en une queue-de-cheval assez stricte. Il nota un léger accent. Écossais, irlandais ? Il n'aurait su le dire.

— Enchanté. Arthur Fletcher. Je suis pédiatre et, aujourd'hui, c'est mon premier jour dans cet établissement.

— Vraiment ? Dans ce cas, bienvenue au St David's Hospital ! répondit-elle avec un enthousiasme non feint. Vous allez beaucoup vous plaire parmi nous, j'en suis sûre. Je suis kinésithérapeute, et nous serons souvent amenés à collaborer, car la pédiatrie est la principale spécialité de cet hôpital.

Elle poussa un soupir avant d'ajouter :

— J'ignore ce qu'a mon fils depuis quelques jours. Il est soit apathique, soit irritable.

Elle s'interrompit soudain et éclata de rire.

— Oh non, docteur Fletcher, ne vous méprenez pas ! Je ne suis pas en train de vous demander de l'examiner. Justin n'a sans doute rien de grave. Une simple fatigue passagère.

Il lui sourit.

— Quoi qu'il en soit, je le ferai avec plaisir, si vous le souhaitez. Et, s'il vous plaît, appelez-moi Fletch, plutôt que docteur Fletcher ou Arthur. Seul mon grand-père utilise encore mon prénom.

Elle l'observa d'un regard pétillant auquel il ne fut pas insensible.

— Parce qu'il porte le même ?

— Exact !

Ils avaient atteint les ascenseurs. Elle pressa le bouton d'appel.

— Vous nous accompagnez jusqu'à la garderie ? À propos, vous avez déjà visité les lieux ?

— Non, pas encore.

— Dans ce cas, suivez le guide. Il n'est pas inutile que vous sachiez où se trouve la crèche car vous aurez vraisemblablement affaire à certains de ses pensionnaires.

Les portes de l'ascenseur coulissèrent, et ils pénétrèrent dans la cabine dont l'éclairage blafard creusait les cernes sous les yeux de Madison et accentuait la pâleur de son visage, au demeurant fort séduisant. De toute évidence, la jeune maman était épuisée. Fletch se colla contre la paroi pour permettre à la poussette d'entrer. Justin semblait s'être assoupi dans ses bras et avait enfoui sa frimousse au creux de son cou.

— Vous avez un petit accent.

— Oui, écossais, répondit Madison en riant. Mais je ne comprends pas pourquoi. Mes parents sont effectivement écossais et je suis née en Écosse. Toutefois, j'ai vécu la majeure partie de mon existence en dehors de mon pays natal, mon père étant membre du corps diplomatique britannique.

— Vraiment ? Et où plus spécifiquement ?

Fletch ne voulait pas se montrer indiscret, mais cette jeune femme aiguisait sa curiosité.

— En Europe... l'Allemagne, l'Italie... Mais surtout à Singapour. Nous y sommes venus deux fois. C'est d'ailleurs ici que j'ai effectué l'essentiel de mes études secondaires, et j'ai toujours su que j'y retournerais.

— Et maintenant, vous y êtes installée pour de bon ?

D'un petit signe de tête, elle indiqua ses enfants.

— J'y ai désormais des attaches familiales et j'adore ce pays. Je m'y sens chez moi.

Fletch observa les jumeaux. Ils avaient, en effet, du sang asiatique dans les veines. Instinctivement, il baissa le regard vers l'annulaire gauche de la jeune femme et constata qu'elle ne portait pas d'alliance. Ce qui, en soi, ne voulait pas dire grand-chose.

Les portes de l'ascenseur s'ouvrirent, et il se laissa guider jusqu'à un vaste espace fermé, décoré de couleurs vives. Manifestement, la crèche employait pas mal de personnel et ne plaisantait pas sur la sécurité. Une personne à l'entrée notait les entrées et les sorties. À peine arrivée, Mia s'esquiva pour aller retrouver ses copines. Une femme vint au-devant d'eux, les bras tendus.

— Comment va mon chouchou, aujourd'hui ? s'enquit-elle auprès de Madison en récupérant Justin. Ils se sont bien amusés chez tes parents, en Écosse ?

— Ils ont adoré. À tel point qu'ils ont du mal à se réadapter à la routine du quotidien. Fletch, voici Jen. Jen, je te présente le Dr Fletcher, le nouveau pédiatre. Il a eu la gentillesse de me proposer un coup de main.

— Ravie de vous rencontrer.

— Moi de même.

La dénommée Jen lui lança un regard teinté de curiosité avant de reporter son regard sur Justin.

— Il se sent toujours patraque ?

— Oui. Il n'a pas bien dormi la nuit dernière, donc Mia et moi non plus. Quelque chose semblait le perturber. Quoi ? Je l'ignore. Peut-être est-ce dû au décalage horaire. Il n'y a que trois jours qu'ils sont rentrés. Il n'a pas de température, il ne tousse pas... il est juste... fébrile.

Jen accusa réception de ces informations avec un hochement de tête.

— Ne t'inquiète pas, je vais le garder à l'œil et je t'appelle si nécessaire. Tu es d'accord pour que je le laisse dormir autant qu'il le souhaite, aujourd'hui ? Il a peut-être simplement besoin de se reposer.

— Bien sûr.

Jen s'éloigna avec Justin dans les bras, lui parlant doucement à l'oreille. Madison avait l'air préoccupé. Fletch se rendait compte qu'il n'avait pas à s'en mêler, mais avait-elle seulement de l'aide ? Et pourquoi s'en souciait-il ? Il n'avait fait sa connaissance qu'un quart d'heure plus tôt, et elle lui inspirait déjà un sentiment très particulier, un désir presque instinctif de la protéger.

La vibration de son téléphone le tira de ses pensées. Il consulta l'écran.

— Ah, je vais enfin pouvoir récupérer les clés de chez moi !

— Parce que vous n'avez pas encore emménagé ?

— Non, la personne qui devait me les remettre a eu un empêchement de dernière minute. Vous voulez voir à quoi ressemble mon appartement ? dit-il en affichant les photos et en lui tendant son portable.

— Superbe ! Mais il n'est pas conçu pour une mère de deux enfants de trois ans, ajouta-t-elle en riant. Il y a bien trop de surfaces vitrées !

— C'est vrai. Pour ma part, je veillerai à les toucher le moins possible au cours des deux prochaines années ! L'intérêt de cette résidence, c'est qu'elle comprend un parc assez grand, une salle de fitness avec des équipements dernier cri et, cerise sur le gâteau, une piscine.

— Vous pensez vous y installer aujourd'hui ?

— Je l'espère. Le plus tôt sera le mieux. J'ai déjà habité à Singapour, mais je ne connais pas mon futur quartier. Peut-être pourriez-vous m'indiquer quelques bonnes adresses à proximité ?

— Avec plaisir. Faites-moi signe en fin de journée, avant de partir, et je vous fournirai une liste. À tout à l'heure !

Sur ces mots, elle s'éclipsa.

Tandis qu'il rejoignait le service de pédiatrie, il ne pouvait s'empêcher de songer à la charmante Madison. Elle était très jolie, mais il n'y avait pas que son physique d'intéressant. Elle l'intriguait et, si son éducation ne l'avait pas retenu, il l'aurait volontiers bombardée de questions. Il devait s'agir d'un effet du décalage horaire. Dans quelques jours, lorsqu'il connaîtrait davantage de gens et qu'il aurait pris ses marques, il passerait certainement à autre chose.

Une femme apparut devant lui. Elle lui adressa un regard réprobateur, et il s'aperçut aussitôt qu'il avait omis de récupérer son badge.

— Dr Arthur Fletcher, s'empressa-t-il d'annoncer. Je suis le nouveau pédiatre.

— Bonjour, répondit-elle en lui serrant la main. Je suis sœur Rui Lee. Suivez-moi, docteur Fletcher, je vais vous montrer les lieux.

Il lui emboîta le pas sans protester. À en juger par son attitude un tantinet autoritaire, la religieuse n'avait pas l'habitude qu'on lui résiste. Alors qu'ils longeaient une grande baie vitrée, il s'arrêta néanmoins une minute pour contempler la ville tentaculaire s'étendant à ses pieds. Depuis qu'il avait franchi le seuil de l'hôpital, il avait la conviction qu'il se plairait dans cet environnement de travail. Il y régnait une ambiance calme et chaleureuse. Ni cri, ni cavalcade dans les couloirs. Le personnel allait et venait, le sourire aux lèvres, ne confondant pas efficacité et précipitation, ce qui avait le don de rassurer tant les jeunes patients que leurs parents.

Dans une salle, des étudiants en médecine, reconnaissables à leurs blouses flambant neuves, étaient regroupés autour d'un tableau blanc tandis qu'un pharmacien leur présentait les différents traitements médicamenteux à leur disposition. Dans une autre, des infirmières stagiaires discutaient vaccination avec leur tutrice. Ici, l'enseignement théorique se dispensait aussi ailleurs que dans les amphithéâtres universitaires. Il avait également lieu sur le terrain.

— Vous avez trouvé de quoi vous loger ? s'enquit sœur Lee tandis qu'ils se dirigeaient vers les bureaux administratifs.

Cette question assez personnelle le surprit de la part d'une femme qui lui avait jusqu'à présent témoigné une certaine réserve, voire une légère hostilité.

— Presque. Je n'ai pas encore eu accès à l'appartement que j'ai loué et j'ai passé la nuit dernière à l'hôtel. Heureusement, le problème devrait se résoudre aujourd'hui.

Elle lui lança un regard inquisiteur.

— Vous connaissez Madison Koh ?

Elle avait dû les voir discuter ensemble.

— Je l'ai rencontrée pour la première fois dans le hall d'entrée. Elle semblait débordée, alors je lui ai proposé mon aide.

— Elle compte parmi nos meilleurs kinés. Débordée, elle l'est, la pauvre, surtout depuis le décès de son mari, il y a quelques années.

Il faillit stopper net en apprenant la nouvelle.

— Elle est jeune pour être déjà veuve, se contenta-t-il de faire observer. Elle m'a l'air très sympathique, et je me réjouis de travailler avec elle.

Sa remarque lui valut un coup d'œil méfiant.

— Sous ses airs de guerrière, elle est fragile. Son mari travaillait ici comme radiologue. Il nous manque beaucoup, mais nous retrouvons un peu de Jason dans chacun de leurs enfants, que nous avons la chance de voir tous les jours.

— Je vous remercie de m'en avoir informé. Je m'en voudrais de commettre une maladresse et de risquer de blesser Madison.

Il avait atteint le bureau du service du personnel.

— Je vous abandonne ici, déclara Rui. Je reviendrai vous chercher après votre rendez-vous pour vous présenter les procédures en vigueur ainsi que les outils électroniques et informatiques dont nous disposons.

Fletch se retrouva dans une petite salle d'attente, et ses pensées se concentrèrent sur ce qu'il venait d'apprendre au sujet de Madison. Il comprenait mieux pourquoi elle paraissait aussi fatiguée. Élever seule deux enfants en bas âge tout en travaillant à plein temps demandait une énergie considérable. Il veillerait à la préserver autant que possible.

De nouveau, il s'étonna de l'instinct de protection qu'il éprouvait vis-à-vis d'une personne qu'il connaissait à peine. À quoi attribuer l'attirance spontanée qu'elle lui inspirait ? Certes, il la trouvait extrêmement séduisante, mais pour le reste, elle ne correspondait pas au profil des femmes qu'il fréquentait, pour une simple et bonne raison : elle était mère de deux très jeunes enfants...

Madison acheva de taper son rapport et consulta ses e-mails pour vérifier si de nouveaux patients lui avaient été adressés par des confrères. Un message apparut sur la montre connectée qu'elle portait au poignet. Il venait de la garderie et se voulait rassurant sur l'état de Justin.

Elle poussa un soupir de soulagement. Elle ne parvenait pas à identifier ce qui clochait chez son fils. Elle savait juste que, depuis quelques jours, il ne se comportait pas de manière habituelle. Rien qui vaille la peine de se précipiter chez son pédiatre, mais assez tout de même pour qu'elle s'inquiète.

Justin alternait des phases d'irritabilité et d'apathie mais, malgré des signes évidents de fatigue, il dormait mal la nuit. Elle avait passé en revue les différentes maladies infantiles et procédé aux examens d'usage sans trouver le moindre symptôme susceptible d'expliquer ce phénomène étrange. Ni température, ni éruption cutanée. Il ne refusait pas de s'alimenter ou de boire, respirait normalement, avait un pouls régulier et était à jour de ses vaccinations. C'était à n'y rien comprendre.

Après le décès tragique de Jason, Madison avait travaillé dur pour maintenir un équilibre entre vie professionnelle et familiale. Un exercice compliqué pour quelqu'un ayant un métier aussi prenant que le sien. Elle pensait néanmoins avoir atteint son objectif. Le soutien inconditionnel de sa belle-famille y contribuait aussi largement. Une sacrée organisation à mettre en place et qu'il faudrait bientôt réviser avec l'entrée des jumeaux à la maternelle.

Lorsque Jason avait été percuté par une voiture alors qu'il circulait à vélo, toute la famille, bien que dévastée elle aussi, lui avait témoigné un soutien exemplaire. Le drame s'était produit quelques mois après la naissance des jumeaux. Les parents de Madison étaient arrivés aussitôt d'Écosse, et ses beaux-parents ainsi que sa belle-sœur, mettant de côté leur propre douleur, l'avaient aidée à maintenir le cap alors qu'elle se sentait K-O debout. Depuis, ils gardaient régulièrement les enfants pour la soulager et lui permettre de recharger les batteries. Un appel de sa part et ils accouraient. Quant à ses parents, ils effectuaient des séjours fréquents à Singapour et venaient même de prendre leurs petits-enfants en vacances une quinzaine de jours en Écosse. Elle avait aussi été très soutenue par ses collègues de travail qui avait fait preuve à son égard d'une infinie patience.

Madison avait de la chance dans son malheur, elle en avait conscience, mais il lui avait fallu du temps pour réapprendre à vivre sans Jason. Aujourd'hui, elle entrevoyait le bout du tunnel. Même la tristesse qui, auparavant, ne la quittait jamais, telle une seconde peau, s'était atténuée.

Midi avait sonné depuis longtemps quand elle termina la dernière consultation de la matinée. Le manque de sommeil de la nuit précédente se faisait de plus en plus sentir. Elle se rendit dans l'espace réservé au personnel soignant. Kitchenette parfaitement équipée, fauteuils et canapés confortables aux couleurs pimpantes : rien ne manquait à l'appel. À cette heure-ci, la salle était déserte, chacun étant reparti vaquer à ses occupations. Pendant que son bol de soupe chauffait dans le four micro-ondes, elle se laissa tenter par un sofa rouge particulièrement moelleux.

Une main toucha son épaule, et elle se leva d'un bond, les yeux écarquillés, le cœur battant à tout rompre. En se retournant, elle découvrit Fletch debout derrière le canapé.

— Désolé, marmonna-t-il, l'air penaud.

Il avait troqué ses vêtements civils contre l'uniforme des médecins, avec le badge mentionnant son nom et sa fonction épinglée sur la poitrine. Elle fut frappée par sa silhouette athlétique, et son regard s'attarda malgré elle sur son torse musclé. Le décolleté en V de la tunique laissait deviner un triangle de peau hâlée recouverte d'une légère toison. Il y avait fort à parier que le Dr Fletcher pratiquait régulièrement un sport. Elle se ressaisit aussitôt. Depuis quand s'intéressait-elle aux qualités physiques de ses collègues masculins ? Décidément, elle ferait bien de se reposer, car son esprit commençait à divaguer de façon alarmante !

— Je ne voulais pas vous réveiller, ajouta Fletch que son mutisme semblait embarrasser.

Elle sentit ses joues s'empourprer. Elle avait honte de s'être assoupie sur son lieu de travail, ce qui ne lui était encore jamais arrivé, honte de ce que pouvait en penser le nouveau pédiatre. Elle n'avait pourtant pas ménagé ses efforts pour conserver sa réputation professionnelle auprès de ses collègues, pour qu'aucun ne s'imagine qu'elle n'était plus à la hauteur après le drame familial qu'elle avait vécu.

— Je ne dormais pas, répliqua-t-elle sèchement, niant l'évidence dans un réflexe pitoyable pour ne pas perdre la face.

Il eut un mouvement de recul, et l'expression de son visage se durcit.

— Bien sûr, puisque vous le dites.

Sur ces mots, il tourna les talons et quitta la pièce. Après son départ, elle enfouit son visage dans ses mains, luttant contre une furieuse envie de pleurer. Non seulement elle avait enfreint les règles les plus élémentaires de la déontologie en s'endormant, mais elle avait offensé un médecin avec lequel elle serait amenée à collaborer, celui-là même qui, dès son arrivée, ce matin lui avait spontanément rendu service. Comment réagirait-il ? Éprouverait-il de la compassion pour la jeune veuve, mère de deux enfants en bas âge, et complètement débordée ? Ou jugerait-il qu'elle n'était pas digne de confiance ? Dans un cas comme dans l'autre, le portrait n'était pas flatteur.

Cet incident lui avait coupé l'appétit, mais elle se força à avaler son bol de soupe, laquelle avait refroidi entretemps. Il ne manquerait plus qu'elle s'évanouisse parce qu'elle tombait d'inanition !

Lorsqu'elle revint dans le service, elle croisa Rui Lee dans le couloir.

— J'ai deux jeunes patients à voir afin de décider du programme de rééducation à mettre en place. Le Dr Fletcher est-il dans le coin ? Je me disais que cela pourrait peut-être l'intéresser dans le cadre de son programme d'intégration.

Elle crut discerner une insistance particulière dans le regard que lui adressa Rui. Sans doute un effet de son imagination, car sa suggestion n'avait rien d'inhabituel. Madison recevait souvent la visite de nouvelles recrues, lors de leur première journée à l'hôpital.

— Il est actuellement au service de radiologie.

— Ah, d'accord. Ce sera donc pour une autre fois, répondit-elle sur un ton qu'elle espérait désinvolte.

Elle s'en voulut d'éprouver une pointe de déception. Que lui arrivait-il ? Peut-être son cerveau essayait-il de lui transmettre un message ? Peut-être commençait-elle à avoir envie de se considérer de nouveau comme une femme et non uniquement comme une mère ? *Mais pourquoi maintenant ?*

Elle sentit sa gorge se serrer. Elle se remémora l'angoisse qui la tenaillait lorsqu'elle avait repris le travail, après le décès de son mari, surtout quand elle devait descendre au service de radiologie. Il lui avait fallu près d'un an pour s'en débarrasser, alors pas question de s'exposer à revivre une telle épreuve ! Jason occuperait toujours une place à part dans sa mémoire, dans son cœur et dans sa vie, ne serait-ce qu'au travers de leurs enfants, mais elle ne pourrait pas continuer à porter le deuil jusqu'à la fin de ses jours.

2

Madison n'avait pas revu Fletch depuis l'épisode assez humiliant où il l'avait surprise assoupie, ce qui, d'une certaine manière, la soulageait. En revanche, elle entendait beaucoup parler de lui. A priori, il faisait l'unanimité au sein de l'équipe pour son sérieux professionnel, ses qualités personnelles... et son physique avantageux. Il semblait s'être parfaitement intégré et avait déjà adopté le tutoiement qui était de mise entre collègues.

Les langues allaient bon train, notamment parmi le personnel féminin de l'hôpital. D'ailleurs, Madison interrompit une conversation à son sujet entre deux infirmières du service de rééducation.

— Je dois voir un patient du Dr Fletcher. L'une d'entre vous sait-elle où je peux le trouver. J'aurais besoin d'informations complémentaires.

— Il vient de partir à la cafétéria.

Madison consulta sa montre. Elle n'avait pas eu le temps de prendre de petit déjeuner ce matin, et son estomac commençait à crier famine.

— Très bien, merci. J'y vais de ce pas.

Elle descendit au rez-de-chaussée. Lorsqu'elle entra dans la cafétéria, elle aperçut Fletch attablé en compagnie de l'un de ses confrères. Elle se servit un café et un croissant. Armée de son plateau, elle hésitait à les rejoindre quand il croisa son regard et lui adressa un signe de la main. Il n'avait pourtant pas l'air particulièrement ravi de la voir, n'ayant sans doute pas oublié la sécheresse de son ton quand elle l'avait rembarré. Elle décida de rectifier le tir et s'approcha, le sourire aux lèvres, s'efforçant de paraître aussi naturelle que possible.

— Bonjour. Fletch, je souhaitais m'entretenir avec toi à propos d'un patient que tu suis, mais ce n'est peut-être pas le bon moment.

— Si, au contraire. Je t'en prie, assieds-toi.

— De toute façon, je m'apprêtais à remonter, dit l'autre pédiatre. J'ai une consultation dans dix minutes. Bonne journée, Madison.

Elle prit place en face de Fletch et, pour se donner une contenance, elle entreprit d'étaler de la confiture sur son croissant. Lui semblait avoir un solide appétit, car il s'était commandé un grand bol de muesli et des œufs au bacon. Le téléphone portable qu'il avait posé à côté de son assiette vibra, mais il l'ignora.

— J'imagine que le patient en question est Adrian.

Elle hocha la tête.

— En effet. La mucoviscidose est une maladie complexe à traiter. Or, je ne dispose que de données partielles. Je ne sais même pas où il était suivi avant.

— En Italie. Aussi je pense qu'il va s'écouler un certain temps avant que nous recevions son dossier médical qu'il faudra ensuite faire traduire. Ses parents m'ont fourni quelques informations, mais pas assez pour que j'aie une idée précise du traitement utilisé en Italie pour ce genre de cas.

— OK. Je vais examiner de près ses radios pulmonaires afin d'adapter la méthode de kiné respiratoire. Je commencerai en douceur.

— Si tu n'y vois pas d'inconvénient, j'aimerais assister à la première séance. Il a les bronches très encombrées.

— Pas de problème.

Son téléphone vibra de nouveau. Cette fois, il jeta un coup d'œil sur l'écran et poussa un soupir.

— Tu es très demandé, dit Madison en souriant.

Il esquissa une moue faussement dépitée.

— Je crains fort, hélas, que ce ne soit le lot de tout célibataire endurci qui reste ami avec ses ex.

Prise au dépourvu, Madison éclata de rire.

— Tu conserves des liens d'amitié avec chacune d'elles ?

Cette question indiscrète lui avait échappé. Les célibataires endurcis, elle les fuyait comme la peste et ne s'intéressait pas à leurs aventures.

— Oui, presque. Je n'ai rien d'un macho, ni d'un tombeur. Simplement, je ne me sens pas prêt à m'engager dans une relation durable. Comme je joue franc jeu dès le début, les choses se passent à l'amiable.

— Cela ne crée-t-il pas des situations un peu compliquées ? s'enquit-elle malgré elle.

— Absolument pas, puisque nous nous séparons d'un commun accord, en bonne intelligence, et que nous continuons de nous apprécier pour nos qualités respectives.

Le Dr Fletcher était décidément un personnage peu banal, et sa philosophie en matière de rapports amoureux méritait réflexion.

— Et toutes tes ex ont rencontré l'amour de leur vie après t'avoir quitté ?

— Un certain nombre d'entre elles sont aujourd'hui mariées ou en passe de l'être.

— Tu serais donc une espèce de Cupidon qui porte bonheur à celles ayant croisé sa route.

Elle s'étonnait elle-même de sa familiarité vis-à-vis d'un homme qu'elle connaissait à peine mais, pour une raison qu'elle ne parvenait pas à s'expliquer, elle se sentait en confiance avec lui. Par ailleurs, elle avait à cœur de mettre un peu d'huile dans les rouages après des débuts peu glorieux.

Il s'esclaffa.

— Oui, en quelque sorte. Du moins, je le souhaite. J'ai un profond respect pour les femmes que je fréquente, mais je ne me sens pas prêt à convoler en justes noces et à fonder une famille.

Il s'interrompit brusquement, comme s'il se rendait compte de la portée de ses paroles.

— Pardonne-moi, je suis le roi des gaffeurs... J'ai appris pour ton mari. Je suis sincèrement désolé.

Madison ne s'offusqua pas de sa maladresse. Avec le temps, elle ne se formalisait plus de ce genre de commentaires spontanés qui, au début, la blessaient.

— Merci. Jason était radiologue. Les jumeaux avaient à peine trois mois quand il est décédé accidentellement. Pour qu'ils sachent qui était leur père, je leur montre parfois une vidéo ou des photos de nous quatre ensemble. Dans mon malheur, j'ai la chance de pouvoir compter sur mes collègues de l'hôpital et sur ma belle-famille qui, bien qu'elle habite à l'autre bout de la ville, accoure dès que j'en ai besoin. Finalement, Justin, Mia et moi sommes très entourés. Jason était-il l'homme de ma vie ? J'aime à le croire. Deviendrai-je, comme toi, une célibataire endurcie ? Sans doute pas. J'espère qu'un jour je rencontrerai un partenaire avec qui j'aurai envie de bâtir de nouveau quelque chose.

Elle déglutit péniblement, et son regard se perdit dans le vague. Une minute plus tard, elle s'était ressaisie. Ce n'était ni le lieu, ni l'heure de se laisser aller à la mélancolie.

— Tu souffres de la solitude ? murmura Fletch avec une douceur insolite.

Un frisson tout aussi inattendu lui parcourut le corps. Elle était assise en face d'un homme extrêmement séduisant et ne pouvait s'empêcher de remarquer la couleur étonnante de ses yeux - un vert pâle particulier –, ni la discrète fossette qui se creusait dans sa joue droite lorsqu'il souriait. Or, cet homme ne correspondait pas au profil du compagnon susceptible de partager sa vie si, par la suite, elle se décidait éventuellement à renouveler l'expérience.

— J'en souffre lorsque l'un des jumeaux est énervé et que je ne peux pas m'occuper des deux à la fois ; lorsque, la nuit, je ne parviens pas à trouver le sommeil et que je broie des idées noires ou que, le soir, les enfants dorment et que je me retrouve seule dans le salon, à regarder la télévision.

Elle marqua une pause avant d'ajouter :

— Toutefois, la solitude n'est pas l'apanage des célibataires. On peut aussi parfois se sentir seul en couple.

Elle planta son regard dans le sien et y lut un mélange d'étonnement et de gêne. Le pauvre ! Il devait regretter sa question. Elle adopta un ton plus léger pour conclure.

— Je souffre de la solitude quand je n'ai personne à qui demander si telle ou telle tenue ne me fait pas un trop gros derrière.

Il éclata de rire, et elle perçut son soulagement.

— Et si nous remontions voir Adrian ?

Elle acquiesça et débarrassa leurs couverts. Tandis qu'elle le suivait jusqu'à l'ascenseur, elle essayait de comprendre ce qui avait déclenché entre eux une conversation aussi personnelle, voire intime. Pourquoi avait-elle ainsi ouvert son cœur à un inconnu ou presque ? Sans doute parce que, justement, il ne savait quasiment rien d'elle, il n'avait jamais rencontré Jason et ne gardait donc pas de souvenirs, contrairement à ses autres collègues. Pour autant, sa propre réaction la troublait.

Fletch s'était volontairement mis en retrait pour laisser Madison gérer la consultation. Il constatait que l'excellente réputation de la kinésithérapeute au sein de l'hôpital n'était pas usurpée. La jeune femme était non seulement consciencieuse et efficace, mais aussi fine psychologue. Il suffisait de voir comment elle sollicitait les avis de la mère d'Adrian, dont le visage crispé trahissait une vive anxiété, pour s'en rendre compte. En revanche, il avait également le sentiment plus dérangeant qu'un lien commençait à se tisser entre Madison et lui. Chaque fois que leurs regards se croisaient, il percevait comme un courant invisible, et il aurait juré que cette dernière aussi en avait conscience.

Il se félicitait de lui avoir adressé ce nouveau patient chez qui il avait diagnostiqué une infection aiguë des voies aériennes, une manifestation qui devenait chronique chez les malades atteints de mucoviscidose. En attendant d'examiner les radios pulmonaires pour en avoir confirmation, il avait administré des antibiotiques au jeune garçon. À présent, Madison avait entrepris le massage destiné à faciliter l'évacuation du mucus accumulé dans les poumons. Elle avait des gestes vigoureux sans être brutaux et ne cessait de parler à Adrian d'un ton rassurant.

Fletch avait travaillé avec de nombreux professionnels de santé au cours de sa carrière, pour la plupart compétents et ne comptant pas leurs heures. En revanche, Madison avait quelque chose en plus, une sorte d'aura. Aura à laquelle il avait du mal à résister. Bien qu'épuisée par le rythme de ses journées à rallonge, cette femme était lumineuse.

Il s'inquiétait de son intérêt pour elle. Non parce qu'il s'agissait d'une collègue. Il lui était déjà arrivé de sortir avec des consœurs, mère de famille comme elle. Le cas échéant, il avait toujours veillé à garder ses distances vis-à-vis de leurs enfants car il savait que la relation ne s'inscrirait pas dans la durée et refusait de leur infliger ce que lui-même avait subi dans son enfance, ce sentiment d'abandon, voire de trahison, quand les compagnons de sa mère auxquels il s'était attaché disparaissaient du jour au lendemain.

Outre une forte attirance physique – il aimait son visage ravissant parsemé de taches de rousseur, son regard d'un brun profond et ces courbes voluptueuses qu'il imaginait sous son uniforme –, Madison suscitait en lui une émotion étrange, un désir de protection qu'il n'avait encore ressenti pour aucune autre. Peut-être parce qu'elle s'était retrouvée veuve très jeune – elle avait vraisemblablement son âge, à un ou deux ans près – et qu'elle devait assumer seule ou presque l'éducation des jumeaux.

Il devinait néanmoins chez elle une grande force de caractère. À en croire les bruits de couloir, personne ne l'avait entendue se lamenter sur son sort, ni n'avait eu à se plaindre d'un manque de motivation ou de concentration dans son travail. Voilà qui expliquait d'ailleurs sa réaction un peu vive et sa mauvaise foi évidente lorsqu'il l'avait surprise assoupie dans la salle de repos. Lors de leur récente conversation à la cafétéria, en revanche, il avait eu l'impression qu'elle s'était livrée à lui, lui dévoilant l'image d'une femme beaucoup plus fragile qu'elle ne le laissait paraître. Pourquoi une telle marque de confiance ? Il n'en avait pas la moindre idée, mais cela le troublait.

Une fois la séance de kiné respiratoire terminée, il discuta avec la mère d'Adrian et réussit à la convaincre de laisser son fils en observation à l'hôpital jusqu'au lendemain. Trois consultations plus tard, il se rendit au poste de soins où il trouva Madison. Les sourcils froncés, elle écoutait une infirmière lui transmettre une information qu'elle venait d'avoir par téléphone.

— Il y a eu un incident dans le MRT, de sorte qu'ils auront du retard. Ils pensent ne pas pouvoir être là avant une heure.

Le MRT, ou Mass Rapid Transit, était le réseau de métro desservant Singapour. Ce moyen de transport était réputé pour sa fiabilité et sa ponctualité.

Fletch vit Madison consulter sa montre et son expression

s'assombrir encore davantage. Il décida d'intervenir, au risque de se mêler de ce qui ne le regardait pas.

— Que se passe-t-il ?

— Il s'agit d'une jeune patiente qu'il a fallu amputer d'une jambe, il y a quelques années. J'ai rendez-vous avec elle et ses parents pour m'assurer que sa nouvelle prothèse lui convient, sachant qu'il y a eu quelques difficultés d'adaptation. Je dois absolument la voir pour vérifier l'absence de problèmes d'équilibre et, sinon, procéder avec l'équipe technique à quelques ajustements. Or, la crèche ferme à 18 heures…

— Tu ne peux pas reprogrammer le rendez-vous ?

— Impossible de le reporter. Ils partent pour six semaines de congé en Australie et en Nouvelle-Zélande. Les premières depuis l'accident, et je veux m'assurer avant leur départ que Hope n'a aucun souci de mobilité. Ces vacances, ils en ont tous grand besoin, les pauvres.

— Je te dépanne, si tu veux, dit-il dans un élan de spontanéité.

— Pardon ?

Il haussa les épaules.

— Je n'ai pas de projets particuliers en fin d'après-midi. Je garderai volontiers les jumeaux le temps que tu finisses ta consultation.

Elle ouvrit la bouche avec l'intention manifeste de décliner son offre, mais il la devança.

— Je suis pédiatre. Je devrais donc réussir à me débrouiller avec deux enfants pendant une heure ou deux, si cela peut te rendre service. Entre collègues, il est normal de se donner un coup de main.

— Vraiment ? Merci, dit-elle visiblement prise de court. Jane, dis aux parents que je les attendrai. Fletch, si tu as cinq minutes, j'aimerais que nous descendions ensemble à la garderie pour prévenir les assistantes maternelles et les enfants de ce changement de programme. Où comptes-tu emmener Mia et Justin ?

— Tu as une préférence ?

— Il y a une aire de jeux dans le parc de l'hôpital. Cela pourrait être une bonne idée, non ?

— Excellente. Il suffira que tu m'indiques où elle se trouve.

Il ne leur fallut pas longtemps pour organiser les choses. Mia interrompit à peine son activité pour écouter sa mère, tandis que Justin examina Fletch d'un regard circonspect.

— Tu es sûr que cela ne te dérange pas ? s'enquit Madison alors qu'ils reprenaient l'ascenseur.

— Pas le moins du monde. Sinon, je ne te l'aurais pas proposé.

— Bon, dans ce cas, je viendrai vous retrouver au terrain de jeux dès que j'aurai terminé.

— Nous ferions bien d'échanger nos numéros de téléphone, dans l'éventualité où je devrais les emmener ailleurs.

Il surprit une lueur de panique dans les beaux yeux bruns.

— Les emmener où ?

— Aux toilettes, par exemple, ou grignoter quelque chose. Tu sais comme moi que les petits de trois ans se lassent vite.

Il vit la tension dans ses épaules se relâcher. Elle sortit son portable.

— Je ne suis pas certaine d'avoir envie de faire partie de cette collection de femmes figurant dans ton répertoire de contacts, dit-elle sur le ton de l'humour.

— Considère-toi comme membre honoraire.

À 18 heures pétantes, Fletch se présenta à la garderie où les jumeaux l'attendaient, leurs petits sacs à dos sur les épaules.

— Bonjour, les enfants. Je suis Fletch, vous vous souvenez de moi ? Nous allons jouer en attendant maman, comme elle nous l'a demandé, d'accord ?

Ils acquiescèrent. Mia glissa spontanément sa menotte dans sa main. Justin imita sa sœur avec plus de réticence. Sur le chemin de l'aire de jeux qui se trouvait à quelques minutes de marche de l'entrée de l'hôpital, il leur posa plusieurs questions auxquelles seule Mia répondit. Elle s'exprimait bien pour une enfant de son âge. Justin, en revanche, semblait perdu dans ses pensées, se contentant de trottiner à son côté.

Dès qu'ils atteignirent leur destination, Mia s'empressa d'abandonner son sac à dos avant de se précipiter vers le toboggan. Fletch pensait que Justin lui emboîterait le pas, mais il n'en fit rien et s'assit sur le banc avec lui.

— Tu ne veux pas aller jouer ?

Le petit garçon secoua la tête. Chaque enfant développait ses facultés selon son propre rythme, même au sein d'une fratrie gémellaire. Aussi Fletch ne s'inquiéta-t-il pas outre mesure en n'obtenant guère de succès quand il tenta d'engager la conversation avec le bambin qui refusa de rejoindre sa sœur lorsqu'elle l'interpella.

— Tu es fatigué, mon grand ?

Justin se contenta de hocher la tête. Il ferma les yeux et n'opposa aucune résistance lorsque Fletch le prit sur ses genoux. Au contraire, il se nicha au creux de ses bras, appuyant sa joue contre son torse. Pendant ce temps, Mia avait lié connaissance avec les autres enfants et dictait déjà sa loi même auprès de ceux qui devaient avoir le double de son âge. En l'espace de cinq minutes, elle était devenue la reine du bac à sable !

Quant à Fletch, il aimait sentir le poids du petit corps chaud contre lui. Au cours de ses études, il avait effectué de nombreuses gardes de nuit dans différents services pédiatriques et avait plus d'une fois bercé un nourrisson dans ses bras pour l'endormir ou veillé au chevet d'un petit malade. Il estimait que témoigner de l'affection à ses tout jeunes patients faisait partie de son métier. Un jour, ce seraient ses propres enfants qu'il câlinerait… mais pas avant d'avoir dépassé les trente-cinq ans. Il songea tout à coup que l'échéance se rapprochait.

Mia accourait parfois pour boire une gorgée d'eau, puis repartait aussi vite. Justin, lui, dormait à poings fermés. Perdu dans ses pensées, Fletch ne s'était pas rendu compte qu'une heure s'était écoulée quand il reçut un SMS de Madison.

Où êtes-vous ? Tout va bien ?

Il lui répondit aussitôt.

Toujours à l'aire de jeux. Oui, tout va bien.

Cinq minutes plus tard, il vit Madison apparaître. Elle semblait un peu essoufflée, comme si elle avait couru. Elle chercha immédiatement des yeux Mia qui, en apercevant sa mère, agita la main mais ne daigna pas interrompre son jeu. Son regard se posa ensuite sur Justin, et une ride d'inquiétude lui barra le front.

— Il s'est endormi peu après notre arrivée, et a refusé de jouer. En revanche, Mia s'en donne à cœur joie. Elle a un sacré tempérament, cette petite !

— Je ne sais pas ce qu'il a ces derniers temps. Il semble manquer d'énergie et se fatigue très vite. La nuit, il a un sommeil agité et se réveille souvent.

— As-tu fait faire une analyse de sang ? Existe-t-il des antécédents d'anémie dans la famille ?

En tant que pédiatre, il se devait de poser ces questions, mais en voyant l'expression de culpabilité de Madison, il le regretta.

— Pas encore. Je me demande s'il ne s'agirait pas d'une poussée de croissance ou si, tout simplement, le rythme de ses journées à la crèche ne l'épuiserait pas.

Leurs regards se rencontrèrent, et il ne détourna pas le sien. Bien que leur sujet de conversation soit des plus sérieux, il sentait circuler entre eux comme une onde électrique. Elle finit par baisser les yeux et poussa un soupir de tristesse.

Fletch avait conscience de marcher sur des œufs. Le sujet était sensible, et il avait déjà offensé Madison une fois involontairement. Il ne voulait pas risquer de la brusquer. D'autant qu'il se trompait peut-être dans son interprétation des signaux qu'elle lui envoyait... du moins le croyait-il à supposer qu'elle lui en envoie vraiment et qu'il ne prenne pas ses rêves pour la réalité.

— Loin de moi l'idée de me mêler de ce qui ne me regarde pas, mais si jamais tu souhaites que j'examine Justin, n'hésite pas. Nul mieux que toi ne connaît ton fils. Toutefois, un avis extérieur s'avère souvent bénéfique.

Elle parut se perdre dans ses pensées.

— Merci, j'y réfléchirai, finit-elle par murmurer. Je me dis parfois que, par déformation professionnelle, à force de côtoyer des cas graves, j'ai tendance à ne pas assez relativiser et à envisager pour mes enfants le pire scénario.

— Je comprends.

Dans un geste spontané, elle posa la main sur son bras, puis s'empressa de la retirer.

Dommage ! Il aimait le contact de sa paume contre sa peau.

Cette pensée le prit de court et, pour se donner une contenance, il se leva et rectifia la position de Justin, toujours endormi.

— C'est incroyable comme un si petit corps peut sembler lourd au bout d'un moment. Tu veux que je vous raccompagne jusque chez vous ? Ou alors, je le réveille en douceur, se dépêcha-t-il d'ajouter en sentant qu'elle s'apprêtait à refuser et craignant d'avoir dépassé les bornes.

— Non, sinon il sera d'une humeur exécrable. J'habite à une petite dizaine de minutes d'ici. Les enfants et moi faisons le trajet à pied. Je laisse désormais leur poussette à la maison car elle m'encombre plus qu'autre chose quand les trottoirs sont bondés. Ce que je n'avais pas prévu, en revanche, c'est que Justin dormirait à poings fermés. Alors, si cela ne te dérange pas, j'accepte ton offre.

À cette heure de sortie des bureaux, il y avait foule dans les rues de Singapour. Beaucoup de gens qu'ils croisaient leur adressaient des sourires, pensant certainement avoir affaire à une même famille. D'ordinaire, cette idée aurait suffi à faire fuir Fletch à toutes jambes mais, en l'occurrence, il n'en éprouvait aucun sentiment de malaise. Au contraire, elle générait étrangement en lui une certaine fierté, ce qui le déstabilisait.

C'était d'autant plus ridicule qu'il ne sortait pas avec Madison et ne sortirait jamais avec elle. Ils étaient de simples collègues et, peut-être par la suite, deviendraient-ils des amis. Alors, qu'est-ce qui clochait chez lui ? Certes, Madison Koh était ravissante et très compétente professionnellement, mais cela n'expliquait pas tout. Au contact de cette jeune femme qu'il connaissait pourtant à peine, il ressentait une émotion qu'aucune autre n'avait encore réussi à susciter.

Il avait envie de tout savoir sur elle, de lui poser des questions sur ce mari décédé prématurément dont tout le monde parlait en termes si élogieux. Le couple s'était-il rencontré au travail ou sur les bancs de l'université ? Madison avait-elle eu une aventure depuis la disparition de Jason ? Il aurait parié que non. Il doutait que cette possibilité lui ait même effleuré l'esprit et, dans le cas contraire, elle était trop occupée par son métier et ses enfants pour en avoir le temps.

— Des projets particuliers pour ce week-end ? s'enquit-il d'un ton détaché.

— Particuliers ? Pas vraiment, répondit-elle avec un petit rire désabusé. Au programme, lessive, courses, ménage, rangement... et encore lessive. Rien de bien excitant !

— Comment ça ? Pas d'expédition en navette spatiale ou en bateau de croisière ?

— Aucune. Et pourtant, ce n'est pas faute d'en posséder. Généralement, je les trouve sur mon chemin lorsque je me lève la nuit sans allumer. Mes bleus aux pieds peuvent en attester.

— Aïe, je vois !

Ils étaient arrivés devant une tour résidentielle assez moderne.

— Cela ne t'embête pas de monter jusque chez moi ? Tu es sûr ?

— Absolument.

Ils prirent l'ascenseur. Madison habitait au huitième étage. Lorsqu'elle ouvrit la porte de son appartement, Mia se précipita à l'intérieur. Ne voulant pas envahir l'espace privé de la jeune femme, Fletch demeura dans l'entrée, Justin toujours endormi dans ses bras. L'endroit était agréable et lumineux, avec ses planchers de couleur claire et ses grandes fenêtres.

Sur la console, il avisa une photo de Madison et, vraisemblablement, de Jason. Le cliché devait dater d'une dizaine d'années. La jeune femme portait une robe rouge et son mari, un jean et un T-shirt. Ils se tenaient enlacés et se regardaient en riant. Ils semblaient heureux et très amoureux. Fletch éprouva un pincement au cœur à la vue de ce couple bien assorti et, de toute évidence, complice que le destin avait détruit.

Madison intercepta la direction de son regard et esquissa un sourire triste. Elle récupéra son fils.

— Je veux que mes enfants puissent voir leur père tous les jours, murmura-t-elle en guise d'explication, qu'ils sachent qu'il les aimait profondément.

— Je comprends, répondit Fletch, la gorge serrée.

Il y eut une minute de silence gêné.

— Merci pour le coup de main. C'était très sympa de ta part.

— Pas de problème. Peut-être demain trouverons-nous cinq minutes pour que tu me racontes comment s'est passée ta consultation avec ta patiente.

— Avec plaisir.

Il sortit sur le palier, et elle referma la porte derrière lui. Une fois dans l'ascenseur, il se sentit presque exclu, comme s'il n'avait pas le droit de pénétrer plus avant dans sa sphère privée, et il en conçut une étrange frustration.

Une réaction complètement disproportionnée qu'il aurait été bien en peine d'expliquer. Et c'était bien cela qui le dérangeait...

3

Elle aida le jeune homme à se mettre debout et à empoigner ses béquilles. Son rôle consistait à lui enseigner comment se déplacer avec ses cannes anglaises après qu'on lui avait plâtré la cheville droite, fracturée en plusieurs endroits.

Madison effectuait un remplacement aux urgences, un confrère ayant dû s'absenter à la dernière minute pour des raisons familiales. Cela supposait qu'elle aurait besoin de deux ou trois jours pour rattraper son retard dans le reste de son travail mais, tant pis, elle se débrouillerait.

Ses interventions occasionnelles dans ce service lui procuraient une grande satisfaction, car elle se trouvait confrontée à toutes sortes de cas intéressants. Sur le plan humain aussi, elle y puisait une certaine richesse. Aujourd'hui, elle avait surtout eu affaire à des fractures ou des lésions consécutives à des accidents relativement bénins. Elle poursuivait toujours le même objectif : lorsque les patients quittaient les urgences, ils devaient savoir se servir de leurs béquilles ou positionner telle ou telle attelle.

Elle s'était ainsi occupée d'un vieux monsieur de quatre-vingt-neuf ans qui s'était luxé le genou en tombant. Malgré son grand âge, il avait une forme olympique et n'avait mis qu'un quart d'heure pour comprendre comment prendre ses appuis et se mouvoir. En revanche, l'adolescent qu'elle encadrait avait beaucoup plus de difficultés à s'adapter. Elle lui consacra le temps nécessaire, puis entreprit de compléter les dossiers médicaux.

Ce fut alors qu'elle entendit un bébé pleurer dans un box voisin. Un pleur déchirant qui mit ses sens en alerte. Elle se précipita dans cette direction. Écartant le rideau, elle découvrit un homme très pâle qui tenait un nourrisson dans ses bras.

— Bonjour. On s'occupe de vous ?

— L'infirmière est partie chercher quelqu'un. Apparemment, son bipeur ne fonctionnait pas.

L'homme semblait exténué, et ses mains tremblaient.

— Voulez-vous que je prenne la relève en attendant ?

Madison tendit les bras.

De toute évidence, son interlocuteur était dépassé par la situation.

— C'est le fils de ma sœur. Notre père est malade, et elle a dû se rendre chez lui pour s'en occuper. Je lui ai proposé de garder mon neveu pendant ce temps, ce qui m'arrive régulièrement pour la libérer un peu. Elle n'est absente que depuis hier. D'habitude, tout se passe à merveille mais, là, je ne sais pas ce qu'a Jia. Il n'est pas bien depuis des heures et je ne parviens pas à le calmer.

— Vous avez eu raison de venir aux urgences. Je vais vous aider.

Elle récupéra le petit et en profita pour l'examiner rapidement. Elle sentit une boule se former au creux de son estomac. Elle sut qu'elle se trouvait confrontée à un cas grave. La fièvre avait augmenté depuis que l'infirmière l'avait prise, dix minutes plus tôt. Il fallait agir, et vite. Or, il n'y avait aucun membre de l'équipe médicale, à part elle. Obéissant à son instinct, elle envoya un SMS à Fletch.

Quel pédiatre est de garde aujourd'hui aux urgences ? Un bébé est arrivé avec son oncle, et je soupçonne une méningite.

Habituellement, elle ne se hasardait pas à émettre un diagnostic. Elle n'était pas médecin et se cantonnait à son domaine d'expertise.

L'infirmière revint.

— Impossible de joindre qui que ce soit. Le système est en panne.

— Je me suis permis de reprendre la température du bébé, et elle a nettement augmenté. Je viens aussi d'expédier un message à Fletch pour lui demander qui est le pédiatre de garde. Je ne voulais pas interférer, mais…

— Excellente initiative ! Il devrait pouvoir nous renseigner.

L'intéressé se matérialisa quelques minutes plus tard, alors que les cris de Jia grimpaient dans les aigus.

— Le réseau est déficient, déclara-t-il. Je ne suis pas sûr que le Dr Zhang soit déjà au courant. En attendant, je me charge de ce patient.

Avec des gestes posés, il étendit Jia sur la table d'examen et entreprit de l'ausculter. Malgré les hurlements et les gesticulations du bébé, il demeurait d'un calme olympien et lui parlait d'une voix douce et réconfortante qui, hélas, ne produisait guère d'effet.

Madison jeta un coup d'œil aux observations qu'il notait au fur et à mesure.

Aucune éruption cutanée

Fièvre

Mains et pieds froids

Irritable

Fontanelle bombée ?

Il interrogea l'oncle sur l'alimentation et le sommeil de son neveu au cours des dernières heures, avant de hocher lentement la tête.

— Nous allons le transférer dans le service pédiatrique. Je crains que Jia ait une méningite, et nous devons procéder à un test spécifique. Il faudra aussi lui administrer des antibiotiques par intraveineuse.

Fletch marqua une pause avant d'ajouter :

— Pourriez-vous appeler votre sœur ? Je souhaiterais m'entretenir avec elle.

L'oncle semblait assommé par la nouvelle. Il se laissa tomber sur une chaise. Prostré, il se mit à pleurer en silence, les joues baignées de larmes et le corps secoué par des sanglots silencieux.

— Je vais rester le temps qu'il reprenne ses esprits, murmura Madison à Fletch.

Elle ne serait d'aucune utilité pour les procédures médicales, celles-ci dépassant son domaine de compétences, mais elle rendrait service aux infirmières en s'occupant de l'adulte.

Quelques instants plus tard, ils montaient au deuxième étage. Fletch avait réussi à joindre la mère de Jia par téléphone pour lui expliquer la situation et avait tenté de la rassurer de son mieux. La jeune femme lui avait annoncé son intention de rentrer sur-le-champ.

Madison avait averti les urgences qu'elle se trouverait au

service de pédiatrie. Elle savait sa présence auprès de l'oncle de Jia d'autant plus importante que le spectacle d'une ponction lombaire était toujours une épreuve, a fortiori lorsqu'il s'agissait d'un nourrisson.

Tout était prêt à leur arrivée. Dès qu'elle avait reçu l'information, l'équipe pédiatrique s'était mise en mode pilote automatique, le temps jouant un rôle vital dans ce genre de cas.

Fletch demeurait d'un calme admirable, et l'interne venue assister à l'intervention semblait impressionnée. L'oncle en étant incapable, Madison se proposa pour maintenir le bébé en position fœtale tandis que Fletch insérait la fine aiguille à la base de la colonne vertébrale. Ce fut l'affaire de cinq minutes. Fletch prit ensuite la décision de mettre Jia sous antibiotiques sans attendre que le laboratoire communique le résultat de l'analyse.

— Je prends le relais, décréta l'infirmière. Accordez-vous un break tous les deux, vous l'avez bien mérité. Il y a quelque chose pour vous deux en salle de repos.

Sur place, ils trouvèrent deux parts de gâteau au chocolat et aux noisettes qui leur étaient destinées ainsi que du café chaud. Fletch remplit deux mugs et s'installa à côté de Madison dans le sofa.

Plusieurs semaines s'étaient écoulées depuis qu'il avait gardé les jumeaux et, bien qu'ils n'aient guère l'occasion de discuter en tête à tête, une étrange complicité s'était instaurée entre eux. Avec lui, elle se sentait en confiance, rassurée, comme libérée d'un poids.

— Tu as bien fait de me prévenir par SMS, déclara-t-il, rompant le silence. De toute façon, le Dr Zhang, qui est de garde, n'était pas disponible, car il prêtait main-forte au bloc opératoire.

— Comment crois-tu que Jia va s'en sortir ?

— Difficile à dire. En revanche, je suis quasiment sûr qu'il s'agit d'une méningite d'origine bactérienne. Le plus dur maintenant, c'est d'attendre. Nous lui avons administré des antibiotiques avant qu'une septicémie se déclare, mais elle peut toujours se produire. Tout va se jouer au cours des prochaines heures.

— Tu veux que je reste pour soutenir son oncle ?

Il la regarda longuement.

— Tu dois t'occuper des jumeaux. Et puis tu risques d'accumuler pas mal de retard dans ton travail.

Était-ce une fin de non-recevoir déguisée ?

Madison sentit un curieux pincement au cœur. Il n'y avait qu'avec Fletch qu'elle cherchait systématiquement à déceler d'éventuels sous-entendus qui, peut-être, n'existaient que dans son imagination. Avec les autres, elle n'avait pas l'habitude de se torturer ainsi l'esprit.

Le téléphone de Fletch émit une sonnerie indiquant l'arrivée d'un nouveau message. Fletch le sortit de sa poche, consulta l'écran et un sourire illumina son visage.

— Une bonne nouvelle ? s'enquit Madison bien qu'elle ait conscience de son indiscrétion.

— Monique, l'une de mes ex, m'annonce qu'elle est enceinte. Je suis ravi pour elle. Elle a toujours eu envie d'avoir des enfants. Son mari et elle sont sur un petit nuage.

— Cela ne te paraît pas un peu bizarre que tes ex partagent avec toi ce genre d'informations ?

Il sembla sincèrement surpris par sa question.

— Non, pourquoi ? Je me réjouis de leur bonheur. J'aime savoir qu'elles vont bien et qu'elles avancent dans la vie comme elles le souhaitent. Et si jamais l'une d'elles avait des problèmes, je m'efforcerais de l'aider. Je suis plus doué pour l'amitié que pour l'amour.

Elle éprouva une curieuse sensation au creux de l'estomac. Jalousie ? Tristesse ? Elle n'aurait su le dire, mais dans un cas comme dans l'autre, elle jugea sa réaction ridicule.

— J'ai même été convié à quelques mariages, ajouta-t-il.

— Vraiment ? Et les mariés n'y voient pas d'inconvénient ?

— Je n'ai jamais rien remarqué de tel. Mes anciennes conquêtes ont toutes tourné la page. Je fais désormais partie de leur cercle amical, de sorte qu'il est naturel pour elles de m'inviter à célébrer leur union, et pour moi d'y assister. Cela t'étonne ?

— Oui, un peu, je l'avoue. Si Jason avait souhaité inclure l'une de ses ex sur la liste des invités à notre mariage, je me serais interrogée.

— Peut-être parce que tes ruptures ont été conflictuelles.

— Une seule, en réalité, répondit-elle en souriant. À ma décharge, il s'est comporté comme un goujat. Quant aux autres, il s'agissait plus d'une erreur de casting liée à un manque de maturité de ma part mais, même eux, je préférerais changer de trottoir plutôt que d'avoir à les rencontrer de nouveau !

Fletch s'esclaffa.

— Voilà qui en dit long sur ton caractère ! s'exclama-t-il sur le ton de la plaisanterie. Et si je te disais que je suis le parrain d'un des enfants d'une de mes ex ?

— Non !

— Si. Au risque de passer pour un prétentieux, je peux même affirmer que je suis le meilleur parrain du monde. Sonny est adorable, mais un peu trop turbulent. À mon avis, ses parents vont avoir du fil à retordre avec lui d'ici quelques années.

— Quel âge a-t-il ?

— Neuf ans. La période de l'adolescence risque d'être difficile, et Viv m'a d'ores et déjà annoncé qu'il me faudra alors m'impliquer davantage, quitte à héberger mon filleul assez souvent...

Il eut un sourire amusé.

— Tu le feras si elle te le demande ?

— Bien sûr, rétorqua-t-il sans l'ombre d'une hésitation.

— C'est très courageux de ta part. Sais-tu réellement à quoi tu t'engages ?

— Hélas oui ! Cependant, il me paraît important d'être à la hauteur de la confiance que m'a témoignée Viv en me choisissant comme parrain de son fils.

— Et tu n'envisages pas d'avoir des enfants à toi ?

À peine eut-elle prononcé ces mots qu'elle les regretta. Leur conversation prenait un tour excessivement intime. Après tout, la vie privée de Fletch et ses projets d'avenir ne la regardaient pas.

Il parut songeur, et elle craignit d'être allée trop loin.

— Si, un jour, mais pas dans l'immédiat, finit-il par répondre. Je ne pense pas avoir encore atteint ce stade. Par ailleurs, je n'ai pas encore rencontré celle avec qui j'aurai envie de fonder une famille.

— Que se passera-t-il si jamais tu te rends compte, trop tard, que l'une de tes ex était la femme qui t'était destinée ?

— Honnêtement, j'en doute fort.

— Tu ne crois pas que chacun d'entre nous a son âme sœur ?

— Si, j'y crois. En revanche, je sais que je ne l'ai pas encore rencontrée et que, le jour où cela arrivera, je la reconnaîtrai. Mes ex, bien que très différentes, sont toutes adorables. Simplement, le déclic ne s'est produit avec aucune d'elles. Nous avons eu du bon temps ensemble, nous nous sommes appréciés et respectés. J'en ai même aimé certaines, à ma façon, mais cet amour aurait-il duré toute une vie ? Je ne le pense pas.

Pourtant, il t'a rencontrée toi. Manifestement, tu n'entres pas en ligne de compte.

Madison s'efforça de museler la petite voix insidieuse, surgie de nulle part. Elle était pathétique ! Cette réaction ne rimait à rien, et elle avait passé l'âge de se comporter comme une midinette.

— La reconnaîtras-tu au premier regard ? ne put-elle s'empêcher de demander.

Comme s'il percevait son trouble, il plongea son regard dans le sien, et elle ne se déroba pas. Il avait des yeux magnifiques, d'une couleur vert pâle extraordinaire que sa chevelure très brune mettait en valeur.

— Pas nécessairement, murmura-t-il d'une voix légèrement rauque. Le coup de foudre, ce n'est pas trop mon truc. Je crois plutôt qu'un amour profond ne peut naître qu'en fréquentant la personne et en apprenant à la connaître.

Y avait-il réellement un sous-entendu dans sa phrase ou était-ce le fruit de son imagination ?

Elle jugea préférable de ne pas s'appesantir sur la question.

— Il faut que je retourne travailler, déclara-t-elle en se levant.

— Moi aussi.

Elle ramassa son mug et le porta dans l'évier où elle entreprit de le rincer. Fletch l'imita. Elle se dirigeait vers la porte lorsqu'il lui posa une question qui la stoppa net dans son élan.

— En ce qui te concerne, quand as-tu su ?

Elle fit volte-face et constata qu'il l'observait avec une certaine intensité.

— Quoi donc ?

— Que Jason était ton âme sœur.

Madison se mordilla la lèvre. Le sujet était extrêmement personnel et touchait une corde sensible. Cependant, elle n'avait à s'en prendre qu'à elle-même, car c'était elle qui avait orienté la conversation sur ce terrain miné.

— Au bout de quelques semaines. Il n'y a eu aucun couac, aucune ombre au tableau, et tout s'est organisé naturellement pour favoriser notre relation. Nous avons tous les deux obtenu un poste dans cet hôpital, nous avons pu louer l'appartement de nos rêves. C'était comme une évidence.

Elle prit une profonde inspiration afin de refouler les larmes qui menaçaient de déborder et, la gorge affreusement nouée, elle tourna les talons. Alors, elle sentit la culpabilité la submerger. Elle avait quasiment flirté avec un collègue qui, certes lui avait rendu service, mais qu'elle connaissait à peine. Elle s'en voulait des pensées ridicules qui lui avaient traversé l'esprit, d'autant plus stupides que cet homme ne lui avait jamais témoigné un intérêt autre qu'amical.

Sans doute, ces années de solitude l'avaient fragilisée. Sinon, comment expliquer que Fletch éveille en elle des émotions qu'elle n'avait plus ressenties depuis le décès de Jason ? À l'avenir, elle devrait se méfier, non pas de Fletch, mais de sa propre faiblesse.

Sa réaction signifiait-elle qu'elle avait atteint un stade où elle pourrait envisager de rencontrer quelqu'un ? Qu'en diraient sa belle-famille et les anciens collègues de Jason ? Trois ans de veuvage, c'était à la fois très long et très court. Néanmoins, le regard des autres devait-il la condamner à la solitude jusqu'à la fin de ses jours ?

Les pensées se bousculaient dans sa tête et, au milieu de toute cette confusion, une certitude s'imposa. Pour la première fois depuis le drame qui avait changé à jamais le cours de sa vie, un homme l'attirait, et cet homme était le Dr Arthur Fletcher, le nouveau pédiatre.

Elle émit un petit rire amer. Elle n'était plus si jeune, elle n'avait pas un physique exceptionnel, et elle était mère de jumeaux en bas âge. Quel homme pourrait s'intéresser à une femme comme elle ?

Même en supposant qu'elle songe de nouveau à sa féminité, il lui faudrait tenir compte de son entourage familial, amical et professionnel, et surtout protéger ses enfants. Ils étaient et resteraient sa priorité. Comment réagiraient-ils si elle leur présentait quelqu'un ? Pas question de leur faire rencontrer un partenaire auxquels ils s'attacheraient et qui disparaîtrait du jour au lendemain parce que cette relation ne lui convenait plus.

De toute façon, à quoi bon se torturer l'esprit ? Le problème ne se posait pas et ne risquait pas de se poser avant longtemps, le cas échéant. Elle devait cesser de divaguer, chasser Fletch de son esprit pour le considérer comme ce qu'il était réellement : un homme intelligent et sympathique avec lequel elle travaillait et partageait des affinités. Rien de plus. Il en allait du bien-être de ses enfants et de la sauvegarde de son propre cœur.

De retour au service de pédiatrie, Fletch se consacra à Jia. Il avait demandé à l'infirmière de lui administrer un antalgique en plus des antibiotiques, de sorte que le bébé était moins agité, et son oncle moins anxieux. Il reçut un appel du laboratoire lui confirmant qu'après analyse du liquide cérébrospinal, il s'agissait bien d'une méningite d'origine bactérienne. Il se félicita d'avoir prescrit des antibiotiques sans attendre le résultat.

Il avait beau se concentrer sur son travail, ses pensées revenaient invariablement à Madison, ce qui le troublait au plus haut point. Au cours de sa vie, il avait rencontré sur sa route de nombreuses femmes, mais elle était la première avec laquelle il se soit senti assez en confiance pour se livrer spontanément. Il avait répondu honnêtement à ses questions, sans essayer de les esquiver. Il n'y avait vu aucune indiscrétion, juste un intérêt qui lui paraissait sincère.

Pourtant, elle ne correspondait pas au type de femmes qu'il fréquentait habituellement. Il ne cessait de se le répéter, mais c'était plus fort que lui, cette séduisante kinésithérapeute attisait sa curiosité. Il avait envie de mieux la connaître. Le problème, c'était que lorsqu'il contemplait son beau regard d'un brun profond, il mourait aussi d'envie de la serrer dans ses bras et de l'embrasser...

Plus étrange encore, il percevait qu'un lien invisible se tissait entre eux. Prenait-il ses désirs pour la réalité ou le ressentait-elle également ? Et, le cas échéant, qu'en pensait-elle ?

Cependant, la véritable question était de savoir s'il s'estimait réellement prêt à s'aventurer dans une relation avec une veuve, mère de deux jeunes enfants. Ce serait une expérience inédite, et il n'était pas totalement sûr d'avoir acquis la maturité suffisante pour se priver de la liberté propre au célibat. Tant qu'il n'aurait pas résolu ce point, il devrait veiller à ne pas trop s'approcher de Madison.

Un appel le priant de se rendre auprès du patient de la chambre 10 interrompit le cours de ses pensées. Il en conçut un certain soulagement. En homme d'action, il n'avait pas l'habitude de se perdre en conjectures.

La pédiatrie avait toujours été sa passion. Dès le premier jour où il avait intégré une unité pédiatrique dans le cadre de ses études de médecine, il avait eu une sorte de révélation. Quand ses condisciples se destinaient à la chirurgie ou à d'autres spécialités, lui n'avait qu'un objectif : soigner les enfants. Depuis, pas une seule fois, il n'avait regretté son choix.

Il avait à cœur d'alléger les souffrances de ses jeunes patients. Les enfants étaient des êtres spontanés, innocents, que la vie n'avait pas encore pervertis. Pourtant, elle n'en épargnait pas certains. Une injustice qu'il s'efforçait de réparer. Ce n'était pas chose facile, notamment avec les tout-petits qui n'étaient pas en mesure de s'exprimer, et il lui appartenait d'identifier la cause du problème, puis de le résoudre.

Fletch avait exercé dans plusieurs pays, mais Singapour avait sa préférence. Il s'y sentait bien. Il y faisait bon vivre et, malgré une densité de population élevée, il n'avait pas le sentiment d'être noyé dans une marée humaine. Le système de santé se classait parmi les meilleurs au monde et offrait de belles opportunités. Il parlait assez bien le malais, se débrouillait en tamoul, ce qui, avec l'anglais, lui permettait de communiquer avec la majorité des gens qu'il rencontrait dans le cadre professionnel et personnel. Bien qu'il ait signé un contrat de deux ans, il envisageait déjà de prolonger son séjour.

Il avait grandi dans le Middle West et effectué ses études à Chicago. Très jeune, il avait eu envie de découvrir d'autres horizons, d'autres cultures, ce qui l'avait conduit, une fois son diplôme en poche, à partir travailler tout d'abord à Singapour, puis en

Allemagne, en France ou encore en Australie. Un jour peut-être, rentrerait-il aux États-Unis pour y poursuivre sa carrière, mais ce jour-là n'était pas encore arrivé.

Ses pensées revinrent à Madison et à la similitude de leurs parcours. Elle aussi avait voyagé à travers le globe et éprouvait une attirance particulière pour Singapour. Elle y avait étudié et, les circonstances aidant, elle avait choisi d'y rester. Souhaiterait-elle, plus tard, regagner son pays natal, l'Écosse, où vivaient ses parents ? Cela supposerait de quitter la famille de Jason dont elle semblait très proche. Et qu'adviendrait-il si elle rencontrait un autre homme et décidait de construire quelque chose avec lui ? Sa belle-famille continuerait-elle de la soutenir ?

Il se demanda, pour la énième fois, pourquoi cette jeune femme monopolisait son esprit à ce point. Bien sûr, son physique ne le laissait pas indifférent – loin s'en fallait –, mais cela n'expliquait pas tout. Ce qu'il admirait surtout chez elle, c'était sa force de caractère, sa détermination, sa joie de vivre, l'empathie qu'elle ne manquait jamais de témoigner aux autres et la passion qu'elle manifestait pour son métier.

Aucune de ses ex ne réunissait autant de qualités... ce qui achevait de le troubler.

4

Fletch était sorti courir. À cette heure matinale, les trottoirs de Singapour n'étaient pas encore pris d'assaut par les passants. Plongé dans ses pensées, il avait pris machinalement la direction du quartier de Madison et de l'hôpital. Il approchait de l'entrée du St David's Hospital quand il aperçut une silhouette familière en train de faire des étirements, et son rythme cardiaque, déjà sollicité par l'effort physique, s'accéléra.

— Madison ?

Elle se redressa d'un mouvement brusque. L'espace d'un instant, il se demanda si cette rencontre fortuite l'embarrassait. Il fallait admettre que sa tenue rouge et noire épousait si étroitement les courbes de son corps qu'elle laissait peu de place à l'imagination.

— J'ignorais que tu étais un adepte du jogging, répondit-elle avec une surprise non feinte.

— Adepte, c'est un bien grand mot, mais je cours assez souvent. Et toi ? Comment as-tu réussi à te libérer ?

Elle fronça les sourcils, puis parut comprendre qu'il parlait des jumeaux.

— Deux fois par semaine, je les dépose beaucoup plus tôt à la crèche et je pars brûler quelques calories avant que ma journée de travail ne commence. C'est le seul moment que j'ai trouvé pour pratiquer régulièrement une activité physique. Comme tu le sais, les kinésithérapeutes sont assez fans de sport.

— Que dirais-tu d'un petit déjeuner rapide ? Il y a un café juste à l'angle de la rue... Si tu as le temps, bien sûr.

Il la vit jeter un coup d'œil à sa montre, hésiter, puis finalement acquiescer.

— D'accord. Avec plaisir.

Il se félicita d'avoir pensé à mettre sa carte de crédit dans sa ceinture de running, en plus de ses clés d'appartement.

Ils s'installèrent à une table en terrasse, et la serveuse ne tarda pas à revenir avec leur commande.

Madison but une gorgée de café et poussa un soupir d'aise.

— Cela fait du bien de s'accorder quelques instants de répit, déclara-t-elle. Mes débuts de matinée sont généralement plutôt *speed*.

Fletch imaginait sans mal à quoi ressemblaient les premières heures de la journée d'une mère élevant seule ses enfants et menant une vie active.

— Au fait, j'ai pris des nouvelles de Jia dès que je me suis levé ce matin, et il semble en bonne voie. Une chance que nous ayons pu le traiter à temps.

— Tant mieux, j'étais inquiète pour lui.

Elle lui parut soudain plus détendue.

— Oublions un peu le travail. Si tu disposais d'une journée entière rien que pour toi, comment l'occuperais-tu ?

Elle lui adressa un regard perçant.

— Je suppose que cela exclut Mia et Justin du programme.

L'espace d'une seconde, il craignit de l'avoir blessée. Mais Madison ne semblait pas contrariée. Au contraire. Un sourire joyeux illumina son visage.

— Dans le désordre, je lirais un livre en prenant un long bain, je m'offrirais un massage, je me prélasserais au soleil quelque part dans un parc, j'irais au cinéma et aussi chez le coiffeur, débita-t-elle d'un trait.

Elle s'interrompit et éclata de rire.

— Tu as l'air surpris. Tu penses que je n'aurais pas assez de douze heures pour tout faire ? Ou alors tu t'étonnes de la rapidité de ma réponse ?

Il s'esclaffa à son tour.

— Il est vrai que tu n'as pas eu à cogiter pour énumérer ta liste !

— En effet. Au risque de passer pour une mère indigne, j'avoue y avoir songé plus d'une fois. J'adore mes enfants. Ils sont ce qui m'est arrivé de mieux dans ma vie. Cependant, je rêve parfois d'avoir du temps libre que je pourrais consacrer à des loisirs, et non à des tâches ménagères.

Encore un trait de caractère qu'il aimait chez elle. Elle était franche et ne manquait pas de sens de l'humour.

Son T-shirt moulant et son legging révélaient des rondeurs féminines harmonieuses et désirables. Fletch n'était pas homme à ne s'intéresser qu'à la beauté physique. Bien sûr, cela comptait, mais il attachait autant voire plus d'importance à la personnalité. Or celle de Madison l'attirait particulièrement... En fait, tout lui plaisait chez cette femme, jusqu'à sa façon de dévorer ses œufs brouillés avec un plaisir évident !

— As-tu un titre de livre et de film en tête ?

Elle croqua à pleines dents dans un toast et s'accorda un instant de réflexion.

— Tu t'attends certainement à ce que je te réponde quelque chose dans le genre classique, comme *Orgueil et Préjugés*. Eh bien non ! Je préfère la littérature de science-fiction, avec ses planètes géantes ainsi que ses inventions technologiques extraordinaires, et les héros méchants comme Dark Vador.

Sous l'effet de la surprise, il faillit s'étrangler en avalant une gorgée de café.

— Effectivement, je ne m'attendais pas à cela !

— Je m'en doutais. Mais que veux-tu, je ne suis pas qu'une mère de famille aimante et une kiné sérieuse. J'ai aussi besoin de m'évader !

À cet instant précis, il sut que, tôt ou tard, il demanderait à cette femme de sortir avec lui.

— Et en ce qui concerne tes goûts cinématographiques ?

Elle lui lança un coup d'œil espiègle.

— Ils varient selon mon humeur. Lorsque je me sens du vague à l'âme, je préfère les comédies romantiques. En règle générale, j'ai plutôt un faible pour les films d'action. J'ai vu tous ceux de la série *Die Hard*. J'adore les cascades, les bolides, les immeubles en feu, les courses-poursuites, les batailles dans l'espace.

— En somme, tu es celle que tout homme rêve d'inviter pour un rendez-vous galant. Avec toi, il ne risque pas de s'ennuyer.

Ces mots lui avaient échappé, mais en entendant son rire cristallin, il ne les regretta pas.

— J'accepte le compliment… à condition qu'il s'agisse bien d'un compliment.

— C'en est un.

Madison Koh avait décidément un tempérament gai, ce qui forçait son admiration. Fletch ignorait comment il se comporterait s'il se retrouvait dans la même situation qu'elle, à savoir veuf, père de deux jeunes bambins et travaillant à plein temps. Se montrerait-il aussi ouvert et sympathique ? Réussirait-il à mettre ses problèmes personnels de côté pour rester à l'écoute des autres ou plaisanter ? Prendrait-il le temps, par exemple, de petit déjeuner avec un nouveau collègue comme elle venait de le faire ?

Il en était là de ses interrogations quand elle se leva.

— Il faut que je file. Il n'y a pas de repos pour les braves ! Merci pour l'invitation, et à charge de revanche.

— C'est moi qui te remercie.

Il ne la quitta pas des yeux tandis qu'elle s'éloignait au pas de course en direction du St David's Hospital. Quand sa silhouette disparut à l'intérieur du bâtiment, il demeura un moment, le regard fixé sur l'entrée de l'hôpital, et le cœur léger.

Deux jours s'étaient écoulés depuis ce petit déjeuner et, malgré tous ses efforts, Fletch ne parvenait pas extirper Madison de son esprit. Il pensait sans cesse à elle et avait toutes les peines du monde à se concentrer sur son travail. Il décida donc d'agir pour en avoir le cœur net.

Sa journée s'achevait et, après avoir complété plusieurs dossiers médicaux, il se lança à la recherche de la jeune femme. Il se rendit au service de rééducation, puis aux urgences et, ne la trouvant nulle part, il finit par se poster devant la garderie. Elle arriva cinq minutes plus tard, au pas de charge comme à son habitude, et stoppa net en l'apercevant.

— Un problème avec Justin ? s'enquit-elle instantanément.

— Non, pas à ma connaissance. Ce n'est pas pour lui que je suis ici, mais pour toi. Il me semble que nous devons avoir une discussion, toi et moi.

Elle parut déconcertée, et une ride se creusa entre ses sourcils. Il craignit alors de se ridiculiser.

— À quel sujet ?

— Nous deux, répondit-il néanmoins sans hésitation.

Après tout, le ridicule ne tuait pas ! Quitte à passer pour un idiot, autant y aller franco !

Son visage se figea, et elle déglutit péniblement.

— Que... qu'entends-tu par là ?

— J'ai l'impression que tu t'es infiltrée quelque part dans ma tête, et je suis incapable de t'en déloger. Les mots sont sans doute mal choisis, mais je ne peux pas l'expliquer autrement. Voilà pourquoi je préfère te le demander directement : suis-je en train de devenir fou ou quelque chose se passe-t-il réellement entre nous ? Peut-être n'est-ce que le fruit de mon imagination ? Dis-moi et, si je me fais des idées, je te promets de ne plus t'importuner.

Il s'interrompit et tenta d'interpréter son expression de sidération.

— S'il te plaît, réponds-moi franchement, insista-t-il, alors qu'elle restait muette.

Elle inspira longuement, déposa son sac par terre, puis jeta un coup d'œil en direction de la crèche. Il n'y avait personne alentour. Ils étaient seuls dans le couloir.

— Ce n'est pas le fruit de ton imagination, murmura-t-elle, et moi non plus, je ne sais pas comment l'expliquer. J'éprouve de l'attirance pour toi. Tu me plais beaucoup.

De toute évidence, cet aveu lui coûtait.

— Cependant, je ne suis pas sûre d'être prête à approfondir notre relation, ajouta-t-elle aussitôt d'une voix qui manquait d'assurance.

Il éprouva un soulagement libérateur. Certes, la partie n'était pas encore gagnée, mais il n'avait pas essuyé un refus net et sans appel. Il avait néanmoins l'impression de marcher sur des œufs. Il fit un pas vers elle.

— As-tu fréquenté quelqu'un depuis le décès de Jason ?

s'enquit-il d'un ton prudent, de peur de commettre un impair en mentionnant son mari défunt.

Elle lui adressa un sourire triste.

— Oui et non. J'ai accepté un premier rendez-vous, mais personne n'est au courant, et cela n'a pas marché. Je n'étais pas dans les bonnes dispositions d'esprit.

— Il y a longtemps ?

— Deux mois.

Un silence embarrassé s'installa entre eux. Madison s'adossa contre le mur, comme si ses jambes refusaient soudain de la porter.

— Tu es un séducteur invétéré, Fletch, l'antithèse du partenaire qu'il me faudrait si j'envisageais de nouveau d'avoir une vie amoureuse.

— J'ai bien conscience de ne pas correspondre au profil idéal. Je t'avoue que, pour ma part, je ne pensais pas qu'un jour, je succomberais au charme d'une jeune veuve, mère de jumeaux en bas âge.

— Je comprends. Ne crains-tu pas de le regretter ? Tu m'as toi-même dit que tu fuyais lorsque les choses risquaient de devenir trop sérieuses. Je ne veux pas présenter à mes enfants quelqu'un qui ne fera qu'une brève apparition dans leur vie. Je dois les protéger.

— Alors, que décidons-nous ? Faisons-nous comme si de rien n'était, comme si nous n'éprouvions l'un pour l'autre que de la sympathie entre collègues ? Est-ce que nous nous évitons ou jouons-nous la comédie ? Tu le vois, je suis un peu perdu. C'est la première fois que je suis confronté à une telle situation.

— Moi aussi.

Elle planta son regard dans le sien. Il y surprit une lueur de malice.

— Et si nous commencions par le commencement car, à ma connaissance, tu ne m'as pas demandé formellement de sortir avec toi... Loin de moi l'idée de pinailler !

— Exact. Où ai-je la tête ? Madison Koh, acceptes-tu de devenir ma petite amie ?

Elle s'humecta les lèvres, et il fut saisi d'une furieuse envie de l'embrasser.

— Au risque de paraître un tantinet psychorigide, il me semble nécessaire que nous fixions quelques règles au préalable.

— D'accord.

— Ne m'en veux pas, mais je préfère que cela ne s'ébruite pas.

Sa requête le prit de court.

— Pour quelle raison ?

— Beaucoup de gens ici connaissaient Jason et l'appréciaient énormément. Apprendre que j'ai quelqu'un dans ma vie pourrait en choquer certains.

— Pourtant, cela ne regarde personne d'autre que nous.

— C'est vrai, mais n'étant moi-même pas très à l'aise sur le sujet, je ne souhaite pas m'exposer à des commentaires ou des mises en garde.

— Nous devrons donc nous cacher ?

L'idée ne lui plaisait qu'à moitié, même s'il comprenait parfaitement le point de vue de Madison.

Elle esquissa un sourire crispé.

— J'ai besoin de savoir si je suis capable d'assumer une relation amoureuse, murmura-t-elle d'une voix étranglée, de ressentir de nouveau ce genre d'émotions.

— À mon tour de suggérer que nous commencions par le commencement, Maddie. Il se peut qu'au bout de quelques soirées ensemble nous nous rendions compte que cela ne marche pas et que nous décidions de nous en tenir à des rapports amicaux.

— Il se peut aussi que cela se passe le mieux du monde et, qu'au bout d'un certain temps, par peur de t'engager, tu prennes tes jambes à ton cou. Désolée Fletch, mais dans cette affaire, c'est moi qui prends un maximum de risques.

Il n'eut pas à réfléchir bien longtemps pour comprendre qu'elle avait raison.

— Dans ce cas, comment allons-nous nous y prendre si tu ne veux pas que les jumeaux me rencontrent. Tu te sens prête à demander à ta belle-famille de les garder pour te permettre d'avoir de nouveau une vie de femme ? Comment réagiront-ils, à ton avis ?

— Je n'ai pas encore abordé ce sujet avec eux. Il faudra bien que nous en discutions un jour, mais cela me paraît prématuré. Ils prennent les enfants un week-end sur deux depuis que Mia et

Justin ont eu un an et que j'ai cessé de les allaiter. Cette organisation nous convient parfaitement. Moi, je peux ainsi me reposer, et eux profitent de leurs petits-enfants qu'ils adorent.

— Ce qui signifie que nous ne nous verrons que tous les quinze jours ?

Elle dut percevoir sa frustration, car elle lui adressa un sourire moqueur.

— Cela nous donnera le temps d'apprendre à nous connaître et d'évaluer si nos personnalités sont compatibles ou non.

— Pour ce qui me concerne, je n'ai guère de doutes. Alors, où choisis-tu d'aller pour notre première sortie : restaurant, site touristique, grand écran ?

— Il y a une éternité que je n'ai pas mis les pieds au cinéma. Très exactement depuis mon cinquième mois de grossesse.

— Pourquoi ?

— Parce que je ne tenais plus dans le fauteuil ! répondit-elle en riant. Quoi qu'il en soit, la perspective de rester deux heures dans l'obscurité ne me séduit pas trop pour un premier rendez-vous.

— Cela peut pourtant présenter quelques avantages...

— Ne va pas trop vite en besogne !

— OK, je saurai m'en souvenir. Quand tes beaux-parents prévoient-ils de prendre les enfants ?

— Samedi prochain.

— Je dispose donc de deux jours pour te concocter un programme de rêve. À quelle heure veux-tu que je vienne te chercher ?

— En début d'après-midi ?

Il nota qu'elle excluait de passer la soirée avec lui, mais il n'en laissa rien paraître. Qu'à cela ne tienne, il s'en contenterait. Madison portait en elle une blessure profonde et il saurait se montrer patient afin de l'apprivoiser. Pas question de la brusquer. Sinon, il la perdrait.

— Parfait. À samedi, Maddie.

Lorsqu'il s'éloigna, il dut faire un effort colossal pour se retenir de siffloter tant il était heureux.

5

Les nuits peu reposantes étaient devenues son quotidien.

Tandis que Justin geignait doucement dans ses bras, Madison réfléchissait. Peut-être devrait-elle demander à Fletch d'examiner son fils. Elle avait effectué une multitude de recherches sur Internet qui n'avaient abouti à rien, si ce n'est à l'alarmer davantage avec ces histoires dramatiques de maladies orphelines.

Elle ne voulait pas non plus passer pour l'une de ces mères surprotectrices à tendance hypocondriaque qui consultaient le pédiatre pour un oui ou pour un non, ou l'un de ces praticiens atteints de déformation professionnelle.

Allongée dans le sofa, avec Justin couché sur elle, elle s'efforçait de respirer régulièrement afin de calmer son bébé en proie à un sommeil agité. Son regard tomba sur le calepin rouge qu'elle avait acheté à la boutique de l'hôpital. Elle avait entrepris d'y consigner par écrit tous les symptômes observés chez Justin ainsi que ses propres interrogations, pour la plupart anxiogènes. Elle espérait ainsi y voir plus clair et être en mesure de déterminer si, oui ou non, l'état de son fils nécessitait des examens plus poussés.

Mais Justin n'était pas seul à occuper son esprit. Fletch aussi s'était incrusté dans ses pensées. Elle se félicitait notamment d'avoir eu cette discussion franche avec lui avant qu'ils n'envisagent de franchir un cap.

Cet homme l'attirait, inutile de le nier. C'aurait été ignorer l'effet qu'il produisait sur elle à chaque fois qu'ils se rencontraient. Cependant, d'autres facteurs entraient en ligne de compte, à commencer par le fait qu'il n'était pas son type.

Elle n'était pas du genre à fréquenter le don Juan de l'hôpital. Jason n'aurait jamais été étiqueté ainsi. Chacun se souvenait de lui comme d'un homme, certes séduisant, mais avant tout sérieux, consciencieux et intègre.

Non pas que Fletch soit dépourvu de ces qualités. En un mois, elle ne l'avait pas entendu émettre une seule critique contre ses innombrables ex, et le fait qu'il reste ami avec la plupart d'entre elles prêchait en sa faveur, prouvant qu'il avait du respect pour elles. Elle le croyait sincère lorsqu'il affirmait ne souhaiter que leur bonheur.

Car Fletch était un homme franc et moralement honnête. Il n'était pas du genre à essayer d'embobiner les femmes pour parvenir à ses fins, raison pour laquelle il annonçait la couleur dès le début, à savoir qu'il n'envisageait pas de se lier durablement.

Et c'est là que le bât blessait. Si leur relation n'était pas appelée à durer, il n'était pas question que les jumeaux s'attachent à lui. Cela détruirait leur équilibre. Quant à elle, ne s'exposait-elle pas à souffrir si Fletch se détachait d'elle ? Dans l'hypothèse où elle en tomberait amoureuse – et elle admettait en son for intérieur que ce risque existait –, elle en aurait le cœur brisé. Sa vie de femme s'était interrompue brutalement au décès de Jason, celle de mère monopolisait toute son énergie, et elle avait l'impression de ne plus connaître les codes.

Justin gigota et, à force de contorsions, elle réussit à se relever du canapé sans le réveiller. Elle le porta dans sa chambre et le déposa délicatement dans son lit, avant de regagner le salon.

Non, elle n'aurait pas le cœur brisé ! Elle avait assez la tête sur les épaules pour réévaluer la situation si jamais les sentiments s'en mêlaient. Restait néanmoins une inconnue de taille dans cette équation : était-elle assez solide psychologiquement pour tenter une telle aventure ?

Madison se posta devant la baie vitrée et contempla la ville tentaculaire où les hôtels et les tours d'appartements s'élançaient vers le ciel nocturne. Les lumières qui brillaient encore aux fenêtres formaient une myriade de points lumineux. Elle se sentit soudain minuscule et insignifiante, dans cette mégapole de plus de cinq millions et demi d'habitants.

Luttant contre la mélancolie, elle appuya son front contre la vitre fraîche. Elle savait ce que Jason aurait voulu pour elle. Il aurait voulu qu'elle soit heureuse. Or, elle souffrait de la solitude. À quoi bon le nier, elle manquait de compagnie. Elle n'avait plus personne pour l'enlacer, la serrer dans les bras, lui murmurer des mots doux à l'oreille, s'allonger à côté d'elle et échanger des confidences sur l'oreiller.

Elle frissonna et recula. Tout bien réfléchi, elle était prête. Même si Fletch n'était pas celui qu'il lui fallait, il saurait lui redonner le goût de la séduction. Tôt ou tard, elle devrait se reconstruire, et ses collègues devraient cesser de la considérer uniquement comme la mère des enfants de Jason. Il était temps de sortir du carcan dans lequel son veuvage l'avait enfermée. Fletch était peut-être un don Juan, mais il ne trichait pas. Elle savait à quoi s'attendre, et lui aussi, puisqu'ils en avaient discuté. Cet homme au tableau de chasse bien fourni lui apprendrait au moins à renouer avec sa féminité.

Soulagée d'avoir enfin pris sa décision, Madison se rendit à pas de loup dans sa chambre afin de ne pas réveiller les enfants. Les portes de sa penderie étaient ouvertes, et elle se demanda ce qu'elle pourrait bien porter samedi. Elle sourit en songeant qu'elle ne se rappelait pas la dernière fois où elle s'était posée ce genre de question.

Pourquoi ne s'achèterait-elle pas quelque chose ? Des chaussures, par exemple. Elle en était fan à une certaine époque, laquelle remontait à avant sa grossesse. Elle possédait une collection d'escarpins, pour la plupart en piteux état car, depuis un an, les jumeaux s'amusaient à les lui emprunter, ce dont elle se fichait, pensant ne plus avoir l'occasion de les remettre.

Dans sa hâte à vouloir redonner un semblant de normalité à sa vie et à celle des enfants après le décès de Jason, elle s'était laissé happer par la routine du quotidien et n'avait plus pris la peine de s'occuper d'elle. Sa priorité avait toujours été et serait toujours que Mia et Justin souffrent le moins possible de l'absence de leur père, mais peut-être était-il temps de penser aussi un peu à elle.

Lorsqu'elle se glissa sous la couette, elle se sentait confiante. La panique initiale avait cédé la place à l'optimisme. Fréquenter

Fletch ne pouvait être que bénéfique pour son moral et, de ce fait, pour l'équilibre familial.

Au cours des dernières quarante-huit heures, Fletch n'avait cessé de réfléchir au programme de sa sortie avec Madison. Il ne devait pas se rater. Une sacrée gageure ! Il avait passé en revue tous les lieux distrayants de Singapour. Il voulait organiser quelque chose de spécial, trouver des endroits qu'elle n'avait pas forcément fréquentés avec Jason et où ils pourraient bavarder, flirter, se sentir bien et juste apprécier la compagnie l'un de l'autre. Il lui restait tant à découvrir sur elle.

Cependant, il avait bien conscience qu'il devrait redoubler de prudence et ne pas bousculer le cours des événements. Madison ne ressemblait à aucune de ses précédentes conquêtes, ce qui le rendait étrangement nerveux.

Fort de ces bonnes résolutions, il se rendit chez la jeune femme à l'heure convenue. Il s'apprêtait à appuyer sur la sonnette quand la porte s'ouvrit.

— Ouah !

Ce fut tout ce qu'il trouva à dire à la vue de la séduisante créature qui se tenait devant lui. Pour une fois, elle n'avait pas attaché ses cheveux en une queue-de-cheval austère, et une cascade de boucles brunes et soyeuses descendait jusque sur ses épaules. Elle était vêtue d'une robe rouge d'une élégante simplicité, ceinturée à la taille, et chaussée... d'escarpins également rouges.

Il ne put réprimer une grimace.

— Qu'y a-t-il ?

Alors seulement, il remarqua son parfum légèrement épicé aux senteurs d'agrumes et son rouge à lèvres d'une couleur assortie à sa tenue, dans une teinte plus soutenue qui soulignait le dessin parfait de sa bouche. Sous ses airs sages et sérieux, Madison Koh était certainement la femme la plus sexy et la plus pétulante qu'il lui avait été donné de fréquenter.

— J'adore tes chaussures mais je crains qu'elles ne soient pas trop adaptées. Nous allons pas mal marcher.

— Avant, je pouvais parcourir des kilomètres sur des talons

aiguilles, mais comme il s'agit d'une nouvelle paire, je me range à ton avis.

Elle se déchaussa et fourra ses escarpins dans le sac fourre-tout qu'elle portait à l'épaule et qu'elle abandonna sur le sol.

— Attends-moi deux secondes.

Elle disparut au fond du couloir, puis revint cinq minutes plus tard, avec des baskets en toile noire aux pieds.

— Je te préviens, déclara-t-elle tandis que l'ascenseur les conduisait au rez-de-chaussée, à un moment donné de la journée, je porterai mes chaussures de star !

— Tes désirs sont des ordres, répondit Fletch en riant, et je suis curieux de voir comment tu te débrouilles, perchée sur des talons aiguilles.

Il ne savait trop ce qu'elle penserait du programme qu'il avait concocté. Il espérait ne pas la décevoir. Le succès de cette première sortie était décisif pour la suite des événements et donnerait le ton de leur future relation. C'est du moins ce que lui soufflait son intuition.

Il ne leur fallut pas longtemps pour atteindre leur destination.

— Tu m'emmènes au Jardin botanique de Singapour ? dit-elle d'une voix qui exprimait une certaine surprise.

— Quand y es-tu allée pour la dernière fois ?

— Quand Justin et Mia étaient encore bébés. Je nous avais inscrits à des cours de baby yoga. Ils avaient lieu sur les pelouses.

Il s'aventura à lui prendre la main.

— Aujourd'hui, tu n'y viens pas en tant que mère, mais en tant que femme. Je propose que nous nous rendions directement au Jardin national des orchidées. Il paraît qu'il réunit un millier d'espèces et près de deux mille hybrides. À moins que tu n'aimes pas ces fleurs ou que tu sois allergique à leur parfum.

— Ni l'un, ni l'autre. Au contraire, je les adore.

— Cela représente une petite trotte car, d'après ce que j'ai lu, le parc s'étend sur soixante-quatorze hectares.

— Ne me sous-estime pas, s'il te plaît. Avant la naissance des jumeaux, j'étais une randonneuse aguerrie ! Ensuite, nous ferons un tour au kiosque à musique. D'accord ?

Il sourit devant son enthousiasme.

— Volontiers, même si j'imagine qu'il y aura plein de monde en train de se prendre en photo.

Ils s'arrêtèrent en chemin pour boire un café, puis poursuivirent leur promenade tout en parlant de tout et de rien. Il en profita pour lui reprendre la main et se réjouit en constatant qu'elle l'acceptait avec un naturel désarmant.

— En te voyant aussi élégante, j'ai un peu honte de ne pas avoir soigné davantage ma tenue vestimentaire, avoua Fletch. C'est une robe neuve ?

— Oui, et les escarpins aussi. Après avoir passé en revue ma garde-robe, je me suis rendu compte qu'il y avait longtemps, trop longtemps, que je n'avais pas investi dans des vêtements autres que fonctionnels. Et pour cause ! Depuis trois ans, je n'aurais guère eu l'occasion de les porter. Idem pour les chaussures. J'ai une bonne dizaine de paires à talons hauts, mais les enfants jouent si souvent avec qu'elles ne sont plus très présentables. Mes nouveaux escarpins m'ont coûté une fortune, mais tant pis. J'en voulais des rouges et je les ai.

— Si tu avais choisi une robe orange ou rose, tu les aurais quand même pris dans cette couleur.

— Évidemment ! s'exclama Madison comme si elle tombait des nues. Ces teintes s'harmonisent parfaitement ! Et une touche d'originalité ne fait jamais de mal. Je ne te savais pas si classique dans tes goûts.

Elle se rembrunit soudain.

— Il y avait une éternité que je n'avais pas fait de shopping dans les boutiques de mode. Je ne devrais pas dire cela, car c'est mal vis-à-vis des jumeaux, mais j'ai eu le sentiment affreux de renaître à la vie.

Il pressa sa main dans la sienne.

— Cela arrive à toutes les mamans du monde. Une amie d'enfance est infirmière à domicile. Elle est spécialisée en pédiatrie et soigne des enfants âgés de quelques semaines à cinq ans. De ce fait, elle se croyait en mesure de gérer quand elle en aurait un. Un soir, vers l'heure du dîner, elle m'a téléphoné. Elle avait enfermé son fils de deux ans dans sa chambre. Elle maintenait la poignée de la porte d'une main et, de l'autre, elle m'appelait avec son portable.

— Elle a eu droit à la crise du *Terrible Two* ? Je me souviens. Une vraie galère !

Fletch acquiesça.

— Exact. Cependant, si elle l'avait isolé, c'était plus pour le protéger de la colère maternelle que pour l'obliger à se calmer. Elle était à deux doigts de craquer et craignait de le brutaliser.

— Chaque parent en passe par là. C'est horrible. Tu te sens complètement démuni. Tu sais pertinemment qu'il faut te montrer ferme et calme, mais le gosse te tape tellement sur les nerfs, que tu as envie de lui administrer une fessée magistrale. Que lui as-tu conseillé ?

— Rien, si ce n'est de me confier ce qu'elle avait sur le cœur. Elle s'est mise à sangloter et m'a raconté tout ce qu'elle ressentait. En bruit de fond, j'entendais le petit hurler et casser ses jouets. Je crois que le fait d'exprimer à voix haute son ressenti auprès de quelqu'un qui l'écoutait sans la juger et qui comprenait de quoi il retournait l'a aidée à se ressaisir.

Il songea alors qu'élevant seule ou presque des jumeaux Madison avait certainement surmonté de nombreuses épreuves de ce genre. Elle avait dû douter plus d'une fois.

— Comment va ton amie maintenant ?

— Très bien. Kelly et son mari attendent d'ailleurs leur deuxième enfant.

Il surprit une lueur de tristesse dans les yeux de Madison et s'empressa de changer de sujet.

— As-tu toujours aspiré à être kinésithérapeute ?

— Absolument pas. En dernière année d'études secondaires, j'ignorais toujours ce que je voulais faire par la suite. J'étais dans le flou total. Ayant opté pour des matières générales, j'avais le choix entre plusieurs débouchés.

— Qu'est-ce qui t'a finalement poussée vers ce métier ?

— Je suis allée aux journées portes ouvertes organisées par des universités diverses et variées afin de me renseigner. J'ai envisagé tour à tour de devenir professeur d'anglais, puis de travailler dans l'informatique. J'ai même flirté avec l'idée de me destiner à l'industrie cinématographique. C'est alors qu'à un salon de l'étudiant, je suis tombée par hasard sur une kiné qui tenait le stand des métiers paramédicaux. Elle m'a expliqué en quoi consistait son rôle et dans quelle mesure, grâce à des progrès techniques impressionnants, elle contribuait à ce que ses patients recouvrent leur autonomie. Elle a su me donner envie de suivre son exemple.

— Et c'est ainsi que, quatre ans plus tard, tu as décroché ton diplôme.

— Oui. Plus j'ai découvert ce domaine médical, au travers des cours et des stages, plus je l'ai aimé. Voilà comment j'ai trouvé ma voie. Depuis, pas une seconde je n'ai regretté cette décision. Et toi ? Tes brillants résultats t'ont orienté aussi sec vers la médecine ?

— Oui et non. J'ai effectivement obtenu mon bac avec une excellente mention. En revanche, je n'ai pas entrepris aussitôt mes études de médecine. J'ai attendu deux ans. Mon père, qui est médecin généraliste, a fait un AVC. Comme souvent, personne ne s'y attendait. Il était mince, sportif, avait une bonne hygiène de vie. En revanche, il avait contracté une étrange infection virale cette année-là, et c'est elle qui, ayant causé une lésion vasculaire cérébrale, a provoqué l'accident.

— Tu as donc dû reporter ton entrée à la fac ?

— Oui. Papa avait besoin d'aide en permanence. Il a ensuite suivi un programme de rééducation qui a opéré des merveilles sur lui, même si les progrès ont été lents au début. Aujourd'hui encore, il n'a pas complètement récupéré l'usage de son bras droit. Sinon, il se débrouille très bien, sans l'assistance de quiconque.

— Exerce-t-il de nouveau ?

— Seulement deux jours par semaine. Mais revenons à toi. Tu as vraiment songé à faire carrière dans le cinéma ?

— Aussi bizarre que cela puisse paraître, oui, répondit la jeune femme en riant. Pas comme actrice, rassure-toi ! Je m'intéressais davantage à ce qui se passe derrière la caméra. Fort heureusement, je n'ai pas donné suite à ce projet. J'ignore ce que je serais devenue sinon.

Tout à leur conversation, ils ne se rendirent compte qu'ils avaient atteint le Jardin national des orchidées qu'une fois arrivés devant l'entrée. Ils se retrouvèrent dans un univers féerique, aux senteurs enchanteresses et aux couleurs éclatantes de rouge, de rose, de violet et de blanc.

— C'est si beau que l'on se sent obligé de chuchoter, murmura Madison. Un havre de paix au cœur d'une ville parmi les plus peuplées au monde.

Ils déambulèrent au gré des sentiers, parmi une végétation luxuriante s'épanouissant entre ombre et soleil, à la faveur du climat singapourien. À chaque détour, ils découvraient de nouvelles variétés, de nouveaux parfums.

— On finirait presque par s'y perdre, dit Fletch à voix basse. Jamais je n'ai vu autant de trésors botaniques réunis en un même endroit.

Madison le regarda en fronçant le nez.

— Je ne t'imaginais pas en amoureux du règne végétal, répondit-elle sur le ton de la moquerie.

Il lui adressa une grimace amusée.

— Mon père possède une serre. Jardiner l'a beaucoup aidé durant sa convalescence. C'est ainsi que j'ai appris à cultiver les tomates et les petits pois.

— Oh ! je constate que tu as des talents cachés ! Un conseil, ne l'ébruite pas trop à St David's Hospital, sinon les collègues risquent de solliciter tes connaissances !

— Je saurai m'en souvenir.

Ils poursuivirent la visite, dépassèrent une ravissante fontaine et franchirent une enfilade de pergolas prises d'assaut par les fleurs. Parvenue au bout, Madison s'arrêta et lui lâcha la main.

— Nous sommes convenus de rester discrets sur notre relation. C'est pourquoi mieux vaut que ni l'un, ni l'autre n'évoquions le Jardin Botanique auprès de quiconque afin d'éviter toute possibilité de recoupements.

— D'accord, admit Fletch jugeant cependant sa prudence excessive.

Ils rebroussèrent chemin pour regagner le parc et se dirigèrent vers l'un des cafés.

— En revanche, nous devons nous engager à respecter les règles d'or du rendez-vous galant, ne put-il s'empêcher d'ajouter sur le ton de la plaisanterie.

— Quelles sont-elles ? s'enquit Madison avec une franchise désarmante. Ma dernière expérience en la matière remonte à plusieurs années, et j'ai peut-être raté quelques épisodes.

De toute évidence, elle ne se sentait pas dans son élément, ce qu'il comprenait aisément. Lui-même était un peu intimidé. Il ignorait jusqu'où cette histoire l'entraînerait.

— Primo, il faut une pause gourmande. Secundo, pour les soirées cinéma ou musicales, nous sélectionnerons le film ou le concert chacun notre tour, et l'autre acceptera ce choix. Tertio, nous danserons à la moindre occasion.

— Comment ?

Il éclata de rire devant son air décontenancé. Profitant de son désarroi, il l'enlaça et, prenant garde de ne pas trop la serrer contre lui, il esquissa quelques pas de valse. Contre toute attente, elle ne lui opposa aucune résistance, se laissant guider... jusqu'à ce qu'elle trébuche.

Elle jeta un regard dépité à ses baskets.

— Ne serait-ce pas le moment de porter mes escarpins ?

— Tu peux si tu veux, mais nous avons encore à marcher.

— Où comptes-tu m'emmener ?

Il la tenait encore par la taille. Leurs corps n'étaient qu'à quelques centimètres l'un de l'autre, leurs bouches aussi. Il avait une envie folle de l'embrasser. Personne ne prêtait attention à eux... Cependant, il s'était promis de ne pas la brusquer.

— Une promesse est une promesse, déclara-t-il, résistant à la tentation au prix d'un effort surhumain. Et je suis un homme de parole.

Il ne leur fallut qu'une dizaine de minutes pour rejoindre le kiosque à musique. Le pavillon octogonal était entouré de parterres fleuris aménagés en terrasses et cernés de palmiers.

— Quelle chance, il n'y a personne ! s'exclama Madison en pressant le pas.

Ils avaient effectivement une chance inouïe car le kiosque attirait de très nombreux visiteurs, à commencer par des jeunes mariés qui prenaient la pose dans ce monument emblématique du parc.

Il l'attrapa par la main, et ils gravirent les marches en courant. Une fois au sommet de l'escalier, il s'inclina devant elle.

— Tu mets tes chaussures de bal ?

Elle ne se fit pas prier et, en un clin d'œil, troqua ses baskets contre ses escarpins rouges. Elle lui adressa un sourire mutin.

— Musique, maestro !

— Quel genre ? Hard rock, soul, vieux tubes, musique de film ?

— Et si nous laissions le hasard décider pour nous ?

— OK.

Il lança l'application sur son téléphone portable qu'il régla en haut-parleur avant de le ranger de nouveau dans sa poche.

Ils se placèrent l'un en face de l'autre, dans l'attente du morceau… et éclatèrent de rire en entendant les premiers accords de *Only You*.

Il l'enlaça et l'attira contre lui.

— Cela ressemble à un guet-apens, lui murmura-t-elle à l'oreille tandis qu'ils dansaient au rythme du slow langoureux.

— Je t'assure que rien n'était prémédité. La chanson date un peu, mais je l'adore.

— Plus qu'un peu ! Elle a le double de mon âge !

— Et pourtant, elle continue de passer sur les ondes. Certaines choses sont vouées à survivre à l'usure du temps.

Il n'y avait aucun double sens dans son propos, mais en voyant le beau regard brun se voiler de tristesse il aurait donné n'importe quoi pour ravaler ses mots.

Madison se ressaisit aussitôt, et il mesura à quel point ce rendez-vous pouvait être, pour elle, une épreuve sur le plan émotionnel. Il n'en admira que davantage la force de caractère et la dignité de la jeune femme que le sort n'avait pas épargnée. Elle en conservait une fragilité qu'elle prenait grand soin de cacher, mais qui se manifestait parfois.

Fletch se sentit presque coupable de l'avoir entraînée dans cette aventure, et une angoisse fugitive le saisit. Aucune femme avant elle ne lui avait inspiré des sentiments aussi complexes. Plus que jamais, il devait se montrer honnête vis-à-vis d'elle. Il ne s'agissait pas du jeu habituel de la séduction qui ne prête pas à conséquence. Pourtant, une chose était sûre : pour rien au monde, il n'aurait souhaité se trouver ailleurs…

Il lui sourit avec douceur, et elle lui rendit son sourire. C'est alors qu'il remarqua, à une certaine distance, des promeneurs qui, sans doute attendris par la scène à laquelle ils assistaient de loin, immortalisaient l'instant avec leur téléphone portable. Il s'empressa de faire pivoter Madison afin qu'elle leur tourne le dos, ces images risquant ensuite de se retrouver sur les réseaux sociaux.

La chanson s'acheva, et il s'inclina devant sa cavalière.

— Merci pour cette danse.

— Merci à toi de m'avoir fourni l'occasion de porter mes escarpins tout neufs ! répondit-elle d'un ton malicieux. Et maintenant, quelle est la suite du programme ?

— Tu connais le temple de la cuisine de rue ? Cela suppose néanmoins que nous prenions le MRT.

— Pas de problème. De toute façon, je ne reculerais devant aucun sacrifice pour me régaler les papilles. Allons-y !

Le trajet fut rapide et agréable. Le métro de Singapour se distinguait par son efficacité, sa propreté et sa sécurité. Ils descendirent à la station Downtown et se rendirent à pied au marché couvert de Lau Pa Sat. Ici, l'on pouvait se restaurer à toute heure du jour et de la nuit, et des effluves délicieux de sauce *satay* et de *laksa* divers et variés, vous mettaient l'eau à la bouche.

— Il est un peu tôt pour un encas. Que dirais-tu de boire un verre ?

— Excellente idée ! déclara Madison avec enthousiasme.

— Tu prends quoi, en général ?

Elle s'accorda un instant de réflexion.

— Habituellement, un verre de vin blanc ou un cocktail.

Elle s'interrompit, eut une moue désabusée, puis ajouta sur le ton de l'autodérision :

— Encore que « habituellement » ne soit pas le terme adéquat car, depuis la naissance des jumeaux, je peux compter sur les doigts d'une main les fois où je suis sortie boire un verre.

— Je m'en doute !

— Tu sais ce qui me ferait vraiment plaisir ? Une bière artisanale bien fraîche.

— Moi aussi.

Ils s'offrirent donc deux pressions et s'assirent côte à côte à une petite table.

— J'adore observer les passants, avoua Madison après avoir bu une longue gorgée.

— Est-ce que tu inventes des scénarios à leur propos ?

— Comment ça ?

— Quand j'étais enfant, ma tante m'emmenait souvent avec elle. Lorsque nous devions faire la queue quelque part et que je commençais à m'impatienter, elle me racontait des histoires sur tel ou tel passant afin de me distraire.

— De quel genre ?

Fletch parcourut les environs du regard.

— Tu vois cet homme avec la chemise orange ?

Elle acquiesça.

— La couleur est un peu criarde, et certains la trouvent même de mauvais goût. Ce qu'ils ignorent, c'est qu'il s'agit de sa chemise porte-bonheur. Il l'a portée à son premier rendez-vous avec celle que, depuis, il a épousée, ou encore à l'entretien d'embauche pour le poste dont il rêvait et qu'il a décroché. Aujourd'hui, il s'apprête à acheter un billet de loterie, et devine quoi…

— Il va gagner le gros lot, répondit Madison, visiblement captivée.

— Bingo !

Ils éclatèrent de rire.

— À toi, maintenant.

— OK… Tu vois la quinquagénaire qui porte un chemisier beige, une jupe noire, un chapeau et un sac rose fluo ?

Il ne lui fallut pas longtemps pour la repérer.

— Drôle de couleur pour un sac à main ! Alors ?

— Je te préviens, c'est un peu glauque.

Il eut du mal à garder son sérieux devant sa mine de conspiratrice.

— Vas-y quand même.

— Cette femme n'est pas heureuse. Elle a découvert que son amant la trompe, et elle a décidé de se venger, telle une Locuste, la célèbre empoisonneuse de la Rome antique, des temps modernes. Elle a donc concocté un poison révolutionnaire, car indétectable, et l'a injecté dans le shampoing, la crème de soin et le dentifrice de l'homme infidèle. Là, elle vient de quitter le luxueux duplex avec terrasse de celui-ci, en sachant que la prochaine fois qu'elle y retournera, le traître sera mort.

— Oh ! quelle horreur ! s'exclama Fletch faussement choqué. Et moi qui te prenais pour une femme douce et altruiste !

— Tu espérais quoi ? Un conte de fées ? J'ai un faible pour les thrillers et les films ou les romans d'espionnage dont les personnages ont basculé du côté obscur.

Elle s'esclaffa devant son air incrédule.

— Cela donne du piment à la vie. Allez, je te raconte une autre histoire.

Ce petit jeu paraissait la divertir au plus haut point.

— Tu es sûre ? gémit Fletch en esquissant une grimace.

— Absolument ! Regarde cette jeune fille, là-bas, déclara-t-elle en désignant discrètement une jolie brune vêtue d'un uniforme scolaire qui semblait attendre quelqu'un devant la vitrine d'une boutique. Je te présente Nora. Tout le monde la considère comme une lycéenne modèle. Mais Nora n'a rien d'un modèle.

À cet instant, ils virent une seconde jeune fille qui, elle aussi, devait avoir autour de dix-huit ans, la rejoindre.

— C'est maintenant que le récit se corse. Voici Julia, sa meilleure amie. Elle vient d'obtenir une bourse pour intégrer l'université d'Oxford, en Angleterre. Il n'y avait qu'une seule place disponible, et Nora s'est classée en seconde position. Toutes deux s'apprêtent à partir en voyage d'études à Tokyo. Ce que Julia ignore encore, c'est qu'elle a rendez-vous avec la mort à Shibuya Crossing, le plus gigantesque carrefour au monde, et le plus dangereux aussi.

Un sourire malicieux se dessina sur ses lèvres. Elle leva son verre et trinqua avec lui.

— Santé ! J'adore ce jeu.

— Par pitié, dis-moi que tu ne racontes pas ce genre d'histoires à tes enfants !

— Pas encore, ils sont trop jeunes. Cependant, je soupçonne Mia d'avoir hérité certains traits de caractère de sa mère. Rien ne lui plaît plus que de mettre en scène des batailles entre ses animaux préhistoriques, et sa collection de dinosaures compte pas mal d'estropiés.

— Et tu en tires une certaine fierté, n'est-ce pas ?

— Une grande fierté, jugea-t-elle bon de rectifier.

Fletch la contempla d'un regard admiratif. Madison Koh était décidément une femme à part. Elle avait un cœur d'or et un tempérament de feu. Un mélange insolite qui ne manquait pas de stimuler sa curiosité... sa libido aussi. Il se félicitait d'avoir suivi son instinct et osé franchir le premier pas. Car, en plus d'être intelligente, drôle et sympathique, elle était extrêmement séduisante. Surtout dans cette petite robe rouge qui épousait à la perfection les courbes de son corps.

Ces ondes positives qu'il avait ressenties dès le début existaient bel et bien. En sa compagnie, il se sentait détendu, presque heureux... oui, heureux ! Bien sûr, il n'avait aucune idée de la façon dont leur relation évoluerait. La situation était compliquée et il peinait – par manque d'expérience, par lâcheté, ou un peu des deux, il n'aurait su le dire – à définir les sentiments inédits qu'elle suscitait en lui.

— Et si nous grignotions quelque chose ? suggéra-t-il, autant pour prolonger ce moment avec elle que dans l'espoir de faire dévier le cours de ses propres pensées.

— Volontiers. Pour moi, ce seront des brochettes de poulet sauce satay. Et toi ?

— J'hésite entre ça et les nouilles sautées aux crevettes.

— J'avoue qu'il s'agit d'un choix cornélien.

— Finalement, va pour les brochettes !

— Tu as raison, car c'est à Lau Pa Sat qu'on trouve les meilleures de Singapour.

—Hum, ils n'ont pas perdu la main, déclara Madison avec un plaisir évident, tandis qu'ils dégustaient leurs portions servies avec générosité. C'est toujours aussi succulent.

Sur les conseils de la jeune femme, Fletch leur avait également commandé du *bubble tea*. Il en but une gorgée avec circonspection.

— Ici, c'est plus populaire que le Coca, dit-elle en l'observant d'un œil amusé.

— C'est... original.

— En réalité, tu n'aimes pas du tout.

— J'avoue que je ne suis pas fan.

Lorsqu'ils se furent restaurés, elle s'étira avec une volupté qui mit ses sens à rude épreuve.

— J'ai passé un excellent moment, merci beaucoup. Cela m'a donné l'impression de renouer avec la vie.

Elle plaqua sa paume contre ses lèvres.

— Surtout, n'interprète pas mal mes propos. Je ferais n'importe quoi pour le bonheur de mes enfants et j'aime mon rôle de mère. Mais, de temps à autre, sortir, voir du monde et avoir des divertissements d'adulte, tout cela me manque.

Il ne put réprimer un sourire goguenard, et elle devint rouge pivoine.

— Enfin, tu... tu vois bien de quoi je parle, bredouilla-t-elle.

— Oui, rassure-toi, je vois exactement de quoi tu parles, répondit-il en posant sa main sur la sienne.

Ils reprirent la direction de la station de MRT.

— Tu veux aller autre part ? s'enquit-il plein d'espoir tandis qu'ils se frayaient un chemin parmi la foule. Dans un bar, au cinéma ?

Elle hocha la tête en signe de dénégation.

C'est alors qu'ils passèrent devant une boutique à la devanture illuminée par des néons rouges et jaunes. Quand Madison pénétra dans le halo produit par ces lumières, Fletch fut frappé par l'effet saisissant des reflets sur la chevelure soyeuse de la jeune femme et sa peau lumineuse.

— Arrête-toi, s'il te plaît.

Il la contempla comme on contemple une star de cinéma sur grand écran. Elle rayonnait littéralement, et il y avait comme une aura autour d'elle. Les passants, eux-mêmes, tournaient la tête pour la regarder.

D'abord étonnée, elle finit par s'en rendre compte.

— Cinq minutes de vedettariat sous les feux de la rampe ! s'exclama-t-elle en riant.

Il la rejoignit et lui emprisonna la taille.

— Cinq minutes qui suffisent à créer l'instant parfait.

Il se pencha vers son visage, se demandant si elle allait se dérober. Elle lui fournit la réponse en nouant ses bras autour de son cou et en posant ses lèvres sur les siennes. Au début, ce baiser fut chaste, presque timide, un effleurement tout au plus, puis il devint plus passionné, plus intime. Leurs bouches s'ouvrirent et leurs langues s'unirent.

Fletch glissa une main derrière sa nuque, enfouissant ses doigts dans ses cheveux. Le monde continuait de s'agiter autour d'eux, mais il n'en avait plus aucune conscience. Seules comptaient l'ardeur de leur étreinte et les sensations que provoquait en lui le contact du corps de Madison pressé contre le sien. Il aurait voulu que ce moment dure une éternité, mais elle finit par le repousser gentiment et s'écarter d'un pas. La réalité l'avait hélas rattrapée avant lui.

— Waouh ! murmura-t-elle.

— Waouh ! répéta-t-il, à court de mots.

Dans un geste étonnamment doux, elle leva la main et la posa sur sa joue.

— J'ai passé un merveilleux après-midi. À présent, il vaut mieux que je rentre.

Il eut envie de protester, d'argumenter en lui disant qu'il était encore tôt, qu'ils pouvaient rester ensemble encore un peu, une heure ou deux... Toutefois, il se ravisa. Ce rendez-vous avait déjà dépassé ses espérances. Il ne gagnerait rien à précipiter les choses et risquait au contraire de tout gâcher. Madison ne se sentait pas prête à aller plus loin, et il l'acceptait.

Il la raccompagna chez elle. Il pensait la raccompagner jusqu'à la porte de son appartement mais, dans le hall d'entrée de l'immeuble, elle se tourna vers lui, se hissa sur la pointe des pieds et déposa un baiser léger sur sa joue.

— Merci, Fletch.

Sans lui laisser le temps de réagir, elle s'éloigna en direction de l'ascenseur.

— À une prochaine fois, j'espère, déclara-t-elle avant que les portes se referment sur elle, le privant de sa compagnie.

Il demeura planté là, les bras ballants et le cœur proche de l'explosion.

6

Sur un petit nuage, Madison avait regagné son appartement. Son sentiment de plénitude ne l'avait toujours pas quitté lorsqu'elle se prépara à se coucher.

Elle ne s'attendait pas à ce que cela se passe aussi bien et aussi naturellement entre eux, ni à ce qu'elle se sente autant en phase avec un homme qui, du moins en théorie, ne correspondait pas au profil du potentiel futur candidat à partager sa vie.

Pas une ombre au tableau, pas un faux pas susceptible de gâcher ce moment. Tout s'était déroulé à merveille. Fletch avait réussi à la surprendre, à la distraire sans pour autant en faire trop, ni se révéler insistant. Il avait démontré une grande délicatesse. C'était elle qui avait pris l'initiative de l'embrasser. Baiser dont le souvenir restait marqué dans sa mémoire et l'empreinte sur ses lèvres. Baiser qu'elle ne regrettait pas et qui lui avait confirmé ce qu'elle savait déjà : Arthur Fletcher lui plaisait.

Lorsqu'ils avaient dansé, qu'il lui tenait la main ou qu'il la regardait, elle avait éprouvé de délicieux picotements sur la peau et même une crispation au creux du ventre, autant de sensations oubliées depuis longtemps.

Néanmoins, la période romantique de l'adolescence était loin derrière elle, et Madison savait qu'un premier rendez-vous, même si c'était un succès complet, ne permettait pas d'augurer de l'avenir.

Elle avait honte de l'admettre, mais elle ne se rappelait plus son premier baiser avec Jason. Peut-être parce qu'il remontait à une époque trop lointaine, ou parce que l'ardeur de celui qu'elle avait échangé avec Fletch occultait tout le reste.

Elle sourit. Elle se félicitait d'avoir eu le courage d'écourter leur rencontre. Si celle-ci s'était prolongée dans la soirée, elle se doutait de la manière dont cela se serait terminé, car ils en avaient autant envie l'un que l'autre. Elle voulait rester maîtresse de la situation et du rythme auquel évoluerait leur relation. Il en allait de sa sauvegarde. D'autant que, quoi qu'il advienne, elle serait amenée à collaborer avec Fletch pendant au moins deux ans. Il était important qu'elle ne fonce pas tête baissée. De sa prudence dépendaient son équilibre et celui des jumeaux.

Cette pensée la ramena à une réalité plus anxiogène : l'état de santé de Justin ne s'améliorait pas, ce qui l'inquiétait de plus en plus. Elle n'avait remarqué aucune manifestation franche qui lui aurait permis d'identifier la nature du problème, mais une succession de symptômes concordants. À son anxiété, s'ajoutait de la frustration. Son petit bonhomme n'allait pas bien – elle le sentait par toutes les fibres de son être –, et elle était incapable de l'aider alors qu'elle travaillait dans le domaine médical.

Elle devait cesser de craindre de passer pour une mère surprotectrice, voire hypocondriaque, et faire appel à quelqu'un d'extérieur, plus compétent, qui la prendrait au sérieux et l'écouterait d'une oreille attentive, sans préjugé.

Un déclic se produisit dans son cerveau, et elle sut à qui il lui fallait s'adresser sans plus tergiverser.

— J'ai ajouté un patient sur la liste des rendez-vous d'aujourd'hui, annonça son assistante.

— Pas de problème, répondit Fletch, plongé dans la lecture de résultats d'analyses. De qui s'agit-il ?

— De l'enfant d'un membre du personnel de l'hôpital qui a demandé spécifiquement à vous voir pour vous faire part de ses inquiétudes.

Il se contenta d'acquiescer d'un hochement de tête. Il se sentait toujours flatté quand un confrère ou une consœur faisait appel à lui pour sa propre progéniture. Il considérait cette démarche comme une reconnaissance de ses compétences.

Ne s'étant pas renseigné sur l'identité du patient en question, il fut tout surpris de voir Madison, avec Justin dans les bras, entrer dans sa salle de consultation, quelques heures plus tard. Il se leva d'un bond et vint à leur rencontre.

— Maddie ? Tu n'avais pas besoin de prendre rendez-vous. Je vous aurais reçus entre deux.

Il se baissa pour se mettre à la hauteur du petit garçon.

— Salut, bonhomme ! Comment vas-tu ? Tu te souviens de moi ? Je suis Fletch, un ami de ta maman.

Il ne portait jamais de blouse blanche lors de ses consultations, car il avait noté que cela effrayait ses jeunes patients.

Madison semblait nerveuse.

— Je sais, mais je préférais. Cela donne un caractère plus formel, et il n'y a aucune raison pour que je bénéficie d'un passe-droit. Je voulais te parler des symptômes que j'ai observés chez Justin.

— Je t'en prie, assieds-toi.

Il reprit place à son bureau, et elle s'installa en face de lui.

— Dis-moi.

Il la vit sortir un petit calepin de sa poche.

— J'ai remarqué des changements dans le comportement de mon fils depuis quatre semaines. Au début, ils étaient infimes, mais ils se sont accentués au fil du temps. J'ai donc décidé de les noter afin de ne rien oublier.

— Je t'écoute.

— Tout d'abord, Justin a souvent des coups de pompe. Au début, j'ai pensé qu'il s'agissait d'une poussée de croissance. Or, sa courbe est tout à fait normale. Malgré sa fatigue, il dort mal la nuit et se réveille souvent. J'ai essayé toutes sortes d'astuces pour y remédier, somnifère mis à part, bien sûr, sans véritable succès.

Fletch observa le bambin. Justin avait trois ans. À cet âge, la plupart des enfants cherchaient à capter l'attention en s'immisçant dans la conversation ou en s'agitant sur les genoux de leurs parents. Beaucoup auraient déjà essayé d'attraper les objets sur le bureau ou seraient en train de vider la caisse de jouets à la recherche du trésor idéal. Justin, pour sa part, restait sagement assis. Certes, il suivait leur échange et savait manifestement qu'ils parlaient de lui, mais ses paupières semblaient lourdes.

— De même, il a régulièrement mal au ventre et manque

d'appétit, même quand il s'agit de son plat préféré. Il souffre également de difficultés de concentration. Pas plus tard qu'hier, sous l'effet de la frustration, il a fini par donner un coup de pied dans les pièces du puzzle qu'il avait entrepris d'assembler plusieurs jours auparavant. Il pique des crises de colère de plus en plus fréquemment, surtout contre sa sœur, ce qui ne lui arrivait jamais avant. Certaines nuits, il se plaint d'avoir des douleurs dans les jambes.

La voix de Madison se fêla, et la jeune femme s'interrompit un instant pour inspirer profondément et se ressaisir. Fletch respecta son silence.

— Tout cela peut sembler bénin, mais je sais que ces manifestations cachent quelque chose de plus grave et je m'en veux de ne pas réussir à identifier l'origine du problème. Je me sens complètement démunie et impuissante, incapable de le soulager ou de le réconforter.

— Ne t'inquiète pas, Maddie, maintenant tu n'es plus seule. En revanche, nous serons sans doute amenés à procéder à une batterie d'analyses. Tu es d'accord avec ça ?

Elle hocha lentement la tête, mais il remarqua que sa lèvre inférieure tremblait. Il désigna la table d'examen.

— OK. Nous allons commencer par le plus simple. Justin, maman va t'aider à enlever ton pantalon et ton T-shirt pour que je puisse jeter un petit coup d'œil. D'accord ?

Le bambin lui jeta un regard suspicieux mais laissa Madison le déshabiller sans protester.

Fletch se réjouit que le petit garçon n'ait pas de fièvre ou une autre affection qui lui aurait compliqué la tâche. Il contrôla ses oreilles, son nez, sa gorge, puis son pouls et ses réflexes. C'est à peine si Justin broncha lorsqu'il appliqua le stéthoscope contre son dos pour écouter sa respiration. Tout en veillant à le manipuler avec douceur afin de ne pas le brusquer, il le mit debout et le palpa afin de vérifier ses jambes, sa colonne vertébrale, sa posture et sa musculature.

— Rien qui saute aux yeux, conclut-il au bout de dix minutes. Je pense que tu le savais déjà. Il serait bon d'effectuer une analyse d'urine, un prélèvement nasopharyngé et, après application d'une crème anesthésiante sur le bras, une prise de sang.

Il la vit pincer les lèvres.

— Roki peut-elle se charger de la prise de sang ?

— Bien sûr. Pendant que je vais lui en parler, pourrais-tu essayer de convaincre ton fils de faire pipi là-dedans, demanda-t-il en lui tendant un flacon.

Une heure plus tard, un Justin d'humeur beaucoup plus grincheuse grignotait un biscuit accompagné de jus d'orange. La bandelette urinaire n'avait rien indiqué d'anormal. L'échantillon était néanmoins parti au laboratoire, de même que les prélèvements nasopharyngé et sanguin. Il ne restait plus qu'à attendre les résultats, ce qui prendrait sans doute un peu de temps.

Fletch s'assit à côté de Madison.

— Nous n'en sommes qu'à l'étape exploratoire. Quand nous recevrons les conclusions du labo, nous y verrons peut-être plus clair. Sinon, il faudra continuer de chercher.

Il la sentit se tendre et posa une main sur la sienne.

— Pas de panique, nous allons trouver, déclara-t-il avec plus d'assurance qu'il n'en éprouvait.

En réalité, il n'était pas si optimiste que ça ! Il n'avait aucune idée de la nature du problème et, si les laborantins ne découvraient rien de leur côté, il devrait procéder à tâtons, par élimination, en balayant l'éventail des causes potentielles, lesquelles étaient multiples.

Elle se contenta d'un hochement de tête peu convaincu.

— Reviens me voir demain. Nous examinerons ensemble les résultats des tests. Inutile d'emmener Justin.

— D'accord. Viens, mon chéri. Il est l'heure de retourner à la garderie.

Lorsqu'elle eut refermé la porte derrière eux, Fletch poussa un soupir et se massa les tempes.

Il se réjouissait que Madison lui octroie suffisamment de confiance pour lui demander d'examiner son fils. Ce qui le chagrinait, en revanche, c'était qu'elle avait utilisé la voie normale pour prendre rendez-vous au lieu de le contacter directement. Sa démarche le désignait officiellement comme le pédiatre de Justin, et si leur relation continuait d'évoluer dans le sens souhaité, il lui faudrait adresser son jeune patient à l'un de ses confrères, déontologie oblige.

Madison avait la gorge affreusement nouée et l'impression d'avoir la poitrine serrée dans un étau lorsqu'elle redéposa Justin à la crèche. Elle se rendit ensuite directement aux toilettes les plus proches et, enfermée dans une cabine à l'abri des regards, elle libéra les sanglots qu'elle retenait depuis trop longtemps.

Elle avait conscience qu'une telle réaction n'avait rien de rationnel. Elle avait eu raison d'exprimer ses inquiétudes auprès d'un pédiatre qui, en plus, n'était pas n'importe lequel.

Elle n'avait pas manqué de remarquer son expression de surprise en la voyant entrer. Elle avait espéré que son assistante l'avait informé qu'elle avait pris rendez-vous mais, de toute évidence, Fletch ignorait que Justin s'était greffé à sa liste de consultations de la matinée. Il s'était montré plein de tact tout en restant très professionnel, ce dont elle lui savait gré. Il l'avait senti perdue, submergée par ses émotions et incapable de prendre du recul. D'autant qu'elle avait préféré garder ses soucis pour elle pour ne pas alarmer ses parents, ni ses beaux-parents.

Elle essuya ses larmes et sortit, croisant les doigts pour ne rencontrer personne. Elle s'aspergea le visage d'eau fraîche et prit soin de ne pas croiser son reflet dans le miroir. Elle devait se ressaisir, des patients comptaient sur elle.

Fletch relut les résultats des analyses. Ils ne lui apprenaient pas grand-chose et ne révélaient aucune anomalie, hormis peut-être un taux en léger excédent pouvant indiquer une réaction inflammatoire quelque part ou le début d'une infection, mais rien de concluant.

Un coup à la porte l'interrompit dans sa lecture, et Madison entra. Elle lui parut stressée. Il lui fit signe d'approcher pour lui montrer les chiffres et les pourcentages qui s'affichaient à l'écran. Elle n'avait pas besoin d'explication pour en arriver aux mêmes conclusions que lui. Il perçut nettement son désappointement. Il avait eu envie de lui envoyer un SMS, voire de lui téléphoner, hier soir, mais il n'avait pas osé de peur de la déranger. Avec deux enfants en bas âge, elle avait un planning bien rempli, même pendant les soirées.

Elle poussa un soupir de frustration.

— La bonne chose, c'est que les analyses ne révèlent rien de grave. La mauvaise, c'est que nous nous retrouvons à la case départ.

— J'ai une proposition à te soumettre, mais je ne suis pas certain qu'elle te convienne.

Elle haussa les sourcils.

— Laquelle ?

— Je souhaiterais passer du temps avec Justin.

Il la sentit se tendre.

— Pourquoi ?

— Cela me permettrait de l'observer dans son environnement familial, de voir comment il se comporte au moment du coucher, comment il réagit face à une situation délicate, comment il se positionne vis-à-vis de sa sœur, les rapports entre jumeaux étant parfois complexes. En bref, comment il gère son quotidien.

— Tu... Tu mets ma parole en doute ?

Il posa aussitôt sa main sur la sienne dans un geste d'apaisement.

— Pas le moins du monde ! Je te crois sur parole et j'ai confiance dans ta lucidité. Seulement, j'ai besoin de plus d'informations sur ton fils pour explorer d'autres pistes. Pour le moment, nous n'avons rien. Aussi, j'ai songé qu'en ayant une relation directe avec lui j'aurais peut-être une idée. L'idéal serait que cela se passe chez toi, mais si tu préfères, cela peut aussi avoir lieu à la crèche, ou je peux demander qu'il soit admis un jour ou deux dans le service pédiatrique.

— Pas question !

La réponse fusa, sèche et nette.

La jeune femme l'examina d'un regard inquisiteur.

— Agirais-tu de la même manière avec l'enfant de quelqu'un d'autre ? s'enquit-elle d'un ton radouci.

— Je l'ai fait une fois pour une fillette qui requérait une attention particulière.

— Et tu sortais avec sa mère ?

— Non.

— Cela a-t-il porté ses fruits ?

Cet interrogatoire en règle prouvait à quel point sa suggestion la rendait nerveuse. Manifestement, elle était mal à l'aise avec cette solution.

— Je ne nie pas le bien-fondé de ta proposition mais, en admettant que j'accepte, qu'adviendra-t-il de nous deux ? Je veux être claire vis-à-vis de mes enfants. Je ne veux pas leur compliquer davantage l'existence. Or, une telle situation serait pour le moins complexe et risquerait de me mettre en porte-à-faux.

— Je comprends. Souhaites-tu mettre notre relation entre parenthèses en attendant que les choses se décantent ?

Bien que cette perspective lui noue les tripes, il se devait de poser la question. Elle parut réfléchir, et il retint son souffle, redoutant la sentence.

— Non, dit-elle enfin d'une voix assurée.

— Ouf ! Moi non plus.

Leurs regards se soudèrent l'un à l'autre.

— Alors, comment procédons-nous, Maddie ?

— Viens ce soir.

— OK. Dans ce cas, j'apporte le dîner.

— Volontiers, car je n'aurai pas le temps de préparer quoi que ce soit. Les enfants raffolent des nouilles au poulet, pas trop épicées néanmoins.

— C'est noté. À quelle heure ?

— Tôt. Vers 18 heures 30 ?

— Entendu. Comment justifieras-tu ma présence ?

— Je leur rappellerai que nous travaillons souvent ensemble à l'hôpital et que nous devons discuter de certains dossiers une fois qu'ils seront couchés.

Il s'efforçait de rester factuel, d'ignorer l'euphorie qui le gagnait. Surtout ne pas perdre de vue qu'il s'agissait d'une visite avant tout professionnelle. Comment expliquer qu'il ressente un tel besoin de s'intégrer dans la vie familiale de Madison, surtout après un unique rendez-vous, chaste de surcroît ? Ses vieux réflexes de célibataire endurci l'exhortaient à ne pas trop s'impliquer, mais il n'avait pas envie de lutter, comme si une force invisible l'attirait irrémédiablement dans ce qu'auparavant, il qualifiait de piège.

Il sentit poindre une inquiétude familière.

— Parfait, s'entendit-il répondre. Je serai chez toi à 18 h 30.

Madison n'était pas certaine d'avoir pris la bonne décision. Durant la journée, elle n'avait pas cessé de tergiverser et, lorsque le moment était venu d'aller chercher ses enfants à la crèche, elle avait bien failli envoyer un SMS à Fletch pour annuler. Cependant, la situation avait échappé à son contrôle. Justin était plus grincheux que d'ordinaire. Quant à Mia, elle débordait particulièrement d'énergie et avait parlé sans interruption sur le chemin du retour. Une véritable pipelette qui posait des salves de questions sans toujours écouter les réponses.

Plantée devant son dressing, Madison s'interrogeait sur la tenue adéquate. Jean noir et chemisier vert… ou plutôt son T-shirt noir orné de paillettes ? Non, ce soir, elle n'avait pas l'intention d'attirer l'attention. Elle ne changerait rien à ses habitudes. Elle enfila donc son pantalon de yoga gris et son T-shirt à l'effigie d'un vieux groupe de rock. De toute façon, Fletch venait pour voir Justin, pas sa mère.

— Les enfants, un collègue et ami de maman nous apporte le dîner ce soir, annonça-t-elle dans la salle de bains, tandis qu'elle surveillait le lavage des mains des jumeaux. Il ne va pas tarder à arriver.

— Chouette ! C'est Rui ? Moi, je veux de la glace ! s'exclama Mia, toujours aussi prompte à réagir.

— Non, ma chérie, ce n'est pas Rui, c'est Fletch, le nouveau docteur. J'ai dit un collègue, pas une. Et non, il n'apporte pas de la glace, mais des nouilles sautées au poulet. Il me semble que tu adores ça, non ?

Comme pour le lui confirmer, la fillette s'installa à table devant son assiette. Justin l'imita, quoique avec moins d'enthousiasme. La sonnette retentit. Il était 18 h 30 pile.

Timing parfait ! Madison ouvrit la porte. Fletch se tenait sur le seuil, un sac en papier à la main, d'où s'échappaient des odeurs alléchantes. Elle le vit baisser les yeux vers ses jambes et crut un instant qu'il s'intéressait à son pantalon de yoga, avant de comprendre qu'il cherchait plus vraisemblablement les enfants du regard.

— Entre, je t'en prie. Ils sont déjà à table.

Il s'avança et stoppa net en découvrant Mia et Justin qui avaient déjà empoigné leurs couverts.

— Je suis attendu, à ce que je vois !

— En effet.

Elle répartit le contenu des cartons dans les assiettes, et ils s'installèrent à leur tour à table. Mia observait leur hôte avec le manque de discrétion propre aux jeunes enfants.

— Rouge ou rose ? lança-t-elle, la bouche pleine.

— Rose, répondit Fletch sans hésiter.

— Bébé chien ou bébé chat ?

— Bébé chien.

— Perdu ! s'écria la fillette sur un ton triomphal.

Fletch prit un air faussement horrifié.

— Comment est-ce possible ? En général, les enfants adorent les chiens.

— Maman, elle en veut pas dans l'appartement. Elle a dit qu'on aurait peut-être un chat, plus tard.

Madison feignit d'ignorer le regard en coin que lui coulait sa fille et se pencha vers Justin qui n'avait pas encore commencé à manger.

— C'est bon, mon chéri ?

— Oui, grommela le petit garçon.

Elle ne put s'empêcher de froncer les sourcils. Fatigue, caractère renfrogné, manque de concentration, réponses monosyllabiques : son fils lui faisait penser à un adolescent mal dans sa peau.

— J'ai aussi apporté des dinosaures, annonça Fletch. Vous aimez les dinosaures ?

Les deux petites têtes se tournèrent vers lui instantanément. Comme toujours, Mia fut la première à réagir.

— Oh oui !

— Moi aussi, murmura Justin d'une voix timide.

— Super ! Quand nous aurons fini le repas, et si votre maman est d'accord, je vous les donnerai.

— Je suis d'accord.

Fletch était un invité agréable, et Madison réussit à avaler ses nouilles, bien qu'elle se sente oppressée et sur le qui-vive. Elle guettait le moindre geste de son fils, le moindre bâillement. Elle devait impérativement cesser. Elle n'agissait pas ainsi avec sa fille. Heureusement, sinon son cerveau finirait par exploser !

Fletch leur posa toutes sortes de questions. Son accent américain semblait beaucoup divertir Mia qui essaya de l'imiter, provoquant l'hilarité générale, même celle de son frère.

Lorsque Madison eut achevé de débarrasser la table, elle servit deux verres de vin rouge et les porta dans le salon. Ils s'installèrent sur le canapé tandis que les jumeaux, assis par terre, disposaient les nouveaux dinosaures en ordre de bataille. Une scène d'intimité familiale...

Madison s'attendait à se sentir mal à l'aise, mais il n'en était rien. Au contraire, la compagnie de Fletch l'apaisait. Alors qu'elle s'en était fait tout un monde, il n'y avait plus aucune ambiguïté dans son esprit.

Comme de coutume, Mia avait pris la direction des opérations, et Justin ne s'était pas rebiffé. Par moments, quand il se déplaçait à quatre pattes sur le tapis, elle voyait son fils grimacer et se frotter les genoux, comme s'il souffrait des articulations. Au bout d'un certain temps, lassé par le jeu, il commença à geindre et à devenir un peu agressif avec sa sœur. Madison consulta sa montre. Il restait encore quarante-cinq minutes avant l'heure normale du coucher.

— Il est temps de prendre la douche, les enfants, annonça-t-elle. Tu passeras le premier, Justin. Ou plutôt non, ajouta-t-elle en surprenant la mimique satisfaite de Mia, je vais vous doucher ensemble, cela ira plus vite.

Vingt minutes plus tard, les jumeaux étaient lavés, en pyjama, et les dents brossées.

— Dites bonne nuit à Fletch et remerciez-le pour les dinosaures.

— J'ai pas sommeil, moi ! s'insurgea Mia.

Pour sa part, Justin obéit sans protester, et gagna directement sa chambre. Après l'échange de bisous, ses paupières se fermèrent instantanément. Il était épuisé, ce qui ne signifiait pas qu'il ne se réveillerait pas au milieu de la nuit...

Convaincre Mia exigea davantage de patience, car quand Madison regagna le salon après avoir couché Justin, elle trouva la fillette assise sur le canapé contre Fletch qui lui lisait une histoire.

— Désolé, j'ai craqué, murmura-t-il avec un sourire amusé.

Mia négocia pour avoir droit à une deuxième histoire, puis finit par se plier à contrecœur aux ordres maternels. Elle avait l'art et la manière d'embobiner tout le monde. Madison n'était pas dupe, mais elle se prêtait au jeu afin de ne pas brider la personnalité spontanée, enjouée et généreuse, quoiqu'un peu autoritaire, de sa fille. Elle savait de qui elle tenait ce caractère...

De retour au salon, elle s'immobilisa sur le seuil. Fletch avait poursuivi sa lecture du livre pour enfants, et il semblait passionné. C'était la première fois depuis le décès de Jason qu'elle invitait un homme chez elle le soir. Le plus troublant, c'était que cette présence ne la dérangeait pas autant qu'elle le craignait. Fallait-il en déduire qu'elle était prête à vivre autre chose ?

La question était prématurée. Elle choisit de l'ignorer et de suivre son instinct. Elle retourna donc s'asseoir à côté de Fletch sur le sofa.

— Alors, qu'en penses-tu ? s'enquit-elle.

Il s'accorda un instant de réflexion qui lui parut une éternité.

— Il me paraît effectivement un peu apathique pour un enfant de son âge, même en fin de journée et, de toute évidence, ses articulations le font souffrir. Par ailleurs, il a du mal à gérer ses émotions. Il pourrait s'agir d'une légère inflammation du tissu cérébral.

Madison sursauta.

— Pas de panique, dit-il en posant la main sur son bras, qu'elle ne retira pas. Je passe juste en revue les différentes possibilités. Tu le sais, il faut tout envisager, même le pire.

Elle se contenta de hocher la tête, tant elle avait la gorge serrée.

— Il a tous ses vaccins, parvint-elle à articuler d'une voix étranglée, ce qui n'élimine pas l'éventualité d'une méningite virale.

— Non. Ses symptômes seraient plus aigus, le cas échéant.

— C'est aussi ce que je pense.

Le contact de sa paume contre la peau nue de son bras était à la fois réconfortant et incroyablement excitant. Il n'avait fait aucun commentaire sur sa tenue décontractée. Peut-être n'y avait-il pas prêté attention. Et c'était tant mieux, parce que désormais, elle était beaucoup plus souvent cette femme en pantalon de yoga et T-shirt que celle vêtue d'une robe moulante et chaussée d'escarpins. Elle leva la tête et surprit l'intensité de ses prunelles vert pâle.

— Les enfants sont couchés, chuchota-t-il. Veux-tu que je parte ?

Son regard dut répondre à sa place. Fletch se pencha vers elle. Sa bouche n'était plus qu'à quelques centimètres de la sienne.

— Et si on se regardait un film ? suggéra-t-il à voix basse. Comme ça, si Justin se réveille d'ici une heure ou deux, je pourrai voir comment il se comporte.

C'était sans aucun doute un prétexte pour retarder son départ, mais il ne prendrait pas l'initiative de l'embrasser afin de ne pas profiter de la situation, elle en était certaine. Pourtant, elle en mourait d'envie.

Elle effleura ses lèvres des siennes. Ce fut comme si elle le libérait d'un poids. Il s'empara de sa bouche, força le barrage de ses lèvres, et leurs langues s'unirent. Madison sentit un désir puissant monter en elle, et éprouva une bouffée d'euphorie. Contrairement à ce dont elle s'était persuadée, sa sensualité et sa féminité n'avaient pas disparu en même temps que Jason. Elles s'étaient seulement estompées le temps du deuil, attendant le moment propice pour renaître de leurs cendres.

Soudain, une peur sourde l'envahit. La peur de céder à ses pulsions, ici et maintenant, à quelques mètres seulement des enfants. Une peur qui doucha ses ardeurs.

Elle détourna le visage, interrompant leur baiser, mais resta blottie contre Fletch. Avec cette délicatesse étonnante qu'il lui avait déjà témoignée, il n'insista pas. Et ils restèrent ainsi, serrés l'un contre l'autre, savourant la douceur de cette soirée passée ensemble. La première...

7

Fletch se sentait étonnamment épanoui, et ce sentiment de plénitude le troublait. Certes, il était toujours heureux au début d'une histoire, quand l'attrait de la nouveauté stimulait son imagination, que son désir ne demandait qu'à être assouvi et que sa partenaire occupait toutes ses pensées.

Cependant, cette fois-ci, la situation était différente. Madison était différente. Elle ne ressemblait pas aux femmes qu'il avait fréquentées jusqu'alors, et jamais il n'avait éprouvé pour l'une d'elles ce qu'il ressentait aujourd'hui pour la jolie kinésithérapeute.

La veille au soir, il aurait tant aimé aller au-delà d'un simple baiser. Il en mourait d'envie, mais il s'était retenu, comprenant que Maddie préférait garder le contrôle de la situation. D'autant que ni lui, ni elle, n'auraient souhaité qu'un des jumeaux les surprenne. Les enfants ne savaient pas garder un secret, surtout Mia qui n'avait pas la langue dans sa poche et s'exprimait particulièrement bien pour une fillette de son âge. À coup sûr, la chose serait venue tôt ou tard aux oreilles des parents de Jason. Le cas échéant, comment auraient-ils réagi ? Auraient-ils accepté que leur belle-fille ait de nouveau une vie amoureuse ? Madison n'avait pas l'air de le croire puisqu'elle voulait cacher leur relation.

Et puis, il y avait Justin…

Fletch l'avait observé avec beaucoup d'intérêt dans son environnement familial, ce qui lui avait permis de vérifier ce que sa mère avait elle-même noté, un ensemble de symptômes qui, en apparence, n'avaient aucun rapport entre eux. Certains pédiatres songeraient à des troubles neuro-atypiques, mais lui n'était pas convaincu.

Il poussa un soupir et se leva. La journée s'annonçait chargée. Il avait une vingtaine de consultations externes, sans oublier les patients hospitalisés.

En sortant dans le couloir, il entendit Madison. Celle-ci discutait à voix basse avec le Dr Tao Yan, un jeune médecin. Il s'approcha.

— Je peux vous être utile ?

Elle lui adressa un sourire crispé.

— Nous aurions besoin de tes lumières.

— Un problème particulier avec un patient ?

— Une patiente. Elle a été admise ce matin.

Le Dr Yan prit le relais.

— Il s'agit d'une petite fille de deux ans présentant des troubles respiratoires, avec gonflement de la gorge et toux.

— Une toux très rauque, précisa Madison, et un stridor prononcé.

Fletch croisa son regard et comprit ce à quoi elle pensait.

— Inhabituel, se contenta-t-il de commenter.

— C'est-à-dire ? s'enquit Tao.

— Allons examiner cet enfant. Madison, tu peux nous accompagner, s'il te plaît ?

— Bien sûr.

Ils se rendirent auprès de la fillette qui avait été isolée dans une chambre individuelle. Ils se lavèrent les mains soigneusement et mirent un tablier jetable en plastique ainsi qu'un masque.

Fletch se présenta au père.

— Quand avez-vous remarqué les premiers symptômes ?

— Il y a quelques jours. Au début, cela ressemblait à un simple rhume, puis elle a commencé à beaucoup tousser et, depuis, son état s'est dégradé.

— A-t-elle un schéma vaccinal complet ?

L'homme parut hésiter.

— Je crains que non, finit-il par avouer. Nous n'avons cessé de déménager d'un pays à l'autre dans le cadre de mon travail.

— Dans quels pays avez-vous séjourné ?

— L'Inde, la Malaisie, le Vietnam, Haïti et le Congo.

— OK. Je vais examiner la gorge de Rimi. Ma puce, tu veux bien ouvrir grand la bouche, s'il te plaît ? Il faut que je regarde à l'intérieur.

Pour amadouer la fillette, il s'amusa à allumer et éteindre son stylo-lampe à plusieurs reprises, et il finit par obtenir gain de cause. Ce qu'il découvrit lui confirma ses craintes et il adressa un discret hochement de tête à Madison, avant de passer sa lampe médicale au Dr Yan.

— Vois-tu cette coloration inhabituelle ?

— Oui. La membrane est grise.

— En effet, et le gonflement des ganglions lymphatiques est caractéristique. Cela s'appelle le « cou de taureau ».

Fletch s'adressa au père.

— Des prélèvements et une prise de sang s'avèrent nécessaires, mais les symptômes de Rimi me font penser à une diphtérie, et je vais donc d'ores et déjà la traiter avec des antibiotiques. Elle aura aussi besoin d'oxygène.

— De mon côté, je me charge de nous procurer un moniteur cardiaque, décréta Rui Lee qui s'était matérialisée à son côté.

L'infirmière s'esquiva aussi discrètement qu'elle était entrée.

— Pourquoi un moniteur cardiaque ? s'enquit le père de Rimi d'une voix étranglée en fixant Madison.

— La diphtérie peut provoquer une myocardite – une inflammation du muscle cardiaque –, expliqua la jeune femme, ce qui risque d'entraîner une arythmie.

— Il faut surveiller de près le gonflement de la gorge pour le cas où il commencerait à obstruer les voies aériennes, ajouta Fletch.

Il appliqua de la crème anesthésiante, mit en place la canule destinée à l'administration des antibiotiques par intraveineuse, puis après quelques mots rassurants à l'intention du père de la fillette, il sortit.

Madison le suivit jusqu'au bureau médical dont elle referma la porte derrière eux.

— Je n'en reviens pas ! s'exclama-t-elle. Ces gens voyagent

dans des pays à risques et ils ne se soucient pas de vacciner leur bébé ! Ils ne savent pas que la diphtérie peut tuer ?

— Apparemment non. J'aurai une petite conversation avec le père. En attendant, il ne nous reste plus qu'à prier pour que cela ne finisse pas par une trachéotomie. Pauvre gosse !

Madison était devenue livide, et il devina qu'elle songeait à ses propres enfants.

— J'espère que leur irresponsabilité n'aura pas de répercussions qu'ils regretteront jusqu'à la fin de leurs jours, grommela-t-elle.

— Moi aussi. Beaucoup s'imaginent que les vaccins protègent contre des maladies qui n'existent plus, et ils ne comprennent leur erreur et la gravité des conséquences que dans des situations comme celle-ci. La gorge de Rimi est bien gonflée. Je resterai cette nuit pour veiller au grain.

— Tu es de garde ?

— Normalement non, mais je préfère être sur place si jamais l'état de la petite se détériore. D'autant que c'est le Dr Yan qui est d'astreinte. Tu t'imagines en tant que jeune médecin devoir assurer la permanence de nuit avec une petite de deux ans souffrant de diphtérie ? Une expérience que je ne souhaite à aucun junior. C'est pourquoi je vais lui prêter main-forte, cette nuit.

— Cette décision t'honore. Je suis sûre que Tao t'en saura gré.

Incapable de résister à la tentation, Fletch s'approcha de la jeune femme et lui prit la main.

— Je voulais te demander si tu serais d'accord pour que nous emmenions les jumeaux au parc prochainement, juste une petite heure, afin que je puisse observer comment Justin interagit avec les autres enfants.

Elle lui lança un regard moqueur.

— Observer Justin... ou observer sa mère ?

Elle plaisantait bien sûr, mais elle l'avait percé à jour.

— À vrai dire, les deux, admit-il avec un sourire contrit.

— Où dormiras-tu cette nuit puisque Tao occupera la chambre réservée au pédiatre de garde ?

— Dans l'une de celles du service des urgences. De toute façon, je ne compte pas trop fermer l'œil. Et, crois-moi, j'ai connu pire.

— Je me félicite d'avoir choisi le meilleur pédiatre pour mon fils.

Le compliment était sincère, et il se sentit à la fois flatté et troublé, car il ne perdait pas de vue que Madison n'était pas seulement la mère d'un de ses patients. Pour lui, elle représentait déjà bien plus que cela.

Elle se hissa sur la pointe des pieds et déposa un baiser furtif sur sa joue avant de s'écarter aussi vite.

— Il faut que je retourne travailler.

Il n'eut pas le temps de réagir qu'elle avait déjà disparu, le laissant seul en proie à de multiples interrogations.

En cours de journée, il s'isola quelques minutes pour réfléchir au cas de Justin puis rédigea une ordonnance pour des ultrasons afin de contrôler ses articulations. Cette technique d'imagerie médicale n'était pas invasive, et Madison serait en mesure d'interpréter les résultats sans le concours d'un médecin, ce qui la rassurerait.

Et si, par malheur, il ne réussissait pas à trouver ce qui clochait chez Justin ? Cela affecterait-il sa relation avec Maddie ?

Il s'empressa de chasser cette pensée de son esprit. Elle était contraire à la déontologie, et il ne fallait surtout pas mélanger vie professionnelle et vie privée.

Il se rendit à plusieurs reprises auprès de Rimi, vérifia l'évolution de sa gorge, s'assura qu'elle supportait bien les antibiotiques et fit un point complet avec le Dr Yan.

Il était 23 heures passées quand il se résolut enfin à descendre aux urgences pour prendre un peu de repos. Rimi avait fini par s'endormir, et il devait en profiter pour récupérer.

Un lit d'une personne, une table, une chaise, un coin douche et toilettes : la chambre des médecins de garde était spartiate, mais fonctionnelle. De toute façon, qui aurait songé à s'y attarder ? Comme de coutume, le personnel d'entretien avait changé les draps et suspendu un drap de bain propre au porte-serviette. Élément inhabituel pourtant, une petite corbeille trônait sur la table. Intrigué, il s'approcha et découvrit à l'intérieur des biscuits, du chocolat, une pêche... et un petit mot.

Pour que la nuit te paraisse moins longue. M

Une sensation étrange, comme une onde de chaleur, le saisit, et il s'assit sur le bord du matelas. Que cette charmante attention le touche n'avait rien d'anormal. En revanche, ce qui l'était davantage, c'était qu'il ressente une telle émotion.

Il ne connaissait Madison que depuis peu, ils ne s'étaient embrassés que deux fois et n'avaient pas encore fait l'amour. Que se passerait-il si, par la suite, il changeait d'avis et décidait de mettre un terme à leur relation ? Et si ses émois n'étaient que ceux que l'on éprouve au début, quand l'on ne cesse de penser à l'autre et qu'il vous manque déjà au bout de dix minutes d'absence ?

Au fond de lui, il savait qu'il n'en était rien, ce qui achevait de l'inquiéter. Cette fois, c'était différent. Parce que ses sentiments pour elle dépassaient le cadre de l'affection ou de la seule attirance sexuelle. Aurait-il changé à ce point, lui qui, auparavant, méritait sa réputation de célibataire endurci, lui qui refusait d'envisager une relation durable ?

Mais qu'adviendrait-il s'il était devenu un autre homme ?

Cette pensée le glaça.

Madison s'efforçait de paraître naturelle tandis qu'elle agitait la main en direction de ses enfants. Leurs grands-parents paternels étaient venus les chercher pour le week-end. En son for intérieur, pourtant, elle se demandait si Mia ou Justin leur parlerait de Fletch.

Elle avait expliqué aux parents de Jason qu'elle avait sollicité le nouveau pédiatre afin qu'il l'aide, si possible, à comprendre pourquoi son fils se montrait tour à tour si apathique et si irritable. Elle leur avait même précisé que le Dr Fletcher avait passé du temps avec les jumeaux dans le but d'évaluer le comportement de Justin. Elle ne leur avait pas menti, mais avait juste omis une partie de l'histoire et culpabilisait un peu. Elle avait une sincère affection et un profond respect pour ses beaux-parents qui, c'était son vœu le plus cher, continueraient de faire partie de sa vie.

Fletch lui avait envoyé un message en la priant de se mettre sur son trente et un. Elle opta cette fois pour une robe verte et des escarpins originaux aux talons multicolores. Elle soigna son maquillage et sa coiffure. Elle était prête, plus impatiente que jamais, lorsqu'il se présenta chez elle. Il était d'une rare élégance avec sa veste en lin, son pantalon chino de couleur assortie et sa chemisette blanche.

— Quel chic ! ne put-elle s'empêcher de s'exclamer.

— Je te retourne le compliment. J'adore tes chaussures.

— J'espère qu'elles ne font pas trop « suivez-moi-jeune-homme », comme dirait ma grand-mère écossaise !

Il éclata de rire.

— Non, rassure-toi. Elle emploie de drôles d'expressions, ta grand-mère. On y va ? proposa-t-il en lui tendant le bras.

— Avec plaisir.

— C'est déjà la deuxième fois, fit-elle remarquer lorsqu'ils furent dans le MRT qui les conduisait vers une destination inconnue. Cela risque de devenir une habitude.

— Quoi donc ?

— Que je n'ai pas la moindre idée de l'endroit où tu m'emmènes.

— J'avoue que cela m'amuse, répondit-il avec une grimace espiègle. Je vois bien que tu meurs d'envie de savoir, mais que tu refuses de me questionner. Tu veux un indice ?

— Juste un petit, s'il te plaît.

Il se pencha vers son oreille, et son souffle lui caressa la joue. Une délicieuse sensation qui la fit frémir.

— J'ai prévu l'option la plus classique qui soit à Singapour pour une soirée à deux.

Elle lui lança un regard en coin.

— Ai-je des raisons de me méfier ?

— Non, aucune, répondit-il en riant. Il se pourrait même que tu apprécies le lieu.

— OK, je ne demande qu'à te croire sur parole, répliqua Madison en glissant sa main dans la sienne.

— C'est là que nous descendons, déclara Fletch après un quart d'heure de trajet.

La station Esplanade possédait sept sorties.

— Tu es sérieux ? lança-t-elle tandis qu'il l'entraînait vers la sortie E.

Il lui opposa une expression impénétrable, jusqu'à ce qu'ils parviennent devant la façade imposante d'un blanc immaculé et coiffée d'un toit rouge.

— Le Raffles ! s'écria-t-elle incapable de contenir son enthousiasme.

Il s'agissait de l'un des hôtels les plus célèbres au monde.

Elle se campa devant Fletch, les mains sur les hanches.

— Tricheur ! Tu m'as parlé d'un lieu classique. Or, le Raffles est un véritable palace !

Elle pouffa devant son air faussement contrit.

— Bon, je te pardonne... pour cette fois !

Fletch ne se reconnaissait plus. Il s'était toujours considéré comme un homme décontracté ne cédant jamais à la panique, sachant garder la tête froide et prendre du recul pour analyser la situation. Et voilà qu'en présence de Madison, il avait l'impression de perdre tous ses moyens, qu'un brasier le consumait de l'intérieur, tel un volcan proche de l'éruption. Il se sentait nerveux, à fleur de peau, un peu comme un adolescent en proie à ses premiers émois amoureux.

Madison était littéralement rayonnante. Personne n'aurait pu deviner en la croisant qu'elle était veuve et mère de deux jeunes enfants dont l'un l'empêchait très souvent de dormir. Elle ressemblait plutôt à une belle amazone prête à conquérir le monde... avec les armes de la séduction.

Avec un port de reine et une aisance déconcertante – comme si elle avait l'habitude de fréquenter ce genre de palace –, elle gravit les marches menant à l'entrée et salua le portier en grand uniforme d'un signe de tête.

Le hall de l'hôtel était époustouflant avec ses colonnes victoriennes vertigineuses, ses balustrades en fer forgé, son lustre central, le plus monumental que Fletch ait jamais vu, et sa splendide décoration florale.

— Ça te dirait de boire un verre au Long Bar ?

— Quelle question ! s'exclama-t-elle avec un sourire lumineux.

Bras dessus, bras dessous, ils traversèrent le hall pour rejoindre cet endroit qui faisait figure d'institution. Les talons de Madison résonnaient contre le sol de marbre étincelant.

Le comptoir immense auquel le bar de l'hôtel devait son nom

était jalonné de chaises hautes. Tables basses, fauteuils et sofas complétaient l'ameublement de ce lieu cosy et chic à l'ambiance feutrée.

D'emblée, Madison se dirigea vers le bar et se percha sur une chaise. Elle dut pour ce faire remonter légèrement sa robe, et Fletch ne put s'empêcher d'admirer les jambes fuselées de la jeune femme. Il prit place à côté d'elle.

— Que puis-je vous servir ? s'enquit le barman en déposant devant eux un bol de cacahuètes et des dessous-de-verre.

Ils se consultèrent du regard.

— Deux Singapour Slings, répondirent-ils à l'unisson.

Quand le jeune homme se fut éloigné, Maddison se pencha vers Fletch.

— Quel professionnalisme ! chuchota-t-elle en pouffant. Tu as vu, il n'a même pas cillé.

— Pourtant, il doit en avoir marre de servir ce cocktail aux touristes. Tu savais que le Singapour Sling a été créé au Long Bar en 1915 ?

— Oui, ce qui a permis aux femmes de boire de l'alcool en public alors que, à l'époque, elles n'en avaient pas le droit.

Une fois servis, ils trinquèrent et burent une première gorgée.

— Hum, délicieux ! murmura Fletch. Tu étais déjà venue ici ?

— Oui, une fois... ou plutôt deux, la deuxième étant assez particulière.

— Particulière ? Comment ça ?

— Il s'agissait de l'enterrement de vie de jeune fille de l'amie d'une amie. La personne en question était très en retard. Nous l'avons attendue une heure, de sorte que nous avions commencé à boire un ou deux cocktails. Lorsqu'elle est arrivée, elle était hystérique. Elle nous a annoncé en hurlant qu'il n'y aurait pas de mariage parce qu'elle avait surpris son fiancé en compagnie d'une autre femme.

— Oh ! la pauvre !

Il s'étonna que Madison n'ait pas l'air de compatir. Au contraire, elle semblait contenir un fou rire ce qui, compte tenu des circonstances, ne lui ressemblait guère.

— C'est là que l'histoire se corse. Figure-toi que la fiancée qui, normalement, portait des lunettes avait décidé de passer aux verres de contact. Elle avait du mal à s'y habituer, et encore plus à les mettre ou à les enlever.

— Et alors ?

— Ce jour-là, elle ne les avait pas positionnées correctement et l'une d'elles a même glissé assez loin sous la paupière supérieure ce qui s'est soldé par une visite aux urgences. Entretemps, elle avait déjà appelé son père pour qu'il annule le mariage et sa future belle-mère pour lui dire ses quatre vérités. En réalité, elle ne voyait pas à plus de cinq mètres et avait confondu son fiancé avec un autre homme. À cause de ce fiasco, nous n'avons évidemment pas dîné, et les cocktails m'étant monté à la tête, je suis rentrée directement me coucher ! Et voilà !

— Que s'est-il passé ensuite ? Les amoureux se sont-ils réconciliés ?

Elle haussa les sourcils.

— À ton avis ?

— Je n'en ai aucune idée.

Fletch songea qu'il n'avait jamais vu Madison aussi détendue et gaie. Elle était drôle et aimait s'amuser. L'espace d'une soirée, ils avaient oublié leurs responsabilités professionnelles et personnelles. Le passé n'existait plus ; seul comptait le présent. Ils étaient là, comme un couple, parlant de tout et de rien, goûtant la compagnie de l'autre et profitant pleinement de ce moment.

Le barman se matérialisa devant eux.

— Je vous sers la même chose ?

Baissant les yeux vers le bar, Fletch s'avisa qu'ils avaient tous deux fini leurs verres. Il était tellement captivé par le charme de Maddie qu'il ne s'en était pas rendu compte.

Elle secoua la tête.

— Non. Cette fois, je prendrai un Negroni.

— Et moi, un Sazerac, s'il vous plaît.

Leurs cocktails ne tardèrent pas à arriver et, avec eux, une coupelle d'olives.

— Maintenant, revenons à nos moutons. Raconte-moi la fin.

— C'est allé de mal en pis. Le père de la future mariée a aussitôt annulé la réception. La mère du jeune homme est venue faire un scandale chez les parents de la jeune fille et quand le pauvre garçon s'est présenté chez ses futurs beaux-parents, il est tombé des nues. Lorsque l'amie de mon amie s'est rendu compte de sa méprise, elle a piqué une crise de nerfs. Elle a tenté de s'excuser, mais il était trop tard. Ayant découvert son caractère irascible, le futur époux a pris ses jambes à son cou. Quant à la mère de la jeune fille, elle était effondrée, cette affaire lui ayant fait perdre la face auprès de ses amis.

Fletch leva la main.

— Stop ! Cela commence à me rappeler ma tante Mary. Quand je lui posais une question, elle se lançait dans des tas d'explications et, dix minutes plus tard, j'attendais encore la réponse !

— Ce que tu peux être impatient, lança-t-elle sur un ton taquin. OK, je vais te révéler le dénouement, mais tu auras du mal à me croire. Pourtant, c'est la stricte vérité...

— Maddie, s'il te plaît ! gronda-t-il.

— Pardon, je ne peux pas m'en empêcher. J'adore ménager le suspense. Il se trouve que la chute est assez romantique, et pour le moins insolite. Malgré cet effroyable imbroglio, le père de la jeune fille et la mère du jeune homme se sont rapprochés. L'amour est né entre eux, et deux ans plus tard, ils se sont mariés.

— Non ! s'exclama Fletch en riant. J'imagine que leurs enfants respectifs n'ont pas été ravis.

— En effet, mais je ne pense pas qu'ils aient eu leur mot à dire. Santé ! ajouta-t-elle en levant son verre avec une moue mutine.

Elle était tellement désirable qu'il dut lutter contre l'envie de la serrer dans ses bras et de l'embrasser.

Il y avait longtemps que Madison ne s'était pas sentie aussi légère. Et les cocktails n'avaient rien à voir avec son état euphorique. Elle buvait un verre dans un lieu somptueux, en compagnie d'un homme très séduisant qui, à en juger par la façon dont, parfois, il la dévorait des yeux, la trouvait également attirante.

— Je devrais t'inviter à sortir plus souvent dans des endroits de ce genre, déclara-t-il, comme s'il lisait dans ses pensées.

— Cela finirait par te ruiner... et sans doute aussi par te lasser.

— Me ruiner, peut-être, mais me lasser, certainement pas. Que veux-tu faire maintenant ? Dîner ?

— Et si nous essayions quelque chose de différent ?

— À savoir ?

— Marina Bay Sands. Il y a une éternité que je n'ai pas vu *Spectra*.

Il consulta aussitôt sa montre.

— En partant tout de suite, nous pourrons voir celui de 20 heures.

— Dans ce cas, il n'y a pas une minute à perdre.

Ils prirent de nouveau le MRT, descendirent à la station Bayfront et marchèrent sans se presser jusqu'au pied du prestigieux hôtel. Beaucoup de monde était déjà rassemblé pour assister au merveilleux show baptisé *Spectra* qui associait jeux d'eau, lumières et sons. Lorsque la musique s'éleva, le brouhaha des conversations cessa. Alors les jets d'eau commencèrent à s'élever vers le ciel dans une synchronisation parfaite devant le regard émerveillé des téléspectateurs. Violet, bleu, rose, vert, orange, jaune : ce fut un festival de couleurs.

Madison s'appuyait contre le torse de Fletch qui l'entourait de ses bras, les mains posées sur son ventre. Jamais elle n'avait été aussi détendue au cours des trois dernières années. Elle se sentait... protégée.

Désirée aussi, car bientôt, les lèvres de Fletch vinrent effleurer son cou et, les yeux toujours fixés sur le spectacle féerique qui se déroulait devant elle, elle pencha légèrement la tête pour offrir sa nuque, tandis que de délicieux frissons parcouraient son corps. Il eut été si facile de se retourner et de s'abandonner à la magie de l'instant que tout semblait concourir à rendre unique.

La barrière invisible qu'elle s'efforçait de maintenir entre eux s'effritait. Madison en avait conscience, mais c'était comme si elle luttait contre un mouvement inexorable, comme si les émotions prenaient peu à peu le pas sur la raison.

Elle éprouva soudain une angoisse sourde. Dans quelques années, Fletch parlerait-il d'elle comme de sa conquête singapourienne ? À la fin de son contrat, partirait-il sans regret, ni remords, avec le nom de Madison Koh figurant dans ses contacts téléphoniques en tant qu'amie... parmi toutes celles qui l'avaient précédée.

De cela, elle ne voulait pas. Elle attendait davantage de cette relation.

Sa prise de conscience fut si brutale que l'angoisse se mua en panique. Son cœur se mit à battre à tout rompre, et elle eut l'impression que l'oxygène désertait ses poumons.

Fletch était un séducteur invétéré et elle, la maman de jumeaux. Ses enfants devaient rester sa priorité absolue. Comment s'y prenaient les autres femmes ? Pas seulement les veuves, mais les divorcées, celles qui avaient vécu un grave échec sentimental ou avaient choisi d'être mère célibataire ? Comment s'arrangeaient-elles pour faire des rencontres ?

Et si la situation était inverse ? Si Fletch était veuf, père de deux bambins, et si elle avait enchaîné les liaisons sans se soucier du lendemain tout en ne blessant personne ? Envisagerait-elle de construire avec lui une relation durable et de considérer ses enfants comme les siens ?

Madison n'était pas naïve. Bien sûr, elle avait des amis des deux sexes qui s'étaient retrouvés dans une telle situation. Cependant, elle n'avait jamais discuté avec eux de ce sujet, jamais posé les questions qui, aujourd'hui, se bousculaient dans sa tête. Elle les passa en revue et, à son grand désarroi, tous ceux auxquels elle pensait étaient des exemples de réussite. Ils avaient osé saisir leur deuxième chance et, après quelques turbulences, leurs familles recomposées étaient devenues très soudées.

Qu'y avait-il de mal à ce qu'elle aspire à faire de même ?

Elle se remémora ses convictions d'adolescente, quand elle croyait dur comme fer qu'elle ne vivrait qu'un grand amour dans sa vie. Par la suite, elle avait rencontré Jason et elle avait pensé qu'ils finiraient leurs jours ensemble.

Elle avait d'autres amis qui étaient toujours célibataires, n'ayant pas rencontré l'âme sœur. Était-ce trop demander au destin que de bénéficier d'une seconde chance ?

— Hé, chuchota une voix à son oreille, j'ai l'impression que je t'ai perdue.

Elle sursauta.

— Désolée, répondit-elle comme un automatisme, je réfléchissais à mon travail.

Elle surprit une lueur de perplexité, voire de déception, dans son regard et s'en voulut aussitôt de son mensonge. Impossible néanmoins de lui avouer le fond de ses pensées.

Le show était fini, et la foule commençait à se disperser.

— On dîne quelque part ? proposa Fletch.

Elle perçut une note d'espoir dans son ton, mais elle avait l'estomac noué et doutait de pouvoir avaler quoi que ce soit.

— En fait, je me sens un peu fatiguée. Cela t'embêterait de me raccompagner chez moi ?

Cette fois, il ne chercha pas à cacher son désappointement. Dans un monde imaginaire, ils auraient dîné au Raffles, puis passé la nuit dans une suite hors de prix à faire l'amour jusqu'au petit matin. Cependant, ce monde-là n'existait pas, du moins pas pour elle.

Fletch eut la délicatesse de ne pas protester. Il mit son bras autour de ses épaules, et ils rejoignirent la bouche de métro, s'arrêtant en chemin pour s'acheter un café. Pour les autres, la soirée du samedi ne faisait que commencer alors que, pour eux, elle se terminait déjà. Pourtant, il ne semblait pas lui en tenir rigueur. Et tout ça pourquoi ? Parce qu'elle avait soudain compris la place qu'il était en train de prendre dans sa vie, parce qu'elle était incapable de se contenter d'une liaison éphémère avec lui et parce qu'elle risquait d'avoir le cœur brisé. Elle avait beau afficher une solidité à toute épreuve, derrière sa façade de femme forte et déterminée, elle se savait fragile. Or, Fletch avait le pouvoir de s'engouffrer dans cette brèche.

Ils effectuèrent le début du trajet en silence, assis côte à côte et sirotant leur café. Fletch avait de nouveau passé son bras autour de ses épaules et elle s'appuyait contre lui, cherchant à capter un peu de sa chaleur et de son énergie.

— Madison ?

Cette voix familière la ramena brutalement à la réalité. Fletch aussi, car il s'écarta aussitôt.

Koreen Choi se matérialisa devant eux. Comme d'habitude, l'amie d'enfance de Jason était vêtue de couleurs vives. Avec son physique parfait et son élégance vestimentaire, elle aurait mérité de figurer en couverture de n'importe quel magazine de mode.

Elle jeta un regard curieux à Fletch avant de se pencher pour embrasser Madison.

— Comment vas-tu ? Comment vont mes petits chouchous ?

Madison s'efforça d'encaisser le choc pour paraître la plus naturelle possible. Après tout, il existait forcément un risque qu'elle tombe par hasard sur un ami ou un collègue de travail, même si Singapour comptait plus de cinq millions et demi d'habitants.

— Justin et Mia vont bien, merci. Ils ont passé quelque temps chez mes parents en Écosse, il y a un mois, et ont un peu de mal à se réhabituer à leur routine quotidienne, surtout Justin.

Malgré son extrême tension, elle adressa un grand sourire à Koreen avant d'ajouter :

— Pourquoi ne viendrais-tu pas nous rendre visite un de ces jours ? Cela leur ferait très plaisir.

Elle surprit de nouveau le regard de Koreen posé sur Fletch et songea soudain qu'elle manquait à tous ses devoirs envers une personne qui lui avait toujours témoigné son soutien et son amitié.

— Pardonne-moi. Je te présente le Dr Arthur Fletcher, le nouveau pédiatre de l'hôpital.

Koreen tendit aussitôt la main à Fletch.

— Ravie de vous rencontrer. Je suis Koreen Choi, une vieille amie de Madison et de la famille. Vous vous plaisez au St David ?

Fletch lui serra la main. Sous son air décontracté, Madison le devinait assez mal à l'aise.

— Beaucoup. J'ai déjà exercé à Singapour et je suis heureux d'avoir eu l'opportunité d'y revenir.

— Vous comptez vous y installer pour de bon ?

Il marqua une hésitation.

— J'ai signé pour deux ans. Ensuite, j'aviserai.

Madison eut l'impression qu'un étau lui comprimait la poitrine. Une petite voix intérieure lui soufflait qu'elle surréagissait, qu'elle devait s'attendre à une telle réponse et qu'elle aurait tort d'espérer que Fletch change le cours de sa vie pour elle. D'autant qu'elle-même se montrait d'une grande prudence, ne voulant pas précipiter les choses.

— En tout cas, bonne chance à vous.

Koreen reporta son attention sur Madison qui, à son regard

pénétrant, comprit que son amie, fine et perspicace, avait perçu son embarras mais n'en laisserait rien paraître.

— Je descends à cette station, dit-elle alors que la rame du MRT ralentissait. Je te téléphone bientôt, ma chérie, promis. Il me tarde de passer un peu de temps avec vous trois.

Elle les salua puis s'éloigna en direction des portes qui s'ouvraient, et se fondit dans la foule qui encombrait le quai.

Madison déglutit péniblement et se rendit alors seulement compte qu'elle avait les mains moites.

— Qui est-ce ? s'enquit Fletch d'un ton posé

— La fille d'amis de longue date de mes beaux-parents et une amie d'enfance de Jason.

— Tu as peur qu'elle te juge ?

C'était une question parfaitement légitime mais, sans doute parce qu'elle éprouvait une profonde gêne, elle y vit en partie un reproche déguisé.

— Je n'ai rien dit à personne au sujet de nous deux.

— Je sais.

— Et toi ? En as-tu parlé à quelqu'un ?

Quelque part au fond d'elle, elle espérait qu'il en aurait informé un proche, pourquoi pas l'une de ses ex avec lesquelles il échangeait sans cesse des messages.

— Non.

Elle éprouva un pincement au cœur mais se ressaisit aussitôt. Elle serait injuste de lui en tenir rigueur. Après tout, il ne faisait que respecter son souhait.

— Crois-tu que Koreen va vendre la mèche auprès de la famille de Jason ?

— À mon avis, non. Ce n'est pas son genre. Mes beaux-parents et ma belle-sœur s'attendent certainement à ce qu'un jour je fréquente quelqu'un. En revanche, ils pourraient trouver que c'est prématuré. Voilà pourquoi je préfère encore garder le secret. Je crains de leur causer de la peine.

— De toute façon, que ce soit maintenant ou dans un an, ils risquent fort d'en avoir.

Elle poussa un soupir de tristesse.

— J'en ai bien conscience. Je ne supporterais pas qu'ils m'en veuillent, qu'ils s'imaginent que j'ai oublié Jason.

Il posa sa main sur la sienne.

— Tu ne seras fixée sur leur réaction qu'après en avoir discuté avec eux. Et cette conversation ne pourra avoir lieu que quand tu te sentiras prête.

— Et puis il y a les enfants. Qu'adviendra-t-il s'ils mentionnent le fait que tu es venu à l'appartement un soir ?

Il haussa les épaules.

— Tu leur expliqueras que le suivi médical de Justin le nécessitait, qu'il s'agissait d'une visite purement amicale… ou que nous sortons ensemble. À toi de décider.

Présenté ainsi, tout paraissait si simple. Pourtant, Madison n'en ressentait que davantage un poids énorme sur ses épaules.

— Que vaudrait-il mieux ?

Sa question parut surprendre Fletch. Elle aussi s'étonnait de l'avoir formulée à voix haute. Pour autant, elle n'avait personne d'autre à qui la poser et, finalement, il était le premier concerné.

— C'est à toi d'en juger, pas à moi. Je ne peux pas me mettre à ta place. Peut-être est-il temps pour nous de réfléchir à la suite.

Elle eut l'impression que son sang se figeait dans ses veines.

— Que… Que veux-tu dire ? s'enquit-elle d'une voix étranglée, s'attendant à ce qu'il lui annonce son intention de la quitter.

— De nous demander si c'est le bon moment d'en parler autour de nous, d'abord à nos collègues, puis à nos proches.

Un immense soulagement l'envahit.

— Et si cela leur déchire le cœur ?

— Maddie, pour ce qui est de tes beaux-parents, leur cœur s'est brisé quand leur fils est décédé, et rien ni personne ne pourra y changer quoi que ce soit. Je ne les connais pas, mais j'espère qu'ils t'aiment autant que toi, tu les aimes. Le cas échéant, ils ne peuvent que vouloir ton bonheur.

— Puisses-tu dire vrai, murmura-t-elle.

Le métro ayant atteint leur destination, ils sortirent. Fletch l'accompagna jusqu'à son immeuble. Ils pénétrèrent ensemble dans le hall, et Madison se demanda s'il s'attendait à ce qu'elle l'invite à monter, ce qu'elle ne se sentait pas en état de faire. Elle était trop bouleversée par la rencontre fortuite avec Koreen, puis par leur conversation. Elle avait besoin de se retrouver seule pour réfléchir... et donner libre cours à ses émotions.

Il parut le deviner car, une fois devant l'ascenseur, il l'embrassa sur la joue.

— Bonne nuit, Maddie.

— Bonne nuit, Fletch, et merci.

Elle s'engouffra dans la cabine et ne se retourna pas. Elle n'avait pas envie de le voir partir. Les portes se refermèrent sur elle. Alors, seulement, les larmes débordèrent de ses paupières et se mirent à rouler sur ses joues.

8

Fletch réfléchissait. Il avait l'impression que sa tête allait exploser. Il lui semblait en être arrivé au point où il lui fallait décider s'il devait persévérer ou rompre. Cela s'était produit à de nombreuses reprises au cours de son existence, et il avait toujours choisi la rupture parce que cette solution était alors la plus raisonnable. Du moins c'était ainsi qu'il avait ressenti les choses.

Sans doute parce que son cœur n'avait jamais vraiment fait partie de l'équation auparavant tandis que, cette fois, il se trouvait au centre du sujet. Cette fois, Fletch n'avait pas envie de mettre un terme à sa relation amoureuse. Aucune femme avant Madison n'avait produit sur lui un tel effet.

Et cela le rendait fou, car il n'était pas certain que Maddie partage réellement ses sentiments. À vrai dire, elle avait beaucoup à y perdre : le soutien de sa belle-famille et des amis du couple qu'elle formait avec Jason, l'équilibre de vie qu'elle avait vaillamment construit au cours des trois dernières années.

Et lui, que risquait-il dans cette affaire ? Rien.

Était-ce bien certain, où cherchait-il simplement à s'en convaincre ? Si Madison le quittait, il ne s'en remettrait pas. Jamais il ne s'était senti aussi exposé. Jamais il ne s'était autant investi vis-à-vis d'une personne.

Or, il ne devait pas perdre de vue que, s'il envisageait une histoire à long terme avec la jeune femme, il jouerait de facto un rôle paternel auprès de deux jeunes enfants qui étaient ceux d'un autre. Il éprouvait de l'affection pour Mia et Justin, mais était-il prêt pour autant à leur servir de père de substitution ? Était-ce la vie qu'il voulait mener ?

Le cas échéant, il lui faudrait renoncer à être le pédiatre de Justin, une obligation déontologique qui ne satisferait certainement pas Madison. Un déclic se produisit dans son cerveau en ébullition. S'il réussissait à identifier l'origine des soucis de santé du petit garçon et le traitement adéquat, il pourrait ensuite confier à un confrère le soin de s'occuper de lui. Malheureusement, cela faisait deux semaines qu'il suivait le bambin et, malgré tous ses efforts, il n'était toujours pas parvenu à établir un diagnostic.

Par ailleurs, s'il se concentrait sur Justin, il se torturerait peut-être moins l'esprit au sujet de Madison et du fait qu'elle puisse décider que leur histoire n'en valait pas la peine, qu'elle ne souhaitait pas encore réellement avoir pour de bon un nouvel homme dans sa vie. Une telle éventualité le terrifiait.

Sans compter qu'il ne fallait pas négliger d'autres facteurs qui échappaient à son contrôle. Par exemple, qu'adviendrait-il si la famille de Jason ne l'appréciait pas ou estimait que c'était prématuré ? Si l'entourage proche de Maddie jugeait qu'il n'était pas celui qui lui convenait ?

Immobile devant la baie vitrée de son salon plongé dans l'obscurité, Fletch contemplait la ville tandis que ces interrogations revenaient en boucle dans sa tête. Ce soir, à la fin du spectacle, il avait eu l'impression que Maddie commençait à se désengager, et la rencontre inopinée dans le métro avec son amie Koreen n'avait pas arrangé les choses.

Demain peut-être, elle lui annoncerait que c'était fini, et il n'aurait d'autre choix que de l'accepter. Mais l'amour ne méritait-il pas qu'on se batte pour le sauvegarder ?

Car oui, il le comprenait pleinement maintenant, il aimait Madison ! Il l'aimait de toutes les fibres de son être. Il songeait à elle tout le temps, avait envie de lui envoyer des SMS à tout bout de champ, de la prendre dans ses bras et de l'embrasser, même à l'hôpital. La jeune femme l'obsédait.

Il ne cessait d'osciller entre optimisme et pessimisme, espoir et découragement. Autant d'émotions qu'il n'avait jamais ressenties auparavant et qui le laissaient complètement démuni.

Épuisé par ces pensées qui ne le menaient nulle part, mais incapable de dormir, Fletch s'installa devant son ordinateur portable. Agir, voilà ce qu'il fallait faire. Il effectua des recherches sur toutes les affections, maladies et infections qui lui venaient à l'esprit, puis il s'intéressa aux problèmes prénatals susceptibles de générer des troubles ultérieurs chez l'enfant, avant de se pencher sur les allergies potentiellement liées à la qualité de l'environnement et leurs conséquences. En vain.

À 4 heures du matin, il se sentait exténué, frustré et de très mauvaise humeur.

Une semaine s'était écoulée depuis qu'elle avait écourté un peu brutalement leur soirée du samedi, et ni lui, ni elle n'avaient évoqué le sujet. En revanche, Fletch semblait avoir redoublé d'efforts pour tâcher d'identifier les causes du changement de comportement de Justin et avait même suggéré qu'ils passent de nouveau du temps tous les quatre ensemble.

Tous les jours en arrivant à l'hôpital, Madison se demandait comment réagiraient ses collègues en apprenant qu'elle sortait avec le nouveau pédiatre. Verraient-ils leur relation d'un mauvais œil ou se faisait-elle des idées ?

La batterie d'examens auxquels Fletch soumettait Justin ne cessait de s'accroître. Malheureusement, les analyses n'avaient rien révélé de concluant jusqu'alors, à part quelques signes d'inflammation et une légère augmentation du nombre de globules blancs.

À présent, ils se concentraient sur ce qui s'était produit au cours des sept dernières semaines, sur ce que Justin avait fait et mangé durant cette période. Pas facile de répondre sachant que les jumeaux avaient séjourné pendant quinze jours en Écosse. Néanmoins, Madison savait que ses parents avaient des goûts assez classiques en matière de nourriture, et il était peu probable qu'ils aient fait consommer aux enfants quelque chose d'inhabituel. Ils les avaient certainement emmenés dans tous les salons de thé du village pour montrer leurs petits-enfants dont ils étaient si fiers.

La sonnette de l'entrée retentit. Portant Justin qui était de nouveau grincheux, elle ouvrit la porte et eut la surprise de découvrir Fletch sur le palier.

— Crème glacée ? proposa-t-il en lui montrant le sac qu'il tenait à la main.

Il ne l'avait pas prévenue de sa visite. Ce fut un choc pour elle de le voir avec sa large carrure et son grand sourire, mais ce qui la troubla davantage, ce fut le sentiment de soulagement et de joie qui la submergea.

— Avec plaisir. Je t'en prie, entre. Mia, appela-t-elle, c'est Fletch ! Il a apporté de la glace.

Sa fille accourut aussitôt.

— Quel parfum ?

— J'en ai pris quatre. Il y en a forcément un que tu aimes.

— Pas sûr, marmonna Madison entre ses dents.

N'attendant aucune visite, elle était vêtue d'un vieux jean, d'un T-shirt probablement taché et s'était coiffée à la va-vite. Par chance, Fletch ne semblait pas avoir remarqué son apparence négligée.

— Tu veux me le confier ? demanda-t-il en tendant les bras vers Justin.

Elle hésita. Justin observait néanmoins Fletch avec intérêt et finit par lui tendre les bras à son tour. Elle s'efforça de dissimuler son étonnement... et sa satisfaction. Son fils était d'un naturel plutôt méfiant à l'égard des adultes. Il réservait ses démonstrations d'affection à sa famille, aux assistantes maternelles de la garderie et encore, pas toutes, ainsi qu'à quelques proches triés sur le volet. Il avait manifestement décidé d'admettre le Dr Fletcher dans ce cercle très restreint. Il faut dire que Fletch avait un excellent contact avec les enfants. Peu lui résistaient.

— Et si nous allions tous nous asseoir à table pendant que maman déballe le sac ? Comme ça, chacun pourra décider du parfum dont il a envie.

Justin sur sa hanche, il se dirigea vers la cuisine tandis que Mia lui emboîtait le pas sans protester.

Madison disposa quatre coupelles et quatre cuillères avant d'exposer les pots sur la table.

— Alors, nous avons chocolat, vanille, fraise et caramel.

Elle sut gré à Fletch d'avoir choisi des parfums standards susceptibles de plaire aux enfants car, à Singapour, on trouvait toutes sortes de crèmes glacées, plus originales les unes que les autres.

Justin indiqua celle à la vanille.

— Moi, je veux ça. Y a de la sauce ?

Madison ne lui tint pas rigueur de son manque d'éducation. Pour une fois qu'il s'exprimait avant Mia ! Elle plongea de nouveau la main dans le sac et en sortit quatre sachets de coulis : deux au chocolat, un à la framboise et un au caramel.

— Bon, je peux m'asseoir, maintenant ?

Les deux enfants hochèrent la tête à l'unisson.

La demi-heure suivante se déroula comme dans un rêve. Tout en avalant leurs glaces avec un plaisir évident, les enfants discutèrent avec Fletch qui écouta leur babillage avec beaucoup d'intérêt et de patience. Il réussit même à les faire rire. Puis Justin commença à geindre et grimpa sur les genoux de Madison, signe qu'il était fatigué.

Aussitôt, Fletch se leva pour débarrasser la table.

— Nous pourrions peut-être jouer à quelque chose ? proposa-t-il à Mia.

Il avait décidément l'art et la manière de s'y prendre avec les petits. Madison partit coucher Justin pour sa sieste. Lorsqu'elle revint, elle trouva Fletch et Mia assis par terre dans le salon en train d'assembler un puzzle. Elle se sentit fondre. Une fois le puzzle complété, Mia décida d'aller s'installer à la petite table des enfants, dans le séjour, pour faire des coloriages. Fletch vint naturellement rejoindre Madison sur le canapé et, tout aussi naturellement, elle se blottit contre lui.

Cet après-midi était le fruit de l'improvisation. Rien n'avait été planifié, et la jeune femme aimait cela. Elle n'avait pas eu le temps de se torturer l'esprit à propos de l'organisation, de la tenue vestimentaire appropriée et autres considérations finalement tout aussi futiles.

— Tu sais, j'ai réfléchi, dit-elle. Il serait peut-être temps de commencer à livrer quelques indices à l'hôpital.

— Tu crois ?

Ils parlaient à voix basse pour éviter que Mia n'entende leur conversation. Elle avait beau n'avoir que trois ans, la fillette était particulièrement éveillée pour son âge.

— Oui. Je ne veux pas avoir à jouer la comédie, ni à raconter des mensonges. Cela ne me dérange plus que nos collègues les plus proches le sachent.

Elle le sentit se détendre.

— Et en ce qui concerne ta famille ou celle de Jason ? chuchota-t-il.

— J'envisage de leur dire le week-end prochain qu'un homme m'a demandé de sortir avec lui et que je me sens prête à tenter l'expérience.

Elle n'était pas complètement honnête avec lui, et elle éprouva un sentiment de culpabilité. Elle n'avait pas l'intention de préciser à ses beaux-parents de qui il s'agissait, du moins dans un premier temps. Elle espérait qu'ils auraient le temps de s'habituer à l'idée avant que d'éventuelles présentations puissent avoir lieu.

— Tu penses qu'ils vont réagir comment ?

Elle soupira. En réalité, cette perspective l'angoissait au plus haut point.

— Honnêtement, je l'ignore. Sans doute s'inquiéteront-ils davantage pour les enfants que pour moi, ce qui m'irait bien.

— Je comprends que tu ne veuilles pas les brusquer, mais ta vie t'appartient et tu ne peux pas te cacher indéfiniment.

— J'en ai conscience. Néanmoins, je n'ai pas eu à le faire jusqu'à présent et je veux protéger les sensibilités de tout le monde. À commencer par celle de mes enfants.

— Rien de plus normal. Essayons néanmoins de ne pas en être encore au même stade dans un certain temps.

Le pouls de Madison s'accéléra. *Un certain temps...* Fallait-il en déduire qu'il souhaitait poursuivre leur relation ? Pour autant, elle ne perdait pas de vue l'échéance. Dans moins de deux ans, le contrat de Fletch prendrait fin.

Il lui caressa discrètement la nuque faisant naître des petits frissons de plaisir. Elle avait presque oublié combien l'existence pouvait être douce en compagnie de l'être cher. Car, oui, elle devait bien l'admettre, Fletch occupait de plus en plus de place dans sa tête, dans sa vie... et dans son cœur.

Fletch commençait à désespérer. Au cours de sa carrière, il s'était heurté à plusieurs cas difficiles où il avait eu toutes les peines du monde à établir un diagnostic. Cependant, il n'imaginait pas que cela lui arriverait avec un patient qu'il connaissait en dehors de son cadre professionnel.

Il passait de plus en plus de temps avec Justin et comprenait parfaitement la frustration du bambin, frustration qui se traduisait par un état fréquent d'irritabilité. C'était terrible de ne pas se sentir bien, d'être exténué en permanence et de ne pas avoir les mots pour exprimer ses sensations. Par ailleurs, cela affectait l'apprentissage du petit garçon et sa capacité à sociabiliser avec les autres enfants.

Ces derniers jours, Fletch avait remarqué en passant devant la crèche que Justin était souvent tenu à l'écart, soit parce que les auxiliaires le jugeaient à juste titre trop fatigué pour participer aux jeux collectifs, soit parce que ses camarades l'excluaient, trouvant son comportement trop difficile à comprendre et à gérer à leur jeune âge. Il est vrai qu'il n'y mettait pas souvent du sien pour se faire admettre au sein du groupe.

À terme, le mal qui le rongeait risquait de nuire à son développement et à la construction de sa personnalité. Raison pour laquelle Fletch était plus déterminé que jamais à découvrir de quoi il souffrait.

Il avait dressé la liste des pistes qu'il avait explorées sans résultat et discuté du cas du bambin avec différents pédiatres compétents de sa connaissance exerçant un peu partout dans le monde.

— Il faut oublier la logique scientifique et laisser parler ton flair, lui avait conseillé Darren, un ami installé en Irlande. Il y a forcément un indice qui t'aiguillera dans la bonne direction.

— Adopte l'approche inverse à celle que tu as utilisée jusqu'à présent, lui avait suggéré Jules, un ancien collègue. Par exemple, si un adulte présentait cet ensemble de symptômes, qu'en déduirais-tu ?

Fletch poussa un soupir de lassitude et se massa les tempes. Il passa en revue pour la énième fois les possibilités qu'il avait envisagées. Que lui soufflait son intuition ?

Avec les jeunes patients, les choses s'avéraient souvent plus complexes. Si le sujet avait un retard, celui-ci ne devenait réellement apparent qu'à l'âge où les enfants sont censés développer leur aptitude à l'interaction.

Le fait d'avoir affaire à un jumeau compliquait encore l'affaire. Justin et Mia étaient très différents. Cependant, ils étaient élevés dans le même environnement, selon des règles d'éducation identiques, étaient exposés à des événements similaires et partageaient les mêmes expériences.

Madison était venue le rejoindre dans la petite pièce qui lui servait de bureau. Assise en face de lui, elle consultait sa messagerie pour s'assurer qu'elle n'avait raté aucun appel de son assistante.

Plusieurs de leurs collègues savaient désormais qu'ils sortaient ensemble. Maddie en avait tout d'abord informé Rui Lee qui, semblait-il, avait marqué de l'étonnement, mais n'avait pas paru choquée. D'autres qui avaient témoigné à Fletch de la sympathie dès son arrivée à l'hôpital se montraient maintenant encore plus amicaux à son égard. Un effet sans doute de l'affection qu'ils portaient à Madison.

Certains commentaires un peu ironiques leur étaient néanmoins revenus aux oreilles. En revanche, le personnel du service de radiologie, où travaillait Jason, avait réagi de façon plutôt positive, ce dont se réjouissait Fletch. Cela signifiait que beaucoup estimaient qu'il était temps pour Madison de tourner cette page douloureuse.

— Je viens de recevoir les derniers résultats d'analyses pour Justin. Ils n'indiquent rien d'anormal. Il y a de quoi s'arracher les cheveux !

Son téléphone sonna, et il répondit aussitôt.

— Docteur Fletcher.

Dès la première phrase de son interlocutrice, il se leva aussitôt.

— Bien sûr, je descends immédiatement avec sa mère qui est actuellement dans mon bureau.

Madison devint livide

— Que se passe-t-il ?

— C'est la crèche. Apparemment, Justin ne va pas bien. Ils ont essayé de te prévenir mais ont appelé le service de kinésithérapie et non ton portable.

Ils sortirent au pas de course. Il ne leur fallut que cinq minutes pour rejoindre la garderie où ils trouvèrent l'auxiliaire qui portait Justin. Elle vint rapidement à leur rencontre.

— Il est soudain devenu très léthargique et respire difficilement. Il s'est plaint d'une douleur à la poitrine, a commencé à pleurer, puis son corps est devenu flasque.

Fletch prit le bambin dans ses bras et le cala contre son épaule. Madison sur ses talons, il se rendit au service des urgences pédiatriques au pas de charge, se retenant de courir pour n'affoler personne. Dans le même temps, il bipa Rui Lee en qui il avait toute confiance. L'infirmière arriva en même temps qu'eux.

Il étendit Justin sur un lit disponible, et Madison s'empressa de tirer les rideaux autour d'eux pour isoler le box. Il voyait bien que la jeune femme luttait pour ne pas céder à la panique.

Rui Lee se montra à la hauteur de sa réputation. En moins de temps qu'il n'en faut pour le dire, elle avait récupéré le moniteur cardiaque le plus proche, avait placé les capteurs sur le torse du garçonnet pour surveiller son rythme cardiaque ainsi que l'oxymètre à son index afin de mesurer la saturation en oxygène dans le sang. Au vu des résultats, elle lança un regard alarmé à Fletch. Celui-ci jeta à son tour un coup d'œil à l'écran.

— Justin, mon grand, je vais utiliser cet appareil pour écouter ta respiration, dit-il d'une voix douce après avoir à son tour consulté l'écran.

L'enfant ne réagit pas. Il semblait groggy.

Fletch posa son stéthoscope sur la petite poitrine du bambin. Ce qu'il entendit ne lui plut pas du tout. Il le redressa pour ausculter son dos, puis le recoucha.

— Il faut un électrocardiogramme, une radio thoracique et un échocardiogramme.

— Que se passe-t-il ? demanda Madison d'une voix étranglée en lui agrippant l'avant-bras.

— J'ai détecté un frottement péricardique. Je soupçonne une péricardite. Nous allons procéder à des examens plus approfondis afin de déterminer le traitement à mettre en place.

— Sa température est normale, annonça Rui.

Elle ajouta un oreiller sous la tête de Justin afin qu'il respire mieux. L'enfant émit un gémissement, se tourna sur le côté en position fœtale.

— Maddie, tu veux t'allonger à côté de lui ? Cela le rassurerait certainement.

Elle acquiesça, s'étendit contre son fils qu'elle prit dans ses bras. Son téléphone portable glissa de sa poche et tomba par terre. Fletch s'empressa de le ramasser. Sur l'écran d'accueil s'affichait une photo de Mia et Justin allongés dans de hautes herbes, à côté d'un couple d'un certain âge qui devait être leurs grands-parents écossais.

À la vue du cliché, Fletch eut un déclic et poussa un juron.

— Mais, bon sang, bien sûr ! s'exclama-t-il. Quel imbécile ! Pourquoi n'y ai-je pas pensé plus tôt ?

— À quoi ? s'enquit Madison.

— Les tiques ! Je sais qu'elles pullulent en Écosse. Est-ce le cas dans la région où habitent tes parents ?

La jeune femme plissa le front.

— Oui, il y en a. Mais je ne vois pas le rapport.

— Les tiques sont susceptibles de transmettre la maladie de Lyme. Crois-tu que Justin pourrait avoir été piqué ?

— C'est en effet possible, mais mes parents l'auraient remarqué. La piqûre ne laisse-t-elle pas une grosse marque ?

— Pas forcément. Certaines provoquent ce que l'on appelle un érythème migrant qui se caractérise par une tache annulaire rouge ; d'autres, juste une éruption cutanée. Dans les deux cas, la rougeur apparaît dans un délai de trois jours à trois mois.

— Ni toi, ni moi, n'avons repéré quoi que ce soit.

— Exact, mais mieux vaudrait vérifier de nouveau. Nous pouvons aussi procéder à un test sérologique. Malheureusement, il donne souvent de faux résultats négatifs.

La lèvre inférieure de Madison se mit à trembler.

— Qu'est-ce que risque mon fils ? À long terme, je veux dire.

— Procédons par étapes. Primo, nous allons examiner de nouveau son corps, sans omettre aucun pli. Secundo, je téléphonerai pour demander qu'un test de dépistage ELISA soit réalisé.

Il conviendra sans doute aussi de lui administrer un traitement antibiotique.

— Bien qu'il n'ait pas de fièvre ?

— Oui, si le premier test s'avère positif, et dans l'attente des résultats du second.

— Cela prendra combien de temps ?

— Entre plusieurs jours et deux semaines. Si nous partons de l'hypothèse que Justin a été piqué durant son séjour chez tes parents, la bactérie a infecté son organisme depuis au moins sept semaines, et il est plus que probable qu'il a développé des anticorps. Nous avons également l'option de prélever du liquide cérébrospinal pour l'analyser, mais cela suppose de faire une ponction lombaire, et je ne suis sûr qu'il le supporte dans son état.

— Si on peut l'éviter, j'aimerais autant.

— Et Mia ? Pour le moment, elle ne présente aucun symptôme et, compte tenu de son énergie, je ne suis pas inquiet à son sujet. Cependant, il conviendrait de nous assurer qu'elle n'a rien.

— OK, murmura Maddie visiblement à contrecœur. Mais je ne peux pas laisser Justin pour aller chercher Mia à la garderie.

— Je m'en charge, répondit Fletch.

— Il faut aussi que je prévienne mes parents et ceux de Jason.

— Je vais veiller sur ton bout de chou, décréta Rui qui rapportait un pyjama et une couverture toute douce pour Justin. Comme ça, tu pourras passer tes coups de fil et récupérer ta fille.

Maddie la remercia d'un pauvre sourire et se leva.

Bien que leur relation soit désormais connue, ils prenaient grand soin de ne pas se livrer à des démonstrations d'affection à l'hôpital. C'aurait été un manque de professionnalisme, et ils ne voulaient pas que leurs collègues pensent que leur vie privée empiétait sur leur vie professionnelle. Toutefois, les circonstances étaient exceptionnelles, et le désarroi de Madison lui brisait le cœur.

Elle ne lui opposa aucune résistance lorsqu'il la prit dans ses bras. Au contraire, elle se blottit contre lui, et les larmes débordèrent de ses paupières. Il lui caressa tendrement les cheveux, lui murmurant des paroles d'apaisement jusqu'à ce que ses sanglots diminuent. Ce fut alors que son regard rencontra celui de l'infirmière qui lui offrit un sourire approbateur, et ce sourire fut comme la bénédiction tant espérée.

Il attendit que Madison se calme, puis il approcha du lit où Justin, les yeux mi-clos, paraissait exténué. Tout en lui parlant d'une voix très douce, il introduisit la canule destinée à l'administration du traitement médicamenteux par intraveineuse. Le Dr Zhang apparut sur ces entrefaites, et Fletch confia l'enfant aux soins de son confrère, le temps pour lui d'aller chercher Mia.

Dès son arrivée à la crèche, il fut assailli de questions sur l'état de Justin, questions auxquelles il répondit de son mieux sans entrer dans les détails. Malgré son âge, Mia devait avoir perçu la gravité de la situation, car elle semblait bouleversée et agitée. Rien à voir avec la fillette énergique et autoritaire qu'il connaissait. Il tenta de la rassurer, lui expliqua qu'il l'emmenait retrouver sa maman et Justin.

— Rui, elle est là aussi ? s'enquit Mia d'une voix fluette.

— Oui, ne t'inquiète pas. Elle est restée auprès de ton frère.

— Il dort encore ?

— Ça se pourrait, car il est très fatigué. La bonne nouvelle, c'est que nous avons compris pourquoi et que nous allons le guérir.

Du moins l'espérait-il… et sous quel délai, il l'ignorait. Depuis le début, il savait que les jumeaux avaient séjourné en Écosse et pas une seconde, il n'avait envisagé qu'il puisse s'agir des conséquences d'une piqûre de tique. Le déclic ne s'était produit dans sa tête qu'à la vue de la photo des enfants allongés dans l'herbe. Il se serait giflé. Ce retard dû à un manque de clairvoyance de sa part risquait d'avoir des effets à long terme sur la santé de Justin.

Et s'il se trompait dans son diagnostic ?

En tout cas, pour la péricardite, il n'avait pas le moindre doute, il avait nettement entendu le frottement.

L'échocardiogramme le lui confirma. Une autre chose était sûre : cette inflammation du péricarde n'existait pas quand il avait examiné Justin la première fois, ce qui signifiait que la maladie de Lyme – s'il s'agissait bien de cela – n'en était pas encore à un stade avancé et que la bactérie n'avait pas encore eu le temps de causer à l'organisme des dégâts irréversibles.

Il se tourna vers Madison.

— Péricardite confirmée, douleurs aux articulations : à mon avis, le test ELISA se révélera certainement positif.

— J'ai effectué quelques recherches sur Internet quand tu t'es absenté. La liste des symptômes liés à la maladie de Lyme est impressionnante : fatigue excessive, insomnie, maux de tête, troubles de la concentration, difficultés à réfléchir et à s'exprimer, douleurs articulaires, confusion mentale... Pourquoi n'y ai-je pas pensé plus tôt ?

— Maddie, tu as souvent été confrontée à la maladie de Lyme ?

— Non, jamais.

— Il est donc parfaitement logique que cette éventualité ne t'ait pas effleuré l'esprit.

Elle secoua la tête, et ses yeux s'embuèrent de nouveau.

— Mes parents ne se rappellent pas que Justin a été piqué par une tique. Les jumeaux ont joué dans l'herbe quasiment tous les jours et, chaque soir, ils ont eu droit à un bain. Maman m'a parlé d'une légère éruption cutanée sous l'aisselle de mon fils, mais celle-ci a disparu quand elle a appliqué dessus une crème apaisante pour soulager les démangeaisons. Elle ne me l'a pas signalée parce qu'elle croyait qu'il s'agissait d'une irritation due à la transpiration. Elle est complètement retournée, et ils tiennent absolument à venir à Singapour. À l'heure qu'il est, ils sont certainement déjà en train de réserver leurs billets d'avion.

Fletch s'efforça d'encaisser la nouvelle sans ciller.

— Et la famille de Jason ?

— Ils sont en route pour l'hôpital. Ma belle-mère m'a posé un tas de questions auxquelles je n'ai pas su répondre.

Il lui prit la main.

— Je m'en chargerai. Rui, cela pose-t-il un problème d'organisation si Justin reçoit plus de deux visiteurs à la fois ?

D'ordinaire, l'infirmière en chef se montrait intraitable sur le sujet, et elle n'autorisait que le père ou la mère à rester au chevet de son enfant la nuit.

— Non. Pour cette fois, je ferai une entorse à la règle. Une chambre vient de se libérer ; je vais y transférer Justin.

— Merci, dit Fletch. Je te prête main-forte. Ensuite, nous nous occuperons d'examiner Mia.

Le transfert demanda plus longtemps que prévu. D'autant qu'il dut s'occuper entretemps d'un autre jeune patient dont le cas ne présentait, heureusement, aucune complication. Quand il rejoignit Justin dans sa nouvelle chambre, l'enfant avait bu un peu et s'était assoupi. Quant à Madison, elle semblait au bord de l'épuisement.

Il souleva Mia dans ses bras.

— Au tour de notre petite princesse, maintenant. Ensuite, si tu veux, je ferai un saut chez toi pour te rapporter quelques affaires afin que tu puisses passer la nuit ici.

— Et Mia ?

Il s'approcha de la jeune femme et lui caressa la joue.

— C'est plutôt calme aujourd'hui. Elle dormira dans le lit à côté de celui de Justin, et toi sur un lit de camp si ça te convient.

Un appel les interrompit.

— Madison ?

Fletch décela de la panique dans cette voix masculine, et il vit Maddie se liquéfier. Un couple asiatique d'un certain âge se tenait sur le seuil. L'homme lui adressa un bref signe de tête avant de se diriger vers Madison qui fondit de nouveau en larmes, tandis que la femme se ruait vers Justin.

Pas de doute. Il s'agissait de M. et Mme Koh.

Fletch éprouva un profond soulagement lorsque Rui Lee entreprit de leur fournir quelques explications en malais. Percevant l'angoisse des adultes, Mia s'agita dans ses bras et se mit à pleurer à son tour. Il eut beau la bercer pour la calmer, rien n'y fit. Sa grand-mère se précipita et la lui arracha quasiment des bras.

Il se retrouva au beau milieu de la chambre, les bras ballants, impuissant à apaiser la tension ambiante avec l'impression désagréable d'être de trop. Il inspira profondément et passa de nouveau en mode professionnel. Par chance, il fut rejoint par le

Dr Zhang et, à eux d'eux, ils présentèrent la situation d'un point de vue médical dans un mélange d'anglais et de malais. Fletch ne put s'empêcher de remarquer que les parents de Jason posaient la plupart de leurs questions à son confrère.

Quant à Madison, elle semblait ailleurs, comme si elle avait lâché prise, sachant pouvoir compter sur d'autres pour assurer le relais. Fletch comprenait sa réaction. Personne n'était assez solide pour tenir bon indéfiniment et dans toute circonstance, pas même la femme au caractère bien trempé dont il s'était épris.

Cette pensée lui fit l'effet d'un électrochoc. Oui, il aimait Madison. Dès leur première rencontre, il avait eu conscience qu'elle avait quelque chose de spécial, et son attirance immédiate s'était peu à peu transformée en un sentiment bien plus puissant et déstabilisant dont le nom s'imposait désormais à son esprit : l'amour.

Cependant, ce n'était ni le lieu, ni le moment de s'en préoccuper. D'autant que le premier contact avec M. et Mme Koh n'avait pas été particulièrement chaleureux. Maddie et lui auraient le temps d'en discuter plus tard. La priorité, c'était Justin. Pour ce petit bonhomme qui commençait, ainsi que sa sœur, à occuper une place importante dans son cœur, il se devait d'être le meilleur pédiatre possible.

Il se ressaisit et, avec l'autorité liée à son statut de médecin, il déclara qu'il devait examiner Mia. Madison était assise sur le lit à côté de son fils. Aussi pria-t-il sa belle-mère de l'accompagner. Celle-ci marqua une certaine réticence, jusqu'à ce que le Dr Zhang lui précise que l'examen se déroulerait dans une salle voisine et ne prendrait pas longtemps.

Fletch se comporta de façon naturelle avec Mia. Il bavarda avec elle pour la détendre tandis qu'il inspectait son corps à la recherche d'une éventuelle marque ou éruption cutanée, testait ses réflexes et auscultait son cœur et ses poumons. Le présentant comme un jeu, il lui demanda d'effectuer quelques mouvements afin de s'assurer qu'elle ne souffrait pas des articulations. Il réussit même à la faire rire. Il n'était pas inquiet à son sujet. Elle mangeait de bon appétit - il avait pu le constater par lui-même – et ne manquait pas de tonus.

Satisfait de n'avoir rien détecté d'anormal, il fut en mesure de rassurer Mme Koh qui, bien que distante, se montra polie. Lorsqu'il eut fini de rhabiller la fillette, celle-ci choisit de s'installer sur ses genoux et non sur ceux de sa grand-mère.

— Est-ce que Justin va bientôt guérir ? s'enquit-elle d'une voix inquiète.

Fletch hésita à la reposer par terre. S'il lui témoignait trop d'affection, la mère de Jason risquait d'en prendre ombrage et de soupçonner que sa relation avec sa belle-fille dépassait le cadre professionnel. Cependant, il ne voulait pas décevoir Mia. Il se fia donc à son instinct.

— Il va rester à l'hôpital cette nuit, répondit-il avec douceur tout en lui caressant les cheveux. Et peut-être demain aussi. Comme ça, il récupérera des forces.

— Et on pourra rejouer ensemble ?

— Bien sûr, ma puce. Il faudra peut-être un peu de temps pour qu'il aille mieux.

Il sentait peser sur lui le regard froid de Mme Koh, mais il ne s'en souciait plus. Chaque chose en son temps. Il aviserait le moment venu.

— Nenek, murmura alors la fillette en tendant les bras vers sa grand-mère.

— Allons informer Madison qu'elle n'a pas de crainte à avoir concernant Mia.

La femme acquiesça, cala sa petite-fille sur sa hanche et le suivit sans prononcer un mot. Quand ils rejoignirent la chambre, Maddie était toujours abattue, et Justin paraissait exténué. Il lui fallait absolument du repos. Fletch s'apprêtait à prier les visiteurs de quitter la pièce quand Rui le devança.

— Et si vous descendiez tous les deux à la cafétéria avec votre petite-fille ? dit-elle sur un ton qui s'apparentait davantage à un ordre qu'à une suggestion. Je suis sûre qu'elle serait ravie de manger un esquimau. Ils en ont d'excellents. Cela lui changerait les idées et évacuerait son stress. Je propose que vous emmeniez aussi Madison. Une pause ne lui fera pas de mal et lui donnera l'occasion de discuter un peu avec Mia.

Personne ne s'avisait de contester l'autorité de Rui. Fletch surprit un rictus de contrariété sur le visage de M. Koh, lequel se garda néanmoins de protester.

— Madison est sous le choc, déclara l'infirmière quand ils se retrouvèrent seuls avec Justin. Elle a tout tenu à bout de bras depuis le décès, à force de volonté, mais là elle est à deux doigts de craquer.

— Je voudrais tant rester auprès d'elle, l'aider à surmonter cette épreuve, lui prouver qu'elle peut compter sur mon total soutien.

— Tu l'as déjà fait, et je ne pense pas qu'elle en doute un seul instant. Cependant, la meilleure façon de l'aider à l'heure actuelle, c'est de soigner son fils.

— Pauvre gosse ! Si seulement j'avais pensé plus tôt à la maladie de Lyme !

— Pourquoi aurais-tu dû y penser ? Il n'y en a quasiment pas à Singapour.

— Je savais que les jumeaux avaient séjourné en Écosse chez leurs grands-parents maternels. Je le savais, bon sang ! Malgré cela, je n'ai pas tilté !

— Toutes les tiques ne sont pas systématiquement contaminées par la bactérie, et même si elles abondent en Écosse, la maladie de Lyme y est aussi peu fréquente. Je ne connais pas beaucoup de pédiatres, et crois-moi j'en ai croisé plus d'un au cours de ma longue carrière, qui, comme toi, aurait fait le lien.

Sensible au compliment qui ne suffisait néanmoins pas à atténuer son sentiment de culpabilité, Fletch reporta son attention sur Justin.

— Je déteste le voir dans cet état.

Rui lui offrit un sourire compatissant.

— Je comprends. Et cela t'atteint d'autant plus que tu as développé un rapport affectif avec lui.

Il ouvrit la bouche pour objecter et comprit aussitôt qu'il ne servait à rien de nier.

— Oui, tu as raison. Je l'aime beaucoup.

Il poussa un soupir de tristesse.

— Madison avait l'intention de parler de moi à ses beaux-parents, mais il est clair qu'elle n'en a pas encore eu le courage. À moins qu'elle ait changé d'avis à propos de nous deux.

Comment s'étonner qu'elle nourrisse des doutes ? Il avait passé les dernières semaines à tergiverser, à se demander s'il était prêt à s'engager. N'importe quelle femme se serait lassée. Madison avait toutes les raisons de se méfier. Il imaginait sans mal à quoi avait ressemblé sa vie pendant trois ans, sa peine et ses angoisses, sa fatigue et son découragement. Elle avait pourtant fait front et réussi à reconstruire sur les ruines du passé. Pourquoi risquerait-elle de détruire ce fragile équilibre pour un homme qui évoquait le présent et jamais l'avenir, pour un homme qui ne lui avait rien promis et qui, dans deux ans, bouclerait probablement ses valises ?

— Je crains de ne pas être à la hauteur de cette femme, murmura-t-il.

— Qui ne tente rien n'a rien ! Ne déclare pas forfait aussi vite. Madison mérite qu'on se batte pour la garder.

— Je n'ai pas l'impression que les parents de Jason m'aient particulièrement apprécié. Ils se sont comportés comme si je n'existais pas.

— Mets-toi une minute à leur place. À leur arrivée, ils ont découvert leur petit-fils sous perfusion, leur petite-fille dans les bras d'un inconnu et leur belle-fille effondrée. Il y avait de quoi accuser le coup ! Arme-toi de patience. Bon, je te laisse avec Justin. Je suis sûre qu'il sera content de te voir s'il se réveille avant le retour de sa mère.

Une fois Rui partie, Fletch s'assit sur une chaise à côté du lit et prit la menotte du bambin dans ses mains. Tandis qu'il contemplait ce petit bonhomme sans défense, une vague de tendresse le submergea, et ses yeux s'embuèrent.

9

Sa vie avait basculé en un clin d'œil.

Cette formule saugrenue lui trottait dans la tête, et Madison ne parvenait pas à s'en débarrasser. Il s'était passé tellement d'événements en si peu de temps qu'elle était incapable de faire le tri dans ses idées. Elle était comme assommée. En revanche, une pensée l'obsédait : Justin était malade.

Bien sûr, son fils couvait quelque chose depuis plusieurs semaines déjà, mais elle ne s'attendait pas à un problème d'une telle gravité. L'appel de la crèche lui avait fait l'effet d'un coup de massue, et quand elle avait vu son fils si affaibli dans les bras de Fletch, ses nerfs avaient lâché.

Après, tout se confondait dans une sorte de brouillard.

Ce n'était pourtant pas son genre de perdre ainsi les pédales. D'ordinaire, dans les situations de crise, elle mettait un point d'honneur à conserver son sang-froid. Là, elle en était arrivée à un point où elle ne savait plus quelle heure il était, et elle s'en fichait. Elle avait seulement conscience que Mia était assise sur ses genoux, qu'elle la serrait contre elle, et qu'elle effectuait des mouvements involontaires d'avant en arrière.

Même à l'annonce de la mort accidentelle de Jason, elle n'avait pas réagi ainsi. D'abord, il y avait eu l'incrédulité, puis le choc et l'impression de plonger dans un abîme quand elle avait intégré la réalité dans toute son horreur. Cependant, son instinct de survie avait repris le dessus. Elle avait deux bébés dont elle devait s'occuper, des obsèques à organiser, un deuil à porter. Dans son malheur, elle avait eu la chance d'être très entourée. Elle avait pu compter sur le soutien inconditionnel de sa famille et été l'objet de multiples attentions de la part de ses amis et de ses collègues.

Entre le notaire, la banque, la mutuelle et la compagnie d'assurances, il lui avait fallu près d'un an pour s'acquitter des démarches administratives. Le plus douloureux avait sans doute été de transférer à son seul nom les quittances de loyer, les factures d'eau, d'électricité, etc.... Une façon d'entériner un état de fait : elle était veuve et ses jumeaux, à peine nés, avaient perdu leur père.

Des courriers adressés à Jason échouaient encore parfois dans sa boîte aux lettres, ce qui lui provoquait à chaque fois un pincement au cœur, mais il s'agissait désormais uniquement de publicités émanant de sociétés n'ayant pas mis à jour leurs bases de données.

Elle avait réussi à gérer tout ça, à accepter le fait que la fatalité ne frappe pas que les autres, même si la disparition brutale du mari qu'elle aimait lui paraissait une cruelle injustice. Ni elle, ni sa belle-famille ne s'étaient acharnées contre l'auteur de l'accident. Les tests d'alcoolémie et de dépistage de stupéfiants s'étaient révélés négatifs. Par ailleurs, l'automobiliste n'avait jamais causé d'accidents graves. Après enquête, la police avait entériné sa version, à savoir qu'il avait été aveuglé par la lumière rasante du soleil.

En revanche, aujourd'hui, c'était différent. Il s'agissait de leur enfant, de la chair de leur chair. La maladie de Lyme pouvait laisser des séquelles graves et la péricardite engendrer des complications telles une arythmie cardiaque, nécessitant une intervention chirurgicale lourde.

Travaillant dans le milieu hospitalier, Madison avait tendance à envisager les pires scénarios. Elle risquait même de perdre son fils. Inconcevable... C'était inconcevable !

Une phrase de Fletch lui restait en mémoire : « Aucun parent ne devrait avoir à survivre à son enfant. »

Elle sentit une violente nausée lui tordre l'estomac. Elle se leva brusquement, déposa Mia sur les genoux de sa grand-mère et courut vers les toilettes. Elle tremblait de tous ses membres. Lorsqu'elle se fut soulagée, elle se passa de l'eau fraîche sur le visage.

Il fallait qu'elle retourne auprès de Justin. Elle avait besoin d'être près de lui. Que faisait-elle au rez-de-chaussée alors que son petit luttait contre la maladie deux étages plus haut ? La panique la saisit, et elle se précipita vers la porte qu'elle ouvrit à toute volée. Derrière, elle découvrit son beau-père qui l'attendait. Il semblait calme, comme elle-même aurait dû l'être. Il l'intercepta en posant ses mains sur ses épaules.

— Madison, stop... Respire !

Les larmes jaillirent de nouveau.

— Il faut que j'aille voir Justin.

— Tu iras, mais pas dans cet état. Ressaisis-toi d'abord.

Il avait raison. Cependant, elle ne voulait pas entendre ces mots.

— Il n'est pas seul, ajouta-t-il, les lèvres pincées. Son médecin veille sur lui.

Percevant la sécheresse soudaine de son ton, Madison devina le fond de sa pensée. Il songeait à cet homme qu'ils avaient surpris en train de caresser la joue de leur belle-fille quand ils étaient entrés son épouse et lui dans la chambre.

Celui auquel elle avait promis de parler à ses beaux-parents de son désir de recommencer à sortir. Promesse qu'elle n'avait pas eu le courage de tenir. À leur réaction, Fletch l'avait certainement compris. Les parents de Jason étaient des gens polis et droits, et elle les avait mis face à une situation délicate, en plus de l'angoisse qu'ils éprouvaient au sujet de leur petit-fils. Comment avait-elle osé leur infliger cette humiliation, leur manquer de respect à ce point alors qu'ils faisaient tout ce qu'ils pouvaient pour lui faciliter la vie ? Quelle ingratitude !

— Je... Je suis désolée, bredouilla-t-elle. Je vous dois des explications... Le pédiatre...

M. Koh leva la main. Ses traits s'étaient durcis.

— Tu n'as pas à te justifier. Et puis, ce n'est pas le moment.

Une fois encore, il avait raison. Cependant, elle refusait de leur mentir davantage, même par omission.

— C'est récent, dit-elle tandis que les larmes continuaient de rouler sur ses joues. Je n'étais pas sûre d'être prête.

— L'es-tu ?

Le ton cinglant la heurta. Elle connaissait cet homme depuis plus de dix ans et ne l'avait jamais vu se comporter de la sorte.

À sa décharge, il ne s'était jamais retrouvé dans une telle situation auparavant, situation qu'elle avait créée par lâcheté et que ni lui, ni elle ne savaient gérer.

La réponse restait coincée dans sa gorge. Son cœur se serra douloureusement dans sa poitrine. Madison ne voulait pas blesser ses beaux-parents. Elle les aimait et avait besoin d'eux. Et puis, son cerveau était si embrumé qu'elle ne parvenait pas à raisonner. Le peu d'énergie qui lui restait, elle devait la concentrer sur Justin.

— Euh... non, répondit-elle.

Elle entendit une exclamation étouffée provenant de sa droite. Elle tourna la tête et découvrit Fletch. Il était probablement descendu prendre de ses nouvelles. À n'en pas douter, il avait surpris la fin de leur échange, car l'expression de son visage était figée, son masque impénétrable. Il fit volte-face et s'éloigna.

Fletch était dans un état second.

Il avait beau essayer de chasser cette scène de son esprit, elle revenait en boucle. Inutile de se raccrocher à des illusions, Madison n'avait fait qu'énoncer la vérité : elle n'était pas prête.

Et cet aveu lui avait brisé le cœur.

Il ne pouvait néanmoins pas lui en tenir rigueur. Dès le début, elle l'avait prévenu. Le dicton selon lequel un homme averti en vaut deux se révélait une fois de plus complètement erroné. Il aurait dû le deviner quand il s'était rendu compte qu'elle n'avait manifestement toujours pas parlé de lui à ses beaux-parents.

Il poussa un profond soupir. Désormais, il devrait occulter ses sentiments et se comporter de façon professionnelle, sous le regard scrutateur ou compatissant de ses collègues, car la nouvelle ne tarderait pas à se répandre. Pour autant, il se fichait éperdument du regard des autres.

L'envie le tenaillait d'aller trouver Maddie pour la supplier de reconsidérer sa décision, de lui accorder une nouvelle chance, de laisser une place au bonheur. Il ne se voyait pas vivre sans elle et les enfants. Pourtant, il n'avait plus vraiment le choix.

Il avait toujours eu l'intuition qu'un jour ou l'autre il aurait le cœur en miettes. Raison pour laquelle il enchaînait les liaisons sans lendemain. Et lui ? Combien de cœurs avait-il brisés ? C'était tellement commode pour sa conscience de se persuader que les ruptures s'étaient quasiment toutes passées d'un commun accord. Qu'il se soit montré honnête avec ses ex ne signifiait pas qu'elles n'avaient pas souffert. Simplement, elles avaient eu la dignité de le lui cacher.

Il avait découvert le véritable amour avec Madison et l'avait perdu.

Il serra les poings et s'efforça de se ressaisir. Ses sentiments personnels n'avaient rien à faire ici. Il devait mener à bien la mission pour laquelle il avait été recruté, à savoir soigner des enfants, et notamment tirer d'affaire un petit bonhomme auquel il s'était extrêmement attaché.

Lorsque Fletch pénétra dans le service de pédiatrie, sa résolution était prise. Il était médecin, et sa vocation resterait sa priorité.

10

Un pan entier de son univers s'était effondré, tel un château de cartes.

Un jour, elle était sur le point de donner à sa vie une dimension nouvelle et porteuse d'espoir. Le lendemain, son fils était gravement malade, son existence chamboulée, et sa relation avec ses beaux-parents compromise parce qu'elle ne les avait pas traités avec le respect qu'ils méritaient.

Pour couronner le tout, Fletch l'avait entendu répondre à son beau-père qu'elle n'était pas prête, et le regard qu'il lui avait alors lancé lui avait transpercé le cœur. Elle ne pensait pas ce qu'elle avait dit, vraiment pas, mais elle n'avait pu se résoudre à tenir un discours différent au père de Jason.

Pourtant, elle aurait dû, ne serait-ce que par honnêteté envers son beau-père. Jamais elle ne s'était sentie aussi désemparée, incapable de faire le tri dans ses pensées et ses émotions.

Ses parents étaient arrivés, rongés par le remords et l'angoisse au sujet de Justin. Le test ELISA s'était révélé positif, et un test Western Blot était en cours. S'il était lui aussi positif, le diagnostic serait avéré.

Le traitement prescrit par Fletch avait commencé à produire ses effets, et l'état de santé de son fils s'améliorait peu à peu. Justin était toujours fatigué, mais il reprenait des forces et retrouvait peu à peu son comportement d'avant.

Quant à Mia, elle débordait d'énergie et de vitalité, partageant son temps entre ses grands-parents paternels et maternels, lesquels rivalisaient d'affection et d'attention pour elle. La fillette vivait sa meilleure vie !

Autant d'événements qui auraient pu inciter Madison à un regain d'optimisme, n'était-ce l'attitude de Fletch à son égard. Il restait à distance et évitait de croiser son regard. En revanche, il démontrait une fois encore son professionnalisme en prenant le plus grand soin de Justin. Il avait également consacré plus d'une heure à expliquer à ses parents les tenants et les aboutissants de la maladie de Lyme et s'était efforcé de les réconforter, leur affirmant qu'ils n'avaient pas à culpabiliser. Il arrivait souvent que des gens soient piqués par une tique et développent la maladie de Lyme sans s'en rendre compte. Aussi n'avaient-ils pas à s'estimer responsables de la situation en raison d'une quelconque négligence.

Madison lui en savait gré. Elle avait essayé à plusieurs reprises de créer l'occasion d'un tête-à-tête pour s'excuser, mais il s'était esquivé. Clairement, il n'avait pas l'intention d'avoir ce genre de conversation avec elle.

Rui, pour sa part, percevait manifestement sa nervosité et son désarroi. Madison l'avait surprise plus d'une fois à l'observer, comme si elle se tenait prête à intervenir au cas où elle craquerait de nouveau. Avec elle non plus, elle n'avait pas eu l'opportunité de discuter.

Finalement, Fletch et le Dr Zhang décidèrent que Justin pouvait rentrer à la maison, après dix jours d'hospitalisation. Sa péricardite avait disparu. Il resterait sous antibiotiques et serait suivi pour que tout symptôme éventuel résiduel de la maladie de Lyme soit repéré et traité à temps.

Quand, son fils dans les bras, Madison franchit le seuil de son appartement, elle éprouva un immense soulagement. Elle hébergeait ses parents et, faute de place, leurs valises étaient rangées tant bien que mal dans un coin du vestibule. Pour ce premier soir où elle se trouvait de nouveau réunie avec ses deux enfants, elle s'employa à réinstaurer leur routine. Elle les nourrit, leur donna un bain, puis leur lut une histoire avant de les coucher. Son regard revenait souvent se poser sur le sofa où Fletch s'était assis, à côté d'elle. Sans lui, le salon paraissait vide, et elle se demandait quelle sensation elle aurait quand ses parents regagneraient l'Écosse.

— Qu'est-ce qui ne va pas ? l'interrogea sa mère lorsqu'elle les rejoignit.

— Oh ! rien... et tout, à la fois.

— Et plus précisément ?

Madison se posta devant la fenêtre et contempla la vue sur la ville qu'elle adorait. Elle avait résisté aux tentatives répétées de ses parents pour qu'elle retourne s'installer en Écosse. Sa vie et son foyer étaient à Singapour, et elle devait peser ses mots pour ne pas subir de nouvelles pressions parentales.

— Comment réagiriez-vous si je vous disais que j'ai rencontré quelqu'un ?

Visiblement désarçonnée, sa mère écarquilla les yeux.

— Oh ! Eh bien, je pense que je te demanderais de qui il s'agit.

— Vous l'avez déjà croisé, répondit Madison qui sentait son courage faiblir.

— Cela fait trois ans, commenta son père de son ton calme et posé qui l'avait servi bien des fois lors de sa carrière diplomatique. Nous ne nous attendons pas à ce que tu passes le restant de tes jours sans un homme à tes côtés et nous ne le souhaitons pas.

— Mais n'est-ce pas trop tôt, papa ?

— Toi seule peux répondre à cette question.

— Mia et Justin connaissent-ils cette personne ? s'enquit sa mère.

— Oui, et ils l'aiment bien. Une affection réciproque, a priori. Tout semblait... se dérouler parfaitement.

Sa voix s'étrangla, et elle s'interrompit.

— Qu'est-ce qui a changé, alors ?

— Les choses se sont compliquées.

— Dans ce cas, c'est peut-être mieux ainsi. Si cet homme n'est pas capable de te soutenir durant une épreuve, ce n'est sans doute pas celui qu'il te faut.

Toujours le bon sens maternel... Toutefois, Madison refusait de mentir à ses parents. Elle leur devait la vérité.

— C'est moi qui l'ai rejeté, avoua-t-elle, parce que je n'ai pas su gérer la situation vis-à-vis de mes beaux-parents. Je ne leur avais pas dit que je fréquentais quelqu'un, et ils l'ont vu me caresser la joue. Pour éviter de les blesser...

Ses sanglots l'empêchèrent de poursuivre.

— Il s'agit du pédiatre de Justin, n'est-ce pas ? déclara son père d'une voix douce.

— Comment l'as-tu deviné ?

— Je ne suis pas né de la dernière pluie, ma chérie. J'ai le sens de l'observation. La familiarité des enfants à son égard et la façon dont il te regarde ne m'ont pas échappé.

Madison se laissa tomber sur une chaise.

— J'avais vraiment l'intention d'en parler aux parents de Jason. Cependant, je ne savais pas comment m'y prendre. Je n'arrivais pas à trouver les mots. Je ne voulais pas qu'ils s'imaginent que j'avais déjà oublié leur fils, que j'avais tourné la page sans considération pour ce qu'ils pourraient éprouver. En essayant de ménager la chèvre et le chou, j'ai tout fichu en l'air. Après avoir surpris le geste de Fletch, mon beau-père était manifestement furieux, ce que je comprends. Alors, quand il m'a demandé si je me sentais prête à vivre une nouvelle histoire, j'ai répondu que non. J'étais complètement dans le brouillard. Je ne me suis pas aperçue que Fletch se trouvait si près

— Tu subissais un stress énorme. C'est un malentendu, voilà tout.

— Je l'ai profondément blessé, peut-être même déçu.

Sa mère la fixa, comme cherchant à lire en elle.

— Que ressens-tu pour cet homme ?

— Je l'aime.

La réponse avait fusé spontanément, telle une évidence.

Madison refoula ses larmes.

— Je ne le lui ai pas avoué. Cela me paraissait prématuré, et j'avais peur. Après le décès de Jason, je ne pensais pas éprouver de nouveau des sentiments aussi forts. Je ne pensais pas retrouver l'amour.

Sa mère la prit dans ses bras.

— Dans ce cas, ma chérie, il n'y a pas trente-six solutions ; il faut réagir. Nous voulons te savoir heureuse, toi et les enfants, mais il t'appartient de trouver ton bonheur, et de te battre pour le préserver.

Fletch adorait Singapour, et il avait envie d'y rester. Cependant, il n'imaginait pas côtoyer Madison tous les jours à l'hôpital tout en sachant qu'il l'avait perdue. C'était au-dessus de ses forces.

Il entreprit donc des recherches d'emploi pour partir travailler ailleurs, loin de Singapour. Peut-être la distance réussirait-elle à atténuer cette douleur sourde qui ne le quittait plus, de jour comme de nuit. Il s'apprêtait à répondre à une offre pour un poste basé dans le Missouri quand Rui entra dans son bureau. Fine mouche, elle devina aussitôt.

— Tu n'as pas l'intention de partir, n'est-ce pas ?

— Si.

— Je te rappelle que tu as signé un contrat de deux ans avec cet hôpital.

— Je sais, mais je n'ai pas le choix.

— On a toujours le choix, répliqua-t-elle en se campant devant lui, les bras croisés.

— Madison a répondu à son beau-père qu'elle ne se sentait pas prête. Le message est clair. Dans ces conditions, rester serait trop douloureux pour moi. Et puis cela lui facilitera les choses si je pars. C'est ici qu'elle a construit sa vie, et je ne veux pas risquer de l'encombrer par ma présence. C'est à moi de m'en aller.

— Cela ressemble davantage à une fuite.

— C'est pourtant la solution la plus raisonnable.

— Raisonnable ? s'exclama Rui. Elle va lui briser le cœur ! Comment peux-tu dire une chose pareille ? Tu penses réellement qu'avec une telle pression sur ses épaules, elle était en mesure de répondre sincèrement à son beau-père ? Tu l'as vue comme moi. Elle était anéantie. Alors d'accord, elle n'avait pas encore parlé de toi à ses beaux-parents. Et, oui, elle aurait dû le faire. Néanmoins, elle se trouvait face à un dilemme de taille, entre préserver sa relation avec eux et en créer une nouvelle avec toi. Si elle avait expliqué à M. Koh qu'elle était effectivement prête à aller de l'avant et que la personne en question était le pédiatre soignant son petit-fils, tu ne crois pas que le coup aurait été un peu brutal, surtout dans de telles circonstances ?

— Si, admit Fletch. Toutefois, il se peut aussi que la question directe de son beau-père l'ait amenée à prendre conscience de la réalité. Peut-être me suis-je montré trop insistant, sans m'en rendre compte et bien malgré moi.

Rui lui opposa une moue sceptique.

— Tu le crois vraiment ? Laisse-moi te dire une chose : Madison est une battante. C'est ce qu'elle a fait depuis le décès de Jason ; elle s'est battue. Au cours de ces dernières semaines, j'ai vu renaître une étincelle de joie dans ses yeux. J'ai aussi observé la façon dont elle te regardait, bien avant que l'un et l'autre ayez compris ce qui se passait entre vous. J'ai assisté à tes échanges avec les jumeaux. Ils t'adorent, et tu éprouves une profonde affection pour eux. Il y a des signes qui ne trompent pas. Alors, même si votre histoire s'avère relativement récente, c'est du solide, et ce serait complètement idiot de ta part de tout gâcher en t'effaçant.

Fletch sentit son estomac se nouer. Il aurait tellement souhaité qu'elle dise vrai. Il secoua la tête.

— Je sais ce que je souhaiterais. En revanche, j'ignore si Madison veut la même chose. Et *quid* des parents de Jason ? De toute évidence, ils ne m'apprécient pas. Il est hors de question que je lui demande de choisir entre eux et moi.

— Ne dramatisons pas. Les Koh sont des gens bien, Fletch. Ils ont surpris une scène d'intimité qui les a choqués parce que, d'une part, ils ne s'y attendaient pas et que, d'autre part, leur famille traversait une épreuve douloureuse. Jamais, tu m'entends, ils ne tourneraient le dos à leur belle-fille. Ils n'aspirent qu'au bonheur de Madison et des enfants. Or, ce bonheur, il passe par toi.

Fletch éprouva un élan de gratitude à l'égard de cette femme qui n'hésitait pas à monter au créneau et réussissait à lui remonter le moral. C'était la première fois depuis dix jours interminables qu'il apercevait une lueur d'espoir au bout du tunnel.

— Tu as conscience que tu peux te tromper et que je risque de me ridiculiser ? lança-t-il avec un sourire triste.

Pour toute réponse, elle haussa les épaules.

— Mais tu as raison. Elle mérite que je coure ce risque. Ils le méritent tous les trois.

— Dans ce cas, il n'y a pas une seconde à perdre.

Fletch ne se le fit pas dire deux fois. Il se leva, attrapa sa veste et sortit en trombe.

Quand il arriva dans la petite rue calme où habitaient les parents de Jason, à l'autre bout de la ville, il sentit sa détermination vaciller. Il appuya sur la sonnette avant d'être tenté de battre en retraite. Le cœur battant, il entendit des pas à l'intérieur, puis la porte s'ouvrit. Mme Koh lui jeta un regard mécontent.

— Bonjour, madame. Auriez-vous l'obligeance de m'accorder quelques minutes, s'il vous plaît ? J'ai quelque chose d'important à vous dire.

Elle hésita, puis lui fit signe d'entrer et appela son mari, lequel ne tarda pas à les rejoindre au salon. La surprise, puis l'inquiétude, se peignirent sur le visage de M. Koh.

— Qu'y a-t-il ? Justin ?

— Il va bien, rassurez-vous. Il est chez lui avec sa maman et ses autres grands-parents.

Le couple échangea un regard, puis M. Koh invita Fletch à s'asseoir et prit place dans le fauteuil en face de lui, Mme Koh restant debout.

Fletch se sentait aussi mal à l'aise que s'il avait été convoqué dans le bureau du proviseur...

— Je souhaite tout d'abord m'excuser que vous ayez été les témoins d'un geste que vous étiez en droit de juger déplacé. Je suis devenu très proche de Madison et des enfants depuis quelque temps, et j'essayais juste de réconforter votre belle-fille.

Mme Koh eut une moue dubitative tandis que son époux gardait une expression indéchiffrable.

— Je tiens à ce que vous sachiez que j'aime Madison, et que j'aime aussi Mia et Justin. Ils sont tous les trois merveilleux, et je m'estime très chanceux de les avoir rencontrés.

Il marqua une pause et inspira profondément pour se donner le courage de poursuivre.

— Je suis venu vous demander votre permission de m'impliquer davantage dans leur vie. Madison a beaucoup d'affection pour vous, et je me rends bien compte que vous ne cherchez qu'à préserver le bien-être de votre belle-fille et de vos petits-enfants. Aussi je vous promets que je m'efforcerai de les chérir et de les protéger de mon mieux. Ils le méritent amplement.

— En effet, murmura Mme Koh, le regard toujours circonspect.

Il y eut un long, très long silence, que son mari finit par rompre.

— Pourquoi cette démarche ?

— Parce que je veux faire preuve d'honnêteté envers vous. J'aime Madison, et je suis prêt à faire tout ce qui est en mon pouvoir pour ne pas la perdre. Je suis désolé si l'idée qu'elle fréquente un autre homme que votre fils vous cause de la peine. Je peux juste vous assurer de la sincérité absolue de mes sentiments. Et si jamais je fais partie de la vie de Maddie, j'espère de tout mon cœur que vous m'accepterez dans la vôtre aussi.

Il retint son souffle dans l'attente du verdict, craignant d'être allé trop loin. Au bout d'un certain temps qui lui parut une éternité, M. Koh se leva et vint vers lui la main tendue. Alors il l'imita et lui serra la main, comme pour sceller un accord.

— Merci pour votre visite.

— Merci à vous de m'avoir reçu. Maintenant, il ne me reste plus qu'à aller parler à votre belle-fille.

— Parce que vous êtes d'abord venu nous voir ? s'enquit M. Koh, visiblement étonné.

— Oui.

— Et qu'auriez-vous fait si je m'y étais fermement opposé ?

— Je vous aurais dit que, malgré tout le respect que je vous dois, je tenterais néanmoins de la reconquérir.

Son hôte lui adressa un sourire amusé.

— Je me félicite que nous soyons parvenus à nous entendre.

— Moi de même.

Lorsqu'il sortit dans la rue, le soleil lui parut plus radieux, et ce fut d'un pas léger que Fletch se dirigea vers la bouche de métro. À présent, il lui fallait convaincre Madison.

Or, il savait exactement comment il allait s'y prendre.

Madison relut pour la énième fois le SMS reçu à son réveil.

Retrouve-moi à 11 heures au kiosque à musique. Je t'embrasse. Fletch.

Son regard s'attarda sur la dernière partie du message. « Je t'embrasse », c'était plutôt de bon augure, non ? Et le fait qu'il souhaite la rencontrer en dehors de l'hôpital signifiait certainement qu'il était disposé à discuter.

Pourtant, elle se sentait fébrile et avait passé plus d'une heure à choisir sa tenue, optant après moult hésitations pour un chemisier rose, une jupe blanche et des ballerines d'une couleur assortie, ignorant si le rendez-vous se prêterait au port d'escarpins.

En revanche, elle savait très exactement ce qu'elle allait lui dire. Elle allait lui avouer qu'elle l'aimait, qu'elle regrettait amèrement ce « non » prononcé à l'hôpital et lui en demander pardon, que son vœu le plus cher serait de reconstruire sa vie... avec lui.

Bien sûr, il y aurait encore des malentendus et des erreurs mais, ensemble, ils parviendraient à vaincre les obstacles, à surmonter les difficultés. À condition qu'il lui en donne la possibilité.

Et si elle se trompait sur ses intentions ? Et s'il désirait simplement lui annoncer qu'il valait mieux s'arrêter là et rester bons amis ? Après tout, c'était ainsi que s'étaient soldées ses précédentes histoires sentimentales, et la façon dont elle avait agi avait pu lui laisser penser qu'elle ne tenait pas vraiment à lui.

À force de se torturer l'esprit, elle avait les nerfs à vif quand elle parvint à l'heure dite au kiosque à musique du Jardin botanique. Il n'y avait quasiment personne et en ne voyant Fletch nulle part, elle crut qu'il était en retard ou avait changé d'avis. Cependant, en approchant, elle l'aperçut assis sur un banc, à l'intérieur. Son rythme cardiaque s'accéléra, et elle dut produire un effort considérable pour se retenir de grimper les marches quatre à quatre.

— Fletch ?

Il tourna la tête vers elle. Il avait l'air soucieux, ce qui acheva de l'angoisser.

— Bonjour, Maddie.

Elle s'assit à côté de lui.

— Que faisons-nous ici ? s'enquit-elle, s'efforçant de maîtriser le tremblement de sa voix.

— Il fallait un endroit qui nous évoque de bons souvenirs.

Elle déglutit péniblement puis se lança.

— Je m'en veux terriblement de ce que j'ai dit à mon beau-père,

— Te l'a-t-il accordée ?

— Je suppose que oui. En réalité, il m'a demandé ce que je ferais s'il s'y opposait. Un sacré bonhomme sous son flegme apparent ! Je lui ai répondu que je tenterais néanmoins ma chance.

— Et ensuite ?

— Il m'a souri, et nous avons échangé une poignée de main. Nous avions brisé la glace. Alors, qu'en penses-tu ?

— Je ne sais comment te remercier. Merci, mille fois merci.

— Euh, ce n'est pas exactement ce que je souhaite entendre, déclara-t-il avec une mine déconfite.

Elle éclata de rire.

— Oui, pardon, j'oublie l'essentiel. Je t'aime, Arthur Fletcher. Et, bien que tu n'aies aucune expérience de la vie de couple, je suis prête à courir le risque !

— Vraiment ? insista-t-il, plongeant son regard dans le sien. Dans ce cas, mon cadeau devrait t'intéresser.

— Ton cadeau ? Quel cadeau ?

— Celui-ci.

Il se pencha et ramassa une boîte qu'il avait, semble-t-il, dissimulée sous le banc.

— Tu m'as offert des chaussures ?

— Oui, mais pas n'importe lesquelles.

Elle souleva le couvercle. Elle comprit instantanément à la vue des escarpins d'un blanc immaculé, ornés de petites perles et de minuscules strass. Elle ne put réprimer une exclamation d'admiration.

— Tu penses que tu pourrais trouver une occasion de les porter, l'année prochaine ?

Elle posa la boîte à chaussures à côté d'elle et approcha son visage du sien, très près.

— Embrasse-moi d'abord. Je déciderai ensuite.

Elle n'eut pas besoin de le supplier.

Épilogue

— Moi d'abord ! s'exclama Justin en donnant un petit coup de coude à sa sœur.

— Non, c'est moi ! répliqua Mia.

— Pourquoi n'iriez-vous pas ensemble ? suggéra Fletch à voix basse.

Les jumeaux avaient presque cinq ans maintenant, et il les aimait de tout son cœur. Les bambins firent quelques pas, se défièrent du regard, puis s'élancèrent en direction du kiosque à musique pour arriver les premiers, sous les rires des amis et de la famille.

Car aujourd'hui, c'était le grand jour !

— Avec un tel tandem, on ne s'ennuie jamais.

Fletch se tourna vers son père.

— Tu n'as pas idée !

Quand il s'était agi de choisir son témoin, il n'avait pas hésité une seconde : cela ne pouvait être que son père, lequel leur avait déjà rendu plusieurs visites à Singapour au cours des deux dernières années, son état de santé sur le plan cardiaque semblant s'être stabilisé depuis un moment.

Ils remontèrent l'allée côte à côte. En sa qualité de témoin de la mariée, Rui Lee leur emboîta le pas. Elle portait pour l'occasion une robe longue bleu nuit d'une grande élégance.

Alors, la musique changea, et Madison apparut au bras de son père. Elle était rayonnante dans sa robe de satin crème au corsage brodé de perles. Piquetées de quelques fleurs, ses boucles brunes lui retombaient sur les épaules et, clin d'œil à son pays natal, son bouquet se composait de bruyère retenue par des rubans de tissu écossais.

Fletch retint son souffle. Le moment tant attendu était enfin arrivé. Son épouse était la plus belle femme du monde. Tandis qu'elle marchait vers lui, elle lui offrit un sourire éblouissant.

Le chemin qu'ils avaient parcouru ensemble s'était révélé moins semé d'embûches qu'ils ne l'avaient craint. Les parents et la sœur de Jason avaient démontré beaucoup de bonne volonté et, après avoir appris à connaître le compagnon de leur belle-fille, ils l'avaient accueilli pour de bon dans la famille. Fletch avait obtenu un poste définitif à l'hôpital et, avec Madison, ils avaient acheté une maison un peu à l'écart du centre-ville avec un petit jardin où les enfants pouvaient s'ébattre.

— Quelqu'un t'a-t-il déjà dit que tu es la plus belle mariée de l'univers ? murmura Fletch quand sa future épouse l'eut rejoint en haut des marches.

— Ben oui, moi ! se récrièrent à l'unisson deux voix enfantines offusquées.

Ils réprimèrent un fou rire.

— Finalement, c'était une excellente idée, souffla Madison.

— Quoi donc ?

— D'inviter certaines de tes ex à notre mariage. Nous avons beaucoup sympathisé.

Il jeta un coup d'œil en direction des trois jeunes femmes qui occupaient la deuxième rangée de bancs. Assise près de son mari, Monique était très, très, enceinte. L'adorable bébé de Viv dormait sur les genoux de sa mère. Quant à Indira, elle convolerait en justes noces dans quelques mois. Toutes trois avaient réagi avec enthousiasme en apprenant que le célibataire endurci avait enfin décidé de se ranger… et quelques moqueries aussi, décrétant notamment que l'élue de son cœur méritait qu'on lui décerne une médaille.

— J'espère que vous n'allez pas vous liguer contre moi.

— Trop tard !

Elle lui caressa la joue.

— Tu es sûr d'être prêt à sauter le pas ? lui demanda-t-elle avec une grimace taquine.

— Plus que jamais.

La personne qui présidait à la cérémonie interrompit leur tendre dialogue.

— Nous pouvons commencer ?

— Encore une seconde s'il vous plaît.

Fletch se pencha et prit les jumeaux dans ses bras, les calant sur ses hanches, chacun d'un côté.

— Nous formons une équipe de choc, tous les quatre.

Elle le lui confirma par un baiser.

SUSAN CARLISLE

Rendez-vous avec lui

Traduction française de
GABY GRENAT

BLANCHE

HARLEQUIN

Titre original :
WEDDING DATE WITH HER BEST FRIEND

1

En voyant le Dr Owen Clifton pénétrer dans la salle de repos du personnel soignant, le cœur du Dr Valerie Hughes se mit à battre plus vite. Beaucoup trop vite, comme chaque fois qu'elle l'apercevait. Et comme à chaque fois elle s'appliqua à refouler cette émotion qui la submergeait quand il se trouvait à proximité d'elle. Même s'il avait été émotionnellement disponible, ce qui n'était pas le cas, elle n'avait pas l'intention de se laisser embarquer dans une histoire d'amour avec lui. Non. Jamais de la vie.

— Bonjour, Valerie ! lança le nouveau venu à son adresse.

Que faire, sinon se tourner vers lui pour répondre à son salut ?

Le sourire aux lèvres, Owen s'avançait vers elle, une boîte en carton à la main. Il s'agissait sans aucun doute de quelque friandise délicieuse qu'il lui proposait de partager avec lui comme ils l'avaient fait tant et tant de fois. Tous deux avaient en commun une passion déraisonnable pour les sucreries en tout genre. C'était d'ailleurs grâce à ce péché mignon que malgré leur réserve ils étaient devenus bons amis.

— Ah… je vois qu'une de tes admiratrices t'a encore fait un cadeau, c'est ça ?

Valerie avait parlé sur un ton de moquerie gentille, une des parades soigneusement mises au point pour cacher le trouble que chacune des apparitions d'Owen suscitait en elle.

— Exact. Lisa vient de m'offrir cette boîte pour me remercier de lui avoir donné un coup de main la semaine dernière.

Valerie ne put s'empêcher de sourire. C'était là du Owen tout craché, toujours en train de rendre service à quelqu'un. Et parfaitement inconscient de l'effet qu'il produisait sur les femmes... Pratiquement chaque membre du personnel féminin lui avait offert une friandise à un moment ou à un autre.

Cela faisait cinq ans maintenant que Valerie travaillait en tant que médecin anesthésiste à l'hôpital pour enfants d'Atlanta, où Owen faisait déjà partie de l'équipe médicale à son arrivée. Il venait de perdre son épouse et, comme il faisait partie de ces hommes que l'âge rend de plus en plus séduisants, les femmes du département s'étaient vite mises à lui faire les yeux doux. Valerie, elle, s'obstinait à ne voir en lui que le médecin plein de compassion envers ses patients et un collègue toujours prêt à donner un coup de main. Elle l'admirait. Il n'avait vraiment rien de commun avec le minable qui lui avait brisé le cœur à Houston. Un fieffé menteur qui lui avait assuré être libre de tout lien et qu'elle avait cru avant de découvrir qu'il trompait sa femme avec elle.

Owen lui tendit la boîte d'une main que Valerie trouva mal assurée. Que lui arrivait-il ? Ils étaient collègues depuis des années et amis depuis presque aussi longtemps. Jamais elle ne l'avait vu dans cet état. Visiblement, quelque chose n'allait pas. Il paraissait inquiet et se détournait fréquemment pour regarder par-dessus son épaule comme s'il attendait quelqu'un.

Avait-elle commis une erreur ? Un oubli ? Peut-être voulait-il lui éviter de découvrir une scène pénible en train de se dérouler dans le couloir ?

Le plus simple était de l'interroger.

— Owen, tu me parais préoccupé. Tu as un souci ? Un problème avec un patient ?

Il s'éclaircit la voix.

— Ça t'ennuie si je ferme la porte ?

Comme il avait l'air gêné... Cela lui ressemblait si peu que Valerie commença à se sentir mal à l'aise.

— Non, bien sûr. Qu'est-ce qu'il se passe ? Tu sais que tu commences à m'alarmer ?

Jamais, depuis cinq ans qu'ils travaillaient ensemble, elle n'avait entendu dire qu'Owen avait mélangé vie privée et vie professionnelle. Jamais elle ne l'avait vu désireux de s'isoler quand il discutait avec quelqu'un. Pourquoi ces cachotteries aujourd'hui ? Il n'était pas dans son état normal, c'était évident.

Finalement, il alla fermer la porte et revint s'asseoir face à Valerie. Visiblement tourmenté, il passa une main dans ses cheveux noirs auxquels se mêlaient quelques fils blancs au niveau des tempes.

— Non, Valerie, tout va bien, ne t'inquiète pas. C'est juste que... je... que je veux te demander quelque chose mais que je n'ai pas envie de susciter des commérages sur notre compte au sein de l'hôpital.

— Ah... Eh bien, je t'écoute !

Afin de dédramatiser la situation, elle avait parlé sur un ton volontairement désinvolte.

Owen hocha la tête.

— J'ai besoin que tu me rendes un service...

Valerie faillit éclater de rire. Toute cette mise en scène pour un service à rendre ? L'angoisse qui avait commencé à lui serrer la gorge disparut instantanément. Au fil des années, Owen et elle s'étaient entraidés à de multiples reprises. Ils avaient échangé des patients, des dates de congés, des participations à des congrès... Qu'est-ce que ce service pouvait avoir de si spécial pour qu'il se sente obligé de le lui demander en secret ?

— Quel genre de service ? demanda-t-elle en jouant avec le gobelet en carton du café qu'elle venait de terminer.

Nouveau raclement de gorge.

— Eh bien... je dois trouver une cavalière pour m'accompagner au mariage de mon neveu. Est-ce que tu accepterais de jouer ce rôle ?

À ces mots, Valerie sentit son cœur décoller en trombe. Owen l'invitait à l'accompagner à une fête ? Se doutait-il à quel point elle était toquée de lui ? Non, c'était impossible tant elle avait soigneusement caché ses sentiments. Mais pourquoi était-ce à elle qu'il faisait pareille demande aujourd'hui ? Jamais il ne lui avait laissé sentir qu'il la considérait autrement que comme une collègue.

Assez déconcertée, elle trouvait pourtant cette requête amusante.

— Si je m'attendais à ça ! C'est une surprise plutôt flatteuse. Si tu me donnais quelques détails ?

Elle eut la surprise de voir Owen rougir jusqu'aux oreilles, ce qui lui parut inattendu et très attendrissant. Pauvre Dr Clifton ! Il devait vraiment être dans ses petits souliers.

— Ça fait cinq ans maintenant qu'Elaine est morte… reprit-il.

Pas de doute, il savait exactement depuis combien d'années, de mois, sans doute d'heures et peut-être même de minutes, il était veuf. Jamais Valerie n'avait rencontré d'homme aussi attaché à sa femme, que celle-ci soit vivante ou morte. C'était le genre de mari dont toute femme rêve pour elle-même. Trop souvent, elle s'était demandé ce qu'on peut ressentir à l'idée que quelqu'un est aussi amoureux de vous. Hélas, jusqu'à présent, sa vie ne lui avait jamais fait pareil cadeau. Celui en qui elle avait placé sa confiance, celui dont elle était certaine qu'il l'épouserait n'était pas fait de cette étoffe-là. Il l'avait utilisée et rejetée ensuite comme un vieux Kleenex devenu inutile. Depuis cette triste expérience, elle était devenue méfiante, bien décidée à ce que pareille mésaventure ne lui arrive plus.

Soulagé d'avoir osé formuler sa demande, Owen avait relevé la tête et la regardait franchement cette fois.

— Mes enfants trouvent que je suis trop seul… Ils veulent que je recommence à sortir.

Il parlait de cette perspective sur le ton d'un condamné qu'on conduit à l'échafaud.

— Jusqu'à présent, ajouta-t-il avec un soupir, j'ai toujours réussi à déjouer leurs manigances mais, cette fois, je ne peux pas me faire porter pâle auprès de mon neveu que j'aime beaucoup. Le mariage a lieu dans quelques semaines et si tu refuses de m'y accompagner, ils m'obligeront à y assister avec une personne de leur choix.

Valerie ne put s'empêcher de sourire.

Owen lui jeta un regard meurtrier.

— Non, Valerie, ça n'est pas drôle du tout ! Ils sont capables de chercher quelqu'un sur un site de rencontre, tu te rends compte ?

— Et alors ? répliqua Valerie, franchement amusée. C'est aussi une façon de faire des connaissances, non ?

Owen fronça les sourcils.

— Ça fait vingt-cinq ans, pardon, vingt-huit, que je n'ai pas fixé de rendez-vous pour sortir avec une femme…

— Ce n'est pas une raison pour continuer !

Tout en se moquant de son collègue, Valerie constatait que si elle n'en était pas au même point, elle n'en était pas loin. Sortir avec un homme ? Pour elle, c'était de l'histoire ancienne. Il y avait des années qu'elle n'avait pas eu de fréquentation sérieuse et sa dernière relation, Ray, trouvait toujours une bonne raison pour rester à la maison au lieu d'aller danser ou dîner au restaurant. À dire vrai, elle avait été autant privée de sortie qu'Owen. D'ailleurs, elle commençait à avoir envie d'accepter sa proposition. Il était sympathique, gentil au possible et en plus, bel homme, pourquoi refuser l'opportunité de passer un bon moment en sa compagnie ?

D'un air découragé, Owen se laissa aller contre le dossier de sa chaise.

— Mes enfants me fatiguent, Valerie. Ils s'acharnent tellement à m'organiser des rencontres « surprise » avec les mères disponibles de leurs amis que je suis devenu incapable d'en supporter une de plus. Ni même le moindre coup de téléphone. C'est carrément du harcèlement de leur part, je n'en peux plus.

Voilà qui amusait beaucoup Valerie mais Owen ne partageait pas du tout son hilarité.

— Ils ont même réussi à mettre mon frère et ma belle-sœur dans la combine !

Son air profondément désolé prouvait bien que le summum de l'intrusion familiale avait été atteint.

— Tu comprends, je veux leur clouer le bec à tous et profiter pleinement de cette fin de semaine qui doit se dérouler dans un lieu idyllique. Si je viens accompagné d'une personne de mon choix, ils seront bien obligés de me ficher la paix !

Un petit sourire malheureux se dessina sur ses lèvres.

— Au moins pour un certain temps...

Valerie décida de mettre les choses au clair.

— Autrement dit, tu m'utilises dans l'espoir d'assurer ta tranquillité ?

Owen eut la décence de ne pas la contredire.

— J'aimerais être capable de te présenter cette invitation autrement mais dans le fond c'est bien de ça qu'il s'agit. En dehors de l'hôpital, je connais très peu de monde. Je ne sors pas. J'ai tellement refusé les invitations que, maintenant, plus personne ne me fait signe. Je passe pour un ours et je m'en accommode très bien.

— Drôle de façon de vivre... commenta Valerie.

— C'est la mienne, un point c'est tout. Mais je ne veux pas aller à ce mariage avec une étrangère. Je t'aime bien, Valerie, j'apprécie ta compagnie. Nous sommes amis et nous avons du respect l'un pour l'autre, c'est pour ça que j'ai pensé à toi. Ce mariage se tiendra dans une station de montagne. J'ai pensé que ça pourrait être pour toi l'occasion de quitter la ville pendant quelques jours.

Il haussa les épaules.

— De profiter des couleurs de l'automne...

Owen avait recours à tous les arguments qui lui passaient par la tête. Le seul qu'il n'utilisait pas et qui était en fait le seul qui importait était qu'il avait envie de passer du temps avec Valerie en dehors de l'hôpital. Il n'osait pas le formuler de peur de la voir partir en courant. Leur complicité reposait en grande partie sur la certitude que ni l'un ni l'autre n'était pas intéressé par autre chose qu'une simple amitié.

Échaudée par sa précédente expérience, Valerie hésitait encore.

— Tu es sûr que c'est une bonne idée de jouer un tour pareil à tes enfants ? De leur laisser croire qu'il y a quelque chose entre nous alors qu'il n'y a strictement rien ?

— C'est juste une question de quelques jours. Je pourrai toujours leur dire plus tard que nous avons rompu. Nos seules obligations seront de partager quelques repas, de sourire et de nous montrer aimables avec les membres de ma famille.

Il soupira.

— Mon but est de faire en sorte qu'on me laisse tranquille et qu'on arrête de me jeter des femmes à la tête. Je ne suis pas prêt à m'impliquer dans une relation et je ne le serai peut-être jamais.

Pareille affirmation convenait parfaitement à Valerie. Ils étaient sur la même longueur d'onde. Si de son côté elle ne se mettait pas à attendre quoi que ce soit de plus, tout irait bien. Elle serait heureuse de lui rendre service, mais une inquiétude la retenait encore.

— Laisse-moi un peu de temps pour y réfléchir, d'accord ?

Les épaules d'Owen s'affaissèrent misérablement.

— Juste cette nuit, OK ? reprit Valerie en le voyant aussi abattu. Je te promets de te donner ma réponse demain. D'ailleurs, je suis peut-être de garde...

En fait, elle avait envie d'accepter. Grande envie. C'était peut-être là le moyen de venir à bout de cette toquade ridicule qu'elle avait pour lui ?

— Non, tu n'es pas de garde, j'ai déjà vérifié.

Valerie retint un sourire. Pas de doute. Il avait réellement envie qu'elle l'accompagne !

— Écoute, Owen, laisse-moi tout de même réfléchir un peu. Je ne veux pas courir le risque de gâcher notre amitié ni notre relation de travail.

Il approuva d'un signe de tête.

— Je suis tout à fait d'accord et j'ajoute une précision importante : il n'est pas question que nous partagions une chambre. Je demanderai un logement qui assure à chacun son intimité.

— Tu ne crains pas que tes enfants trouvent ça bizarre ?

Owen fit la grimace.

— Peut-être, mais ça m'est égal. De toute façon, ils seront déjà bien contents que je vienne accompagné.

Une de leurs collègues infirmières poussa la porte et pénétra dans la pièce. Owen sursauta, la mine coupable.

Valerie se redressa, contrariée. Allait-il arborer pareille expression pendant tout le temps qu'elle passerait avec lui ? S'il devait avoir honte d'elle... Elle n'eut pas le temps de s'appesantir sur la question. L'infirmière qui venait d'entrer s'adressait déjà à Owen.

— Docteur Clifton, je vous cherchais. On vous attend en salle d'otorhino numéro quatre.

— J'y vais tout de suite.

Il jeta un regard sur Valerie qui hocha la tête.

— Tu auras ma réponse demain.

Sur ce, il emboîta le pas à l'infirmière venue le chercher.

Tout en cheminant dans le couloir qui l'amenait à son service, Owen réfléchissait. Depuis des années, il n'était sorti avec aucune autre femme qu'Elaine, son épouse. Et franchement, la perspective d'abandonner cette ligne de conduite ne serait-ce que le temps d'un week-end le réjouissait aussi peu que possible. Pourtant, il ferait cet effort car il en allait de sa tranquillité à venir.

Valerie n'avait pas dit non. Il pouvait comprendre qu'elle ait envie de réfléchir. Bien sûr, sa requête inattendue l'avait surprise. D'ailleurs de son côté, il n'était pas très à son aise non plus. Quand cette idée lui était venue en tête, il s'était demandé s'il avait perdu son bon sens. Comment pouvait-il faire ça à Elaine ? S'il sortait avec une autre femme, cela signifiait qu'elle était bel et bien morte. À cette pensée, ses mains s'étaient mises à trembler. Il n'avait pas envie d'affronter la réalité.

Ses enfants au contraire n'avaient de cesse de le voir reprendre une vie sociale. Leur impatience à cet égard le contrariait beaucoup. Maintenant qu'ils avaient quitté la maison et qu'ils le savaient tout seul, ils s'inquiétaient pour lui.

À l'occasion de ce mariage, Kaitlyn, sa fille, avait rallié les troupes familiales pour monter une cabale contre lui. Aussi, à force d'être cajolé et harcelé tour à tour, il avait fini par envisager d'inviter Valerie. Il lui avait paru plus prudent de s'adresser à quelqu'un qu'il connaissait et qui n'attendait aucun investissement affectif plutôt que de se retrouver au bras d'une inconnue au mariage de son neveu. Par chance, Valerie n'avait pas refusé d'emblée. Heureusement, car cela l'aurait accablé.

Toutefois, c'était seulement maintenant qu'il comprenait à quel point sa réponse lui importait. Elle serait la compagne idéale pour cette occasion. Il était à son aise avec elle. Ils travaillaient ensemble depuis des années et s'appréciaient mutuellement. Comment envisager une autre éventualité ?

Et surtout, en voyant qu'il avait fait un effort pour leur faire plaisir, ses enfants le laisseraient peut-être enfin tranquille... Le plus sage était d'attendre la réponse de Valerie.

En tant qu'adulte, il n'avait rien à prouver à ses enfants mais il avait à cœur de leur montrer qu'il était capable de s'occuper tout seul de ses affaires. Ce serait tellement agréable qu'ils se consacrent à vivre leur vie sans intervenir dans la sienne !

Il enfila sa blouse de chirurgien et pénétra dans la salle de désinfection. Pendant qu'il se lavait soigneusement les mains, le visage de Valerie lui revint à l'esprit. C'était une femme séduisante. Il y avait peu de temps qu'il avait recommencé à regarder les femmes. Pendant des années, il avait volontairement gardé des œillères. Il avait trop aimé Elaine pour s'intéresser à d'autres qu'à elle. Actuellement encore, il se considérait comme marié. Au cours de sa jeunesse, il avait eu tout loisir de découvrir les ravages causés par l'infidélité. Combien de soirs n'avait-il pas vu sa mère se morfondre en attendant le retour de son père ? Les disputes qui s'ensuivaient étaient épouvantables. Owen s'était promis que jamais il ne ferait subir pareil calvaire à son épouse. Il s'était tenu à cette ligne de conduite, persuadé qu'il convenait de respecter ceux qu'on aime.

Une infirmière s'approcha de lui pour lui enfiler les gants de chirurgie. L'opération qu'il allait effectuer consistait à placer des tubes dans les oreilles d'une petite fille de trois ans, sujette à de fréquentes otites. Il s'agissait là d'une intervention courante et bénigne qui durait une quinzaine de minutes, mais Owen se concentrait aussi intensément que pour les cas les plus sérieux.

Lorsqu'il approcha le masque en caoutchouc du visage de la fillette, il lui parla d'une voix calme et rassurante.

— Tu vas dormir tranquillement pendant que je m'occupe de toi et, quand tu te réveilleras, tu n'auras plus mal du tout !

Une fois l'enfant anesthésiée, il tourna délicatement son visage sur le côté de manière que le chirurgien puisse insérer le premier tube. Ensuite, il changea de place avec ce dernier afin qu'il puisse placer le second.

Quelques instants plus tard, Owen consulta le moniteur. Tout allait bien.

— Je peux conduire la patiente en salle de réveil ?

— Oui, tout va bien, répondit le chirurgien en retirant ses gants, sa charlotte et sa blouse.

— Bien entendu, je mets d'abord les équipements utilisés au rebut et j'irai ensuite parler aux parents.

— Merci, Owen.

— Avec plaisir.

Cela fait, il se dirigeait vers la salle des infirmiers lorsqu'il entendit qu'on l'appelait. C'était Valerie.

— Owen !

Leurs regards se rencontrèrent par-dessus leur masque. Même accoutrée de son inesthétique blouse bleue, Valerie lui parut séduisante. Pourquoi ne l'avait-il jamais remarquée jusqu'à maintenant ? Son sourire à lui seul suffisait à illuminer l'austérité du couloir.

Cette constatation le laissa stupéfait. Depuis qu'il la connaissait, il ne l'avait jamais remarqué. Et pourtant, combien de fois ils avaient travaillé ensemble ! Depuis qu'il l'avait invitée à l'accompagner au mariage, elle paraissait ne plus quitter son esprit alors qu'elle ne lui avait pas encore donné son accord. Cette attente l'angoissait et en même temps l'emplissait d'une excitation très agréable. Il en était arrivé à un point où la participation de sa collègue à son plan revêtait une importance capitale. Mais le moment n'était pas propice à ce genre de réflexions...

— J'ai besoin d'aide, déclara Valerie.

— Quel est le problème de ton patient ?

— Appendicectomie.

Il l'accompagna auprès de l'adolescent. Lorsque Valerie pressa la région de l'incision, ses gants se couvrirent de sang.

Une infirmière s'approcha avec un pansement absorbant à mettre sur la plaie. Owen prit son stéthoscope pour écouter le cœur du jeune homme. Le pouls était faible.

— Il faut lui administrer de l'oxygène.

L'infirmière lui tendit le masque qu'il appliqua sur le visage du jeune garçon.

— Avertissez le Dr Powers que nous lui ramenons son patient à la suite d'une complication, déclara Valerie.

Owen continuait à surveiller les battements du cœur pendant qu'ils ramenaient le lit à roulettes dans la salle d'opération.

Le Dr Powers les rejoignit rapidement.

— Que se passe-t-il ?

— Il y a une hémorragie quelque part, répondit Valerie en maintenant la compression.

— Je vais inciser pour trouver où elle se produit.

Il se tourna vers Owen.

— Kit d'intubation... Anesthésie...

Moins d'une heure plus tard, la source du problème avait été trouvée et l'état du jeune homme stabilisé. Valerie insista pour rester auprès de lui en attendant qu'on le conduise en salle de réveil où il resterait en observation une nuit avant de regagner sa chambre.

Owen regardait Valerie penchée sur l'adolescent que l'on emmenait hors de la salle d'opération. Elle était devenue livide. Ses mains posées sur le brancard tremblaient de façon inquiétante.

— Hé, Valerie ! Ça va ?

Jamais il ne l'avait vue dans un état pareil.

— Oui, oui... Je vais me changer avant de retourner auprès de lui.

Owen posa une main sur le bras de sa collègue.

— Prends d'abord un moment pour te reposer. Tu n'es pas dans ton état normal, je ne te reconnais pas !

— Non, tout va bien.

— Je ne te crois pas. Qu'est-ce qui t'arrive ?

Valerie tourna vers lui un visage désolé, puis fit des yeux le tour de la pièce pour s'assurer qu'ils étaient seuls. Ensuite, elle alla s'asseoir sur le banc qui se trouvait entre deux séries de casiers.

— Juste au moment où je prenais mon premier poste, il est arrivé à mon patient la même chose qu'à ce jeune homme. Malheureusement, l'issue n'a pas été la même ... C'est pour ça que je suis un peu émue. C'est un manquement aux devoirs de la profession, je le sais, mais ne t'inquiète pas, je vais me remettre rapidement. C'est juste un peu trop d'émotion, voilà tout.

Owen s'assit auprès d'elle tout en prenant soin de laisser suffisamment d'espace entre eux.

— Je comprends très bien. Nous sommes humains, c'est normal de réagir avec nos émotions.

Elle lui adressa un petit sourire un peu forcé.

— Merci de t'occuper de moi.

— Avec plaisir.

— Ça m'a fait du bien de parler avec toi.

— Oh ! tu sais, ça m'est arrivé souvent d'être dans ta situation. À chacun son tour de soutenir l'autre !

Combien de fois après la mort d'Elaine n'avait-il pas sangloté quand son frère venait lui apporter un peu de réconfort ?

Le sourire de Valerie se fit moins triste. Du même coup, la poitrine d'Owen se gonfla de bonheur.

Elle se mit debout.

— Je vais me changer avant de faire ma tournée du soir.

— Parfait. Je te laisse tranquille.

Comme elle se dirigeait vers la salle de bains qui se trouvait au fond de la pièce, elle se retourna tout à coup.

— Owen ?

— Oui.

— Merci.

— De rien, Valerie.

Le lendemain matin, le département de chirurgie débordait d'activité. Valerie venait de se préparer pour la première intervention tout en cherchant Owen des yeux. Comme elle ne l'apercevait pas, elle laissa échapper un soupir de soulagement. Le fait de s'être effondrée devant lui la veille la gênait beaucoup. C'était tellement non-professionnel ! Jamais cela ne lui était arrivé en vingt ans de pratique et voilà qu'elle s'écroulait devant lui juste après qu'il l'ait invitée ! Franchement, au point de vue timing, on ne pouvait pas faire pire ...

Tout au long de la nuit précédente, elle n'avait cessé de tourner et de retourner la proposition d'Owen dans sa tête. Tous les cas de figure avaient été envisagés par son esprit consciencieux, tous les « et si... » possibles et imaginables. Après des heures de tergiversations, elle avait fini par décider d'accepter. Elle aimait bien la compagnie d'Owen, elle était flattée qu'il ait pensé à elle pour l'accompagner. Où était le mal là-dedans ? Dans le fond, passer une fin de semaine avec lui l'aiderait peut-être à lui découvrir des défauts et à se défaire du béguin qu'elle avait pour lui ? Ce serait une très bonne chose !

— Valerie ?

Son cœur fit un bond en reconnaissant la voix grave qui l'appelait derrière elle.

Owen s'approchait d'elle à grand pas.

— Salut, Valerie ! Comment ça va ce matin ? Tu as passé une bonne nuit ? En te voyant aussi bouleversée hier, je me suis un peu inquiété pour toi.

Valerie sentit le rouge lui monter aux joues. La sollicitude d'Owen ne devait pas l'affecter à ce point ! C'était une simple manifestation de camaraderie professionnelle, rien de plus.

— Ça va très bien, merci, Owen. Un petit coup de blues, ni plus ni moins.

— Tant mieux. Je suis content de te voir en forme ce matin.

Comme une infirmière de service l'appelait, il lui adressa un sourire.

— Désolé, on m'appelle. À plus tard.

Ils se retrouvèrent à l'heure du déjeuner. Valerie qui avait retrouvé son calme prit l'initiative de la conversation.

— Merci encore pour ton soutien, hier. Il ne faut pas que tu t'inquiètes pour moi comme ça !

Tout en disant cela, elle pensait le contraire. C'était au contraire bien agréable de savoir que quelqu'un se faisait du souci pour elle. Et que ce quelqu'un soit un homme. Et que cet homme soit Owen...

En ce moment, elle le regardait comme elle ne l'avait encore jamais fait. Les cheveux qui grisonnaient au-dessus de ses tempes lui donnaient un air distingué. Pour l'instant, il ne portait pas ses lunettes rondes à monture métallique qu'il retirait quand il ne travaillait pas mais il lui plaisait aussi quand il les portait.

Après avoir jeté un coup d'œil autour d'eux pour s'assurer qu'ils étaient bien seuls, Owen la regarda droit dans les yeux.

— Alors ?

— Alors j'ai bien réfléchi à ton invitation et j'en suis arrivée à une conclusion évidente si je l'accepte.

Le regard d'Owen se fit inquiet.

— Laquelle ?

— Nous devrons nous entraîner à nous fréquenter hors de l'hôpital, sinon jamais tes enfants ne croiront à notre mensonge.

Cette fois, le visage d'Owen était tout joyeux.

— Alors tu acceptes ?

— Oui. Il me semble que te rendre ce service est une façon de te montrer ma reconnaissance pour ta gentillesse d'hier.

En fait, cinq minutes plus tôt, elle ne savait pas encore quelle allait être sa réponse mais, maintenant, elle en était sûre : elle voulait accompagner Owen à ce mariage. Ce serait une occasion privilégiée de mieux le connaître.

Il lui adressa un sourire de soulagement.

— Merci, Valerie.

Il jeta un nouveau regard autour d'eux.

— Ça te gêne qu'on discute ici ? demanda Valerie. Tu ne veux pas qu'on nous voie ensemble ?

Elle s'était appliquée à poser cette dernière question sur un ton dégagé mais, en fait, la blessure profonde que lui avait infligée son dernier amoureux venait de se rouvrir. Ray refusait systématiquement de sortir avec elle. Elle avait mis longtemps avant de comprendre la raison pour laquelle il voulait la tenir cachée. Par la suite, quand elle avait été informée de sa situation conjugale, le sens de ce comportement étrange lui était apparu clair comme de l'eau de roche. Désormais, même dans une situation de simulation, elle voulait que son partenaire ait une attitude dénuée d'ambiguïté.

Owen hésita un instant avant de répondre.

— C'est-à-dire que... comme il ne s'agit que d'un week-end, je préfère éviter que toi ou moi ne devenions le sujet de commérages. Il vaut mieux que cet épisode reste entre nous, tu ne crois pas ?

Valerie réfléchit à l'humiliation que lui avait infligée Ray. À aucun prix elle ne voulait revivre la mortification de se voir maintenue dans l'ombre mais, cette fois, c'était différent. Owen n'avait pas honte d'elle puisque, au contraire, il l'invitait à rencontrer sa famille.

— Si c'est ce que tu souhaites, je suis d'accord.

— Je pense que c'est mieux pour nous deux.

Après une pause, il reprit :

— Tout à l'heure, tu parlais de la nécessité de nous connaître mieux avant ce week-end… Qu'est-ce que tu proposes ?

Valerie haussa les épaules.

— Comme le but du jeu est que tes enfants cessent de te harceler, il faut leur faire croire que nous nous fréquentons vraiment. Par conséquent, la moindre des choses est que nous connaissions les goûts l'un de l'autre. Par exemple, notre couleur préférée, l'endroit où nous rêvons de passer nos vacances… bref, des trucs dans ce genre, tu comprends ?

— Je vois… ça paraît sensé.

Étant donné le ton sur lequel il avait parlé, Valerie comprit que cette perspective ne déclenchait pas son enthousiasme. Peu importait. C'était à prendre ou à laisser. En fait, elle avait un peu pitié de lui. Comment pouvait-il espérer jouer la comédie un week-end entier alors qu'il était un si piètre acteur ? Il avait besoin d'aide.

Forte de cette conclusion, elle se jeta à l'eau.

— Nous pourrions commencer par quelque chose de simple, comme un repas au restaurant. Qu'est-ce que tu en penses ?

La proposition, bien banale pourtant, parut plonger Owen dans un abîme de perplexité.

— Heu … eh bien, oui, pourquoi pas ?

Très vite, il ajouta :

— Mais pas demain soir parce que je suis de garde.

— Et moi, je suis de garde le jour suivant …

— Autrement dit, reprit Owen, ça nous laisse vendredi soir. 19 heures, ça te va ? Je passerai te prendre.

Valerie hocha la tête.

— Parfait.

Parfait ? Presque trop ! La prudence était de mise, mieux valait ne pas se laisser aller à trop d'optimisme car cette perspective paraissait plonger Owen dans le désarroi.

Valerie lui tapota gentiment le bras.

— Tout se passera bien, tu verras. C'est un premier pas important dans la préparation de la petite comédie que nous allons jouer devant ta famille.

Il lui offrit un sourire malheureux. Un peu comme s'il n'était plus si certain de vouloir continuer la mise en scène qu'il avait lui-même proposée.

— Bon, souffla-t-il. On se verra vendredi. Peut-être avant, d'ailleurs ?

— Peut-être. En tout cas, je serai prête vendredi. Je t'attendrai.

2

Comme promis, le vendredi soir, à l'heure convenue, la voiture d'Owen pénétra dans la cour de l'immeuble où habitait Valerie. Devait-il attendre un peu avant d'entrer afin de ne pas paraître trop impatient ou au contraire arriver avec exactitude pour lui prouver qu'il s'impliquait sérieusement dans leur soirée ? Quelle était la meilleure option ? Il hésitait entre les deux attitudes, comme un pendule incapable d'interrompre son mouvement de balancier.

Son cœur battait trop vite à l'idée de passer une soirée avec une femme qui n'était pas son épouse. Par moments, il réussissait à se raisonner en se rappelant qu'il ne s'agissait pas d'une sortie-plaisir mais d'une soirée-devoir, rendue obligatoire pour tromper ses enfants sur la véritable nature de ses relations avec Valerie. Mais cet apaisement ne durait jamais bien longtemps.

Il trouva facilement une place de parking devant l'immeuble de Valerie, situé dans un ensemble proche de l'hôpital. Il passait devant chaque jour quand il se rendait à son travail mais il ne connaissait pas l'appartement de sa collègue. Le bâtiment en briques rouges s'élevait au milieu d'un petit parc entretenu, au gazon tondu et aux arbres bien taillés. Tout cela lui paraissait à l'image de la personnalité et de la probité professionnelle de Valerie.

La couronne de feuillage mordoré qu'il trouva accrochée à la porte d'entrée le surprit. Il n'imaginait pas sa collègue si posée et raisonnable soucieuse de décoration alors qu'Elaine, entièrement dévouée à son foyer avait été ce genre de femme. À cette évocation, sa poitrine se serra mais courageusement, il prit une profonde inspiration pour défaire l'étau qui commençait à se former.

En fait, il découvrait s'être lancé dans une entreprise qui allait au-delà du simple week-end envisagé et prenait d'une manière qu'il n'avait pas prévue un tour plus personnel. Plus réel. Bref, la soirée qui les attendait commençait à ressembler à un véritable rendez-vous. Quand il avait proposé son invitation, il était à mille lieues de se douter des conséquences qu'elle allait entraîner. Pour lui, il s'agissait simplement d'une manœuvre destinée à calmer ses enfants et à lui assurer la tranquillité pendant un certain temps. Il se sentait toujours marié à Elaine et ne souhaitait rien d'autre que de vivre en paix avec ses souvenirs. Une ombre de culpabilité assombrissait déjà sa soirée. Si jamais cette dernière s'avérait agréable, ne serait-il pas en train de tromper Elaine ?

Peu habitué à se mettre en frais de toilette, il lui avait fallu un temps fou pour choisir sa tenue. Elaine se serait bien moquée de lui ! Lui qui n'avait jamais été soucieux d'élégance n'arrivait pas à se décider. Finalement, son choix s'était arrêté sur son jean préféré et une chemise blanche fermée par des pressions, le tout complété par une ceinture en cuir et une veste de sport. Une fois habillé, il s'était tourné pour regarder par-dessus son épaule, comme pour demander à Elaine ce qu'elle en pensait. Et bien sûr, à ce moment-là, sa poitrine s'était douloureusement serrée.

Depuis combien de temps n'avait-il pas prêté attention à ce qu'il portait ? Il contempla l'image que lui renvoyait le miroir. Pour la première fois, il remarqua que ses cheveux encore épais commençaient à blanchir au niveau des tempes. Ils étaient trop longs. Une bonne coupe s'imposait avant le mariage.

Il haussa les épaules. Dans le fond, devait-il réellement aller à ce mariage ? Rien ne l'y obligeait vraiment !

Quel soulagement d'en prendre conscience à temps... Évidemment, il allait sortir dîner avec Valerie, il n'était pas question de la laisser tomber, mais ensuite il se décommanderait et mettrait ses enfants au pas en leur faisant un discours bien senti. Plus question pour eux de se mêler de la vie privée de leur père. Il était bien assez grand pour se débrouiller tout seul. Autrement dit, point final et pas de réclamation !

Finalement, il se décida à sortir de sa voiture et à s'avancer sur le chemin dallé qui conduisait à l'immeuble. Il n'avait pas fait la moitié du chemin que la porte d'entrée s'ouvrait pour laisser apparaître Valerie toute souriante. Est-ce qu'elle l'avait vu arriver ? Allait-elle l'inviter à entrer ? Au diable toutes ces questions, l'essentiel était qu'elle ne sache jamais combien de temps il avait mis pour se décider à sortir de sa voiture.

— Bonsoir, Valerie !

Le ton rauque de sa voix le surprit. Restait à espérer que sa nervosité ne serait pas perceptible.

— Bonsoir, Owen ! J'attrape ma veste et mon sac et j'arrive...

Il avait eu le temps de remarquer sa robe à fleurs qui mettait en valeur ses formes bien féminines. Et aussi ses longs cheveux châtains qui, la plupart du temps cachés par sa charlotte de travail, encadraient aujourd'hui son visage et retombaient sur ses épaules. Quels changements par rapport à la tenue d'hôpital ! Valerie était très jolie ce soir. Vraiment très jolie.

Jusqu'à maintenant, il n'avait jamais prêté attention à ses yeux d'un vert très clair dont le regard lui paraissait tout à coup extraordinairement lumineux. Comme sa réaction était étrange ! Que lui arrivait-il ? Avait-il été à ce point obnubilé par lui-même et ses problèmes qu'il en était devenu aveugle ?

Mais déjà Valerie avait éteint la lumière du couloir et s'avançait vers lui, laissant éclairée seulement la lampe placée au-dessus de la porte d'entrée.

— Ça y est, je suis prête !

Owen remarqua qu'elle tapotait ses cheveux alors qu'ils n'avaient nullement besoin d'être remis en place. Peut-être était-elle nerveuse elle aussi ?

Elle prit le temps de fermer à clé avant de le rejoindre à la voiture.

— Tu vas bien, Owen ?

— Oui, très bien.

— Ah... tu me parais un peu pâle.

La gorge d'Owen se serra. Ça se voyait donc tant que ça qu'il était nerveux ?

— Tu sais, c'est la première fois depuis des années que je sors en compagnie féminine. Je ne sais pas trop comment m'y prendre.

Valerie le considéra d'un air moqueur.

— Tu plaisantes, Owen ! Tu ne sais pas comment t'y prendre pour dîner avec une amie ? Il me semble qu'avec un couteau et une fourchette, tu devrais t'en sortir pas trop mal…

Elle se mit à rire. Owen aussi. Il sentit son anxiété diminuer.

— Tu as raison, déclara-t-il en mettant le contact, j'espère que tu as faim !

— Oui. Allons tranquillement manger quelque part sans nous casser la tête. Une bonne soirée nous attend, tu ne crois pas ?

— Peut-être…

Il l'aida à prendre place sur le siège du passager et s'installa au volant.

— J'espère que le restaurant te plaira. J'y ai toujours bien mangé.

— Tu y vas souvent ?

— Oui. Enfin… autrefois.

Oui, autrefois… C'était le restaurant préféré d'Elaine. Depuis sa mort, il n'était guère sorti dîner en ville. Ni allé au cinéma. Il avait encore moins participé à une fête entre amis à laquelle se retrouveraient de nombreux couples. C'était trop douloureux. Au-dessus de ses forces.

Brusquement, il se ravisa.

— Tout compte fait, Valerie, si c'était toi qui choisissais le restaurant ? Tu as une idée ?

— Oui. Je te guide, tu n'as qu'à suivre mes indications.

En fait, c'était la première fois qu'elle venait ici mais elle avait repéré depuis longtemps ce petit établissement à l'allure sympathique. Elle espérait que l'ambiance paisible qui semblait y régner aiderait à apaiser l'anxiété d'Owen.

Quelques instants plus tard, elle prenait place à une table pour deux à l'extérieur de ce petit bistro de Decatur. La soirée s'annonçait merveilleuse. À l'ouest, le ciel était devenu orange. Au-dessus de leur tête, une brise agréable agitait les feuilles des arbres. Le bruit de la circulation était étouffé par les deux immeubles au milieu desquels se trouvait le square, îlot de verdure et havre de paix au centre de la ville.

Son intuition avait fait deviner à Valerie la raison pour laquelle Owen s'était brusquement ravisé. Lui, qui vivait en ermite depuis si longtemps, avait été incapable de faire preuve d'imagination, elle en était persuadée. La solution de facilité avait été de l'inviter dans un restaurant qu'il fréquentait autrefois avec son épouse mais au dernier moment cela lui avait paru peu délicat.

Tant mieux. Elle lui savait gré de ce revirement. Il faisait des progrès !

Quand elle lui avait proposé de faire mieux connaissance, elle était loin de se douter que cette entreprise pourtant pleine de bon sens allait s'avérer si difficile pour lui. Elle avait même envisagé d'abandonner cette idée en le voyant aussi contrarié. Puis, finalement, elle avait estimé que puisque c'était lui qui avait pris l'initiative de l'inviter au mariage, le moment était venu de l'aider à sortir de sa coquille. Il avait besoin d'aide. Ses enfants avaient raison, il devait aller de l'avant et recommencer à vivre.

Leur amitié existait sur fond d'un quotidien un peu superficiel : leurs patients, leur gourmandise commune, leurs relations avec les autres membres de l'équipe médicale... Jamais ils n'avaient abordé des sujets aussi personnels que les espoirs qu'ils mettaient dans la vie, leurs rêves, les endroits qu'ils aimeraient visiter, ce qu'ils attendaient réellement de l'avenir. Prudemment, l'un comme l'autre avait toujours préféré rester sur sa réserve. Pourtant, la perspective de la comédie qu'Owen lui-même avait mise en place pour assister au mariage de son neveu faisait évoluer la situation. Ils n'avaient pas d'autre choix que de se faire un certain nombre de confidences. Certes. Néanmoins, Valerie était bien décidée à conserver tout de même une partie de son jardin secret. Owen n'avait pas besoin de connaître certaines pages de sa vie.

D'ailleurs, avant de sortir tout à l'heure, elle avait pris une décision importante : si cette soirée se passait mal, elle refuserait de l'accompagner au mariage. Neveu ou pas neveu, il se débrouillerait sans elle, voilà tout. Pourtant, que ce médecin si sûr de lui et efficace dans le département d'otorhinolaryngologie se retrouve complètement perdu à la perspective de passer une simple soirée avec elle la faisait craquer d'attendrissement. Owen s'imposait cette épreuve pour faire plaisir à ses enfants qui, eux-mêmes, l'incitaient à sortir de sa retraite. Tout cela représentait beaucoup d'amour de la part des uns et de l'autre.

Owen jeta un regard autour de lui.

— Sympa, ce petit restaurant... Si en plus la nourriture est bonne, ce sera le jackpot ! Tu l'as découvert à quelle occasion ?

En le voyant se détendre, un éclat de bonheur illumina le cœur de Valerie.

— Plusieurs infirmières m'ont conseillé de l'essayer.

Owen sursauta, l'air horrifié.

— Tu leur as dit que nous venions ici ensemble ?

— Mais non, rassure-toi. Elles discutaient entre elles de sorties qu'elles trouvaient agréables et je me suis souvenue de cette adresse.

Elle s'interrompit pour regarder Owen dans les yeux.

— Ce serait si grave que ça si je leur en avais parlé ?

— Non.

— Non ?

— Si. Heu... je ne veux pas devenir un sujet de conversation à l'hôpital. Il y a eu bien assez de commentaires à la mort de ma femme. Je ne veux pas que cela se répète pour toi.

Owen s'inquiétait pour la réputation de son invitée ? C'était attendrissant. Sauf que... Ray aussi paraissait être soucieux de la mettre à l'abri des commérages. Jusqu'au jour où elle avait compris que c'était lui-même qu'il protégeait.

— Ne t'inquiète pas, je suis au-dessus de tout ça !

— Je sais bien mais j'aime autant que les conversations devant la machine à café tournent autour d'autre chose que de toi.

La serveuse vint leur apporter le verre de vin blanc qu'ils avaient commandé en apéritif et prendre leur commande.

Après avoir fait leur choix, ils se mirent à commenter le menu, mais Valerie ne souhaitait pas retomber dans les banalités. D'un air décidé, elle posa ses coudes sur la table et posa son menton sur ses mains.

— Et maintenant, docteur Clifton, vous allez me raconter un de vos secrets.

Owen baissa les paupières mais ne chercha pas à se dérober.

— Par où veux-tu que je commence ?

— Par où tu voudras.

Owen prit une profonde inspiration, exactement comme s'il allait révéler qu'il avait tué père et mère.

— J'ai fumé ma première cigarette derrière la grange de mon grand-père quand j'avais sept ans...

Valerie éclata de rire.

— Quel crime abominable ! C'est tout ? Il n'y a pas mieux ?

Owen afficha un air penaud.

— Quoi d'autre ?

— Parle-moi de ta famille. Puisque nous sommes censés nous fréquenter, je dois savoir pas mal de choses sur elle, non ?

En le voyant très embarrassé, elle changea de tactique.

— Pauvre Owen, j'ai pitié de toi ! C'est moi qui vais commencer. Je suis née à Chicago. Tu sais déjà que j'ai un frère et deux sœurs. Mon frère vit en Californie, ce qui fait que nous nous voyons rarement mais nous nous téléphonons souvent. Une de mes sœurs vit toujours à Chicago, l'autre en Louisiane. Elles ont des enfants, tous adolescents maintenant.

— Oui, j'étais au courant. Je t'ai entendue parler à tes collègues des cadeaux que tu achetais pour leurs anniversaires. Tu es une tata gâteau, c'est ça ?

— Oui. J'aime m'occuper d'eux.

C'était tout à fait vrai car ils jouaient pour elle le rôle d'enfants de substitution.

— D'après ce que j'ai compris, ils sont un peu plus jeunes que mes propres enfants.

— En effet.

— Je sais, reprit Owen, que tu as fait tes études de médecine au Texas et que tu as travaillé ensuite à l'hôpital pour enfants de Houston mais tu ne m'as jamais dit pour quelle raison tu en étais partie. Si tu m'expliquais ?

Malheureusement, Valerie n'avait guère envie de parler de cette période de sa vie. Elle essaya d'esquiver son malaise en détournant la conversation.

— Bravo, Owen ! Je vois que tu as compris le sens de notre soirée puisque tu as posé une question.

Il fit une petite grimace.

— Peut-être, en effet... Maintenant, j'attends ta réponse.

— C'est tout simple, j'avais envie de changer d'air et j'ai bien fait de partir parce que je me plais beaucoup à Atlanta. J'ai bien l'intention d'y rester.

Cette fois, Owen paraissait réellement intéressé.

— Et pourquoi tu avais envie de changer d'air ?

Malheureusement, Valerie aurait volontiers fait une impasse totale sur le sujet.

— Disons que j'avais fait le tour de ce que le travail dans cet établissement pouvait m'apporter. J'ai eu envie de bouger.

— Je comprends...

Valerie en doutait. Avait-il jamais expérimenté ce que c'est que d'aimer quelqu'un corps et âme et de découvrir que cette personne s'est jouée de vous ? Évidemment, elle avait voulu partir ! Pour éviter les commérages, le désespoir, l'humiliation. La seule façon pour elle de survivre avait été de s'éloigner pour recommencer à zéro.

Elle croisa les bras et se pencha vers Owen pour ne pas perdre un mot de ce qu'il allait dire.

— À ton tour maintenant de me faire des confidences.

— Je n'ai pas grand-chose à te dire. Tu sais pratiquement tout sur moi.

Valerie hocha la tête d'un air entendu. Owen essayait d'éluder la question ? Elle ne le laisserait pas faire.

— Pas du tout. Si tu commençais par me parler des personnes que nous allons rencontrer à cette fête de famille ? Qui est ce neveu qui nous invite à son mariage ?

— C'est le fils de mon frère Will.

— Et où habite ton frère Will ?

Valerie se pencha un peu plus vers Owen. S'il fallait lui tirer les réponses avec un crochet, elle le ferait !

— Il vit ici lui aussi. Il est ingénieur dans une entreprise locale.

— Vous êtes proches l'un de l'autre ?

Owen paraissait se détendre peu à peu.

— Oui. Après la mort d'Elaine, j'étais anéanti. Lui et Sarah m'ont beaucoup soutenu à ce moment-là. Je suis sûr que Sarah te plaira.

Valerie préféra ne rien répondre, doutant fort que Sarah l'apprécie une fois qu'elle apprendrait la comédie qu'ils lui avaient jouée.

— Est-ce que tu penses qu'elle appréciera de me voir t'accompagner à ce mariage ?

— Elle en sera enchantée. Elle aussi pense que je dois réagir et reprendre une vie normale.

— Toi, par contre, tu n'en as pas réellement envie, c'est ça ?

Il haussa les épaules.

— Je ne sais pas. Je n'aime pas qu'on m'y pousse parce que je ne me sens pas prêt. En même temps, je déteste que mes enfants s'inquiètent à mon sujet. Bref, je ne sais pas ce que je veux ... je me sens mal à l'aise partout.

— N'exagère pas, s'il te plaît. Il me semble que ce soir tu te débrouilles plutôt bien !

Un sourire chaleureux apparut sur le visage d'Owen.

— Je te connais depuis longtemps et je suis à l'aise avec toi. Ça facilite les choses !

— Tant mieux, Owen.

Comme la serveuse leur avait apporté le repas, ils se concentrèrent un moment sur leur côte de bœuf grillée avant que Valerie ne reprenne la conversation.

— Je connais le prénom de tes enfants mais c'est à peu près tout. Si tu m'en disais davantage ?

Owen soupira. Parler de lui-même lui déplaisait profondément. Il redoutait que derrière l'apparence de sérénité qu'il s'était donnée depuis la mort d'Elaine, Valerie ne perçoive sa profonde détresse. Car le mot n'était pas trop fort même si jusqu'à ce soir il avait refusé de l'utiliser. Pourquoi jusqu'à maintenant avait-il réussi à se persuader que tout allait bien ?

C'était un énorme mensonge qu'il s'était fait à lui-même. En compagnie de Valerie, il découvrait à quel point sa vie allait à la dérive. Depuis le moment où il s'était habillé de la façon qui plairait à Elaine jusqu'au sentiment de culpabilité qui le minait à l'idée de sortir avec une femme autre que son épouse, en passant par sa crainte qu'on ne les voie ensemble, tout allait de travers. Cette conversation avec Valerie faisait craquer les vannes qui retenaient des années d'émotions refoulées.

Face au visage torturé de son commensal, Valerie eut un sursaut de pitié.

— Si ça te coûte trop de parler encore, nous pouvons très bien en rester là.

— Non, tout va bien, il n'y a pas de problème...

— Menteur ! s'exclama Valerie, mi-moqueuse, mi-apitoyée.

Ce fut au tour d'Owen de prendre appui sur la table pour se pencher vers son invitée.

— À voir ma tête, tu dois penser que je suis au supplice mais ce n'est pas du tout le cas. C'est juste que... il y a des siècles que je ne suis pas sorti comme je le fais ce soir avec toi.

— Et pourquoi es-tu resté replié sur toi-même à ce point ?

Il soutint le regard vert clair qu'elle posait sur lui. Tout de même... il n'allait pas lui avouer que s'il était sorti, il aurait eu l'impression de tromper sa femme morte depuis cinq ans ! En ce moment même, pourtant bien innocent, il se sentait coupable de passer un bon moment sans elle. Comment trouver une issue à ce paradoxe ?

Avec un soupir, il se contenta de répondre :

— Je ne sais pas. Je n'avais pas envie de bouger.

Valerie posa une main sur celle d'Owen.

Il la trouva tiède, douce, rassurante.

— Owen, tu parles à une amie, tu le sais ?

Owen hocha la tête. Oui, Valerie était son amie. Il n'avait qu'à penser à elle en tant que collègue et oublier de la considérer comme la femme attirante qu'il avait découverte un peu plus tôt. Tant qu'il réussirait à la maintenir à cette place, tout irait bien.

— Allez, reprit Valerie, je n'attends rien de plus que ce que tu es capable de me donner. Si tu t'en sens le courage, parle-moi de tes enfants.

— Volontiers. Ma fille Kaitlyn est l'aînée. Elle est mariée et vit à Marietta.

— Oui, je me souviens que tu m'avais parlé de son mariage.

— Elle et son mari travaillent dans l'informatique. Bien qu'elle ne vive pas très loin, je la vois rarement car ils sont très occupés tous les deux. C'est elle qui a lancé le mot d'ordre pour m'obliger à sortir. Ses frères n'ont pas hésité à lui emboîter le pas.

Valerie lui adressa un sourire d'encouragement.

— Continue !

— Rich est le second. C'est lui qui ressemble le plus à sa mère. Après avoir commencé des études de chimie, il envisage maintenant des études de médecine. J'essaie de ne pas peser sur sa décision. Sa petite amie est très sympathique. Je crois qu'ils pensent se marier à la fin de leurs études.

Au fur et à mesure qu'il parlait, Owen sentait à quel point cela lui faisait du bien. En l'éloignant de tout échange, son existence solitaire l'avait privé du bonheur de se sentir écouté par quelqu'un qui s'intéresse à sa vie.

— John est ton enfant le plus jeune, n'est-ce pas ? demanda Valerie.

— Oui. Il vient de partir pour l'université, ce qui a laissé la maison vide, mais il revient me voir plus souvent que les autres.

La serveuse vint prendre la commande des desserts.

Les tartes Tatin s'avérèrent délicieuses. Le brin de chantilly accroché à la lèvre supérieure de Valerie attira le regard d'Owen sur sa bouche. À de multiples reprises, il avait entendu ces lèvres prodiguer des mots de réconfort ou d'amitié, mais c'était la première fois qu'il découvrait combien elles étaient pulpeuses et paraissaient douces. Il aimait le sourire qui s'y dessinait lorsqu'elle parlait de ses nièces et neveux. Visiblement elle aimait la jeunesse, et c'était un peu ce qui l'avait décidé à s'adresser à elle quand il avait été question pour lui de trouver une cavalière pour le mariage. La personne qui l'accompagnerait ferait à cette occasion la connaissance de ses trois enfants, autant que ce soit une personne qui s'intéresse à eux !

Une fois le repas terminé, comme ils se dirigeaient vers la sortie, un client trop pressé bouscula Valerie qui perdit l'équilibre. Owen eut juste le temps de la rattraper par la taille. Il lui sembla que tout son avant-bras brûlait à ce contact. L'homme présenta ses excuses, Valerie poursuivit son chemin mais le cœur d'Owen continua à battre trop vite. Il ne s'attendait pas à pareille réaction et ne l'avait certainement pas souhaitée.

Inconsciente de l'effet qu'elle avait produit sur lui, Valerie se retourna en souriant.

— Merci, Owen. J'ai passé un très bon moment.

— Moi aussi ! avoua-t-il, presque à contrecœur.

Elle pencha la tête sur le côté.

— Tu en es sûr ?

— Évidemment ! S'il te plaît, ne prends pas cet air abasourdi.

— Et pourquoi donc ? Je suis réellement surprise. Au cours de la soirée, j'ai eu plusieurs fois l'impression que tu avais envie de partir en courant.

— Excuse-moi, Valerie. Je reconnais que je n'ai pas été un convive très décontracté.

En sentant la main de Valerie presser la sienne, il éprouva un sentiment de réconfort que vint renforcer le sourire de sa compagne.

— Il n'y a pas de règles à ce sujet, Owen.

— Alors tu crois que nous pouvons envisager ce week-end commun ?

Valerie eut un signe de tête décidé.

— Oui. Je suis sûre qu'il se passera bien.

Leur conversation fut interrompue par la sonnerie du téléphone de Valerie.

— Oui... J'arrive tout de suite. Je vous rejoins dans dix minutes.

Immédiatement après, ce fut celui d'Owen qui se manifesta.

Après qu'il eut répondu, ils se regardèrent.

— On nous demande tous les deux. Il ne s'agit pas d'une urgence ordinaire.

Vite, ils regagnèrent dans la voiture et prirent tout de suite la direction de l'hôpital.

— L'infirmière de garde m'a dit qu'il s'agit d'un grave accident de voiture, précisa Valerie.

Une fois arrivés, ils pénétrèrent ensemble dans la salle des casiers. Les quelques membres du personnel médical qui se trouvaient là considérèrent avec des yeux ronds leurs vêtements trop soignés pour la circonstance mais s'abstinrent de tout commentaire.

Moins de cinq minutes plus tard, tous les deux revêtus de leur blouse chirurgicale, ils se retrouvèrent dans la salle de désinfection pour se laver les mains avant d'enfiler leurs gants de chirurgie. Valerie avait déjà revêtu un masque qui laissait seulement apparaître son regard couleur d'émeraude.

Comme toujours au cours du travail, ses cheveux étaient cachés sous une charlotte protectrice. Owen s'avoua qu'il préférait nettement les voir flotter sur ses épaules mais tout de suite, il se reprocha cette pensée fort peu professionnelle. Un simple dîner en tête à tête l'amenait à réagir comme un homme amoureux ? Allons... Il fallait arrêter pareille divagation. Tout de suite. Il y avait entre eux deux une grande amitié, c'était beaucoup et c'était tout. Assumer davantage était au-dessus de ses forces.

Valerie surprit son regard.

— Ça va, Owen ?

La panique déferla sur ce dernier, pris en flagrant délit d'admiration.

— Oui, oui... je... Merci d'avoir passé la soirée avec moi.

— C'était un plaisir !

— Franchement, je reconnais que j'ai dû faire un effort mais j'ai vraiment apprécié de te parler en dehors de l'hôpital.

Il s'avança vers elle.

— En dépit des apparences, j'ai passé une excellente soirée.

Une infirmière pénétra dans la salle.

— Madame, messieurs les médecins, êtes-vous prêts à mettre vos gants ?

— Oui, répondit Valerie en levant les bras pour que l'infirmière puisse les lui enfiler.

— Quelle salle d'opération ? demanda Owen.

— Numéro cinq. Ce qui vous attend n'est pas facile. Vous allez y retrouver les Drs Horton et Wilson.

— Que s'est-il passé ?

— Un jeune homme à moto a été renversé par un SUV. Il présente des blessures internes et de nombreuses fractures sur tout le corps.

Le Dr Horton leur donna davantage de détails.

— Hémorragie interne, fracture du fémur et du bras.

Il s'avança vers la table d'opération.

— Commençons par contrôler l'hémorragie.

Valerie prépara le matériel pour la transfusion pendant qu'Owen s'occupait de l'anesthésie.

— Les poches de sang ont été demandées ? s'inquiéta Valerie.

— Oui, elles arrivent, répondit Mark, l'un des nouveaux internes.

— Je ne m'attendais pas à vous trouver ici, déclara Valerie.

— Je n'avais pas encore quitté l'hôpital quand ce garçon a été amené. J'ai préféré rester au cas où je pourrais être utile.

— C'est sympa de votre part, dit-elle en se tournant vers le patient.

Owen ne s'attendait pas lui non plus à la présence de Mark mais puisque ce dernier proposait son aide, il était le bienvenu.

Il se tourna vers le Dr Horton.

— Le patient est endormi. Nous pouvons commencer quand vous voudrez.

Au fil des heures, Owen continua à surveiller le rythme cardiaque du patient pendant que Valerie s'occupait de l'hémorragie.

À un moment donné, Mark proposa à Valerie de la remplacer quelques instants, ce qu'elle accepta avec plaisir. Lorsqu'elle reprit sa place, il était 5 heures du matin.

Épuisés, Owen et Valerie escortèrent le patient jusqu'à la salle de réveil. Ils revenaient vers la salle où l'opération avait eu lieu pour vérifier le matériel lorsqu'ils aperçurent Mark qui en sortait.

— Bonsoir à vous deux, leur lança-t-il avec un sourire amical. Ou plutôt, bonjour !

— Je pensais qu'il était parti depuis longtemps, remarqua Valerie.

Owen retira sa charlotte avec un soupir de soulagement.

— Il a dû rester pour aider à ranger le matériel. C'est un interne plein de bonne volonté, très désireux d'apprendre. C'est encourageant de voir des jeunes disposés à prendre la relève. En tout cas, j'espère que nous n'aurons pas souvent des nuits aussi dures que celle qui vient de s'écouler.

— Moi aussi, renchérit Valerie. J'ai hâte de rentrer mais il nous faut encore rendre nos rapports.

Ils se rendirent ensemble dans la salle d'informatique, puis dans la salle des casiers.

— Si tu veux, je peux te ramener chez toi… proposa Owen.

Les deux médecins qui venaient de pénétrer dans la salle tournèrent vers eux un visage intéressé.

Ce fut suffisant pour que la panique submerge Owen qui avait tout fait jusque-là pour que personne ne soit au courant de leur rapprochement.

Valerie avait certainement aperçu sa réaction car toute la joie qui brillait dans ses yeux un instant auparavant venait de disparaître.

— Je t'attendrai dans l'entrée, proposa Owen qui se hâta d'attraper ses clés et son portefeuille, abandonnant ses vêtements de ville dans son casier.

Un peu plus tard, au moment où il se garait sur le parking de Valerie, il se tourna vers elle.

— Je suis désolé d'avoir réagi comme si on venait de me surprendre dans une situation compromettante. C'est juste que… que je suis devenu trop sensible aux commérages. Après la mort d'Elaine, j'ai été le sujet de conversation numéro un pendant des mois. C'était usant. Je ne veux plus connaître pareille épreuve.

— Je comprends mais dans ce cas, il vaut mieux que tu envisages d'inviter une autre personne que moi, tu ne crois pas ?

Owen la regardait d'un air désolé.

— Je ne voulais pas en arriver là…

— Ce n'est pas grave, Owen, n'en parlons plus. Maintenant, excuse-moi, je suis très fatiguée, j'ai besoin d'aller dormir.

Ils se séparèrent sur ces mots.

Owen réussit à se rasséréner en se disant que leur amitié était solide. Elle résisterait à cette malheureuse péripétie, il n'en doutait pas.

3

Deux jours plus tard, Valerie pénétrait dans l'hôpital au moment où la lumière du matin atteignait à peine le sommet des bâtiments. Après la nuit épuisante qu'elle avait passée la veille, elle avait consacré sa journée de repos à dormir et à lire.

Trop souvent hélas, Owen s'était glissé dans ses rêves, ramenant chaque fois à son esprit la trahison dont elle avait souffert autrefois. Un homme déjà avait voulu la tenir cachée, comme s'il avait honte d'elle, alors qu'il lui mentait effrontément. Quand elle avait découvert qu'il trompait sa femme alors qu'il ne lui avait jamais dit être marié, elle avait ressenti une humiliation immense. Bien sûr, la rupture avait été immédiate mais la blessure reçue la dissuadait de tenter une expérience trop similaire, même avec un homme dont elle était amoureuse depuis des années. Il ne voulait pas qu'on sache qu'ils étaient sortis ensemble ? Très bien. C'était une raison suffisante pour rompre aussitôt. Avant de souffrir à nouveau.

Trop souvent dans sa vie elle avait aimé sans l'être en retour. La première fois, son père qu'elle adorait avait abandonné sa famille alors qu'elle n'avait que cinq ans. Lorsque sa mère s'était remariée, elle avait vite compris que son beau-père ne la tolérait qu'à peine. Comme son frère et ses sœurs avaient déjà quitté la maison, c'était sur elle que retombaient toutes les violences verbales du personnage. Ensuite, il y avait eu Ray et son énorme mensonge. La coupe était suffisamment pleine. Le plus sage était d'inciter Owen à trouver une nouvelle complice pour apaiser les inquiétudes de ses enfants.

Elle se dirigea vers l'étage où ses patients attendaient de passer en salle d'opération. Une visite rapide avant l'intervention lui permettrait de les rassurer et de les mettre en confiance. Cet hôpital lui plaisait. Elle s'y sentait chez elle et ne regrettait pas du tout son ancienne affectation. En tant qu'anesthésiste, elle ne suivait jamais ses patients très longtemps mais savoir qu'elle les aidait à surmonter leurs douleurs la rendait heureuse.

Déjà revêtue de sa blouse bleue, stéthoscope autour du cou, elle alla dans le bureau des infirmières chercher la liste de ses patients et le numéro de leur chambre.

Owen la rejoignit à ce moment-là.

— Bonjour, Valerie. Tu as récupéré de cette longue nuit de travail ?

Elle leva le nez vers lui, heureuse de constater que malgré sa mise en retrait de la veille, il lui avait parlé sur un ton aussi amical que de coutume.

— Oui, pas de problème.

— Tu as un emploi du temps chargé aujourd'hui ?

— Oui. Comme je n'ai pas pu faire la visite à mes patients hier soir, je vais la faire ce matin avant d'attaquer le travail de la journée.

— C'est vrai que tu aimes bien les voir le soir avant de rentrer chez toi.

Ce commentaire fit chaud au cœur de Valerie. Owen lui souriait. Il faisait attention à elle. Il connaissait ses habitudes. Peut-être était-elle trop exigeante envers lui ? S'il connaissait son histoire, il comprendrait sans doute les raisons de son refus de l'accompagner mais elle avait préféré la garder pour elle.

— C'est vrai. Je me vois mal me présenter devant eux pour la première fois juste au moment de les endormir. D'autant plus que je ne les revois ensuite que très brièvement en salle de réveil.

— Je trouve que c'est une bonne stratégie. Tu me donnes envie de changer mes habitudes.

— J'ai commencé à faire comme ça quand j'ai compris qu'une partie importante de notre travail consiste à rassurer nos patients.

— C'est vrai, on a tendance à l'oublier. Tu vois, c'est ce souci que tu as d'eux que j'admire chez toi.

Il jeta un coup d'œil autour d'eux.

— Tu pourrais me consacrer cinq minutes pour qu'on se parle tranquillement ? Je voudrais te présenter mes excuses à propos d'hier soir.

— Ce n'est pas la peine !

— Si, j'y tiens parce que j'attache beaucoup d'importance à notre amitié. Ce qui ne m'empêche pas d'être assez égoïste pour insister auprès de toi pour ma demande. Qu'est-ce que je peux te dire pour te convaincre ? Je ne peux pas envisager d'y aller avec quelqu'un d'autre que toi.

L'air pitoyable d'Owen fit fondre les réserves de Valerie.

— Écoute, je n'ai pas le temps maintenant. Cet après-midi si tu veux ?

— D'accord. Priorité à nos patients !

Sur ce, il tourna les talons. Valerie le regarda s'éloigner. Pourquoi fallait-il que ce soit précisément pour Owen que son cœur batte trop vite ? Elle redoutait de se lancer dans une histoire où elle laisserait des plumes. Pourtant, elle n'avait jamais remarqué un autre homme que lui et cette attirance avait encore augmenté quand elle avait découvert qu'il était libre. Si jamais elle revenait sur sa décision et décidait de passer ce week-end avec lui, elle avait intérêt à tenir ses sentiments sous contrôle.

Elle laissa échapper un gros soupir. À quarante-deux ans, elle était trop vieille pour batifoler comme une gamine, et pourtant, c'était un peu ce qu'elle allait faire ...

Plus tard, dans l'après-midi, elle alla trouver Owen dans son bureau et, l'air résolu, s'installa sur la chaise placée face à lui.

— Bon, avant que je te donne une réponse définitive, dis-moi clairement ce que tu attends de moi au cours de ce fameux week-end.

Owen se redressa.

— Nous irons en voiture jusqu'à Blue Ridge où mon frère et ma belle-sœur ont loué un grand *resort* qui comporte une salle de fête et des chalets pour les invités.

— Est-ce qu'il est prévu que tes enfants occupent le même chalet que nous ?

Owen secoua la tête. Dieu soit loué, ce ne serait pas le cas !

— Non. Ils disposeront de leur propre hébergement dans le secteur réservé aux jeunes.

Cette réponse soulagea Valerie d'un gros poids. Ce serait plus facile de respirer tranquillement s'ils n'étaient pas sans cesse sous le regard des enfants d'Owen.

— À ma demande, notre chalet comportera deux chambres, se hâta-t-il d'ajouter. Tu auras tout le confort et la tranquillité que tu peux souhaiter.

— Confort et tranquillité pour mieux mentir à toute ta famille… ironisa Valerie.

Owen fit la grimace.

— Présentée de cette façon, notre petite comédie ressemble à une grosse arnaque, mais Valerie, ce n'est pas le cas. Je veux seulement que tout le monde soit heureux et arrête de se faire du souci pour moi.

— Tu as essayé de le leur expliquer ?

— Bien sûr ! Mais Kaitlyn est têtue comme une bourrique. Ses frères sont solidaires et ni l'une ni les autres ne prêtent l'oreille à mes remarques.

— Compris. Donc, notre mission commune est de leur prouver que tu es parfaitement heureux, bien dans ta peau et que tu as pratiquement réussi à trouver l'âme sœur.

— Peut-être pas exactement dans ces termes…

Valerie se mit à rire en le voyant si gêné par les termes qu'elle avait employés.

— Bon, j'ai un peu forcé la note, mais comment est-ce que je vais donner le change s'ils me posent des questions ? Ce qu'ils ne manqueront pas de faire à mon avis. Il faut aussi que je sois capable de les reconnaître. Ça leur paraîtra sûrement bizarre que je n'ai jamais vu une photo d'eux.

— C'est vrai. Tiens, regarde, j'en ai quelques-unes sur mon téléphone.

Owen les fit défiler et s'arrêta sur quelques-unes qui lui firent froncer les sourcils.

— Elles sont vieilles… Je ne comprends pas pourquoi je n'en ai pas de plus récentes. Il faudrait que tu viennes chez moi regarder le petit album que nous avons fait lors de notre dernière rencontre familiale.

— Bonne idée. Puisque nous sommes censés avoir une relation, il est évident que je dois connaître ta maison.

— J'aurais dû y penser plus tôt. Viens dîner chez moi demain soir, nous mettrons notre programme à jour.

Le lendemain, en entendant la sonnette retentir, Owen se précipita pour aller ouvrir, rassuré de constater que le traiteur livrait bien le repas à l'heure prévue. Heureusement, car Valerie n'allait pas tarder à arriver elle aussi.

Il y était allé d'un pas mal assuré à cause de la culpabilité diffuse qui avait pris possession de lui. Faisait-il preuve de malhonnêteté en invitant Valerie dans cette maison qui était le domaine d'Elaine ? Tout ici reflétait la personnalité de cette dernière, depuis la couleur vert pâle des murs jusqu'à la planche à pain qu'elle avait choisie avec un soin méticuleux. Sans mentionner bien sûr tous les bibelots qu'elle avait disposés sur les étagères des armoires vitrées. Depuis sa mort, il n'y avait rien ajouté ni rien retranché. Tout paraissait attendre son retour alors qu'il savait pertinemment qu'elle ne reviendrait pas.

Il avait dû perdre la tête pour oser inviter une femme dans l'univers d'Elaine... Toutefois, Valerie était une amie en qui il avait toute confiance. Étant donné qu'elle désirait faire connaissance avec sa famille pour remplir au mieux le rôle que lui-même lui avait confié, il n'y avait pas d'autre solution. Allons, il survivrait !

Une fois les plats retirés de leur emballage, il les plaça dans le four. À peine venait-il de terminer que la sonnette annonça son invitée. Vite, il s'essuya les mains et alla ouvrir.

Valerie se tenait devant lui, ses cheveux soyeux libres sur ses épaules. Il ne put résister à son envie de les toucher qu'en détournant le regard pour le fixer sur son chemisier à fleurs, puis sur le jean qu'elle portait et sur ses sandales plates. Elle avait choisi de s'habiller simplement et paraissait parfaitement à son aise.

En voyant Owen rester figé sur place, incapable de prononcer le moindre mot de bienvenue, elle prit les devants.

— Tu ne crois pas que ce serait une bonne idée de me faire entrer ?

Le ton plein d'humour sur lequel elle avait parlé décrispa légèrement son hôte.

— Oui, oui... bien sûr...

— Excuse mon retard, reprit-elle, figure-toi que j'ai été retenue à l'hôpital pour une histoire de comptage de médicaments. Il apparaît que certaines doses de fentanyl, cet analgésique opioïde si dangereux, ont disparu ces derniers temps. C'est très inquiétant.

— Zut ! s'exclama Owen. C'est honteux de voler des médicaments. J'imagine qu'on va nous surveiller et nous obliger à compter et recompter chaque fiole que nous utilisons.

Valerie hochait la tête d'un air désolé.

— Je ne comprends pas comment on peut faire une chose pareille. C'est révoltant, surtout de la part de personnes qui ont fait de longues études difficiles pour soulager la douleur des autres.

— Espérons que le coupable sera rapidement découvert.

Tout en parlant, il guidait Valerie vers la cuisine.

Arrivée sur le seuil, elle embrassa la pièce du regard, ce qui inquiéta Owen. Allait-elle y deviner des traits de sa personnalité qu'il préférait taire ? Puis, il se moqua de lui-même et de ses angoisses déplacées. Quand bien même ce serait le cas, quelle importance cela avait-il ? Ils étaient amis, voilà qui devait mettre un terme à son anxiété.

— J'espère que ça ne t'ennuie pas que nous dînions dans la cuisine ?

— Pas du tout ! Elle est magnifique. Quelle belle vue on a d'ici sur le soleil couchant. Mon appartement ne m'offre pas pareil spectacle le soir ...

Il y avait une note de regret dans la voix de Valerie.

Cette remarque de son invitée fit comprendre à Owen à quel point Elaine avait réfléchi à la meilleure exposition de chaque pièce. Jusque-là, il n'avait encore jamais apprécié cet aspect de sa maison. Son seul souci avait été de faire ce qu'Elaine souhaitait.

— C'est tellement agréable de prendre un repas dans une vaste pièce lumineuse plutôt que dans un petit recoin mal aéré.

Owen se mit à rire.

— Alors j'ai fait le bon choix parce que notre salle à manger n'est guère aérée… si notre femme de ménage ne faisait pas son travail consciencieusement, la poussière resterait sur place éternellement. Je ne l'utilise jamais. Ou à peine une ou deux fois par an quand mes enfants viennent me rendre visite.

— Je comprends ça parfaitement.

— En fait, reprit Owen, cette maison est trop grande pour moi, mais j'aime avoir assez de place pour recevoir mes trois enfants.

— Tu ne crois pas qu'ils viendraient te voir où que ce soit ?

— Sans doute, mais ils ont grandi ici, ils y ont leurs habitudes…

Pourquoi éprouvait-il le besoin de se justifier ?

— Viens t'asseoir, reprit-il, le repas est déjà en train de chauffer dans le four.

— Je peux t'aider à faire quelque chose ?

— Non, merci. Tout est prêt. Comme je ne suis bon à rien en cuisine, j'ai fait appel à un traiteur.

— Quel dommage alors que tu aies une cuisine pareille ! Moi, j'adore me mettre aux fourneaux. Surtout pour la pâtisserie et des pancakes ou du pain.

— Ah, je comprends d'où vient celui que tu apportes à l'hôpital et qui est si bon … Alors je t'en prie, si jamais tu as envie de venir exercer tes talents ici, tu es la bienvenue.

Ces mots à peine prononcés, il se les reprocha. Cette cuisine était celle d'Elaine. Où avait-il la tête pour dire des choses pareilles ? En fait, les mots étaient montés tout seuls à ses lèvres.

Valerie lui jeta un coup d'œil pétillant.

— C'est vrai ?

Owen déglutit péniblement. Comment faire marche arrière ? Impossible, bien sûr.

— Bien sûr. Viens ici la prochaine fois que tu as un jour de congé, je te donnerai la clé.

Valerie secoua la tête.

— Non, je ne viendrai pas ici en ton absence.

Dommage, il aurait pourtant bien préféré.

— Ce soir, nous nous contenterons de savourer ce que le traiteur nous a apporté.

Après avoir sorti le plat du four, il le posa sur la table et retira le couvercle. Une délicieuse odeur de poulet au curry monta à leurs narines.

Valerie la huma avec une gourmandise non dissimulée.

— Humm, que ça a l'air bon !

— Tant mieux. Par contre, je ne sais pas ce que tu penseras du dessert parce qu'il relève de ma fabrication et je ne garantis rien.

— Voilà qui m'intrigue... Tu sais que je suis fana de bonnes choses sucrées, qu'est-ce que tu as inventé ?

— Tu le découvriras le moment venu, quand tu auras fini ton dîner.

— Alors dépêche-toi de me servir !

La bonne humeur de Valerie commençait à faire son chemin dans l'esprit d'Owen. Une douce chaleur qu'il avait cru ne plus jamais ressentir emplissait sa poitrine.

Ils mangeaient depuis quelques instants lorsque de but en blanc fusa une question de Valerie.

— Quelle est ta couleur préférée ?

Owen se trouva pris au dépourvu.

— Pardon ?

— Les gens qui sortent ensemble connaissent la couleur préférée de leur partenaire. Alors, quelle est la tienne ?

Owen réfléchit un instant.

— Le bleu.

— Moi, j'aime le jaune.

— Ça ne m'étonne pas. Tu fais partie de ces personnes lumineuses qui répandent la joie autour d'elles.

— Merci pour le compliment. Maintenant, à ton tour de me poser une question.

Elle souriait de bon cœur. Les petites rides autour de ses yeux étaient plus causées par son rire que par l'âge. Et comme ses lèvres avaient l'air douces...

Owen secoua la tête comme pour sortir d'un songe. Il avait invité une collègue à dîner, et voilà que la soirée commençait à dévier. Avait-il réellement envie d'apprendre à mieux connaître Valerie ?

— Attends, laisse-moi un moment pour réfléchir, je voudrais en poser une qui soit intéressante.

Valerie piocha un morceau de gingembre dans son assiette

pendant qu'Owen cherchait quoi dire. En manque total d'imagination, il revint sur un sujet moins épineux.

— Je trouve que Mark Lewis est un interne vraiment précieux. Il sait se rendre disponible quand on a besoin de lui. J'ai rarement vu un interne aussi dévoué.

— D'accord, Owen, d'accord ! Mais tu crois que tes enfants vont nous questionner au sujet de Mark Lewis ?

Valerie était bien fidèle à elle-même : pas question de laisser dévier le sujet.

Owen se mit à rire.

— C'est tellement plus confortable de parler de lui que de moi !

Valerie posa une main sur le bras d'Owen.

— Écoute, Owen, si ça te contrarie tant que ça, laisse tomber ton idée de mariage. Tu peux très bien changer d'avis sans te soucier de moi. Dis-leur tout simplement que tu ne te sens pas d'y assister, que chacun a sa vie à vivre et que tu demandes seulement qu'on te laisse vivre la tienne. Voilà tout. Ça n'est pas si compliqué.

— Tu ne connais pas Kaitlyn ! Elle est terriblement têtue et me harcèlera jusqu'à la fin des temps.

— Dans ce cas, continuons nos questions mais ne te dérobe plus. Voyons... Quel est l'animal que tu prendrais comme totem ?

Nouvelle mine désorientée d'Owen.

— Qu'est-ce que c'est que ça ? Je ne fréquente aucun gourou !

Valerie éclata de rire.

— On ne t'en demande pas tant ! Réponds-moi simplement.

— Je crois que ce serait le tigre. Et le tien ? demanda-t-il du tac au tac.

— Ce serait une girafe.

— Mon Dieu... Quelle idée ! Je peux savoir pourquoi ?

— J'aime la noblesse de leur long cou et puis leur drôle de façon de courir. Et, maintenant, quel est ton animal familier préféré ?

Owen commençait à se prendre au jeu. Il y avait longtemps qu'il n'avait pas passé un moment aussi détendu.

— J'aime les chiens.

— Vraiment ? Il n'y en a pas pourtant chez toi.

— J'hésite à en prendre un. Leur dressage demande beaucoup de temps, et je n'en ai guère de disponible.

— Tu pourrais adopter un chien adulte, ça te demanderait beaucoup moins de temps. Et puis de toute façon, regarde les choses en face : tu travailles trop.

Comment soutenir le contraire ? C'était vrai. Mais au moins, pendant qu'il travaillait, il ne pensait pas à Elaine. Se retrouver seul chez lui le faisait trop souffrir.

— Viens, proposa-t-il, passons au salon pour le dessert et le café. C'est là que se trouvent les photos de mes enfants.

— Attends, commençons par ranger un peu ici, proposa Valerie en repoussant sa chaise.

— Tu es mon invitée mais j'accepte volontiers. Tu as dû remarquer que je ne suis pas une parfaite fée du logis.

— Allez, passe-moi les assiettes, je vais les rincer avant de les ranger dans le lave-vaisselle.

Nouveau coup au cœur d'Owen. Elaine et lui les avaient reçues en cadeau de mariage ...

Ils eurent vite fait de tout ranger. Owen constata avec plaisir que leur complémentarité était aussi efficace dans la cuisine qu'au bloc opératoire. C'était inattendu mais très agréable.

Cela fait, il servit les brownies qui s'avérèrent fort corrects et versa le café.

Valerie l'observait pendant qu'il s'affairait. Owen était un homme séduisant, grand, encore mince malgré une taille un peu épaissie qui n'enlevait rien à son charme. Quant aux fils d'argent qui brillaient dans ses cheveux sombres, ils ne faisaient qu'ajouter à sa distinction naturelle. À la fin du repas, quand il s'était détendu, elle l'avait trouvé agréable et plein d'humour. Quel dommage qu'il soit toujours aussi amoureux de sa femme...

Il avait posé le plateau du café sur une table en chêne placée entre le canapé bleu pâle et deux fauteuils assortis. Le salon avait l'air glacial des pièces dans lesquelles on ne vit pas. Valerie avisa un petit vase posé sur la table et le prit dans sa main pour mieux le regarder. Quand elle le reposa, elle remarqua qu'Owen le saisissait à son tour pour le remettre exactement à la place qu'il occupait précédemment.

Leurs regards se croisèrent à ce moment-là.

— J'imagine que tu n'as pas changé grand-chose dans la maison depuis la mort de ta femme ?

Owen détourna les yeux.

— Non, en effet.

— Je comprends. Tout ici est extrêmement bien choisi et élégant.

— C'est Elaine qui s'est occupée de la décoration.

Valerie s'approcha de la cheminée. Sur le manteau se trouvaient les photos de famille dont lui avait parlé Owen.

— Si tu me parlais un peu des personnes qu'on voit sur ces photos ?

Du doigt, elle désignait trois portraits.

Owen s'approcha.

— Ici, c'est Kaitlyn, la meneuse de rébellion. C'est elle qui est la plus acharnée à me harceler pour que je change de vie. Ensuite, tu vois Richard, que nous appelons Rich. Et le dernier, c'est John.

Valerie considérait les photos avec application.

— Tu as dû avoir du mal à organiser le mariage de Kaitlyn l'an dernier sans l'aide d'Elaine.

— Oui, ce fut une épreuve mais la fête était réussie tout de même.

— Rich va faire des études de médecine ?

— Peut-être. Nous avons beaucoup en commun tous les deux. Ce qui fait qu'il nous arrive de nous braquer l'un contre l'autre de façon assez spectaculaire !

Valerie se mit à sourire.

— Et John ?

— John veut se lancer dans les affaires. On verra bien.

— Ils paraissent tous les trois être de jeunes adultes intéressants à l'avenir brillant.

— Merci, Valerie. Je suis fier d'eux. J'aimerais seulement qu'ils me laissent en paix. Ils ont assez à faire pour ne pas se soucier de moi.

— En même temps, c'est un signe d'amour qu'ils t'adressent.

— C'est vrai, j'ai tendance à l'oublier.

Owen alla prendre place dans un des fauteuils alors que Valerie rejoignait le canapé.

— À moi maintenant d'apprendre quelque chose sur toi, déclara-t-il d'une voix qui s'était affermie.

— Qu'est-ce que tu veux savoir ?

— Eh bien... pourquoi est-ce que tu n'es pas mariée ?

Valerie encaissa le choc. Elle aurait dû s'y attendre...

— Tout simplement parce que je n'ai jamais rencontré la bonne personne.

— Tu n'as pas d'enfant ?

— Non.

Plus vite elle répondrait, plus tôt elle serait débarrassée de cet interrogatoire.

— Je trouve que c'est bien dommage qu'une personne comme toi, séduisante et qui a tant à offrir dans une relation reste seule.

— Eh bien... je pourrais dire la même chose à propos de toi.

— Sauf que, moi, j'ai été marié.

— D'accord, mais tu es resté cinq ans sans sortir dîner au restaurant en compagnie d'une femme !

Mal à l'aise, Owen remua sur son siège.

— Comment tu sais ça ?

— C'est toi-même qui me l'as dit, tu as oublié ? Et tu as même précisé que tu jouais la carte de la prudence parce que les cancans courent vite à l'hôpital, surtout en ce qui concerne les médecins célibataires.

— Tu n'as pas tort.

Avec un petit sourire, il ajouta :

— Mais au moins, maintenant, je peux dire que j'ai eu deux rendez-vous féminins puisque c'est la deuxième fois que nous dînons en tête à tête.

Valerie afficha un air surpris.

— Tiens ? Je pensais qu'il s'agissait d'un repas d'affaires destiné à régler les détails de notre mise en scène pour le mariage.

Owen devint rouge cramoisi. Valerie eut pitié de lui.

— Si tu me parlais un peu de ta femme ?

Owen demeura silencieux un long moment.

— Que te dire ? Elaine a été une épouse parfaite. Nous nous sommes rencontrés dès le début de nos études. Comme nous n'avions pas d'argent, elle a travaillé pour me permettre de les payer. Je ne les avais pas terminées quand Kaitlyn s'est annoncée mais, au lieu de s'affoler, elle a considéré cette grossesse comme un défi qu'elle a relevé avec beaucoup de courage.

— Sans aucun doute, elle était une femme merveilleuse.

— Merci, Valerie. Je...

Une sonnerie de téléphone retentit.

— Excuse-moi, il faut que je réponde. C'est peut-être l'hôpital ou l'un de mes enfants.

Ou une occasion inespérée de reprendre ses esprits ?

Valerie le regarda quitter la pièce. Brusquement, elle craignait de s'être montrée trop intrusive...

4

Au bout de dix minutes, Valerie décida de partir à la recherche d'Owen. Elle entendait sa voix monter depuis l'entresol où elle devinait que se trouvait son bureau refuge, loin des cris de ses enfants quand ils étaient petits.

Effectivement, elle le découvrit dans une pièce lambrissée de bois sombre mais éclairée par une rangée de fenêtres devant lesquelles il se tenait. Des étagères faisaient le tour de la pièce, chargées de livres et de photos, et un canapé en cuir était placé devant une table basse. Visiblement, c'était sa pièce à lui, celle où il se sentait le mieux.

Pendant qu'il continuait à parler, elle s'avança vers une des photos de famille sur laquelle il portait dans ses bras le plus jeune de ses enfants. À côté de lui se tenaient son épouse et leurs deux autres enfants. Tous affichaient un sourire un peu crispé.

— Cette photo a été prise à Pâques il y a vingt ans, expliqua-t-il après avoir raccroché. Pardon pour le coup de fil. C'était ma belle-sœur qui m'informait des activités prévues au cours du week-end. Elle s'y est tellement investie que je n'ai pas eu le courage de l'interrompre.

— Owen, tu es un modèle de gentillesse !

Comme il lui prenait la photo des mains pour la remettre en place, elle se demanda si elle avait fait une gaffe en la manipulant mais il en prit une autre qu'il lui tendit.

— Ici, nous étions en vacances à la montagne. C'est une de mes photos préférées.

Effectivement, ils avaient tous l'air parfaitement naturel et heureux.

— Sur celle-ci, vous paraissez détendus et très heureux.

— Oui, Elaine aimait la vie.

Valerie considérait la mince et grande jeune femme blonde qui était son exact opposé.

— Elle te manque encore, n'est-ce pas ?

Quelle chance avait eue cette femme d'être aimée au point d'être encore le centre de l'univers de son mari, cinq ans après sa disparition ! Tristement, elle se rendit compte qu'elle était jalouse d'une morte. Cela lui fit honte.

Owen soupira.

— Oui. Chaque minute de chaque jour.

Il paraissait si triste que Valerie l'entoura de ses bras. Après un moment d'hésitation, il lui rendit son étreinte.

Quand il s'écarta un peu d'elle sans pour autant la lâcher, leurs regards se rencontrèrent. Les lèvres d'Owen effleurèrent celles de Valerie, comme pour faire connaissance avec leur texture. Elle sentit son cœur se mettre à battre furieusement : allait-il continuer ou s'arrêter là ?

Il continua. Son baiser avait goût de café et de brownie, ce qui le rendait encore plus délicieux. Owen embrassait bien. Valerie frissonna. L'expérience qu'elle était en train de vivre dépassait toutes ses attentes.

Hélas, un bruit de pas se fit entendre à l'étage. Owen la repoussa brusquement comme si tout à coup elle était atteinte d'une maladie contagieuse qu'il avait peur d'attraper.

— Salut, papa, me voilà ! cria la voix d'un jeune homme.

Troublé, Owen recula en titubant un peu.

— Je n'aurais pas dû... souffla-t-il.

Valerie avait compris. Tout. Elle serra les lèvres, profondément blessée. Un court instant, elle avait osé croire qu'un homme la désirait. Qu'un homme serait fier d'être vu en sa compagnie. Elle reçut les mots qu'il venait de prononcer comme une gifle. Sa déception d'autrefois et son sentiment d'indignité lui revenaient en une vague de désespoir.

— À qui appartient la voiture qui se trouve devant la maison ?

demanda le grand jeune homme élancé qui venait de pénétrer dans le bureau.

Son regard manifesta une énorme surprise en découvrant que son père n'était pas seul. Il se figea sur place.

Pour Valerie, cette attitude fut l'équivalent d'un rejet violent. Encore une fois, elle était de trop. Comme autrefois, avec son ex-amoureux pour lequel elle n'existait que lorsqu'il avait besoin d'elle.

— John ! Je ne t'attendais pas ! s'exclama Owen.

Comme le jeune homme continuait à les dévisager, Owen eut enfin le réflexe de faire les présentations :

— Je te présente le Dr Valerie Hugues. Nous travaillons ensemble à l'hôpital.

— Bonjour, docteur Hugues.

Valerie s'efforça de sourire.

— Bonjour, John. Ravie de faire ta connaissance.

Puis, se tournant vers Owen.

— Je rentre chez moi, Owen, le travail m'attend !

Mieux valait filer avant que sa détresse ne devienne évidente. Pour rien au monde elle ne voulait qu'Owen la traite de la même manière que Ray.

Owen la raccompagna jusqu'à la porte.

— Je suis désolé, Valerie. John ne m'avait pas prévenu qu'il viendrait. Excuse-moi si son arrivée t'a mise mal à l'aise.

Elle se tourna vivement vers lui, le regard furieux.

— C'est toi qui étais mal à l'aise ! Et pourtant, il n'y avait pas de raison pour que tu aies honte. Nous n'étions que deux adultes en train de regarder des photos dans ton bureau.

La colère s'était emparée d'elle. Si Owen souhaitait qu'elle lui rende le service demandé, il devait la respecter et se montrer fier d'elle. Peu importait que leur couple ne soit qu'un bricolage de comédie. Pour aller de l'avant, Owen devait tourner la page du passé. C'était trop lui demander ?

— Tu comprends, il n'a jamais vu dans mon bureau d'autre femme que sa mère ...

— Et alors ? Apparemment, la situation l'a moins perturbé que toi. Tu es sûr que ce n'est pas plutôt toi qui as besoin de t'habituer à cette idée ? Réfléchis !

Le lundi matin, Owen arriva à l'hôpital de bonne heure pour parler à Valerie avant de commencer à travailler.

La journée du vendredi s'était terminée en catastrophe. Elle était fâchée en le quittant, et il ne pouvait l'en blâmer. Alors qu'il venait juste de l'embrasser, à l'apparition de John, il s'était comporté comme s'il avait honte d'elle.

Autrement dit, il s'était comporté comme un adolescent pris en flagrant délit de flirter alors qu'il était adulte et dans sa propre maison. Pourquoi avoir réagi de cette manière ? Forcément, elle avait dû penser qu'il regrettait de l'avoir embrassée alors que ... qu'il y avait pris plaisir. Peut-être trop de plaisir...

Ensuite, la honte l'avait envahi. Il n'avait plus osé regarder Valerie dans les yeux. Il avait bien compris qu'elle était blessée. Il lui devait des excuses. Car en fait, il lui avait demandé de lui rendre service et en échange, il l'offensait.

À quoi pensait-il à ce moment-là ? À rien, justement. Au lieu de réfléchir, il s'était laissé accaparer par ses sensations, par le plaisir qu'il éprouvait à tenir une femme dans ses bras. À l'embrasser. Et à sentir qu'elle répondait à son baiser. Aurait-il cessé si John n'avait pas fait son apparition ? Il n'en savait rien.

Restait à souhaiter que Valerie accepte ses excuses. Après le fiasco de vendredi, il imaginait qu'elle allait changer d'avis à propos de sa participation au mariage. Peut-être même remettre en question leur amitié ? De toute façon, ce baiser faisait bouger les repères. Plus que jamais il souhaitait qu'elle l'accompagne mais comment lui en vouloir maintenant si elle refusait ? La blessure d'amour-propre qu'il lui avait infligée s'ajoutait sans doute à d'autres plus anciennes qu'il ne connaissait pas. Peu importait la raison, ce qui lui apparaissait désormais avec une clarté lumineuse, c'était qu'elle avait besoin de se sentir en sécurité avec lui.

Il s'avança vers l'hôtesse à l'accueil.

— Bonjour, Melissa, vous avez vu le Dr Hughes ce matin ?

— Bonjour, docteur Clifton. Le Dr Hughes est déjà en train de préparer ses patients à leur intervention.

— Merci.

Il se hâta vers le département d'otorhinolaryngologie. Après s'être changé et désinfecté les mains, il pénétra en salle d'opération. Valerie s'y trouvait déjà mais son patient n'était pas encore arrivé.

— Valerie, est-ce que je peux te parler un instant en dehors du bloc ?

— Ça ne peut pas attendre un peu ? Je suis en pleins préparatifs pour l'opération.

— Je préférerais ...

— Docteur Hughes, je peux terminer votre installation, proposa Mark Lewis qui se trouvait là lui aussi.

Valerie se tourna vers lui.

— Ça ne vous ennuie pas ?

— Pas du tout ! Je suis content de vous rendre service.

— Alors, j'en profite !

Valerie et Owen se retirèrent donc dans la salle de désinfection déserte à cet instant.

— Valerie, je suis désolé de ce qui s'est passé vendredi. Je me suis horriblement mal débrouillé. Je t'ai blessée alors que ce n'était pas du tout dans mon intention.

— En effet. Tu m'as rejetée... C'est une attitude que je connais par cœur, et je m'étais juré de ne plus jamais me mettre en pareille position.

Stupéfait, Owen fit un pas en arrière.

— Je t'ai rejetée ? D'où te vient une idée pareille ? Je ne t'ai pas rejetée ! J'ai toujours envie que tu m'accompagnes au mariage.

— Pour que tu m'y traites comme si j'avais la peste ? Tu m'as embrassée sans doute parce que je te plais, mais tu n'es pas assez détaché de ton épouse morte pour sortir dîner en compagnie d'une femme. Et encore moins pour passer un week-end avec elle ! Explique ton cas à tes enfants comme tu pourras mais ne m'implique pas dans ta folle nostalgie.

— C'est impossible, Valerie. John a déjà parlé à Kaitlyn et Rich. Ils ont envie de te connaître, je ne peux pas reculer.

Valerie le fusilla du regard.

— Tu veux que pendant tout un week-end nous passions pour un couple d'amoureux alors que tu ne peux pas poser la main sur moi sans te sentir coupable ? Allons, atterris !

— Écoute, je te promets de faire mieux. J'en suis capable, je ne veux plus te faire de peine. C'est vrai que je t'ai mise dans une situation difficile mais, je t'en prie, accorde-moi une nouvelle chance.

— Tu me jures que ce qui s'est passé vendredi ne se reproduira pas ?

— Tu parles du baiser ?

— Non, je parle de ce que j'ai pris pour un rejet.

Dans l'espoir qu'elle ne refuserait pas ses baisers, il leva la main droite en signe d'engagement.

— Je le jure !

Valerie laissa échapper un long soupir.

— Bon, dans ce cas, je veux bien essayer encore une fois mais tu as intérêt à lâcher du lest.

— Je te promets de faire mon possible.

— Alors commence par apprendre à me prendre par le bras, par la main et même à m'embrasser.

Quel programme... C'était ce qu'il souhaitait plus que tout au monde et qu'il redoutait tout autant.

L'infirmier qui venait de pénétrer dans la salle les considéra d'un œil curieux.

— Un patient m'attend au bloc, reprit Valerie. Nous reprendrons plus tard cette conversation.

Ce fut avec soulagement qu'Owen la vit s'éloigner. Soulagement et inquiétude aussi car si jusqu'à maintenant il l'avait invitée pour clouer le bec à ses enfants, son objectif avait changé. Il avait envie de passer du temps avec elle. Oui. Et même de l'embrasser à nouveau. Juste pour voir s'il se sentait aussi vivant que la première fois.

Avant de quitter la pièce, il adressa un sourire à l'infirmier.

Ce jour-là, ce fut difficile pour Valerie de se concentrer sur son travail. Le baiser échangé avec Owen lui revenait sans cesse à l'esprit. Cet instant avait été tellement parfait ! Jusqu'à l'arrivée de son fils tout au moins. Pendant quelques minutes, Owen avait été Owen. Ni un père, ni un veuf, ni un médecin, non, tout simplement un homme qui éprouvait du plaisir à l'embrasser. Voilà pourquoi sa déception avait été si intense. Jamais elle n'avait envisagé qu'il puisse la rejeter si vivement. Elle n'avait pas compris jusque-là que la peine d'Owen était si profonde. Dans son esprit, il s'agissait seulement de l'aider à se soustraire au harcèlement bienveillant de ses enfants. Mais à ce moment-là elle avait mesuré à quel point il demeurait prisonnier de ses souvenirs. S'il tenait vraiment à ce qu'elle l'escorte au mariage, il avait intérêt à réagir et à se comporter différemment avec elle.

Par chance, ils ne se rencontrèrent pas les jours suivant cette explication, ce qui permit à Valerie de reprendre ses esprits. Seul l'emploi du temps exposé dans la salle des médecins l'informait de la présence ou de l'absence d'Owen dans le service. Malgré elle, elle ne pouvait s'empêcher d'y jeter un coup d'œil chaque fois qu'elle arrivait à l'hôpital.

Ce jour-là, elle aperçut Owen dans le hall, occupé à discuter avec deux infirmières. Les sourires qu'elles lui adressaient étaient ni plus ni moins que des sourires d'adoration. Mais à peine eut-il tourné les talons qu'il revint à la tablette qu'il tenait entre les mains. Valerie hocha la tête, déconcertée. Il n'avait pas la moindre idée du charme qu'il exerçait sur les femmes. Sa personnalité les attirait alors qu'il ne faisait aucun effort pour cela. Elle aussi, bien malgré elle, s'était laissé prendre à ce piège.

Le mercredi matin, le chef du département d'anesthésie, le Dr Dale Rhinehart la convoqua entre deux opérations.

— Valerie, il faudra que vous interveniez au bloc pour seconder Owen dans une opération délicate. Il s'agit d'un anévrisme de l'aorte abdominale. Je sais que vous formez une bonne équipe tous les deux. Il vous en dira davantage sur ce cas car il suit le patient depuis son plus jeune âge.

— Parfait, acquiesça Valerie.

Est-ce que c'était Owen lui-même qui avait demandé son assistance ? Il était rare que deux anesthésistes soient requis pour une même opération.

— Après ça, vous aurez bien mérité le week-end de repos qui arrive ! ajouta le Dr Rhinehart.

Valerie fronça les sourcils.

Owen lui avait-il dit qu'ils partaient ensemble ? Non, c'était impossible. Comment cette information lui était-elle parvenue ?

— Tiens, remarqua le Dr Rhinehart, voici Owen justement. Je vous laisse discuter de ce cas ensemble.

Owen, d'ordinaire souriant, arborait un visage préoccupé qui peina Valerie.

— Je viens d'apprendre que nous devons intervenir ensemble demain ?

— Oui, répondit Owen. C'est un cas difficile.

— Il paraît que tu connais bien le patient...

— En effet. Je l'ai déjà anesthésié plusieurs fois. À vrai dire, ce garçon a pratiquement grandi dans notre hôpital. Je vais justement le voir et parler à ses parents. Tu veux m'accompagner ?

— Oui, bien sûr. Laisse-moi le temps de remettre mon rapport, et je te rejoins.

— Tu me trouveras dans mon bureau.

Quelques instants plus tard, elle rejoignit Owen qu'elle trouva penché sur son ordinateur. Il lui sembla que les rides autour de ses yeux s'étaient creusées et que son regard avait perdu son éclat.

— Tu te sens bien, Owen ?

— Oui, juste un peu fatigué. Je relisais le dossier de Rob.

— Rob ?

— Oui, Rob Martin, le jeune homme dont nous allons nous occuper demain. Il a quatorze ans, et c'est un gosse adorable, entouré d'une famille très sympathique. Il est né avec un syndrome hyperplasique du ventricule gauche.

— C'est très grave...

— Oui. Jusqu'à présent, il s'en est sorti mais cela lui a demandé beaucoup de temps et de courage. Avant même d'avoir soufflé ses deux bougies, il avait déjà subi trois interventions et une transplantation. Récemment il a commencé à perdre du poids, à avoir des sueurs nocturnes, bref, nous avons découvert une endocardite infectieuse qui s'est localisée dans l'aorte qui est son point le plus faible.

La voix d'Owen faisait peine à entendre.

— Ça fait déjà trois semaines qu'il est hospitalisé. Bien sûr, tous nos patients sont importants mais celui-ci est vraiment spécial.

— Je comprends… approuva Valerie.

Owen passa la main dans ses cheveux.

— Nous ne sommes pas censés nous impliquer affectivement avec nos patients, c'est certain, mais il y en a quelques-uns pour qui ce détachement s'avère impossible. On n'y peut rien, c'est comme ça, un point c'est tout.

Valerie n'avait jamais fait cette expérience mais elle comprenait tout à fait.

— Il faut dire à Rob et à ses parents qu'entre le Dr Dillard et nous deux, il ne peut pas être en de meilleures mains. Pour ce genre d'opération, Dillard est vraiment le meilleur.

— C'est une opération qui va durer plusieurs heures…

— Je suis pleine de confiance. Nous allons très bien nous occuper de lui.

Owen parut se détendre un peu.

— Je suis content que tu aies été choisie pour intervenir avec moi. Nous formons une bonne équipe tous les deux.

Pensive, Valerie hocha la tête.

— Si tu me présentais à Rob ?

— Bonne idée, accompagne-moi. Au fait, je ne t'ai pas beaucoup vue ces derniers temps… déclara-t-il pendant qu'ils se dirigeaient ensemble vers les ascenseurs.

— J'ai eu pas mal de travail et j'ai passé mon temps libre à chercher une jolie robe pour le mariage.

— Voilà un aspect du week-end auquel je n'avais pas pensé ! avoua Owen avec un sourire. Laisse-moi le plaisir de te l'offrir.

— Pas question ! répondit vivement Valerie.

Owen n'insista pas.

Owen roula les épaules pour se détendre un peu. Ils étaient en salle d'opération depuis déjà cinq heures, et l'intervention était loin d'être terminée. Remplacer une aorte infectée demandait compétence, patience et résistance.

Afin d'enrichir leur formation, Mark et quelques autres jeunes internes étaient venus assister à cette opération difficile.

— Owen ou Valerie, si l'un de vous souhaite souffler un peu, un de ces internes peut vous remplacer un moment avant que nous n'abordions la deuxième étape qui s'annonce compliquée.

— Je serai heureux de vous permettre de vous reposer un peu, proposa Mark.

Owen regarda Valerie par-dessus son masque.

— Vas-y la première, je prendrai la suite.

Owen resta au bloc pour continuer à contrôler les moniteurs et s'assurer que l'état de Rob demeurait stable. Ensuite, ce fut son tour de laisser Mark prendre sa place. À son retour, il remarqua que malgré la vivacité de ses gestes et l'acuité de son attention, l'affaissement des épaules de Valerie accusait une fatigue certaine. Il décida de lui offrir une séance de spa lors du prochain week-end. Elle l'aurait bien méritée.

Finalement, après des heures de travail délicat, le Dr Dillard annonça d'une voix heureuse :

— Bravo tout le monde ! Je crois que nous avons réussi. Il ne reste plus qu'à recoudre et surveiller notre patient au cours des heures qui viennent.

À ces mots, chacune des personnes présentes éprouva un intense sentiment de gratification. Ensemble, ils avaient sauvé une vie.

Owen se tourna vers Valerie. Malgré la blouse informe, la charlotte et le masque réglementaires qui l'accoutraient comme chacun des autres intervenants, il se rendit compte qu'il ne la regardait pas comme une simple collègue mais comme une femme au splendide regard vert dont il connaissait les courbes harmonieuses pour l'instant dissimulées. Cela le perturba. Valerie l'avait fait sortir de sa zone de confort où les femmes en tant que telles n'existaient plus. C'était difficile pour lui de l'accepter.

— Rentre chez toi, Valerie, j'amène Rob en réa.

— Non, je vous y accompagne.

Elle tenait à aller jusqu'au bout malgré sa fatigue. Une fois de plus, Owen eut l'occasion d'éprouver une réelle admiration pour sa collègue.

Cela fait, il s'apprêta à aller rencontrer les parents de Rob. Encore une fois, Valerie proposa de l'accompagner.

— Rob a bien supporté l'intervention, se hâta-t-il de dire en voyant Mme Martin s'avancer vers lui, le visage tendu par l'angoisse.

— Dieu merci !

— C'est un jeune homme résistant et courageux, il l'a prouvé une fois de plus, affirma Owen.

— Il m'a impressionnée par son calme et son courage, ajouta Valerie.

— C'est ce que nous avons toujours pensé, déclara M. Martin.

— Merci infiniment, dit Mme Martin qui enlaça Owen.

Après un instant d'hésitation, elle en fit autant pour Valerie.

En retournant vers le département d'otorhinolaryngologie Valerie complimenta Owen sur la qualité de sa relation avec la famille de Rob.

— Ce n'est pas compliqué avec des gens comme eux. Ils sont merveilleux de courage.

Puis, après un nouveau coup d'œil sur Valerie :

— Dépêche-toi de rentrer ! Tu as l'air épuisée.

Leurs regards se rencontrèrent.

— Pas plus que toi, Owen.

— En fait, je meurs de faim. Si tu m'accompagnais manger quelque chose à la cafétéria ?

— J'ai une meilleure idée. Viens chez moi, je nous préparerai un vrai petit déjeuner.

— Mais... tu es déjà très fatiguée...

— C'est juste un petit déjeuner, pas un vrai repas. Ensuite nous pourrons aller nous coucher...

Brusquement, elle devint cramoisie.

— Je... je ne voulais pas...

Owen se mit à rire.

— Pas de problème, Valerie ! J'accepte ton invitation avec plaisir parce que je meurs littéralement de faim.

— Parfait. Rejoins-moi à mon appartement.

Valerie avait besoin de se restaurer elle aussi. Elle était en train de sortir des œufs et du bacon du réfrigérateur lorsque Owen arriva, les cheveux en bataille, la chemise mal boutonnée. Visiblement, pressé d'arriver chez elle, il s'était rhabillé à la hâte. Il n'avait plus grand-chose en commun avec le Dr Clifton à la présentation irréprochable !

— Si tu veux prendre une douche, ne te gêne pas, proposa Valerie. La salle de bains se trouve juste au fond du couloir, les serviettes de toilette sont propres.

Un sourire lui monta aux lèvres.

Owen paraissait à l'aise chez elle, mais la persistance de sa relation affective avec son épouse décédée les faisait avancer sur un chemin de crête délicat. Comment entrer en rivalité avec une morte ? Elle n'avait nulle envie de passer sa vie à occuper la seconde place, surtout par rapport à une femme qui n'existait plus. Cela ne pouvait que la faire souffrir.

Une fois sa douche prise, Owen vint la retrouver dans la cuisine.

— Je peux faire quelque chose pour t'aider ?

— Oui. Occupe-toi du café !

Comme il commençait à mettre la machine en route, Owen eut la surprise de voir Valerie sortir un paquet de farine et un grand bol du placard.

— Qu'est-ce que tu comptes faire avec ça ?

— Des pancakes, bien sûr.

— Oh là là... il y a des siècles que je n'en ai plus mangé ! Tu vas me régaler.

Elle se mit à rire. Puis s'arrêta. Pourquoi laissait-elle Owen pénétrer dans sa vie personnelle ? Elle avait perdu toute notion du danger ? Il se tenait tout près d'elle. La chaleur de son corps arrivait jusqu'à elle.

— Si tu t'occupais de la poêle pendant que je mélange la pâte ?

— Heu... je n'ai jamais fait ça de ma vie.

— Owen, trêve de plaisanteries ! Tu serais capable d'anesthésier quelqu'un mais infoutu de tenir la queue d'une poêle ? Eh bien si tu ne l'as jamais fait, tu vas apprendre !

Il laissa échapper un soupir découragé.

— Avec toi, pas question de se défiler...

— Évidemment. Ça n'est pas en se dérobant qu'on apprend quelque chose. Allez, montre-moi ce que tu sais faire !

Quelques instants plus tard, ils étaient tous les deux installés à la petite table de la cuisine, deux assiettes bien garnies de pancakes fumants.

Valerie regardait son invité. C'était agréable de partager un repas avec quelqu'un chez elle. Surtout lorsque le convive en question appréciait aussi vivement ce qu'il avait dans son assiette.

— Ça me fait vraiment plaisir que tu apprécies ma recette de pancakes.

— Et ça me ferait plaisir d'en manger souvent !

— Il te suffira de me dire quand tu en as envie. Ce n'est pas compliqué du tout.

Owen se mit à rire.

— Le problème, c'est que maintenant que j'y ai goûté, j'en aurai envie tous les jours et, à ce rythme, je deviendrai gros comme un éléphant.

Le repas terminé, Owen se leva d'un air décidé.

— Étant donné que tu as cuisiné, c'est moi qui vais ranger pendant que tu iras prendre une douche bien méritée.

Valerie ne se fit pas prier pour s'exécuter.

Un peu plus tard, enroulée dans sa robe de chambre et morte de fatigue, elle rejoignit Owen dans le salon. Elle le trouva affalé sur le canapé, une jambe allongée, l'autre encore posée sur le sol. Un peu comme si une moitié de lui voulait rester alors que l'autre avait envie de partir. Malgré cela, il paraissait tout à fait appartenir au cadre dans lequel il se trouvait.

Sans faire de bruit, Valerie posa sur lui la couverture étalée sur le dossier du canapé. Il avait bien mérité de se reposer.

Ensuite, elle gagna sa chambre, se glissa entre ses draps et s'endormit, bercée par les ronflements d'Owen.

5

Le grand ciel bleu et la beauté lumineuse de cette journée d'automne mettaient la joie au cœur de Valerie pendant qu'ils roulaient en direction des montagnes. Par la vitre grande ouverte, le soleil réchauffait son visage.

— Le *resort* est encore loin ? demanda-t-elle, impatiente d'arriver.

— Nous en avons bien encore pour une paire d'heures, répondit Owen. N'hésite pas à faire une petite sieste si ça te tente.

Valerie considéra le paysage qui les environnait. Les arbres chargés de feuilles aux tons chatoyants, rouge, orange, or, leur offraient un spectacle magnifique.

— Non, merci. Je ne veux rien perdre de la magie qui nous entoure.

— Tu es déjà allée à Blue Ridge ?

— Oui, une fois, pendant l'été. C'était déjà très beau mais, en ce moment, c'est carrément féerique.

— C'est un des endroits au monde que je préfère.

— Tu as beaucoup voyagé ?

— Oui, quand j'étais jeune, avec ma famille. Mais ensuite, avec Elaine, nous n'avons guère bougé.

Valerie étudia le profil qu'il lui présentait. Sa mâchoire s'était crispée. Il passa la main dans ses cheveux ce qui eut pour effet de les hérisser au lieu de les lisser. Valerie mourait d'envie de les remettre en place.

— Tu considères toujours ta vie en deux parties : avant et après Elaine ? C'est toujours ton point de repère ?

Owen ne répondit rien.

— Maintenant que tes enfants sont partis faire leurs études, insista Valerie, tu n'as pas envie de bouger davantage ?

— Tout seul ?

Pareille perspective paraissait l'épouvanter.

— Il y a des gens qui le font, tu sais.

— En tout cas, ce n'est pas pour moi.

Valerie n'avait pas envie d'en rester là.

— Autrement dit, tu prévois de rester seul jusqu'à la fin de tes jours en passant tout ton temps à travailler ?

Elle avait posé cette question sur le ton de la plaisanterie mais elle pensait chacun des mots qu'elle avait prononcés. Il fallait que quelqu'un aide Owen à comprendre qu'il était temps pour lui d'aller de l'avant, de recommencer à vivre. En tant qu'amie, elle estimait que c'était son rôle.

À la façon dont sa bouche se crispa, elle comprit qu'elle l'avait déstabilisé.

— À vrai dire, avoua-t-il, je ne m'étais jamais posé la question.

— Peut-être que tu devrais ?

Owen demeura silencieux. Valerie se reprocha d'avoir trop parlé. Ce qu'elle avait dit était juste mais ce n'était peut-être pas la meilleure manière de commencer le week-end...

Ils venaient d'aborder une route qui s'élevait dans la montagne. À deux reprises, ils avaient franchi un ruisseau bordé de lauriers dont le vert intense se mêlait aux couleurs vives des arbres qui créaient une canopée au-dessus de la route.

Lorsque le bâtiment apparut au détour d'un virage, Valerie demeura bouche bée. C'était incroyable ! Le lodge de deux étages était entièrement construit en bois. Le soleil de la fin d'après-midi se reflétait dans les grandes baies vitrées. De chaque côté du bâtiment principal s'élevaient deux ailes indépendantes devant lesquelles se trouvaient une étendue de gazon bien entretenue et des allées débordantes de fleurs. Tout cela était d'une parfaite élégance respectueuse de l'esprit du lieu.

— Que c'est beau ! On pourrait passer sa vie entière dans un cadre pareil, s'exclama Valerie.

Owen se mit à rire.

— Attends de voir comment se déroule le week-end avant de

dire des choses pareilles ! Tu n'as pas encore fait connaissance avec ma famille.

— Je suis sûre que tout se passera bien.

Valerie remarqua que si jusqu'à présent Owen lui avait paru décontracté, au fur et à mesure qu'ils approchaient, il était devenu plus anxieux.

— Je ne serais pas surpris que mes trois rejetons nous attendent à la porte... marmonna-t-il.

— Ça n'aurait rien d'étonnant, en effet. John leur a sûrement parlé de moi après notre rencontre.

Tout en parlant, elle sentait son estomac se nouer.

Comme s'il l'avait deviné, Owen lui adressa un sourire d'encouragement, sortit de la voiture qu'il contourna pour l'aider à sortir pendant qu'un employé se chargeait de leurs bagages.

Ce fut avec surprise qu'elle sentit qu'Owen la prenait par la main. Tout étonnée de cette initiative, elle le laissa faire. Depuis le baiser qu'ils avaient échangé et le refroidissement de leur relation qui avait suivi, c'était la première fois qu'il faisait un mouvement vers elle. Il faisait sans doute son possible pour honorer sa parole et jouer son rôle au mieux. Finalement, leur stratagème avait quelques chances de fonctionner...

Une fois qu'ils furent arrivés au bâtiment principal où se trouvait l'accueil, Valerie poussa la porte et ne put retenir un cri de surprise admirative. Si l'extérieur du bâtiment était superbe, l'intérieur l'était encore plus. La hauteur sous plafond laissait place à une mezzanine à laquelle on accédait par un large escalier en bois. Au fond de la grande pièce trônait une immense cheminée en pierre. Devant elle, de généreux canapés en cuir garnis de coussins moelleux attendaient que l'on vienne s'y lover pour lire. Sur le sol, des peaux de bison faisaient office de tapis. Derrière un comptoir en bois massif un jeune homme et une jeune fille se tenaient prêts à accueillir les clients.

— Je suis Owen Clifton, déclara Owen en s'avançant vers eux. Vous devez avoir un chalet réservé à mon nom.

— En effet, docteur Clifton. Vous faites bien partie des invités au mariage ?

— Tout à fait.

Le jeune homme se tourna vers sa collègue.

— Mary, conduis s'il te plaît le Dr Clifton et madame au chalet Lakeside qui leur a été attribué.

Valerie vit Owen se crisper mais corriger cette erreur lui parut une perte de temps, autant laisser filer… aucun invité n'avait entendu, c'était sans importance.

Devant la porte les attendait une voiturette de golf sur laquelle leurs bagages avaient déjà été chargés. Le démarrage un peu brusque l'obligea à s'agripper à la cuisse d'Owen qui ne broncha pas. Au contraire, il lui passa un bras autour des épaules.

— Eh… pas question de te perdre avant que le week-end ait commencé !

Ce trait d'humour plut beaucoup à Valerie.

Comme la petite machine prenait des virages à la corde, Valerie se penchait sur Owen qui, à sa grande surprise, paraissait tout heureux de la sentir se presser contre lui. Ils roulèrent quelques instants sur un petit sentier avant d'arriver à un chalet d'allure montagnarde avec, à l'avant, un perron surmonté d'un porche.

Tout de suite, Valerie fut séduite.

Owen l'aida à descendre de la voiturette et à gravir l'escalier en bois pendant que le jeune homme déchargeait leurs bagages. Une fois arrivés sur le perron, ils se retournèrent pour jouir du paysage, d'une beauté à couper le souffle. Un feuillage touffu aux couleurs mordorées de l'été indien les entourait, percé d'une clairière traversée par un ruisseau. Comment imaginer quelque chose de plus beau au monde ?

— Owen, ce n'est pas sûr que j'accepte de partir d'ici !

Il s'approcha d'elle, l'air visiblement heureux lui aussi.

— Allons voir ce que l'intérieur nous réserve.

Le jeune homme les précéda pour leur faire le tour du propriétaire. Owen et Valerie lui emboîtèrent le pas.

La grande cheminée de pierre du salon fut la première à capter leur regard. Devant elle, un canapé et deux fauteuils en velours brun attendaient les hôtes de ce lieu privilégié. Un tapis en lirette apportait sa touche chaleureuse et rustique à la fois. Sur le côté, une kitchenette tout équipée leur permettrait de se préparer thé ou café suivant leur humeur. Valerie flottait sur un nuage de bonheur.

Jamais elle n'aurait imaginé séjourner dans un hébergement aussi féerique. Sur les murs, des aquarelles représentant des animaux sauvages ajoutaient encore au dépaysement.

— Owen, tout cela est merveilleux !

Leur guide ouvrit alors la porte de la chambre afin d'y déposer leurs bagages. C'est alors qu'ils découvrirent le très grand lit qui y occupait la place d'honneur.

Ils se regardèrent, désorientés.

Le lit était unique.

— Quand vous souhaiterez rejoindre le *lodge*, déclara le jeune homme qui les avait accompagnés, il vous suffira d'appeler la réception qui enverra une voiturette vous chercher. Bien entendu, si vous préférez marcher, cela ne pose pas de problème !

Une fois leur accompagnateur disparu, Owen glissa à Valerie :

— Après la partie de montagnes russes qu'il vient de nous offrir, une petite promenade à pied me paraît plus sûre !

Valerie se mit à rire.

— C'était assez intéressant tout de même...

Évidemment, elle pensait au moment délicieux où elle s'était trouvée serrée contre Owen. Son corps pétillait encore du plaisir que ce contact lui avait procuré.

Owen s'avança vers la kitchenette.

— Installe-toi à ton aise. Il était prévu que nous disposions de deux chambres. Je vais appeler la réception pour voir si l'on peut nous installer un lit supplémentaire. Ou alors, je dormirai sur le canapé, ce qui nous évitera de devoir fournir des explications à mes enfants.

Valerie considéra le canapé, puis la stature d'Owen.

— Étant donné ta taille, tes pieds dépasseraient, tu n'y serais pas très à ton aise. Il vaut mieux nous accommoder du lit qui est vraiment très large.

— Nous verrons...

À ce moment-là, quelqu'un frappa à la porte.

— Coucou, papa, c'est Kaitlyn !

Deux secondes plus tard, une très jolie jeune femme pénétrait dans le chalet et se jetait dans les bras d'Owen avec tant d'impétuosité que Valerie eut un pincement au cœur. Comme elle aurait souhaité être aimée avec autant de fougue ! Cela ne lui était jamais arrivé malgré les perpétuels mots d'amour que lui susurrait son ex-amoureux dont les paroles n'étaient que du vent destiné à cacher son égoïsme.

— Est-ce qu'elle est là ? demanda Kaitlyn à voix basse.

Valerie sortit de la chambre.

— C'est de moi que vous parlez ?

Kaitlyn devint toute rouge.

— Oh !... John m'avait dit que vous étiez très jolie !

— Vous êtes sans doute Kaitlyn ? demanda Valerie, touchée malgré elle par le compliment.

— Oui. Vous savez, mon père m'a fait une sacrée surprise en m'annonçant que vous l'accompagneriez pour ce week-end.

Owen lui adressa un regard d'avertissement.

— Heu... pardon si je suis un peu trop directe, reprit la jeune femme. Jusque très récemment, nous ne savions pas que notre père vous fréquentait.

— Ça me ferait plaisir que vous m'appeliez par mon prénom. Je peux vous proposer une tasse de thé, Kaitlyn ?

Elle n'eut pas le temps de répondre qu'un autre coup était frappé à la porte.

— C'est sans doute le renfort qui débarque, déclara Owen.

En effet, il trouva Rich et John devant la porte.

— Entrez, entrez ! Et bravo pour le comité d'accueil...

Valerie apprécia le sarcasme à sa juste valeur.

Le test décisif s'annonçait. Une fois les présentations faites, ils allaient voir si leur romance annoncée tenait le choc. Comme ils s'étudiaient mutuellement, Valerie redouta la perspicacité de Kaitlyn. La jeune femme était sans aucun doute le portrait de sa mère qui avait été très belle. Belle et passée au rang d'icône parfaite désormais...

Owen prit Valerie par la main, ce qui ne contribua pas à calmer sa nervosité.

— J'ai quelqu'un à vous présenter...

John s'avança aussitôt.

— Moi, j'ai déjà rencontré Valerie. Elle est super sympa !

Comment était-il parvenu à cette conclusion après une si brève entrevue était un mystère pour Valerie mais peu importait puisque c'était rassurant.

— Il ne manque plus que Rich, ajouta Owen en désignant son autre fils.

— Bonjour, Rich, enchaîna Valerie. Je suis très heureuse de faire votre connaissance à tous les trois parce que votre père m'a dit plein de choses sympathiques à votre sujet.

Elle regardait les trois jeunes gens, et eut un sourire spécial à l'adresse de John.

— Nous avons hâte de vous connaître un peu mieux, intervint Kaitlyn.

— Avec tout ce que Will et Sarah ont prévu, ce n'est pas sûr que vous puissiez passer beaucoup de temps avec nous, déclara Owen en passant un bras autour de la taille de Valerie.

Sous le regard inquisiteur de Kaitlyn, Valerie devina que si la jeune femme souhaitait voir son père avoir une amie, elle aurait aimé la choisir elle-même.

Son sourire s'élargit.

— Owen, tu as une famille merveilleuse.

Il l'attira contre lui.

— Si tu leur avais parlé un peu plus de moi, ils seraient sans doute moins curieux à mon sujet. En tout cas, ce mariage est une occasion rêvée pour apprendre à faire connaissance.

— Tiens, déclara Kaitlyn en tendant une feuille de papier à son père. Je t'ai apporté le programme des festivités. J'ai organisé le placement du dîner de ce soir de manière que nous puissions être assis à la même table.

La tension monta aussi bien chez Owen que chez Valerie. La situation devenait délicate. Sous le regard scrutateur des jeunes, Valerie demeura serrée contre Owen.

— C'est parfait, déclara Owen qui faisait un effort louable pour parler sur un ton calme. Pour l'instant, nous avons besoin d'un peu de temps pour nous installer et consulter le planning. Ça vous va si nous nous retrouvons un peu plus tard ce soir ?

Kaitlyn hésita un instant mais Rich l'attrapa par le bras.

— Allons, Kaitlyn, tante Sarah nous attend pour lui donner un coup de main.

— D'accord, j'ai compris. Je ne vais pas m'imposer. Alors à ce soir ?

— Parfait, répondirent ensemble Owen et Valerie.

Deux minutes plus tard, une fois les jeunes gens repartis avec leur carte, ils poussèrent un même soupir de soulagement.

— Quand ce week-end sera terminé, je te revaudrai mille fois le service que tu me rends ! affirma Owen.

Valerie lui sourit.

— Nous sommes amis, non ? C'est à ça que servent les amis.

— Je te laisse déballer tes affaires tranquillement, déclara Owen en s'écroulant dans un fauteuil.

Il ne s'était pas attendu à être autant sur la défensive par rapport à Kaitlyn. En fait, il avait espéré avoir un peu de temps pour s'accommoder de la présence de Valerie avant l'invasion de ses enfants.

— Valerie, je suis désolé que tu aies eu si tôt à affronter la horde sauvage de ma progéniture. Ils nous sont tombés dessus par surprise, avant que nous n'ayons eu le temps de souffler. Tu as vu un peu comme Kaitlyn essaie de me protéger ? Elle est à la limite de l'agressivité par moments.

— Ne t'inquiète pas, ça veut dire qu'elle t'aime, et il n'y a pas de mal à ça.

— Tout de même, je n'imaginais pas qu'ils nous envahiraient si vite !

— Comment aurais-tu pu deviner ? Va t'installer sur le perron pendant que je nous prépare un café. Nous consulterons tranquillement le programme que Kaitlyn t'a apporté.

— Laisse-moi faire, proposa Owen. À toi de souffler un peu.

Quelques instants plus tard, ils étaient assis côte à côte, le programme entre les mains d'Owen.

— Ce soir un dîner est prévu avec les membres de ma famille. C'est un barbecue, donc, tenue relax. Demain, partie de golf pour les hommes et spa pour les dames. Fais ce qui te plaît, tu as bien besoin de t'occuper un peu de toi.

Il leva le nez pour regarder sa compagne. Décidément, il la trouvait de plus en plus séduisante. La brise décoiffait ses cheveux qu'elle essayait vainement de remettre en place.

— Prenons le temps d'accorder nos violons avant de donner notre première représentation. Je parie que Kaitlyn va comparer ce que nous lui dirons avec ce que nous raconterons à Will et à Sarah. Donc, méfions-nous !

— Le plus simple est de leur dire la vérité. C'est-à-dire que nous avons commencé à nous fréquenter il y a trois semaines, que nous sommes sortis dîner ensemble quelquefois mais que nous travaillons ensemble depuis des années.

Owen afficha un air dubitatif.

— Tu crois que Kaitlyn va se contenter de ça ?

— Bien sûr puisque c'est la vérité.

— Hum... C'est à voir. Elle est difficile à satisfaire.

— Elle veut que tu sois heureux et en même temps elle n'a pas envie que tu oublies sa mère, ça me paraît bien normal.

— Ne la laisse pas te harceler tout de même.

— Ne t'en fais pas pour ça.

— Je lui en toucherai un mot pour m'assurer qu'elle te laisse tranquille.

— Surtout pas ! Elle t'aime et ne désire que ton bonheur.

— C'est vrai mais cela ne lui donne pas le droit de te fusiller de questions.

Valerie caressa la joue d'Owen.

— Tu es adorable mais ne t'inquiète pas pour moi à ce sujet. Par contre, parle-moi un peu de ton frère et de sa femme.

— Will et Sarah sont des personnes profondément généreuses. Je ne sais pas ce que je serais devenu sans eux après la mort d'Elaine.

C'était la première fois qu'Owen formulait ces mots : « la mort d'Elaine. » Jusque-là, il avait dit : « elle nous a quittés... » « elle est partie... » mais jamais la réalité, jamais la vérité pure et dure.

— Sarah s'est occupée de la maison pendant que Will me tenait la tête hors de l'eau. Je suis sûr que tu les apprécieras mais garde en tête qu'ils ne seront guère disponibles ces jours-ci.

Deux heures plus tard, ils avaient troqué leur tenue de voyage contre un jean et un T-shirt et marchaient sur le sentier qui conduisait au *lodge*. Un grand auvent destiné à recevoir les invités avait été installé sur le devant.

Owen était resté sur le perron pendant que Valerie se changeait mais la perspective de partager la même salle de bains qu'elle le troublait. Il trouvait cela un peu trop intime, un peu trop irréel pour lui qui n'avait pas vécu si proche d'une femme depuis si longtemps. En revanche, cette situation ne paraissait pas mettre Valerie mal à l'aise. Dans le fond, son problème provenait sans doute du fait qu'il n'arrivait plus à la considérer seulement comme une collègue ou une amie. Depuis leur voyage en commun, il n'avait qu'une idée en tête, lui passer un bras autour de la taille, l'attirer contre lui et l'embrasser. Bien plus longuement que la première fois.

Ce jour-là, elle avait réveillé son corps. Son cœur traînait encore loin derrière. Elaine l'avait emporté avec elle.

— On y va ? demanda-t-il en arrivant devant le barnum.

— Allons-y, j'ai envie de rencontrer ta famille.

Il la prit par le bras. À ce contact, Valerie retrouva confiance.

En pénétrant sous la grande tente, un homme brun qui ressemblait beaucoup à Owen interrompit la conversation qu'il avait avec un petit groupe d'invités pour s'avancer vers eux en souriant.

— Owen, quel bonheur de t'avoir parmi nous !

Ils se serrèrent dans les bras l'un de l'autre.

Ensuite, Owen se recula un peu pour attirer Valerie vers eux.

— Valerie, je te présente mon frère Will.

Ce dernier lui adressa un sourire chaleureux.

— Je suis très heureux que vous vous joigniez à nous, Valerie.

Sur ces entrefaites, Sarah arriva à son tour, tout aussi accueillante que son mari. Tant de gentillesse dérangeait un peu Owen qui savait que tout cela n'était qu'une comédie, mais c'était une comédie nécessaire. Il verrait plus tard comment redresser la situation.

Sarah attrapa son mari par le bras.

— On nous attend pour les présentations, Will, il faut y aller.

Puis, se tournant vers Owen et Valerie.

— Allez vous servir au buffet, nous nous retrouverons un peu plus tard.

La voix de Rich leur parvint alors.

— Hé, papa, nous sommes là-bas, à la table du fond. Nous vous avons gardé une place.

— Parfait, fiston. Nous arrivons.

Puis, à l'oreille de Valerie :

— Alors, tu es prête pour notre grand numéro ?

— Fin prête.

Owen la trouva admirable.

Quelques instants plus tard, après avoir rempli leur assiette au buffet, ils rejoignirent les enfants. Owen découvrit sans surprise que Kaitlyn avait prévu d'avoir Valerie à côté d'elle.

En s'habillant tout à l'heure, Valerie avait réfléchi et décidé que la meilleure défense, c'était l'attaque. Le moment était venu de passer à l'action. Après avoir adressé son plus beau sourire à l'assemblée, elle s'assit et, bien décidée à consacrer toute son attention à la jeune femme, elle se tourna vers elle.

— Votre père m'a dit que vous êtes mariée ? Votre mari est sans doute le convive assis à votre droite ?

— En effet, répondit Kaitlyn, assez surprise de perdre déjà la main. Vous avez deviné juste, c'est Robert, mon mari.

Tout en jetant un coup d'œil sur son assiette appétissante, Valerie poursuivit :

— J'espère que vos chambres dans le *lodge* sont aussi agréables que la nôtre dans le chalet. Elles sont à votre goût ?

Kaitlyn mordit à l'appât et commença à en faire la description. Valerie écouta patiemment et continua à poser des questions chaque fois que Kaitlyn marquait une pause.

Owen tenait sa cuisse pressée contre la sienne, ce qui entretenait une chaleur troublante et délicieuse.

Une fois les descriptions de Kaitlyn terminées, Valerie se tourna vers Rich.

— Il paraît que vous envisagez de devenir médecin comme votre père ? Vous avez bien raison, c'est un métier passionnant.

Rich entreprit alors de lui raconter combien c'était difficile pour lui de choisir entre les études de médecine et les études d'ingénieur.

Pendant qu'il parlait, Owen posa son bras sur le dossier de la chaise de Valerie. Du bout des doigts, il lui caressait l'épaule, ce qui ne passa pas inaperçu auprès de ses enfants. Franchement, il tenait bien son rôle.

Comme Kaitlyn se levait pour aller chercher du dessert, Owen glissa à l'oreille de Valerie :

— Je ne te connaissais pas pareil talent d'actrice.

Elle lui adressa une petite grimace.

— Je n'étais peut-être pas en train de jouer la comédie ?

Ah... ça, c'était carrément du flirt...

Ils se regardaient dans les yeux quand Will s'approcha d'eux.

— Désolé de vous déranger mais je vous dois une information. Owen, tu es inscrit pour la partie de golf à quatre demain matin mais l'un des participants est empêché. Il nous faut trouver quelqu'un pour le remplacer, tu crois que l'un de tes fils serait d'accord ?

— Non, ils ont horreur de ce sport et n'y connaissent strictement rien.

— Je peux peut-être vous dépanner ? proposa Valerie.

Owen se tourna vers elle.

— Tu sais jouer au golf ?

— Un peu, oui.

Will tapota le dossier de sa chaise.

— Alors vous êtes enrôlée, Valerie ! On se retrouve tous les quatre au club house à 8 h 30, ça vous va ?

— Parfait, répondirent en chœur Owen et Valerie.

Moyennant quoi, Will repartit le sourire aux lèvres laissant Owen sous le coup de la surprise.

— Je ne savais pas que tu jouais au golf. Tu ne m'en as jamais parlé.

— Je n'ai jamais eu l'occasion de le faire.

— Ça ne t'ennuie pas de renoncer au spa ?

— J'irai après. Tu m'y accompagneras peut-être ?

Stupéfait, Owen fronça les sourcils.

— Pardon ?

— Tu n'aimes pas les spas ?

— Je... je ne sais pas.

— Il te faut essayer. Rien de tel qu'un bon massage pour se sentir détendu.

— On verra... En attendant, si nous nous retirions maintenant ? Notre journée a été bien remplie, et celle qui nous attend demain paraît fort chargée. Ma promesse de t'offrir un week-end de repos prend des allures de gros mensonge.

Il se mit debout et tira la chaise de Valerie.

— Je demande une voiturette ou tu préfères marcher ?

Valerie tourna son visage vers le ciel clouté d'étoiles.

— Je préfère rentrer à pied, la nuit est si belle !

Owen la prit par la main, et ils se mirent en route en silence, au milieu des feuilles mortes soulevées par la brise du soir. Loin d'être inconfortable, cette tranquillité était apaisante.

Ce fut seulement en arrivant au chalet que Valerie se rappela qu'ils allaient devoir passer la nuit ensemble dans un espace réduit. Elle connaissait suffisamment Owen pour savoir qu'il n'exercerait aucune pression déplacée sur elle. Il était un galant homme en qui elle pouvait avoir confiance. Le problème résidait ailleurs. Tout à fait ailleurs. Le problème en effet était que, maintenant, elle désirait bien plus que ce qu'ils avaient prévu.

Une fois de retour dans leur chalet, ils restèrent un moment sans savoir trop que faire.

— Je vais préparer du thé, proposa Valerie. Tu en voudras une tasse ? Ou plutôt un café ?

— Le thé me va très bien.

Une fois dans la kitchenette, elle commença à préparer la bouilloire avec des mains tremblantes. Quelque chose d'inattendu était en train de se passer. Malgré l'attirance qu'elle éprouvait pour Owen depuis des années, jamais elle n'avait ressenti de désir érotique. Ce soir, c'était complètement différent. Elle trouvait cela stimulant et effrayant en même temps.

Une tasse fumante dans chaque main, elle rejoignit Owen assis devant la cheminée où il avait gratté une allumette. Il avait rapproché les deux chaises basses du feu et, maintenant, il se tenait pieds nus à proximité du foyer. Jamais elle ne l'avait vu aussi détendu. Pour elle, c'était exactement l'inverse. Jamais elle ne s'était sentie aussi stressée de sa vie. Elle prit place sur la chaise voisine.

Owen but une gorgée du thé brûlant puis laissa sa tête reposer sur le dossier de son siège.

— Valerie, dis-moi pourquoi tu n'es pas mariée ou pourquoi tu n'as personne dans ta vie. Dis-moi la vérité, je ne chercherai pas à en savoir davantage.

Le cœur de Valerie fit un bond. Allait-elle lui raconter sa triste histoire ?

— Comment sais-tu que je n'ai pas un amoureux ?

— Parce que tu es ici avec moi. Tu es trop loyale pour tromper un éventuel compagnon. D'ailleurs, si j'étais cet homme, jamais je ne supporterais de te voir partir un week-end avec un autre homme. Même s'il s'agissait seulement d'un ami.

— Eh bien, je vais te dire la vérité. À Houston, j'avais rencontré un médecin généraliste qui était devenu cette personne spéciale dont tu parles.

— Que s'est-il passé ?

Sans essayer de cacher son amertume, elle répondit :

— Il a préféré rester avec sa femme.

— C'est vrai ?

— Oui. J'ai vécu une histoire d'amour avec un homme marié. Sauf que je ne le savais pas parce qu'il avait omis de me le dire. Je le croyais libre. Tu te rappelles m'avoir demandé pourquoi j'avais quitté Houston ? Eh bien, c'est à cause de lui. J'aurais dû me douter de quelque chose parce qu'il prenait toutes les précautions pour qu'on ne nous voie jamais ensemble. Hélas, l'amour rend aveugle. Jusqu'au jour où j'ai entendu des infirmières rencontrer qu'elles l'avaient rencontré au zoo en compagnie de sa femme et de ses enfants.

— C'est abominable...

— Oui. Quand je lui ai annoncé que je mettais un terme à notre liaison, il a commencé à répandre des commérages sur mon compte. Pour se venger, tout simplement. Voilà, maintenant, tu connais mon affreux secret.

— Je ne trouve pas de mot suffisant pour décrire le comportement abject de cet homme.

Valerie gardait les yeux fixés sur le bois qui flambait dans la cheminée.

— Je suis bien d'accord avec toi.

— Je comprends maintenant les réactions que tu as eues avec moi quand je te rappelais ce sinistre personnage. Je suis désolé.

— Tu ne pouvais pas deviner. De toute façon, les hommes, à commencer par mon père qui m'a quittée quand j'avais cinq ans ne m'ont jamais rendue très heureuse.

— J'espère que tu ne me ranges pas dans cette catégorie ! J'ai bien l'intention de me comporter de manière plus chevaleresque.

— Tu n'auras pas de mal ! D'ailleurs, tu as déjà fait tes preuves, ne t'inquiète pas. Et maintenant, sauf si tu veux passer à la salle de bains le premier, je vais me préparer à aller au lit.

— Vas-y, j'irai après toi.

Quand elle en sortit, elle trouva Owen allongé sur le canapé, un coussin sous la tête, un plaid étalé sur lui.

Elle alla se glisser dans le grand lit et éteignit la lumière.

— Dors bien, Valerie. Je suis très content que tu m'aies accompagné.

Elle sourit dans le noir. Une vague de douceur l'enveloppa aussi merveilleusement que l'aurait fait une couverture en fourrure un jour de grand froid.

6

Owen fut réveillé par une bonne odeur de café, ce qui ne lui était pas arrivé depuis des années. Il ouvrit les yeux, un peu courbaturé, et s'étira. Depuis le canapé, il apercevait Valerie s'affairer dans la kitchenette.

Les remords de l'avoir traitée comme il l'avait fait l'assaillirent à nouveau. Dire que cette femme merveilleuse avait pu imaginer qu'il avait honte d'elle ! Et que cela s'était produit plusieurs fois... Elle avait tous les droits de l'avoir rabroué comme elle l'avait fait.

Ce matin, revêtue d'un pull-over et d'un pantalon beiges, elle avait rassemblé ses cheveux sous une casquette assortie. Prête pour le parcours de golf et diablement séduisante !

— Bonjour, Valerie, lança-t-il d'une voix encore somnolente.

— Salut, marmotte ! Tu veux une tasse de café ?

— Avec plaisir. Café au lit, voilà une habitude que je prendrais volontiers.

Une pointe de rose monta aux joues de Valerie.

Owen apprécia cette réaction. Il trouvait rafraîchissant de la découvrir capable d'autant de sensibilité alors qu'elle n'était plus une gamine.

— Tu es déjà prête pour le fameux tournoi ?

— Oui, et tu ferais bien de te dépêcher. Je t'ai laissé dormir aussi longtemps que possible. Maintenant, tu n'as plus le temps de traîner.

— Je bois mon café et je me prépare. Dans deux minutes, je suis à toi.

— Il y a des biscuits dans le placard, tu n'as qu'à te servir.

— Super, dit-il en rejetant la couverture pour se lever.

En apercevant le regard surpris de Valerie, il se rendit compte qu'il n'était vêtu que de son slip.

Rapidement, elle se détourna.

— Dépêche-toi, la salle de bains est libre.

Owen se hâta de s'y rendre. La matinée s'annonçait délicieuse. Partager son espace avec une personne telle que Valerie lui était suprêmement agréable.

Quarante-cinq minutes plus tard, ils se trouvaient au lieu de rendez-vous. Valerie choisit avec beaucoup de soin les clubs qu'on lui proposait et les chaussures de golf. Will les présenta au père de la mariée contre qui ils allaient jouer. Le quatrième larron était le frère de Sarah.

— Tu veux conduire la voiturette ou tu me laisses faire ? demanda-t-il à Valerie une fois qu'ils furent sur le terrain.

— Vas-y, je t'abandonne volontiers cette responsabilité.

Au moment du *swing*, il prit un plaisir certain à regarder le mouvement de hanches de Valerie. Après tout, rien dans leur contrat ne lui interdisait de profiter du spectacle qu'elle lui offrait mais, très vite, il comprit qu'il n'avait pas affaire à une novice.

— Dis donc, tu t'es bien moquée de moi quand tu m'as dit que tu jouais peu ! Tu viens de placer un coup de maître.

— J'ai très peu joué ces dernières années. Par contre, à l'université, j'ai fait une section sport-études, avec golf comme matière principale.

— Cachottière ! Tu es une personne environnée de mystères.

Elle lui adressa un clin d'œil.

— Qui sait ? Tu vas peut-être en découvrir d'autres ?

— En tout cas, je note déjà dans mon emploi du temps de t'inviter à faire un parcours la prochaine fois que nous serons de repos en même temps.

La partie qui suivit permit à Valerie de déployer son talent aux yeux de ses partenaires. À la fin, Owen la serra dans ses bras pour la féliciter. Son étreinte dura un peu plus longtemps que nécessaire mais ce fut loin de la contrarier.

Will se joignit rapidement à eux.

— Nous ne savions pas que nous avions une championne parmi nous. Quel régal cette partie !

Owen approuva tout en déchargeant Valerie de son sac.

— Et maintenant file vite au spa !

— À vrai dire... j'aimerais bien manger quelque chose avant.

Ils se rendirent donc dans la salle à manger du *lodge* pour se procurer un sandwich qu'ils dévorèrent avec appétit.

— Quelque chose est prévu pour toi cet après-midi ? demanda Valerie.

— Quartier libre. Je resterai au chalet pendant que tu profiteras du spa.

— Non, accompagne-moi !

— Tu sais, ce n'est pas trop mon style.

— Comment tu peux le savoir puisque tu n'as jamais essayé ? Tu seras peut-être surpris de découvrir à quel point tu aimes ça. Imagine, la vapeur tiède, le bain chaud, le massage, la séance de pédicure, manucure ...

Owen leva la main.

— Manucure, pédicure ? Très peu pour moi. Mais le bain chaud présente peut-être des charmes.

— Et le massage à coup sûr ! Je veux absolument que tu essaies. Alors, qu'est-ce que tu décides ?

— Bon, d'accord, je viendrai avec toi.

Deux heures plus tard, le nez enfoui dans le trou ménagé au centre du coussin de la table de massage, Valerie se laissait aller au plaisir de la détente. Enroulé dans une serviette, Owen était allongé à côté d'elle dans la même position.

Chaque fois qu'elle l'entendait laisser échapper un grognement ou un soupir, Valerie se mettait à sourire. Une musique douce créait une atmosphère propice à l'apaisement. À l'entrée, Owen l'avait surprise en demandant un massage pour couple. Lui aussi d'ailleurs l'avait été par la suite car son manque d'expérience ne lui avait pas permis d'imaginer qu'ils seraient tous les deux dévêtus. C'était plutôt amusant de penser qu'alors qu'il l'avait tenue à distance au cours des dernières semaines, ils se retrouvaient tous les deux côte à côte en petite tenue. En l'entendant pousser des soupirs de plaisir, elle ne pouvait s'empêcher de se demander comment il se comportait quand il faisait l'amour. À cette pensée, des fourmillements parcoururent son corps.

— Détendez-vous, madame, lui conseilla la masseuse.

Elle aurait bien aimé mais, pour cela, il lui fallait ne plus penser à Owen...

— Et voilà, monsieur, c'est terminé, dit la masseuse qui s'était occupée d'Owen. N'hésitez pas à rester allongé aussi longtemps que vous le souhaitez et redressez-vous lentement car vous allez certainement vous sentir un peu faible. Pensez ensuite à boire beaucoup d'eau.

Quelques instants plus tard, Valerie recevait les mêmes conseils. Ils demeurèrent donc allongés tous les deux, avec pour tout vêtement une serviette de toilette autour des reins, enveloppés d'une lumière douce et d'une musique d'ambiance euphorisante. Comme Owen ne se manifestait pas, Valerie se demandait s'il dormait réellement ou s'il faisait semblant.

Au bout d'un moment, elle entendit sa voix ensommeillée.

— Je suis bien content que tu m'aies entraîné dans cette aventure. Ce qui est sûr, c'est que je recommencerai certainement.

— Je suis contente que tu aies apprécié cette séance.

— Et moi, je suis bien content de t'avoir invitée à m'accompagner à ce mariage. Sans toi, ce week-end aurait été d'un ennui mortel.

Valerie ne retint pas un énorme bâillement.

— Et maintenant il va falloir malheureusement nous lever pour le dîner de ce soir.

— Je n'ai aucune envie de bouger.

— Moi non plus, et pourtant ...

Bien consciente que sa serviette risquait de glisser quand elle se lèverait, Valerie décida de laisser passer Owen avant elle.

— Allez, courage Owen, vas-y le premier, je te retrouverai devant les vestiaires.

Pensant qu'Owen était sorti, elle voulut se mettre debout mais ses muscles ne lui obéirent pas. Elle émit un grognement de frustration.

— Hé, Valerie, ça va ? Tu veux de l'aide ?

Elle sursauta. Owen se tenait devant elle, le regard fixé sur ses lèvres. Il allait l'embrasser, c'était sûr. Elle en mourait d'envie. Pourquoi attendre davantage ? Elle le prit par les avant-bras et juste au moment où leurs lèvres se rencontraient, on frappa à la porte.

Ils sursautèrent tous les deux.

— La barbe ! marmonna Owen entre ses dents.

Puis, à voix haute :

— Nous arrivons !

Pendant ce temps, Valerie remontait la serviette sur ses seins.

Deux minutes plus tard, la tête haute mais les joues en feu, ils allèrent chercher des sorties de bains qu'ils enfilèrent pour se rendre ensemble au vestiaire.

Kaitlyn et son mari Robert s'y trouvaient, eux aussi revêtus de peignoirs en éponge. Ils s'arrêtèrent net en apercevant Owen et Valerie.

— Tiens, salut, papa !

— Salut, les jeunes, vous avez passé une bonne journée ?

Owen s'appliquait à parler sur un ton aussi naturel que si le fait de se trouver tous les quatre réunis en pareille tenue faisait partie de la normalité.

— Oui, et vous ? répondit Kaitlyn. Qu'est-ce que vous avez fait ?

Owen prit Valerie par la main.

— Nous avons joué au golf ce matin et venons de savourer un délicieux massage.

Kaitlyn considérait son père d'un air suspicieux.

— Je ne savais pas que tu te faisais faire des massages.

— Ma chérie, il y a probablement plein de choses que tu ne sais pas sur mon compte.

Il lui adressa un sourire en attirant Valerie contre lui.

— Nous vous retrouverons au dîner. À tout à l'heure !

Une fois seuls, Owen et Valerie se regardèrent et éclatèrent de rire en même temps.

Owen l'embrassa sur la tempe.

— Ma fille voulait que je sorte de mon ermitage et maintenant que c'est fait elle n'a pas l'air enchantée. Tu y comprends quelque chose ?

Valerie haussa les épaules d'un air impuissant.

— Non, mais peu importe !

Une heure plus tard, Owen avait revêtu son costume bleu marine. Le regard fixé sur la télévision, il attendait dans le salon que Valerie ait fini de se préparer. En fait, il réfléchissait à ce qui se passait en lui et n'arrivait pas à le croire. Il avait été à deux doigts d'embrasser Valerie pour la deuxième fois. Au moment où sa serviette avait glissé et où il l'avait aperçue toute nue, sa réaction lui avait coupé le souffle. Jamais depuis la mort d'Elaine il n'avait désiré une femme. Et voilà qu'en dépit de leur camaraderie revendiquée, il n'avait plus qu'une idée en tête : prendre Valerie dans ses bras. Il n'y avait plus rien d'amical dans les sentiments qu'il éprouvait pour elle. Le week-end qu'il avait si sagement planifié avait échappé à son contrôle émotionnel. Le besoin d'avoir Valerie près de lui était en train de devenir une nécessité, et cela lui paraissait du ridicule le plus complet. À son âge, alors qu'il avait cru être capable de contrôler ses réactions, il découvrait que c'était parfaitement faux.

— Je suis prête, annonça Valerie d'une voix gaie. On y va quand tu veux.

Il se retourna et la découvrit debout dans une robe bleu marine drapée à la taille et nouée sur une hanche. Deux petites boucles en diamant scintillaient à ses oreilles. Un pendentif assorti brillait à son cou, et son regard pétillait de confiance en elle.

— Waouw... dis donc, tu vas être plus belle que la mariée !

Le regard de Valerie étincela de plus belle.

— Ton compliment me fait très plaisir.

— Tous les hommes vont m'envier de t'avoir comme cavalière.

À force de voir Valerie en blouse de chirurgie avec une charlotte sur la tête, il avait l'impression ce soir de découvrir qu'elle était une femme. Une belle femme. Magnifique même ! Il était fier de penser qu'elle était sa cavalière. Jusqu'à la fin du week-end... Que se passerait-il ensuite ? Reviendraient-ils à leur ancienne camaraderie ? C'était difficile à envisager. Mieux valait ne pas y penser.

Il lui offrit son bras.

— J'ai hâte de rencontrer les autres convives.

— Défense de flirter ! Je te rappelle que je suis ton cavalier officiel.

— Compris, cher ami.

— Trêve de plaisanteries. Comme il m'a semblé que ce ne serait pas pratique de faire le trajet à pied avec tes hauts talons, j'ai commandé un kart.

— Merci. C'est une excellente idée.

Soucieux de la voir trébucher, il l'aida à s'y installer, ce qui lui procura une nouvelle émotion. Jamais il n'avait eu ce genre de précaution pour Elaine.

La soirée était organisée dans une grande salle pourvue d'un haut plafond et de tout un mur de portes-fenêtres. Des tables rondes couvertes de nappes blanches et une argenterie étincelante attendaient les invités.

À leur entrée, Will leur indiqua que ce soir, ils seraient assis à leur table et les enfants à la table voisine.

Ils se préparèrent donc à subir un questionnaire en règle qui ne tarda pas à leur tomber dessus.

— Alors, papa, si tu nous racontais un peu ta séance de massage ? demanda Rich, une bonne dose de taquinerie dans la voix.

De toute évidence, le téléphone avait fonctionné entre frères et sœur.

— En tant que médecin, répondit Owen en affichant un air sérieux, c'est un passe-temps que je recommanderais à tout le monde.

Et en particulier l'ébauche de baiser qui l'a suivi, mais cela, il ne le dit pas à voix haute.

— Jamais je n'aurais cru que tu étais le genre à te faire masser ! renchérit John.

— Moi non plus, fiston. Mais tu vois, l'expérience m'a paru vivifiante, et je suis prêt à recommencer, termina-t-il en adressant un clin d'œil à Valerie.

— Moi, je te pensais trop vieux pour tenter ça, ajouta Kaitlyn.

— Eh bien, ma fille, tu te trompais. On n'est jamais trop vieux pour faire de nouvelles expériences.

Silence radio de la part des trois jeunes gens.

— Voyons, mes enfants, reprit Owen, ce n'est pas ce que vous me disiez il y a quelques semaines ? Je ne fais que suivre vos bons conseils.

— Ne sois pas trop méchant avec eux… lui souffla Valerie pendant qu'il lui avançait sa chaise.

— C'est exactement ce qu'ils méritent pour s'être mêlés de mes affaires.

Valerie soupira.

— Du coup, ils vont croire que je cherche à entraîner leur père dans une vie dissolue !

Owen lui prit la main, la porta à ses lèvres et l'embrassa.

— Ça n'est pas ce que tu es en train de faire ? ajouta-t-il en l'attirant contre lui.

Un peu surprise par cette repartie, Valerie haussa les épaules.

— Il me semble que tu es en train de prendre grand plaisir à la petite comédie que nous avons montée ensemble. Surtout parce qu'elle surprend tes enfants.

— Ce n'est pas faux, convint Owen. Je dirai même que c'est la cerise sur le gâteau de mon week-end.

Valerie prit un air inquiet.

— J'espère seulement que cela ne se retournera pas contre nous.

Ce ne fut pas du tout le cas pendant le restant de la soirée qui se déroula de la façon la plus agréable du monde. Les conversations furent animées et variées car Valerie mettait tout le monde à l'aise. C'était presque trop beau. Ce serait difficile d'avouer à sa famille que tout cela n'était que de la comédie.

Au moment de prononcer son discours, Owen ne put s'empêcher de prendre Valerie par la main. Elle accepta sans se faire prier, et il la garda dans la sienne tout le temps de son allocution, peu soucieux d'afficher ainsi sa compagne. À un moment donné, il se pencha vers elle :

— Désolé de te faire subir cette épreuve.

— Ce n'est pas une épreuve, c'est un plaisir. Je suis heureuse de faire la connaissance de ta famille.

Au moment où ils s'apprêtaient à sortir, le tonnerre se mit à gronder. Ils se hâtèrent vers la voiturette la plus proche et arrivèrent sous leur porche juste au moment où la pluie commençait à tomber à verse.

Valerie alla s'installer devant la cheminée où rougeoyaient quelques braises.

— J'adore écouter la pluie ...

— Je peux venir m'asseoir à côté de toi ?

Elle tapota le coussin à côté d'elle.

— Avec plaisir.

— Tu veux une petite tasse de thé pour accompagner la pluie ?

— Quelle bonne idée !

— Je m'en charge, ne bouge pas.

Quelques instants plus tard, enveloppée dans le plaid, une tasse de thé bien chaud entre les mains, Valerie se sentait si bien que le sommeil rendait ses paupières de plus en plus lourdes. Elle posa sa tasse sur la table basse et laissa sa tête s'appuyer contre l'épaule d'Owen. Quelques instants plus tard, elle dormait.

Owen la réveilla en chuchotant.

— Valerie, il faut aller te mettre au lit ! Tu dors déjà.

Elle laissa échapper un gémissement de chaton qu'on dérange. Owen se mit debout.

— Attends, je vais t'aider.

Après l'avoir aidée à retirer sa robe de chambre, comme elle était déjà en pyjama, il l'aida à s'allonger sur le lit et remonta la couette sur elle.

— Je ne pourrais pas rêver d'une meilleure fausse fiancée que toi !

Sur ce, il l'embrassa sur le front.

— Owen, appela-t-elle d'une voix ensommeillée, tu es trop grand pour dormir sur le canapé. Viens dans le lit, tu pourras t'y allonger correctement.

Il hésita un instant. Ses grandes jambes apprécieraient certainement de pouvoir s'étendre mais réussirait-il à passer la nuit sans toucher sa voisine ? Avec un peu de bonne volonté, ce devrait être possible… Il se déshabilla et grimpa dans le lit en prenant soin de laisser un grand espace entre leurs deux corps.

Ensuite, il roula sur le côté et s'efforça de faire comme si Valerie n'était pas là, allongée à quelques centimètres de lui, toute tiède et parfumée.

Valerie s'éveilla lovée contre une peau chaude, le dos pressé contre quelque chose de dur, un bras posé sur sa taille. Elle ouvrit les yeux et découvrit qu'elle se trouvait nichée contre Owen, sur le côté du lit censé être celui qui lui était réservé. Le froid avait dû la surprendre pendant la nuit et instinctivement, son corps avait recherché la chaleur.

C'était agréable. Très agréable même. Elle qui avait fixé les limites venait de les transgresser. Il fallait qu'elle se déplace ou accepte que leur relation évolue. Pour l'instant, elle ne s'y sentait pas prête.

Elle avait envie de rester où elle était et, pourtant, il fallait s'arracher à cette douceur si agréable …

Réussirait-elle à faire comprendre à Owen qu'elle n'était pas un substitut à son épouse décédée et encore moins une relation d'un week-end ? Il était clair que ce qu'elle éprouvait pour lui était autre chose que de l'amitié mais elle devait aussi protéger son cœur. Pas question d'ajouter un nom de plus sur la liste des hommes qui l'avaient abandonnée. Mieux valait conserver son amitié.

Elle glissa de son côté.

Le bras d'Owen sur sa taille se fit plus léger.

— Hé… pourquoi tu t'en vas ? Tu es bien au chaud ici.

— C'est l'heure de se lever !

— On a encore cinq minutes, murmura Owen à son oreille. Tu m'as tellement manqué …

Chacune des fibres du corps de Valerie se révolta. Il la prenait pour Elaine !

Elle sauta du lit et attrapa ses vêtements à la hâte.

— Désolée, je n'avais pas l'intention d'empiéter sur ton territoire.

— Mais à quoi bon te dépêcher comme ça ? Le mariage n'a lieu que cet après-midi. Nous avons toute la matinée pour nous.

— Pas du tout. Un grand brunch est prévu pour réunir toute la famille parce qu'il sera suivi de la séance de photos. Tu imagines bien que tu dois y participer.

Owen se mit à grogner du fond du lit.

— Je préférerais rester au lit avec toi.

— Désolée, c'est non négociable.

Absolument, totalement non négociable, étant donné qu'il la confondait avec son épouse décédée. C'était là le pire des rejets.

— Valerie, tu me fuis ?

— Pas du tout.

Elle opéra une brusque volte-face.

— Qui croyais-tu trouver dans ton lit tout à l'heure ?

— Toi, bien sûr ! Quelle question bizarre ...

— Tu m'as dit que je t'avais manqué. J'en ai déduit que tu croyais qu'Elaine était de retour.

— Je suis désolé, Valerie. J'étais dans un demi-sommeil, incapable de savoir où je me trouvais.

— Mets-toi bien dans la tête que je ne suis pas la suppléante de ton ancienne épouse.

Elle lui adressa un regard plein de colère.

— Et quand tu m'embrassais, c'est à elle que tu pensais ?

Owen se redressa d'un bond dans le lit.

— Jamais de la vie ! Approche-toi, je vais te le prouver tout de suite...

Valerie se détourna.

— Je ne suis pas sûre de pouvoir te croire.

— Tu as tort. Viens près de moi. Tu es la femme qui a su faire taire Kaitlyn, ce que je n'aurais jamais cru possible et surtout, tu es celle qui me donne envie de t'embrasser sans jamais m'arrêter.

Il posa ses lèvres sur celles de Valerie. Elle se sentit fondre sous ce baiser délicieux.

— Je suis pardonné ? demanda Owen.

— Oui, pardonné et absous. Et, maintenant, allons retrouver tes enfants pour le brunch.

Owen grogna entre ses dents.

— J'avais d'autres idées en tête mais puisque nous n'avons pas le choix...

Le soleil d'automne brillait de toute sa douceur. D'un commun accord, ils décidèrent de marcher jusqu'au *lodge* où ils trouvèrent les jeunes déjà arrivés.

Bien décidée à faire la conquête de Kaitlyn, Valerie choisit de s'asseoir à côté d'elle et d'en faire son sujet de conversation numéro un.

— Robert et vous êtes contents de votre vie à Marietta ?

— Oui, nous nous y plaisons tellement que nous envisageons d'y acheter une maison.

— C'est une bonne idée. J'y pense moi aussi de temps à autre mais il me semble que vivre dans un appartement est plus facile pour une personne seule.

— Je ne sais pas. Notre père vit toujours dans la grande maison où nous avons grandi.

— C'est une très belle maison, affirma Valerie.

— C'est vrai que vous la connaissez puisque John vous y a rencontrée.

— Owen m'y avait invitée pour me montrer vos photos de famille. Votre mère était très belle et je trouve que vous lui ressemblez énormément. Je comprends à quel point elle doit vous manquer.

Les yeux de Kaitlyn se mirent à briller de larmes.

— Oui.

— Heureusement que vous savez tous les trois entourer Owen de votre affection. Sans cela, il serait bien triste.

— Nous nous inquiétions de le savoir toujours seul. Il ne nous avait jamais dit que vous vous fréquentiez.

— Nous travaillons ensemble depuis longtemps. Il a souvent eu l'occasion de me parler de vous.

— Vous savez qu'il se fâchait vraiment quand je lui proposais de lui faire rencontrer des amies ? Nous avons été très surpris d'apprendre que vous vous fréquentiez.

— Et peut-être un peu déçue qu'il ait rencontré quelqu'un sans votre aide ?

John intervint à ce moment-là sans que personne ne lui ait rien demandé.

— Ha, ha, ha ! En plein dans le mille ! Kaitlyn a toujours cru que c'était son rôle de trouver une amoureuse à notre père.

— Nous sommes heureux en compagnie l'un de l'autre, reprit Valerie. C'est l'essentiel n'est-ce pas si vous souhaitez le bonheur de votre père ?

— Oui, bien sûr. J'avoue qu'il n'est plus le même qu'il y a quelques semaines.

— Paf ! Tu vois, Kaitlyn ?

C'était Richard cette fois qui ajoutait son grain de sel.

Très vite, Rich et Valerie découvrirent qu'ils étaient tous les deux fans de vieux films en noir et blanc. Ensuite, la conversation s'orienta vers le football, et tout le monde eut son mot à dire sur le sujet.

Le brunch terminé, Owen et Valerie rentrèrent à pied à leur chalet en se tenant par la main.

— Valerie, tu as fait merveille auprès de Kaitlyn. Je crois qu'elle va me laisser tranquille pendant quelque temps.

— J'étais tout de même assez mal à l'aise pendant que nous leur jouions la comédie.

— C'était le prix à payer pour qu'elle me lâche les basques. Merci d'avoir joué le jeu !

Plus tard dans l'après-midi, ils s'habillèrent pour la cérémonie. Owen dans un costume rayé gris et noir, Valerie dans une robe longue rose fuchsia rebrodée de perles. Ses cheveux étaient retenus en arrière par deux barrettes elles aussi décorées de perles.

— Valerie, tu vas être la plus belle femme de la soirée...

— Tant mieux. Étant donné le temps que j'ai passé à me préparer et la fortune que j'ai dépensée pour cette robe, c'est la moindre des choses !

Owen avait commandé une voiturette de golf qui les amena jusqu'à la chapelle où se déroula la cérémonie. Celle-ci terminée, ils avancèrent main dans la main jusqu'au barnum préparé pour accueillir le repas de mariage qui devait être suivi d'un bal.

Une fois la musique lancée, Owen se leva :

— Tu acceptes de m'accompagner pour ce tango ? demanda Owen en lui tendant la main.

— Je ne suis pas très douée pour ce genre d'exercice...

— Moi non plus, peu importe. Nous ferons de notre mieux, voilà tout.

Une fois qu'ils eurent rejoint les danseurs sur la piste, il murmura à l'oreille de Valerie :

— Tu sais, ce qui me plaît, c'est plus de te tenir dans mes bras que de danser.

Plus tard, lorsque l'orchestre interpréta des airs plus rapides, Rich invita Valerie à qui il fut fier de faire exécuter ses meilleures passes. Owen l'entendit rire. Quelle femme ! Elle avait réussi à conquérir ses enfants.

Alors qu'elle retournait à sa place à table, Valerie remarqua qu'une petite fille d'une dizaine d'années paraissait trop pâle et chancelante.

Elle se précipita vers elle.

— Tu te sens bien ?

La petite ne répondit pas.

Elle haletait.

— Tu as de l'asthme, n'est-ce pas ?

La fillette leva les yeux en approuvant d'un hochement de tête.

Kaitlyn et Owen s'étaient approchés d'elle.

— Qu'est-ce qui se passe ?

— Cette fillette a une crise d'asthme. Kaitlyn, trouve vite sa mère pour qu'elle apporte son inhalateur. Je l'ai aperçue tout à l'heure. Elle a une cinquantaine d'années, des cheveux blonds et porte une robe noire.

Kaitlyn partit aussitôt.

— Owen, aide-moi à amener cette petite dehors où il fait plus frais.

— Tu respireras mieux en plein air, expliqua-t-elle à la fillette. Reste calme, concentre-toi sur ta respiration. Oui, lentement... comme ça... c'est très bien !

Elle observait avec inquiétude les ongles de la petite qui commençaient à bleuir.

Heureusement, en levant la tête, elle aperçut Kaitlyn revenir en compagnie d'une femme au regard inquiet, qui se mit aussitôt à genoux devant la fillette en lui tendant l'inhalateur.

Malheureusement, malgré cette intervention, la respiration de la petite fille ne se fit pas plus aisée.

— Il nous faut appeler le 911, déclara Owen.

Tout en saisissant son téléphone, il expliqua à la mère inquiète qu'il était médecin ainsi que Valerie, puis il s'adressa directement à la petite fille.

— Nous allons regagner le *lodge* ensemble où nous trouverons une ambulance qui t'emmènera à l'hôpital pour te faire soigner.

Pendant qu'il conduisait la voiturette, Valerie continuait à surveiller le cœur de la petite patiente tout en lui parlant d'une voix rassurante.

Elle entendit Kaitlyn dire à son père :

— Dis donc, elle est impressionnante, ta Valerie !

— Oui, c'est complètement vrai.

Sa voix était pleine d'admiration.

7

Un peu plus tard, après avoir confié la fillette et sa mère aux urgentistes, Owen, Valerie et Kaitlyn rejoignirent la réception avec la voiturette qui les avait attendus.

— Rob doit me chercher, déclara Kaitlyn. Je vais vite le rassurer.

— Merci pour votre aide, Kaitlyn, ajouta Valerie. Elle a été précieuse.

La jeune femme lui adressa un beau sourire.

— Vous êtes super, Valerie, je comprends pourquoi mon père vous apprécie.

— Merci pour ce mot gentil.

Une fois que sa fille se fut éloignée, Owen se pencha sur Valerie.

— Si nous rentrions maintenant ? J'en ai un peu assez de la foule et de la musique.

— Avant le départ des mariés ? s'étonna Valerie.

— Oui. Je suis sûr que nous ne leur manquerons guère, répondit Owen en souriant.

Ils filèrent donc à l'anglaise, sans même dire au revoir aux enfants.

Une fois dans la voiturette, Owen passa un bras autour des épaules de Valerie.

— Tu sais que j'étais jaloux de mes fils quand je t'ai vue danser avec eux !

Valerie posa sa tête sur l'épaule d'Owen.

— C'est un gentil compliment que tu me fais là. Et j'ai aussi entendu ce que tu as dit à Kaitlyn tout à l'heure ...

— Et je le maintiens ! Tu es impressionnante. Sensationnelle. Tu as séduit tout le monde : ma fille rebelle, mes fils et moi-même par-dessus le marché.

— J'avais besoin de te séduire ?

— Disons que je t'ai découverte sous un jour différent.

Ce qui n'était pas forcément plus confortable, au contraire.

— Tu m'étonnes. Nous avons travaillé ensemble pendant des années sans pratiquement rien savoir l'un de l'autre et en l'espace d'un week-end, nous nous sommes considérablement rapprochés.

— C'est ce que je pense moi aussi.

Des doigts, il caressa l'épaule de Valerie. Il éprouvait sans cesse le besoin de la toucher. Jamais avec Elaine il n'avait été du genre à manifester son affection en public. Valerie le transformait littéralement, et c'était diablement agréable parce qu'il se sentait de plus en plus lui-même. Un peu comme s'il se découvrait lui aussi.

Lorsque la voiturette arriva devant leur chalet, il prit Valerie par le coude pour l'aider à monter l'escalier du perron.

— Ça te dirait de passer un moment ici avant de rentrer ?

— Avec plaisir mais j'aimerais d'abord enlever ma robe et me débarrasser de ces chaussures. Elles sont très jolies, sans aucun doute, mais au point de vue confort elles laissent un peu à désirer.

— Bonne idée. Mon beau costume me fait presque l'effet d'un déguisement, j'irai en faire autant tout à l'heure. Va te mettre à l'aise et, pendant que tu te changes, je vais nous préparer un thé.

Valerie le rejoignit dans la cuisine. Elle avait revêtu son pyjama de soie rouge.

— J'apporte le thé sur le perron et je t'attends dehors.

Owen eut tôt fait de retirer son costume pour le remplacer par un jean et un sweater. Une fois changé, il alla rejoindre Valerie qu'il trouva installée sur le canapé en rotin, jambes repliées sous elle. Il prit place à côté d'elle.

— Ce décor va me manquer quand nous serons partis, avoua Owen.

— À moi aussi. C'est tellement paisible ici !

— Pourquoi ne pas y revenir ?

Ces mots à peine prononcés, il se demanda quel démon les lui avait soufflés. Ils n'avaient jamais parlé de donner une suite quelconque à leur prétendue relation au-delà de ce week-end. Or celle-ci avait échappé à son contrôle et, bizarrement, il n'en était pas contrarié.

Ils prirent tout leur temps pour savourer leur thé, puis Valerie se mit à frissonner.

— Viens, rentrons, proposa Owen.

Elle ramassa les tasses, il lui passa un bras autour de la taille, et ils regagnèrent le salon.

— Va te mettre au lit, je vais ranger la cuisine, proposa Owen.

— Tu es sûr d'en être capable ?

Il eut un petit rire.

— J'ai beau être maladroit, ça doit tout de même entrer dans mes compétences...

Il attendit dans le salon que Valerie sorte de la salle de bains. Malgré lui, son regard fut attiré par elle au moment où elle se glissait sous la couette.

Qu'allait-il faire maintenant ? Il brûlait de l'envie de la rejoindre. De l'embrasser. De lui faire l'amour. Mais il y avait si longtemps que cela ne lui était pas arrivé... Il avait peur de ne plus savoir et de tout gâcher par son incompétence. Pourtant, il n'avait jamais eu de problème mais, cette fois, il s'agissait de Valerie, il n'avait pas droit à l'erreur.

Finalement, il résolut de se comporter le plus naturellement possible. Exactement comme si se mettre au lit avec elle faisait partie de son quotidien.

Quand il sortit de la salle de bains, il trouva les lumières éteintes. La seule lueur qui lui parvenait était la lumière argentée de la lune.

Valerie était couchée sur le côté, tournée vers la partie du lit censée être celle de son compagnon.

— J'ai cru que tu ne sortirais jamais de la salle de bains !

— Tu me chronométrais ?

— Bien sûr que non, mais c'est tellement inhabituel pour nous de partager un lit que je préférais t'attendre.

— Tu as bien fait. C'est agréable de vivre ça avec toi, en plus de tout le reste.

Du coup, il adopta la même position qu'elle, ce qui fait qu'ils se trouvaient face à face.

— Tu sais que ça fait des années que j'ai un béguin pour toi, commença Valerie.

Elle ne le regardait pas en faisant cet aveu. Ses yeux restaient fixés sur un pli du drap avec lequel elle jouait.

— Je n'en avais pas la moindre idée. C'est flatteur pour moi !

Oui, il était flatté et il se sentait assez sot en même temps. Pendant des années, Valerie avait évolué à côté de lui, et il ne l'avait pas remarquée. Jusqu'à récemment, il s'était levé le matin, soucieux seulement de mettre un pied devant l'autre pour arriver à la fin de la journée et ravi de plonger alors dans le sommeil qui le délivrait de sa tristesse. Depuis la mort d'Elaine, il avait vécu dans un brouillard sentimental qui le condamnait à une parodie d'existence.

Et puis ce week-end avec Valerie était arrivé, et il avait recommencé à vivre. C'était merveilleux.

Il écarta la mèche de cheveux qui était tombée sur la joue de sa compagne. Elle ne fit rien pour l'en empêcher. Au contraire, les yeux mi-clos, elle le regarda faire, comme si elle savourait la caresse de ses doigts sur sa peau.

Owen prit son courage à deux mains.

— Valerie, j'ai envie de t'embrasser.

Un éclair passa dans le regard de cette dernière.

— J'ai envie de bien plus que ce que nous avions convenu au départ mais je veux être honnête avec toi. Je ne veux pas te donner de faux espoirs. J'aime ta compagnie. J'aime te sentir dans mes bras, comme tout à l'heure pendant le bal, mais je ne peux pas te promettre davantage. Mon cœur est fermé. Je ne peux pas m'attacher comme autrefois. Je me sens incapable de t'offrir davantage que le moment présent. Nous sommes bons amis. Je pense que nous nous entendrions sexuellement, mais je ne peux pas t'offrir davantage. Est-ce que tu peux t'en contenter ?

Cela dit, il retint son souffle en attendant la réponse de Valerie.

— Tu ne me donneras pas de faux espoirs. J'ai confiance en toi. Moi aussi je désire ce qui va se passer.

Owen ne se le fit pas répéter. Sa bouche chercha celle de Valerie qui l'encouragea d'un soupir de plaisir. Elle s'allongea sur le dos, tiède, douce, confiante et il roula sur elle. D'un geste tendre, elle lui passa les bras autour du cou pour le serrer contre elle et approfondir leur baiser.

Très vite, elle entrouvrit la bouche pour que leurs langues se mêlent et jouent la délicieuse danse du désir. Owen se sentait aussi sûrement prisonnier que si Valerie l'avait capturé dans un filet. Plus rien d'autre qu'elle n'existait.

Il laissait ses mains se promener sur son corps aux formes douces, il avait envie de la toucher partout, de la découvrir entièrement, de lui donner du plaisir et d'en recevoir.

À un moment donné, il interrompit leur baiser pour poser ses lèvres dans son cou, juste sous son oreille.

— Comme tu sens bon !

Il sentait le sang bouillir dans ses veines. Avait-il jamais désiré une femme avec autant de violence ? À travers la soie du pyjama, il prit un sein dans la main, puis rencontrant un des boutons qui en fermaient la veste, il osa :

— Tu me permets ?

— J'en meurs d'envie.

Il défit le premier bouton, puis le second. Comme il découvrait la poitrine de Valerie, elle l'arrêta d'un geste :

— Tu sais, je ne suis pas l'une de ces jeunes filles qui flirtent avec toi. Je ne suis pas aussi jeune qu'elles, ni aussi souple qu'autrefois. Je ne voudrais pas que tu sois déçu.

— Je n'ai jamais imaginé une seconde que tu puisses me décevoir. C'est impossible, tout simplement. C'est moi qui ai peur de te décevoir. Au cours des trente dernières années, je n'ai fait l'amour qu'à une seule et unique femme. Je suis terrifié à l'idée de mal m'y prendre avec toi.

Elle prit le visage d'Owen entre ses mains et lui adressa un sourire rassurant.

— Allez, disons-nous que c'est la même chose que pour la bicyclette : ça revient en pratiquant !

— Je l'espère... Je ne voudrais pas me ridiculiser.

Elle lui posa une main sur la bouche.

— Arrête, Owen. Touche-moi. Caresse-moi.

— Tant qu'il te plaira !

Une fois le tissu soyeux repoussé, les seins de Valerie apparurent librement, leur pointe tendue déjà par le désir. La virilité d'Owen réagit puissamment à cette tentation. Il y avait si longtemps qu'il n'avait pas joui du corps d'une femme… D'une main tremblante, il dessina le contour du téton, puis le prit dans sa bouche, le taquina de la langue, passa de l'un à l'autre. Valerie se releva juste ce qu'il fallait pour qu'il puisse la débarrasser des derniers vêtements qui faisaient barrière à leur intimité. Pressé de toucher la peau sur tout le corps de sa compagne, Owen les arracha presque avant de les jeter sur le sol. La chaleur de leurs corps se mêla pendant qu'elle glissait les doigts sous la ceinture du boxer d'Owen.

— Hop, allez, nous n'avons pas besoin de ça …

Nu à son tour, il rejeta les couvertures.

— Laisse-moi t'admirer. Tu es parfaite, ne te cache plus jamais de moi !

Le regard de Valerie brillait de plaisir sous le compliment.

— À toi, maintenant !

Sans la moindre gêne, Valerie contempla la virilité d'Owen. Puis, elle la prit dans sa main.

Alors, il la rejoignit dans le lit et recommença à l'embrasser, persuadé que jamais il ne réussirait à se rassasier d'elle. Émerveillé, il caressait sa peau douce comme de la soie.

— Tu es magnifique. Quel dommage que nos blouses de travail dissimulent tes trésors !

Comme un sourire amusé naissait sur les lèvres de Valerie, il posa un doigt dessus. Puis le laissa descendre le long de son cou jusqu'à ce qu'il atteigne ses seins. Valerie frissonna lorsqu'il arriva à son ventre, au nombril qu'il embrassa avant de continuer à descendre jusqu'à parvenir au buisson touffu placé à la jointure de ses jambes, laissant sa main descendre vers les endroits secrets et humides du plaisir.

Il leva les yeux.

— Je peux ?

Elle ferma les yeux et détendit ses jambes.

Allongé près d'elle, ses lèvres reprirent celles de Valerie pendant que ses doigts glissaient dans les replis soyeux de son intimité jusqu'à trouver la source humide et tiède. Il plongea la langue dans la bouche de Valerie qui s'arc-bouta, avide de jouir de la caresse qu'il lui prodiguait. Elle chevauchait son doigt qui allait et venait, puis, comme elle se tendait brusquement, il lâcha sa bouche pour contempler son visage transfiguré par le plaisir. Ce fut le plus beau moment de sa vie de la voir ainsi décomposée sous sa caresse. Lorsque, enfin, elle s'abandonna pour se laisser aller dans le lit, le long gémissement de plaisir qu'elle émit gonfla le cœur d'Owen d'une fierté inouïe.

Au bout d'un moment, elle ouvrit les yeux.

— Tu as des talents que tu gardes bien cachés…

Owen se mit à rire.

— Je suis très heureux que tu les apprécies.

— Il faut maintenant que tu découvres les miens. À mon tour de t'explorer !

Elle laissa sa bouche s'emparer du lobe d'une oreille d'Owen, la mordilla avant de commencer à l'embrasser dans le cou. Owen saisit sa main et la plaça sur sa virilité autour de laquelle Valerie enroula ses doigts pour la caresser longuement.

— Ça te plaît ?

— Hum… Continue… Je ne peux rien imaginer de meilleur.

Owen était tout près de perdre le contrôle de la situation.

Il roula sur le côté pour ouvrir le tiroir de la table de chevet. Il y prit un petit sachet d'où il sortit un préservatif qu'il enfila rapidement.

La minute suivante, il était au-dessus de Valerie.

— Tu es sûre ?

Tout en posant la question, il se disait que si jamais elle refusait, il allait mourir sur place.

— Sûre et certaine !

Alors il plongea en elle. Il alla et vint. Il y avait trop longtemps… Il la désirait trop fort… Impossible de ralentir, impossible de savourer le moment. Une nouvelle poussée de reins lui fit atteindre l'orgasme, violent et brûlant. Ensuite, il laissa sa tête retomber, tremblant du bonheur intense qu'il venait de connaître.

Il était allongé à moitié sur le lit, à moitié sur Valerie, le visage niché dans son cou, les bras de son amante enroulés autour de sa taille. Délicatement, elle lui caressait le dos.

À demi-conscient, Owen comprit qu'il venait de pénétrer dans un territoire qu'il n'avait jamais eu l'intention de visiter. Jamais. Et pourtant, déjà, il avait envie d'y retourner.

Valerie remonta les couvertures sur eux. Maintenant, Owen était étendu sur le dos, ronflant légèrement, une main toujours posée sur elle. Comme elle essayait de s'écarter un peu de lui, il se mit à grogner jusqu'à ce qu'il puisse la toucher à nouveau.

Tout en le regardant dormir, elle comprit qu'elle était bel et bien amoureuse de lui. Cette fois, il n'y avait plus moyen d'en douter. La grande question était de savoir que faire de cette certitude nouvelle. Est-ce qu'Owen éprouvait le même sentiment ? Étant donné son histoire, est-ce qu'il en était capable ?

Le fantôme de son épouse décédée faisait encore partie de sa vie. Valerie ne souhaitait pas qu'il l'oublie car leur vie commune avait contribué à faire d'Owen l'homme qu'il était devenu, celui dont elle était tombée amoureuse, mais il fallait qu'il y ait suffisamment de place dans son cœur pour vivre une autre vie. C'était ce qu'elle voulait.

Les doigts d'Owen remuèrent sur son épaule.

— Désolé... Je me suis endormi sur toi.

— Il n'y a pas de mal à cela !

Il l'embrassa sur l'épaule.

— Je te promets de faire mieux la prochaine fois.

— Je trouve que tu ne t'es pas mal débrouillé du tout.

— Je manque d'entraînement !

— À ce sujet, pas de problème. Je suis tout à fait d'accord pour y participer.

— Tu m'en vois ravi mais je veux tout de même te montrer que je ne suis pas toujours aussi expéditif.

Valerie lui adressa un sourire

— Hé, je ne me plains de rien, mais si tu le souhaites, on remet ça quand tu veux !

— Laisse-moi juste un peu de temps pour récupérer, et nous verrons la suite.

Valerie lui embrassa la main.

— Promis ?

— Tu peux compter dessus.

Il l'attira contre lui.

— Viens, je te veux près de moi. Dormons l'un contre l'autre.

Valerie s'allongea contre lui dans la position des cuillères dans un tiroir. Elle aurait voulu que ce moment ne s'achève jamais. Elle voulait être désirée. Désirée par Owen.

Le soleil venait de se lever lorsque Owen la réveilla.

— Valerie... j'ai envie de toi.

Elle sentait sa virilité durcie contre son dos.

— Et cette fois, reprit-il, je te promets de te traiter comme tu le mérites.

Aucun reproche n'était venu à l'esprit de Valerie parfaitement comblée par leur première étreinte, mais le souci qu'Owen manifestait de lui donner tout ce qu'il pouvait la touchait profondément. Le temps de leur escapade se raccourcissait drastiquement, il fallait en profiter le plus possible.

À nouveau, la bouche d'Owen avait retrouvé ses seins.

— Tu es prête à m'accueillir ? Je peux venir ?

Il caressa son intimité.

— Oui, je vois que tu l'es. Quel bonheur !

En parlant, il s'était écarté d'elle pour mieux la regarder.

— Owen, reviens !

Elle avait crié. Maintenant qu'Owen lui avait réouvert les portes du plaisir restées closes si longtemps pour elle aussi, elle en était vorace.

— Je suis là, je ne t'abandonne pas... souffla Owen.

Il venait à nouveau d'ouvrir le tiroir de la table de nuit.

— Tu te promènes toujours avec des préservatifs sous la main ? demanda Valerie, assez surprise de ces précautions.

— Non. Mais pour te dire la vérité, j'avais tout de même envisagé que...

Il recommença à l'embrasser.

— Ouvre-toi pour moi, Valerie... ouvre-toi, ma belle et tendre.

Elle lui obéit, et il la pénétra comme si là se trouvait naturellement sa place. Prenant appui sur ses avant-bras, il donna de longs coups de reins, profonds, sans se presser, comme s'ils avaient tout l'avenir du monde devant eux.

— Regarde-moi, Valerie, je veux te voir jouir.

Il plongea en elle à nouveau. Et encore. Valerie sentait le plaisir monter en elle, toujours plus fort, toujours plus proche, elle s'arqua, sa tête allant de droite à gauche, comme pour lui demander encore et encore.

Le souffle d'Owen s'était fait plus rapide et lourd mais il gardait le regard plongé dans celui de Valerie.

— Cette fois, nous allons jouir ensemble.

En quelques coups de reins, il la propulsa dans un univers où n'existait que sa caresse. Une béatitude totale, absolue qu'elle n'avait jamais connue l'enveloppait. Elle était au paradis. Puis, en atteignant lui aussi le sommet du plaisir, Owen exhala son cri d'orgasme sauvage.

Ensuite, les bras passés autour de la taille d'Owen, elle le serra contre elle. Elle ne voulait plus jamais le laisser partir.

— Valerie, souffla Owen, jamais rien n'a été aussi délicieux que ce que je viens de vivre avec toi.

8

Valerie s'éveilla dans un lit vide. Elle posa la main à l'endroit où Owen aurait dû se trouver. Les draps étaient frais. Rien ne restait de la douce chaleur de la nuit précédente ni de leurs voluptueuses étreintes.

Elle regarda autour d'elle. À la fenêtre, le soleil brillait déjà fort. Il devait être tard. Par la porte entrouverte, elle aperçut la tête d'Owen dépasser du dossier du canapé.

Alors elle repoussa les couvertures, ramassa sa veste de pyjama, le bas, les enfila et alla le rejoindre. Elle le trouva assis, les coudes sur les genoux, une tasse de café froid posée sur la table devant lui.

Son cœur se serra en voyant qu'il continuait à garder le regard fixé sur la tasse, comme s'il n'avait pas remarqué sa présence. C'était ce qu'elle redoutait le plus. Il était reparti dans son monde de veuf, sa prison affective dont il ne s'était évadé que pour une escapade d'une nuit.

Silencieuse, elle demeura près de lui.

Enfin il parut prendre conscience de sa présence. Après s'être redressé, il lui jeta un coup d'œil rapide.

— Valerie, je suis désolé...

— Désolé ? Mais pourquoi ?

Elle refusait de prendre au sérieux son attitude sinistre. En faisant comme si elle n'avait rien remarqué, elle espérait qu'il chasserait de lui-même cette tristesse.

— Il n'y a pas de raison, Owen. J'ai passé une excellente soirée et une nuit merveilleuse.

Il secoua la tête.

— Valerie, nous ne pouvons pas recommencer.

— Pour quelle raison ? demanda-t-elle, l'estomac noué.

— C'est juste que... que je ne peux pas.

Il paraissait misérable.

— Parle-moi, Owen, dis-moi ce que tu ressens.

Il soupira tristement.

— Puisque tu insistes, je vais te le dire. J'ai le sentiment d'avoir trompé Elaine. C'est quelque chose que je n'ai jamais fait. J'ai eu des tentations parfois mais je n'ai jamais franchi le pas.

— Tu es un homme droit, Owen. Comprends qu'il n'y a rien de mal pour toi à désirer une autre femme maintenant qu'Elaine n'est plus. Nous sommes deux adultes consentants, nous savons ce que nous faisons.

Comme Owen hochait la tête tristement sans répondre, elle reprit :

— Tu veux continuer à vivre le restant de ta vie en regardant en arrière ? En laissant Elaine te dicter ta conduite alors qu'elle n'est plus là ? Au départ, ce week-end était destiné à te libérer de tes enfants. En fait, ce n'est pas d'eux que tu as besoin de te libérer. C'est le souvenir de ton épouse décédée qui t'obsède.

Le visage d'Owen s'obscurcit. Il repoussa violemment sa tasse sur la table.

— Tu ne sais pas ce que c'est que de perdre quelqu'un de si proche !

Valerie ne se laissa pas impressionner par cette rebuffade.

— C'est vrai. La mort ne m'a jamais enlevé un être cher mais je sais ce que c'est que d'être abandonnée. Je connais la solitude, l'humiliation, la déception, la honte. Et tu n'es pas le seul être au monde à avoir connu le deuil.

— Je le sais parfaitement !

— Alors réfléchis un peu. Tu crois qu'Elaine aimerait que tu vives seul, que tu te sentes coupable chaque fois que la vie t'apporte un moment de plaisir ?

— Non, bien sûr. Elle voulait que je sois heureux, mais elle n'aimerait pas que je couche avec une autre femme.

— Je ne suis pas n'importe quelle femme ! Tu n'as pas couché avec moi, tu m'as fait l'amour. Avec tendresse. Ni toi ni moi n'avons rien fait de mal.

Comme elle se rapprochait de lui pour le toucher, Owen eut un mouvement de recul.

— Je pense au contraire que nous avons fait exactement ce qu'il convenait.

Owen fronça les sourcils.

— Je n'ai jamais voulu t'accuser d'avoir fait quelque chose de mal !

— Peut-être, mais je n'apprécie pas du tout la discussion que nous sommes en train d'avoir.

— Et moi, ce que je n'apprécie pas, c'est de me sentir coupable !

Owen avait l'air si profondément malheureux que Valerie sentit sa colère diminuer mais ce n'est pas pour autant qu'elle renonçait à lui faire affronter son désir actuel en dépit du passé.

— Je comprends que les sentiments que tu éprouves sont en conflit les uns avec les autres, je comprends que c'est difficile pour toi de gérer cette contradiction, mais tu dois décider ce que tu veux. Je suis désolée pour Elaine. Je suis triste que tu sois malheureux. J'aimerais te rendre la vie plus facile parce que ton bonheur est important à mes yeux, mais je ne te permets pas de me blesser. Si tu dois te sentir coupable de quelque chose, c'est bien cette conversation que tu devrais te reprocher.

Elle se mit debout.

— Je vais m'habiller. Je serai prête dans dix minutes.

— Valerie... je suis désolé. Je ne voulais pas...

— J'en suis persuadée mais c'est quand même ce qui s'est produit.

Comme elle partait vers la chambre, elle entendit Owen regretter à haute voix :

— Je n'aurais jamais dû te demander de venir passer ce week-end avec moi !

— Et moi, je n'aurais jamais dû accepter !

Elle était lasse de discuter. Le cœur d'Owen appartenait à son épouse, qu'elle soit vivante ou morte. Il lui faisait revivre la même situation humiliante qu'autrefois. Jamais elle n'aurait dû lui permettre de se glisser dans sa vie.

— Tu vois, ce qui me désole le plus, reprit-elle, ce sont les regrets que tu manifestes à propos de ce week-end parce que moi, j'en conserverai des souvenirs merveilleux. Je tenais à te le dire.

Sur ces paroles, elle pénétra dans la salle de bains et referma soigneusement la porte avant de laisser enfin les larmes ruisseler librement sur son visage.

Une fois de plus, elle avait été rejetée. Une fois de plus, elle avait laissé son cœur s'attacher à un homme, et bam ! Une fois de plus, son espoir était fauché. Elle aurait dû s'y attendre. C'était sans doute là sa destinée. Pourquoi avait-elle imaginé que ce serait différent avec Owen ? L'amour ne lui avait jamais rien apporté de bon. Chaque fois elle avait eu le cœur brisé et s'était retrouvée rejetée au bord du chemin. Serait-elle éternellement la fille que l'on plaque ?

Elle tourna le robinet jusqu'à obtenir de l'eau bouillante. Owen lui avait fait l'amour d'une manière passionnée qu'elle n'avait jamais expérimentée. C'était trop douloureux de découvrir qu'alors qu'elle le désirait comme jamais elle n'avait désiré personne, il restait sous la dépendance de son épouse décédée. Elle refusait de partager la vie d'un fantôme. Trop souvent on l'avait repoussée pour qu'elle laisse la place à quelqu'un d'autre. Elle avait enfin compris la leçon. Plus jamais elle ne souhaiterait devenir le centre de l'univers de quelqu'un d'autre.

Le plus sage serait de revenir à leur ancienne amitié. Pourtant elle savait que plus rien ne serait pareil. Trop de choses s'étaient passées au cours de ces dernières journées. Cette fois, son cœur était à vif. Le pire, c'était qu'elle pressentait que jamais elle ne pourrait arrêter d'aimer Owen parce qu'il incarnait ce qu'elle avait toujours souhaité trouver chez un homme : la gentillesse, l'amour, mais aussi, l'humour, le charme et le goût de la famille.

Ses larmes se mêlaient à l'eau de la douche. L'espoir qu'elle avait caressé de trouver une place dans la vie d'Owen fuyait avec ses larmes dans le déversoir.

Une demi-heure plus tard, les yeux secs, elle se tenait dans le salon, sa valise à ses pieds.

— Je suis prête. On peut partir quand tu le souhaiteras.

Owen s'était habillé pendant qu'elle était dans la salle de bains.

Ses bagages rassemblés devant la porte prouvaient à quel point lui aussi était pressé de s'en aller.

Désolée, elle jeta un dernier coup d'œil sur le lit où ils avaient vécu des moments magiques.

Lorsque Owen s'approcha pour prendre sa valise, elle l'arrêta.

— Laisse ça, je peux me débrouiller moi-même !

Il lui adressa un regard désolé.

— Valerie, nous n'avons pas besoin de nous comporter de cette manière...

Une violente envie de pleurer nouait la gorge de Valerie.

— Et, moi, je suis certaine du contraire. Notre expérience de médecins nous a appris à tous les deux qu'il vaut mieux trancher dans le vif que laisser une infection s'installer.

La bouche d'Owen se crispa. Elle l'avait touché. Tant pis. C'était de bonne guerre.

— Partons maintenant, ajouta-t-elle. Je n'ai pas envie de continuer cette conversation. Nous tournons en rond sans avancer d'un pas. Tout a été dit.

Elle tendit sa valise au chauffeur de la voiturette qui les attendait en bas de l'escalier, puis prit place à l'arrière. Owen s'y installa aussi, en prenant bien soin de ne pas la toucher. De cela, elle lui fut reconnaissante. Elle ne souhaitait plus qu'une chose désormais. Rentrer chez elle sans avoir fondu en larmes.

Quand ils arrivèrent devant le *lodge*, Owen alla chercher la voiture pendant qu'elle espérait ne pas rencontrer ses enfants.

Ce fut à ce moment que la mère et la fillette de la veille sortirent. Valerie sourit à la petite qui avait bien meilleure mine que la veille à la réception.

La mère s'avança vers elle.

— Je n'ai pas eu la présence d'esprit de me présenter hier au soir. Je suis Michelle Warren.

Elle posa une main sur l'épaule de sa fille.

— Et voici Ashley. Je tiens à vous remercier pour votre aide. Vous et votre collègue lui avez sauvé la vie en réagissant si rapidement.

— Nous avons été heureux de pouvoir intervenir. Mais tu vois, Ashley, il faut que tu gardes ton inhalateur toujours avec toi.

— Oh oui ! J'ai bien compris.

Owen arriva sur ces entrefaites.

— Merci infiniment à vous aussi, docteur.

Le garçon de service était en train de charger les bagages dans la voiture lorsqu'on entendit quelqu'un appeler :

— Papa ! Valerie !

Désolée, Valerie se tourna et découvrit Kaitlyn qui courait vers eux.

— Je viens de votre chalet mais vous étiez déjà partis. Je voulais vous dire au revoir.

Elle se tourna vers Valerie.

— Et je voulais surtout vous remercier, Valerie, d'avoir ramené le sourire sur le visage de mon père.

Avant que Valerie n'ait compris ce qui se passait, elle lui sauta au cou.

Tout de suite après, elle enlaça son père.

— On se revoit bientôt tous les quatre à Atlanta !

Valerie ne répondit rien. Non seulement elle se sentait malheureuse du tour que sa relation avec Owen avait pris mais à cela s'ajoutait le poids du mensonge fait à Kaitlyn et à ses frères. Bref, ce week-end se terminait d'une façon plus terrible que tout ce qu'elle avait pu imaginer.

Au bout d'une heure de trajet au cours duquel ils n'avaient pas ouvert la bouche, Owen finit par rompre le silence.

— J'aimerais au moins que nous restions amis.

— Je ne suis pas sûre que ce soit possible.

— Peut-être que… dans quelque temps je serai capable d'avoir avec toi une véritable relation, ajouta-t-il tristement.

Valerie refusa de laisser cette tristesse avoir raison de sa résistance.

— Owen, j'ai quarante ans. Je n'attends plus le prince charmant. Qui me dit que tu seras prêt un jour ?

Et qui sait si elle voudrait encore de lui si jamais cela arrivait ?

— J'ai juste besoin d'un peu plus de temps.

Elle posa la tête contre le dossier du siège.

Au moins, si elle dormait, elle ne ressentirait plus la peine qui lui brûlait le cœur.

Owen réfléchissait. Il ne savait plus comment se comporter. Le souvenir de leur nuit d'amour le hantait. Il voulait en connaître d'autres. Avec Valerie il avait découvert qu'il n'avait pas tiré un trait sur sa vie d'homme. Pourtant, il ne se sentait pas émotionnellement prêt à l'assumer.

Il lui jeta un coup d'œil et l'envie de lui caresser la joue le submergea. En franchissant les bornes qu'ils s'étaient imposées, il se sentait désormais doublement coupable : vis-à-vis d'Elaine mais aussi vis-à-vis de Valerie. Réussirait-il jamais à retrouver son amitié ?

Lorsqu'ils arrivèrent devant l'immeuble de Valerie, elle refusa qu'il l'aide à monter sa valise.

— Nous nous sommes dit tout ce que nous avions à nous dire. Maintenant, il faut assumer et aller de l'avant.

Elle le regarda sans ciller.

— Essaie de ne pas être trop dur avec toi-même.

Le lundi matin, Valerie retourna à l'hôpital pleine d'appréhension. Elle allait devoir affronter Owen alors que la nuit précédente n'avait pas apaisé sa peine. Le plus difficile avait été de trouver le sommeil sans sentir à côté d'elle la chaleur de son corps complice.

Arrivée à l'accueil, Melissa s'approchait pour lui tendre le planning de la semaine lorsqu'un pas se fit entendre dans son dos.

— Salut, Valerie ! lança Owen comme si rien de spécial ne s'était passé entre eux.

— Bonjour, répondit-elle en s'éloignant sur des jambes tremblantes, son emploi du temps à la main.

En se lavant les mains dans la salle de préparation aux interventions, elle se dit que l'habitude prendrait le dessus et qu'elle finirait par retrouver son calme quand elle apercevrait Owen. Elle ne pouvait pas vivre de cette manière jusqu'à l'heure de la retraite ! À moins qu'elle ne demande une mutation ? Fuir une nouvelle fois ? Non, elle ne voulait pas recommencer.

Elle détestait voir sa vie ainsi bouleversée. Pourquoi avait-elle laissé ses émotions prendre le dessus ? Le jour où elle avait visité la maison d'Owen, elle avait bien senti qu'il n'était pas prêt à changer de vie. Et de son côté, elle avait permis à une nuit magique de démolir ses barrières de protection si soigneusement construites.

Peut-être s'était-elle montrée trop dure avec lui ? Elle aurait pu faire preuve de davantage de compréhension. C'était normal qu'il continue à penser à la femme qu'il avait tant aimée. Tout de même…

Les jours continuèrent à s'étirer. Valerie appréciait ceux où elle n'avait pas besoin d'aller à l'hôpital parce qu'elle n'avait pas à rencontrer Owen. En même temps, elle les détestait parce que cela la privait de l'occasion de le voir. Ses émotions étaient comme des montagnes russes, sans cesse en mouvement. Chaque fois qu'elle pensait avoir fait un progrès, elle retombait au point de départ. Elle évitait Owen le plus possible. Respectueux de sa ligne de conduite, Owen faisait de même. Parfois, elle se demandait s'il était aussi malheureux qu'elle. Il lui plaisait de penser que c'était le cas.

Deux semaines s'écoulèrent avant qu'ils ne soient contraints à travailler ensemble et avec d'autres collègues sur le cas difficile d'un enfant de trois ans atteint d'un goître très important. Ces cas, rarissimes heureusement, rendent l'intubation très délicate. Le Dr Dale Rhinehart dirigeait l'opération mais chacun était invité à proposer ses suggestions sur la procédure car ils n'auraient sans doute pas l'occasion de revoir un cas semblable au cours de leur carrière. Il proposa même à ses collègues d'intervenir sous sa direction. Valerie ne fut pas surprise de voir Mark sauter sur l'occasion. Afin d'éviter de se trouver près d'Owen, elle changea de côté et détourna le regard. Elle observa alors quelque chose d'étrange. De la place qu'elle occupait elle apercevait clairement Mark. Elle le vit s'emparer d'un flacon de fentanyl et le glisser dans la poche de sa blouse.

Son cœur se mit à battre. Avait-elle vraiment vu ce qu'elle

pensait avoir vu ? Plongée dans le désarroi, elle regarda Owen qui l'interrogea du regard. Très vite, son attention revint sur Mark.

Elle avait dû se tromper. Mark ne pouvait pas voler de la drogue. C'était un super interne, toujours prêt à aider. Il avait l'étoffe d'un excellent médecin. À la fin de l'intervention, il devait faire un inventaire précis des médicaments. Comment expliquerait-il la dose manquante ?

Alors que chacun gardait le regard rivé sur le patient, Valerie continua à observer Mark. Très clairement, elle le vit plonger la main dans une autre poche d'où il sortit un flacon identique à celui qu'il avait subtilisé. Voilà donc comment il opérait ! Le compte serait bon alors que la quantité d'anesthésiques serait réduite de moitié.

Valerie serra les dents. La suspicion tomberait sur toute l'équipe. C'était profondément malhonnête. Sans compter qu'il risquait d'intervenir sur un patient en étant sous l'influence de la drogue.

Une rage froide s'empara de Valerie. Comment ce chirurgien encore en formation osait-il tromper tout le département d'oto-rhinolaryngologie ? Elle ne laisserait pas les choses se passer ainsi. Elle allait réagir. Tout de suite.

Une fois l'intervention terminée, elle attendit que les médecins quittent la salle d'opération où elle se retrouva seule avec Mark qui s'était porté volontaire pour remettre en ordre les anesthésiques.

Elle fit mine de s'intéresser à l'armoire qui contenait les médicaments puis se tourna vers lui.

— Mark, j'ai vu ce que vous venez de faire.

Une lueur de panique brilla dans le regard de l'interne. Très vite cependant, elle fit place à de l'agressivité.

— Je ne sais pas de quoi vous parlez !

— Je vous ai vu mettre un flacon dans votre poche.

— Vous avez rêvé !

— Pas du tout. Mark, vous avez besoin d'aide. Pourquoi gâcher vos chances de devenir le médecin remarquable que vous promettez d'être en volant de la drogue ?

— Je suis désolé, Valerie, mais vous dites n'importe quoi.

— Je vous ai vu remplacer un flacon de fentanyl plein par un flacon seulement rempli à moitié. Je sais ce que j'ai vu. Je suis obligée d'en parler à Dale. Il vous proposera de l'aide, une cure, quelque chose...

— Vous êtes folle !

Toute prétention à plaider l'innocence avait quitté le visage de Mark. Il se pencha sur Valerie.

— Ce sera votre parole contre la mienne. Je ferai porter l'accusation sur vous.

Valerie sentit ses jambes flageoler. Il avait raison. Elle n'avait aucun moyen de prouver ce qu'elle avancerait. Et pourtant, si elle se taisait, elle deviendrait la complice de Mark.

— Mark, je ne veux pas ruiner votre carrière mais je ne peux pas me taire.

Le visage de Mark se tordit dans une grimace de colère.

— Docteur Hugues, écoutez-moi bien. Si vous dites un seul mot à qui que ce soit, je vous jure que vous le regretterez. J'ai des amis que les scrupules n'étouffent pas. S'ils découvrent que je ne peux plus les approvisionner, ils ne seront pas contents du tout. Alors taisez-vous ! C'est votre intérêt.

Valerie tourna les talons. Jamais elle n'aurait imaginé se trouver impliquée dans une aussi sombre affaire. Être ainsi menacée. Elle était terrifiée.

Une fois dans le couloir, ce ne fut qu'au moment où Owen lui adressa la parole qu'elle remarqua sa présence. Il la prit par le bras.

— Tout va bien, Valerie ? Tu parais bouleversée. Il s'est passé quelque chose ?

— Je ne peux pas te parler ici.

Sa relation avec Owen était sans doute compliquée mais elle avait entièrement confiance en lui. Elle avait besoin de lui.

— Viens avec moi, dit-il en l'attirant dans une salle voisine. Qu'est-ce qui t'arrive ? Tu as une mine de déterrée !

— Je n'arrive pas à le croire. Mark est la personne qui vole les médicaments. Il dit qu'il les revend mais je pense qu'il se drogue lui aussi.

Les mots sortaient difficilement de sa gorge nouée par l'émotion et la crainte.

— Il m'a même menacée si je parlais.

— Il a osé ? Je te jure que je vais lui dire deux mots tout de suite et faire le nécessaire pour qu'il soit mis sous les verrous.

Valerie le retint par la main.

— Non, attends... il vaut mieux le prendre en flagrant délit. Il a raison, c'est sa parole contre la mienne.

— C'est vrai. Il nous faut mettre un plan au point.

— Non, Owen, cela ne te concerne pas. Je ne veux pas que tu te mêles de cette histoire.

— Si tu y es impliquée, moi aussi je le suis !

— Mais pourquoi ?

— Parce que tu es mon amie et que tu as besoin d'aide. Nous allons mettre Dale au courant, mais hors de l'hôpital. Je ne veux pas que Mark devine que tu as parlé à qui que ce soit. La question est réglée. Dès que nous aurons vu Dale, tu rentreras chez toi directement. Mark ne se doutera de rien.

— Tu ne trouves pas ces précautions exagérées ?

— Pas du tout. Les drogués ont des réactions imprévisibles. Une fois chez toi, ferme soigneusement ta porte, tire tes rideaux et n'ouvre à personne.

Valerie le regardait d'un air désolé.

— Tu entends, Valerie ? Tu feras exactement ce que je viens de te dire sans discuter.

— D'accord. Si tu penses que c'est nécessaire, je le ferai.

— Enfin ! Je suis content que tu me prennes au sérieux.

— En fait, la menace de Mark m'a inquiétée, je te l'avoue.

Owen serra les poings. Lui qui avait toujours été un homme pacifique se sentait prêt à tout pour protéger Valerie.

Deux heures plus tard, Owen et Valerie rencontraient Dale dans un petit restaurant voisin de l'hôpital, exactement comme s'il s'agissait de partager un repas rapide avant de reprendre le travail.

— Bonjour à vous deux, déclara Dale sur un ton jovial. Je parie que vous allez m'annoncer vos fiançailles !

— Non ! se récrièrent Valerie et Owen d'une seule voix.

— Il s'agit de tout autre chose, se hâta de déclarer Owen. Valerie doit vous rendre compte de ce qu'elle vient de découvrir en salle d'opération tout à l'heure.

Une fois informé, Dale reconnut que Mark pouvait très bien accuser Valerie.

— Il vous faut être plus malins que lui, déclara-t-il.

— J'ai un plan, déclara Owen. Je propose que nous changions l'étiquette d'un flacon de dose de paralysant et que nous le laissions seul préparer le patient. Cela lui laissera l'opportunité de s'emparer de ce qu'il pense être du fentanyl et de se shooter. Mais au lieu de planer, il se retrouvera momentanément paralysé. Cela nous permettra de le prendre sur le fait et le mettra dans l'incapacité de nier son acte.

Ce plan amena un sourire sur le visage de Valerie. Le premier depuis bien longtemps.

— Il vous suffit de planifier une intervention à laquelle nous participerons tous les deux, proposa Owen. Je le tiendrai à l'œil.

— Non, protesta Valerie. Il vaut mieux que ça se passe avec moi. Il y a plus de chances qu'il recommence à ce moment-là parce qu'il sait que j'ai peur de lui et que je ne dirai rien.

— Je ne veux pas que tu prennes ce risque ! s'insurgea Owen.

— Si tu peux le faire, je le peux aussi.

— Bon, conclut Dale pragmatiquement, faites profil bas dans les jours qui viennent. Valerie, laissez-le croire qu'il vous tient sous sa coupe.

— Très bien, approuvèrent Owen et Valerie.

— Tout de même, les menaces qu'il a proférées à votre encontre m'inquiètent, Valerie. Je préfère que vous ne restiez pas seule en attendant. Je vais demander à un de nos gardiens de rester avec vous cette nuit.

— Non, je me charge de cette mission, intervint Owen.

— Mais je ...

— C'est décidé, insista Owen. C'est moi qui resterai avec Valerie.

9

— Quelle idée de proposer devant Dale de me servir de garde du corps... reprocha Valerie à Owen, une fois seule avec lui. Il n'en est pas question.

— Mark t'a menacée, cela me suffit. Je ne te laisserai pas seule cette nuit, un point c'est tout.

Une expression contrariée sur le visage, Valerie soupira.

— Autrement dit, je n'ai pas le choix ?

— Exactement. Nous ne savons pas de quoi Mark est capable. Tant qu'il ne sera pas arrêté, je resterai avec toi. J'ai toujours une trousse de toilette et des affaires de rechange dans le coffre de ma voiture. Je ne te quitte pas.

Valerie grommela quelque chose entre ses dents mais elle avait compris que, quoi qu'elle dise, Owen n'en tiendrait pas compte.

— La chambre d'amis se trouve au fond du couloir, expliqua-t-elle une fois qu'ils furent arrivés chez elle. En fait, avoua-t-elle en baissant le nez, j'apprécie de ne pas être seule...

— Mais tu préférerais avoir la compagnie de quelqu'un d'autre que moi ?

Elle rougit, désolée de penser qu'il voyait juste.

Quelques instants plus tard, elle leur préparait un thé pendant qu'Owen regardait sa collection de disques.

— Ça t'ennuie si je mets un peu de musique ? Si tu préfères, je peux très bien me retirer dans ma chambre.

— Non, bien sûr. Mets ce qui te plaît.

Il choisit un disque de jazz, puis s'assit sur le canapé.

— J'ai du mal à admettre que je me suis aussi lourdement trompé au sujet de Mark.

Valerie fixait obstinément le fond de sa tasse.

— Est-ce qu'on connaît jamais réellement les gens ? Est-ce cela la raison qui nous amène si souvent à souffrir ?

Owen se mit debout.

— C'est de Mark que tu parles en ce moment ?

Leurs regards se rencontrèrent.

— Peut-être pas...

— Valerie, je suis triste de t'avoir blessée et de te contrarier en restant chez toi en ce moment mais je le fais parce que c'est indispensable.

Cela dit, il alla s'asseoir sur une chaise proche du canapé.

— Valerie, en fait... tu m'as beaucoup manqué.

Elle serra les lèvres.

— Peu importe. Tu ne peux pas rester ici éternellement !

— Cela ne sera pas nécessaire, je te rassure. Je te propose que nous mettions nos différends entre parenthèses le temps de régler ce problème. Ensuite, nous verrons, mais il est hors de question que je te laisse courir le moindre danger.

Une fois seul dans sa chambre, Owen se maudit de voir leur relation ainsi détériorée. Il avait beau se dire et se répéter que sa présence ici était justifiée parce qu'il protégeait une collègue et amie, il était clair qu'il se mentait. Valerie était bien plus que cela. Si jamais il lui arrivait malheur, il serait anéanti. Sa présence chez elle relevait d'une mission qu'il devait accomplir. Jamais il n'aurait pensé être homme à frapper qui que ce soit, mais aujourd'hui il découvrait que pour Valerie, il était prêt à tout.

Le plus douloureux allait être de trouver le sommeil dans une pièce voisine de celle où elle dormait alors qu'un seul désir l'animait : frapper à sa porte et lui demander de l'accueillir dans son lit.

Un long moment, il resta allongé sur le dos, les mains croisées sous la tête, à écouter les allées et venues de Valerie. C'était apaisant de sentir une présence. De faire partie, à un titre ou à un autre, de la vie de quelqu'un. Ses enfants avaient raison, il était resté seul bien trop longtemps...

Depuis qu'ils avaient si bien fait l'amour tous les deux, il n'avait plus retrouvé un sommeil véritable. Ses bras ne cessaient de la chercher. Il avait besoin de l'enlacer. Combien de fois n'avait-il pas revécu leurs étreintes en pensée ? Il aurait aimé les revivre mais, malgré ce désir ardent, sa culpabilité était encore la plus forte.

Un bruit tout proche le fit sursauter. Il aperçut Valerie passer devant sa porte qu'il avait laissée entrouverte.

Il se leva et alla la rejoindre dans le salon, ce qui la fit tressaillir.

— Ce n'est que moi, Valerie !

— Oh... finalement, je crois que j'ai plus peur que je ne veux me l'avouer... Je me suis levée pour aller chercher quelque chose à boire. Je ne voulais pas te déranger.

— Pas de problème, je ne dormais pas. Si nous regardions un film en attendant d'avoir sommeil ? On peut aussi jouer aux cartes, ou faire un puzzle...

Il aurait proposé n'importe quoi pour rester avec elle.

— Bonne idée. Je vais nous faire un thé et préparer un peu de pop-corn.

Ils s'installèrent sur le canapé, le bol de pop-corn placé entre eux afin que les frontières soient clairement délimitées. Les précautions dont Valerie s'entourait lui paraissaient normales étant donné les signes contradictoires qu'il ne cessait de lui envoyer : une fois il l'attirait, la fois suivante, il la rejetait... Comment pourrait-elle s'y retrouver dans cet incessant flux et reflux de son comportement ?

À un moment donné, leurs mains se rencontrèrent dans le bol de pop-corn. Valerie retira la sienne comme s'il l'avait brûlée. Pourtant, au bout de quelques minutes, il remarqua qu'elle avait laissé sa tête pencher sur le côté. Elle s'était endormie. Il cala aussi confortablement que possible son dos contre le dossier puis, délicatement, il posa un des coussins décoratifs sur ses genoux avant d'amener la tête de Valerie à s'y reposer. Avec un soupir d'aise, elle se replia en position fœtale. Alors il tira le plaid qui reposait sur l'accoudoir et l'étendit sur elle. Ensuite, il baissa le son de la télévision et se laissa aller lui aussi au sommeil.

Il y avait trop longtemps qu'il ne s'était pas vraiment reposé. Ce soir, ce serait possible parce que Valerie dormait près de lui.

Valerie s'éveilla sans comprendre où elle se trouvait. Quelque chose de lourd pesait sur ses épaules. Comment sa tête avait-elle atterri sur un coussin ?

Elle se redressa. Elle et Owen s'étaient endormis ensemble sur le canapé ! Où était passée sa fierté ? Pourtant, quel bonheur de se pelotonner contre lui… Comme si rien ne pouvait les séparer. La tête d'Owen était rejetée en arrière sur le dossier du canapé. À coup sûr, il aurait un torticolis en se réveillant.

Raisonnablement, elle se jura que pas plus tôt l'affaire avec Mark réglée, même si jamais de sa vie elle n'avait été aussi malheureuse que pendant la période où ils ne s'adressaient plus la parole, ils reviendraient à leur attitude réservée.

Owen devait comprendre qu'elle n'allait pas coucher avec lui tout simplement parce qu'il se trouvait près d'elle. D'ailleurs, il ne le lui avait pas demandé, respectueux des distances qu'elle avait imposées. Malgré tout, elle espérait qu'il était aussi malheureux qu'elle-même de cette décision.

Lentement, précautionneusement, elle se dégagea des bras d'Owen et s'assit.

— Hey… grogna une voix endormie.

— Tu aurais dû m'envoyer au lit quand tu as vu que je m'endormais.

— J'étais bien trop content de voir que tu avais trouvé le sommeil !

— Toi, tu vas avoir besoin d'une bonne sieste après une nuit dans cette position inconfortable.

Comme il était encore trop tôt pour qu'ils se rendent tout de suite à l'hôpital, Valerie se mit en devoir de leur préparer un vrai petit déjeuner, avec café frais et pancakes. Dans quelques heures, elle devrait affronter Mark et, tout en continuant à penser qu'Owen en faisait trop, elle était bien contente qu'il soit là.

Elle était en train de préparer la pâte lorsque Owen vint se placer derrière elle pour l'enlacer. Ses lèvres tièdes se posèrent dans son cou, juste à l'endroit qui la faisait fondre de plaisir. Elle ferma les yeux et se laissa aller contre la poitrine solide comme un bouclier. Hélas, elle retrouva vite ses esprits.

— Non, Owen, ne fais pas ça !

Il laissa retomber ses bras.

— Désolé, Valerie, je n'ai pas pu me retenir.

— Ne recommence pas.

— Je ne peux pas te le promettre.

Il recula d'un pas.

— Qu'est-ce que tu fais ?

— De la pâte pour des pancakes.

— Mais… il ne fait même pas jour !

— Et alors ? C'est ma façon de me détendre. J'en fais une bonne quantité pour qu'il en reste pour ce soir quand je rentrerai.

— Tu veux dire quand nous rentrerons.

— Tu crois ?

— J'aimerais que nous redevenions amis comme avant.

— Vraiment ?

— Pourquoi pas ?

Après le petit déjeuner, Owen dévoila son plan pour la journée.

— Je vais nous conduire à l'hôpital ce matin.

Mais Valerie qui n'était pas décidée à abandonner les rênes de sa vie ne l'entendit pas de cette oreille.

— Non. C'est moi qui conduirai, et nous dirons que tu m'as appelée parce que ta voiture n'a pas démarré ce matin.

— Si c'est ce que tu souhaites, je suis d'accord.

Une fois qu'ils furent arrivés à l'hôpital, Owen lui souffla :

— Attention, ne reste pas seule avec Mark et ne le contrarie pas.

Il mêla ses doigts à ceux de Valerie.

— Tu ne le crois peut-être pas mais je ne veux pas qu'il t'arrive quoi que ce soit.

À ces mots, le cœur de Valerie se gonfla de bonheur.

— Merci, Owen.

À sa grande surprise, la journée se déroula sans le moindre incident. Mark se comporta comme si rien ne s'était passé. Il arborait toujours son beau sourire éclatant. Comme d'habitude, il proposa son aide chaque fois que c'était possible, et jamais Valerie ne remarqua rien de malhonnête dans son comportement. Elle commençait à penser que les quelques mots qu'elle lui avait dits avaient fait leur effet dans la tête du jeune interne et qu'il avait décidé de s'amender. Tout au moins, jusqu'au moment où ils se croisèrent dans un couloir, loin de tout regard étranger. Le regard meurtrier qu'il lui lança rappela sans ambiguïté à Valerie qu'il n'avait rien oublié de leur conversation.

Elle frissonna mais continua son chemin.

Sur le trajet du retour, elle raconta à Owen ce qui s'était passé.

— Cela ne m'étonne pas le moins du monde. Je déteste te savoir dans son viseur et je donnerais n'importe quoi au monde pour prendre ta place. Hélas, c'est toi qui te trouves dans sa ligne de mire. Pour te changer les idées, je te propose de dîner au restaurant.

— Non, merci, Owen. Je suis fatiguée. Je préfère rester à la maison. Cuisiner m'aide toujours à me détendre.

— Tant mieux pour moi. Je préfère de beaucoup la cuisine maison.

Deux heures plus tard, ils terminaient le repas pris ensemble. Jamais Owen ne s'était senti aussi en paix. Déguster un bon repas en compagnie d'une femme qu'il appréciait dans un intérieur chaleureux lui paraissait profondément rassérénant. Ce genre d'intimité lui avait cruellement fait défaut.

— Valerie, j'aurais aimé être un ami moins compliqué.

Elle posa brièvement une main sur le bras de son invité.

— Ne t'inquiète pas, Owen. Tu as vécu des années très difficiles. Tu es un très bon ami maintenant.

Le lendemain soir, Owen attendait Valerie, assis dans sa voiture garée dans la rue. Il n'avait pas voulu l'accompagner à l'anniversaire d'une de ses amies proches de crainte qu'on les questionne au sujet de leur relation. En revanche, elle lui avait promis qu'elle ne sortirait regagner sa voiture qu'après avoir reçu un SMS de sa part la prévenant qu'il l'attendait devant la maison. Il avait prévu de l'escorter dans sa propre voiture.

La veille, après lui avoir dit bonsoir, elle s'était retirée dans sa chambre sans l'y inviter. Owen était triste de voir à quel point elle maintenait les distances entre eux. Il avait espéré que sous la pression des circonstances ils retrouveraient leur amitié amoureuse. Visiblement, il n'en était pas question pour Valerie qui refusait tout contact physique autre qu'indispensable. Il lui avait brisé le cœur, il en payait le prix. Voilà tout.

Pendant qu'elle dînait avec ses amies, il était retourné chez lui prendre quelques vêtements. Il avait entendu ses pas résonner dans la grande maison vide. Jamais jusque-là il ne s'était fait cette remarque. Cette maison autrefois si vivante, n'était plus qu'une coquille vide. La vie n'y bruissait plus, aucune bonne odeur ne parvenait de la cuisine, aucune musique ne flottait en sourdine... elle ne représentait plus le havre de paix dans lequel il s'était ressourcé autrefois.

Après la mort d'Elaine, il l'avait gardée comme on conserve un monument. En cinq ans, il n'avait retiré aucune photo, touché à aucun bibelot. Si l'un de ses enfants déplaçait le moindre objet, il se dépêchait de le remettre où il était auparavant.

Son bureau, cette pièce qui avait toujours été la sienne, était restée exactement identique à elle-même. À la mort d'Elaine, c'était comme si le monde s'était arrêté de tourner.

Jusqu'au moment où il avait invité Valerie à l'accompagner au mariage. Alors, la vie avait repris son cours. Il avait recommencé à respirer, son cœur à battre. Il avait recommencé à rêver, à espérer, à comprendre qu'il y a une vie en dehors du travail. Tout cela, il le devait à Valerie.

De son bureau, il était monté jusqu'à ce qui avait été la chambre qu'il partageait avec Elaine. Là, il s'était placé face à sa photo.

— Elaine, le moment est venu pour moi d'avancer. Je garderai toujours le souvenir des années que nous avons vécues ensemble. Nos enfants sont un trésor que tu m'as offert. Je t'en prie, souhaite-moi bonne chance dans ma nouvelle vie.

Il avait rassemblé les vêtements dont il avait besoin et était parti sans se retourner, avec le sentiment étrange mais merveilleux que la vie l'attendait au-dehors.

Avant de monter dans sa voiture, il avait regardé cette maison qui n'était plus désormais son chez-lui. Ses enfants n'y revenaient que rarement, chacun vivait sa vie, et c'était très bien ainsi. Dès le week-end terminé, il appellerait une agence immobilière et mettrait sa maison en vente.

Et maintenant, le cœur plus léger qu'il ne l'avait été depuis des années, il venait d'envoyer le SMS convenu à Valerie.

J'arrive dans quelques minutes.

Effectivement, il la vit bientôt sortir du restaurant en compagnie de quelques amies, puis monter dans sa voiture. Il l'escorta jusque chez elle et, une fois qu'ils furent arrivés dans l'appartement, il déclara brusquement :

— J'ai décidé de vendre ma maison.

Elle le considéra d'un air ahuri.

— Mais... pourquoi ?

— Parce que je n'en ai plus besoin. Elle est trop grande, trop vide, trop triste.

— Tu es sûr ?

— Oui.

— Alors dans ce cas, je suis contente pour toi.

Cela dit, elle s'avança jusqu'à sa chambre et referma la porte derrière elle.

Owen resta debout, figé. Ce n'était pas la réponse qu'il attendait.

Pourquoi avait-il imaginé qu'elle réagirait autrement ?

Pourquoi est-ce que cela l'affectait autant ?

Et est-ce que cela avait la moindre importance ?

10

Entre la pression causée par la présence d'Owen sous son toit et la surveillance qu'elle exerçait sur Mark dans l'espoir de le prendre en flagrant délit de vol, les nerfs de Valerie étaient soumis à rude épreuve.

Lorsque Owen lui avait fait part de sa décision de vendre sa maison, elle avait reçu un choc. Fallait-il y voir un message subliminal ? Qu'est-ce qui l'avait amené à envisager cet énorme changement ? Avait-il enfin compris qu'il n'avait fait que survivre au lieu de vivre ? Quelle que soit la cause de cette décision, ce serait un grand pas en avant pour lui. Elle lui souhaitait la plus belle vie possible mais elle ne désirait pas s'investir davantage dans ce projet sous peine d'y perdre la raison.

Cela ne la regardait pas. Pourtant, elle ne pouvait s'empêcher de penser que le choix d'Owen de se séparer de sa maison de famille était par un biais ou un autre relié à elle. Quand elle lui avait tendu la perche pour qu'il lui dise quelque chose en ce sens, il ne l'avait pas saisie. Que lui restait-il à faire ? Rien, si ce n'était continuer à vivre et à exercer le métier qu'elle aimait. Jamais plus elle ne se laisserait emporter dans une aventure amoureuse car ces dernières se terminaient toujours de la même manière : elle était abandonnée alors qu'elle y avait mis tout son cœur.

Owen faisait des efforts pour se rapprocher d'elle mais puisqu'il l'avait déjà rejetée une fois, qui garantissait qu'il ne recommencerait pas ? Le souci qu'il avait d'elle ne lui échappait pas non plus. Il avait mis sa propre vie entre parenthèses pour venir vivre chez elle tant qu'il estimait qu'elle avait besoin de protection. Si jamais il lui donnait une preuve sérieuse de son attachement, elle reviendrait peut-être sur sa réserve ? Car son cœur était resté avec Owen, même s'il ne le savait pas. Peut-être le savait-il d'ailleurs et n'y attachait-il aucune importance...

En entrant dans la cuisine, elle découvrit Owen, une tasse à café à la main, aussi à l'aise que s'il avait toujours vécu ici.

— Bonjour, Valerie.

Sa voix grave la fit frissonner. Elle avait toujours rêvé de vivre des moments de ce genre. Ces instants du quotidien qui donnent la certitude qu'on compte pour quelqu'un. Malgré elle, elle aurait voulu que cela se renouvelle chaque jour.

— Bonjour, Owen ! répondit-elle sur un ton enjoué.

Elle était vraiment heureuse de commencer la journée en sa compagnie. Même si, hélas, elle savait que cela n'aurait qu'un temps puisque dès que Mark serait arrêté, Owen repartirait.

— Tu sais, je suis un peu lasse de tout ce qui se passe en ce moment !

Owen lui adressa un regard inquiet.

— C'est à moi que tu fais allusion ou à ce qui se passe à l'hôpital ?

— À l'hôpital bien sûr.

Elle n'allait pas lui faire l'injure de lui avouer qu'il faisait partie du *package*.

— Il n'y en a plus pour longtemps. D'ici peu, Mark aura besoin de sa dose, il suffit de patienter encore un peu.

— Je l'espère ! Parce que, si ça continue comme ça, c'est moi qu'il faudra mettre sous anxiolytiques.

Owen posa une main rassurante sur son épaule.

— N'oublie pas que je suis là !

C'était gentil de le lui rappeler. Elle lui serait éternellement reconnaissante du soutien qu'il lui apportait.

Une fois à l'hôpital, Owen réitéra ses conseils.

— Garde ton calme et reste vigilante. Je suis pratiquement sûr que Mark récidivera quand ce sera ton tour en salle d'op. Étant donné que personne ne l'a inquiété, il est persuadé qu'il te tient. Aussi épuisants qu'aient été ces derniers jours pour nous, le bon côté est que nous lui avons donné une fausse impression de sécurité. Il se sent sûr de lui et intouchable.

Valerie lui adressa un sourire triste.

— Si tu savais comme j'attends demain avec impatience ! J'ai réellement besoin d'un jour de repos.

— Moi aussi, je suis en repos. Tu veux que nous fassions quelque chose ensemble ? Une partie de golf, par exemple ?

— Non, Owen, je ne pense pas que ce soit une bonne idée. Notre situation n'a pas évolué, tu le sais très bien.

— Désolé. Je ne voulais pas me montrer intrusif.

Ce fut au milieu de l'après-midi que Mark pénétra dans la salle d'opération où travaillait Valerie. Malgré le masque, elle vit tout de suite qu'il était souriant. Mais lorsque leurs regards se rencontrèrent, une lueur de rage étincela dans ses yeux clairs. Cela lui donna la certitude qu'il s'apprêtait à voler. Les divers médicaments étaient déjà préparés sur une table. Elle n'avait plus qu'à garder son sang-froid afin de ne pas se trahir.

— On m'a inscrit pour cette opération avec vous, annonça-t-il.

— Oui. Très bien, Mark, nous allons donc travailler ensemble.

Elle éprouvait des difficultés à contrôler le tremblement de ses mains.

— Je fais la piqûre pendant que vous donnez l'oxygène ?

Il baissa la tête afin de la regarder bien en face.

— Je préfère que nous fassions l'inverse. C'est moi qui ferai les piqûres.

Valerie reçut le message cinq sur cinq. Il avait besoin de sa dose. Elle approuva d'un signe de tête.

— J'aime bien travailler avec vous, assura Mark à voix haute et claire afin d'être entendu par les infirmières et le chirurgien qui se trouvaient dans la salle.

Elle aurait aimé pouvoir dire la même chose, mais ce n'était évidemment pas le cas. Sa mission était de veiller à la sécurité de son patient tout en essayant de prendre Mark sur le fait. Elle ne cessait de l'observer mais ne remarqua rien de suspect. Chacun remplit son rôle en s'appliquant à maintenir le malade correctement anesthésié afin de lui éviter toute souffrance.

Le chirurgien avait presque terminé lorsque Mark déclara :

— Il faut davantage de fentanyl.

Le cœur de Valerie s'emballa. Le moment était arrivé. Depuis le début de l'intervention, elle veillait à ce que le patient ait reçu suffisamment d'anesthésiques pour ne rien sentir. Elle tendit à Mark le flacon qu'elle avait préparé pour cet instant précis, celui qu'elle avait elle-même rempli de produit paralysant avant de venir à l'hôpital.

Elle ne le vit pas au moment où il le fit glisser dans la poche de sa blouse mais elle était certaine qu'il l'avait fait. Il remplit l'aiguille de la seringue destinée au patient dans un flacon de fentanyl déjà à moitié vide.

Mark la considéra d'un air arrogant et satisfait. Il avait obtenu ce qu'il souhaitait. Anxieusement, Valerie retenait son souffle en priant le ciel que tout se passe bien jusqu'au bout.

Après que le chirurgien eut terminé, Mark se porta volontaire pour surveiller le réveil du malade. Cela convenait parfaitement à Valerie qui, le cœur battant la chamade, partit se mettre en quête de Dale et Owen.

En découvrant que Dale ne se trouvait pas dans son bureau, la panique s'empara d'elle. Heureusement, elle croisa très vite Owen dans le couloir.

Elle l'attrapa par le bras.

— Il a mordu à l'appât.

— Super !

— Maintenant, partons à sa recherche. Il a disparu pour se piquer. Où est Dale ? Il nous faut appeler le service de sécurité.

Ils trouvèrent Dale à l'étage où il venait de terminer une intervention. En découvrant les visages anxieux de Valerie et d'Owen, il devina tout de suite.

— Vous savez où il se trouve ?

— Non.

— Le service de sécurité va se mettre à sa recherche. Tenez-vous en dehors de ça !

— Viens, ordonna Owen en prenant Valerie par le bras. Allons dans la salle des médecins. Si jamais Mark comprend que tu ne lui as pas donné le produit qu'il attendait, je ne veux pas que tu restes seule au cas où il te chercherait pour se venger. Il risque d'être dangereux.

À ce jour, personne n'avait protégé Valerie avec autant de vigueur. Elle appréciait d'être une priorité pour lui car jamais encore cela ne lui était arrivé.

Par la fenêtre de la salle, ils virent passer les deux gardiens lancés à la recherche de Mark. Le produit avait dû commencer à faire son effet. Ils devaient mettre la main sur lui avant que l'effet ne se dissipe.

Elle ferma les yeux un instant. Il fallait que ce cauchemar se termine au plus vite. Elle n'en pouvait plus.

Les gardes pénétraient systématiquement dans chaque salle jusqu'à ce qu'ils atteignent la salle de repos du personnel. Il n'y avait plus qu'à attendre qu'ils en sortent. Owen se rapprocha d'elle, et elle lui fut reconnaissante de la sécurité qu'il lui offrait. Ils attendirent. Longtemps.

— Si nous allions voir ce qui se passe ? demanda-t-elle en faisant un pas en avant.

Owen la retint par le coude.

— Non. Nous avons fait notre travail, laissons-les faire le leur.

— Il a raison, déclara Dale qui attendait avec eux.

La grande pendule accrochée au mur de la salle égrenait les minutes avec une lenteur qui les désespérait. Des curieux commençaient à se rassembler devant la porte car la présence de la sécurité dans cette partie de l'hôpital était tout à fait inhabituelle.

— Que se passe-t-il ? entendait-on demander à voix basse.

Valerie retenait son souffle. Mark avait certainement été retrouvé. Bientôt, ce serait terminé. Elle pourrait reprendre une vie normale. Normale ? C'est-à-dire, privée de la présence quotidienne d'Owen. Donc bien triste.

L'un des gardes passa la tête par la porte entrebâillée.

— Nous l'avons trouvé allongé sur le sol des toilettes.

Le cœur gonflé de soulagement, Valerie et Owen y pénétrèrent à leur tour. Effectivement, les yeux grands ouverts, Mark gisait sur le carrelage. Il entendait tout ce qui se passait mais était dans l'incapacité de remuer. L'un des gardiens sortit d'une toilette, un sac en plastique à la main. À l'intérieur se trouvaient une seringue et la fiole que Mark avait reçue des mains de Valerie dans la salle d'opération.

Un énorme soupir s'échappa de la poitrine de Valerie tandis que des bras puissants lui enlaçaient la taille.

— Nous avons réussi ! s'écria Owen.

Comme elle le considérait d'un air surpris, il se rendit compte que toute l'équipe les regardait en souriant.

D'une légère secousse, elle se dégagea de son étreinte.

— Tu sais que tout le monde nous regarde ?

— Je m'en fiche ! exulta Owen en posant ses lèvres sur la bouche de Valerie.

Une série d'applaudissements accompagna ce baiser surprise. Il y eut même quelques coups de sifflet enthousiastes.

Owen ne put que constater alors à quel point il s'était inquiété pour Valerie. C'était seulement une fois Mark découvert qu'il en avait pris conscience. Maintenant, peu lui importait que tout le monde soit au courant des sentiments qu'il éprouvait pour sa collègue. Si Mark avait fait du mal à Valerie, il serait devenu fou.

Il la regarda. Son regard étincelait. Elle avait les joues en feu. Jamais il ne l'avait vue aussi belle. Il était amoureux d'elle, bien sûr ! Alors que cela aurait dû l'affoler, il éprouvait le sentiment d'une résurrection.

Dale s'éclaircit la voix.

— Owen et Valerie, la police va avoir besoin d'enregistrer vos témoignages. Les autres peuvent rejoindre leur poste.

Chacun retourna à ses occupations.

Du coude, Owen fit reculer Valerie afin de laisser passer le fauteuil sur lequel Mark avait été installé.

— Ne vous inquiétez pas, assura Dale aux gardes. Dans quelques minutes, il aura retrouvé toute sa mobilité. Assurez-vous alors que la police est bien là pour s'occuper de lui.

Puis, se tournant vers Owen et Valerie.

— Vous faites une belle équipe tous les deux ! Bravo. Joli travail.

Dès que vous en aurez terminé avec la police, je vous donne quartier libre. Je m'occuperai du reste. Et passez une bonne soirée !

À ces mots, Valerie devint cramoisie.

Owen resta auprès de Valerie tout le temps de sa déposition. Ensuite, ce fut à son tour. Dale avait envoyé une infirmière surveiller Mark pendant qu'il revenait à lui.

— On s'en va ? proposa Owen.

— Avec grand plaisir ! assura Valerie. Je vais chercher mon sac et je te rejoins.

Sur le chemin du retour, Owen demeura silencieux. Il s'attendait à ce que Valerie lui reproche son baiser et le renvoie chez lui. Elle avait fait tellement d'efforts pour le maintenir à distance respectable ! Est-ce qu'elle l'écouterait seulement quand il lui ferait part de ses sentiments ? Est-ce qu'elle le croirait ?

Le moment présent n'était pas idéal pour une déclaration. Ils étaient émotionnellement épuisés tous les deux. Mieux valait attendre un moment plus propice.

Quelques instants plus tard, ils étaient tous les deux de retour chez Valerie. Elle se laissa tomber sur une chaise.

— Quelle journée abominable !

— Je suis complètement d'accord avec toi, approuva Owen.

Ils demeurèrent silencieux un moment. Puis, Valerie se redressa.

— Tu m'as embrassée devant tout le monde…

Owen sentit sa poitrine se serrer. Il regarda Valerie qui gardait les yeux clos.

— Oui, c'est vrai.

— Pourquoi tu as fait ça ? Je croyais que tu ne voulais pas donner de grain à moudre aux cancans de l'hôpital.

Cela dit, elle haussa les épaules.

— De toute façon, il n'y a plus de « nous ».

Owen prit une grande inspiration.

— Moi, j'ai envie que ce « nous » existe encore…

Valerie ouvrit les yeux.

— C'est vrai ?

— Oui. Je t'ai embrassée parce que j'étais fou de joie de te savoir hors de danger. J'étais fier de toi. Tu as aidé à coincer un sinistre personnage. Tu es fabuleuse ! Forte, intelligente, courageuse. Nous formons une équipe du tonnerre, que ce soit pour opérer, pour poursuivre les malfrats ou pour faire l'amour. Ça m'est bien égal que les gens soient au courant de notre relation ! Au contraire.

— Tout de même, tu n'avais pas besoin de m'embrasser.

— Ça n'était pas prévu. Je l'ai fait sous le coup de l'émotion. Et, si tu veux savoir, je ne le regrette pas ! Tu peux m'envoyer promener si tu veux, je ne t'en voudrai pas mais sache que je t'ai embrassée parce que j'ai compris que je suis amoureux de toi. Oui. A-mou-reux ! J'étais mort de peur à la pensée que tu te trouvais seule avec Mark en salle d'opération. Dale m'avait interdit de le suivre de peur que cela lui mette la puce à l'oreille. J'ai fait les cent pas dans le couloir jusqu'à ce que tu sortes.

— Pardon, Owen… qu'est-ce que tu viens de dire ?

— Que j'avais peur pour toi ?

— Non, juste avant ça.

— Que je suis amoureux de toi ?

— Oui.

Un sourire se forma sur les lèvres de Valerie.

Owen s'approcha et la prit par les mains.

— Je t'aime. J'espère seulement que je n'ai pas fait disparaître les sentiments que tu éprouvais pour moi.

Il n'eut pas le temps de reprendre son souffle que Valerie s'était jetée dans ses bras pour l'embrasser à perdre haleine.

— Moi aussi, je t'aime !

En dépit de leur baiser passionné, Owen la repoussa.

— Attends, j'ai autre chose à te dire avant de t'entraîner au lit. C'est urgent, parce que je ne veux pas que tu aies de doute sur mes sentiments.

— J'ai bien compris que je me cachais mes propres sentiments. J'avais peur de changer de vie. Mais je t'aimais déjà avant de t'inviter au mariage parce que je n'ai jamais pensé à une autre femme que toi. Je ne te quitterai jamais. Tu es la personne la plus importante de ma vie. Tu es ma vie. Ces deux dernières semaines m'ont fait comprendre que si je ne peux pas te prendre dans mes bras, si je ne peux pas t'embrasser, mon existence n'a pas de sens. Tu m'as redonné le goût de vivre.

Valerie sentait les larmes lui monter aux yeux.

— Donne-moi une seconde chance, je t'en prie. Je t'aime et je t'aimerai toujours.

Valerie prit le visage d'Owen dans ses mains et déposa un baiser sur ses lèvres.

— Tu as été merveilleux ces jours derniers. Tu m'as soutenue, tu as mis ta vie entre parenthèses pour assurer ma sécurité. Personne n'avait jamais fait cela pour moi. Tu es celui que je cherche depuis toujours.

— J'ai encore quelque chose à te dire.

— Je t'écoute.

— Valerie, est-ce que tu acceptes de m'épouser ?

Les yeux de Valerie s'écarquillèrent. Elle serra les bras autour du cou d'Owen.

— Oui, mon amour. Il n'y a rien au monde que je désire davantage.

Alors Owen la souleva dans ses bras et l'emmena dans ce qui serait désormais leur chambre conjugale.

MELANIE MILBURNE

Un médecin hors pair

Traduction française de
MARIE HERMET

BLANCHE

HARLEQUIN

Titre original :
IN HER BOSS'S SPECIAL CARE

Ce roman a déjà été publié en 2019.

1

— Comment cela, il veut que j'arrête mes recherches sur les méthodes d'aide au réveil après un coma ? marmonna Allegra Tallis à l'attention de Louise Banning, l'infirmière de service en soins intensifs, qui l'écoutait avec bienveillance. C'est scandaleux ! Outre que le directeur m'a donné son accord sans réserve, j'ai l'approbation du comité d'éthique et les crédits !

— Je sais bien, mais le Dr Addison est le nouveau directeur de l'unité de soins intensifs, et c'est lui qui décide.

— Pas si j'ai mon mot à dire. Je ne vais pas jeter des mois de recherches au panier pour faire plaisir à un tyran qui exige de tout contrôler. Pour qui se prend-il ? Il est peut-être le nouveau directeur, mais s'il croit pouvoir me dire ce que je dois faire...

— Docteur Tallis ? demanda une voix masculine derrière elle. Nous n'avons pas encore eu l'occasion de faire connaissance depuis mon arrivée. J'aimerais vous parler. Dans mon bureau, tout de suite, si possible.

Allegra fit volte-face et découvrit un homme brun d'une trentaine d'années qui la dominait d'une tête. Les yeux sombres fixés sur elle la regardaient avec une telle intensité qu'elle frissonna.

— Oh... Docteur Addison. J'allais voir un patient...

Le regard se durcit, et un sourcil moqueur se leva.

— Mlle Banning est votre patient ?

Allegra serra les lèvres.

— Evidemment pas. Je veux dire que j'ai une visite à faire dans le service. Je peux vous voir dans cinq minutes.

— Disons quatre. J'ai un emploi du temps chargé, ce matin.

Puis il poursuivit son chemin, frôlant le bras d'Allegra de son impeccable blouse blanche.

Quand il fut hors de vue, Louise leva les yeux au ciel.

— Pas terrible, pour une première rencontre.

— Non, répliqua Allegra, furieuse. Comme j'étais de service de nuit la semaine dernière, je n'ai pas pu assister à son pince-fesse de bienvenue. Quel pompeux imbécile !

— Oui, mais un imbécile pas mal de sa personne, vous ne trouvez pas ?

— Seulement si on aime le genre beau ténébreux ! répliqua Allegra avec un soupçon de mépris.

— Il gagne peut-être à être connu. Il a très bonne réputation, et il a été recruté spécialement par un chasseur de tête pour ce poste. Cela ne devrait pas être impossible de s'entendre avec lui.

— Vraiment ? Moi, je pense que c'est Dougal Brenton qui aurait dû avoir ce poste. Il travaille au Melbourne Memorial depuis des années, et on n'aurait pas dû parachuter quelqu'un à la place qui lui revenait. Une expérience à l'étranger dans des zones de guerre ne justifie pas cette nomination.

Louise jeta un coup d'œil sur sa montre.

— Cela pourrait bien devenir une zone de guerre ici si vous n'êtes pas à l'heure à son rendez-vous. Je vais garder l'œil sur le service.

— Merci, je n'en ai pas pour longtemps.

Le bureau du Dr Joël Addison était situé au cœur d'un service de soins intensifs flambant neuf. La ville de Melbourne avait investi des millions de dollars pour construire cet hôpital spécialisé dans l'urgence, le plus grand du pays. Avec son unité de soins intensifs de vingt-six lits, son service pour les grands brûlés, ses dix lits en traumatologie et ses deux salles d'opération ultramodernes, le tout réuni sous le même toit, ce service exceptionnel était capable de répondre à une grande variété de besoins.

Allegra frappa deux coups rapides à la porte et attendit. Une réponse d'une syllabe lui parvint et elle entra, pour trouver le Dr Addison assis à son bureau, devant une montagne de papiers.

Il se leva pour l'accueillir, la dominant de toute sa hauteur, et lui tendit la main par-dessus la table.

— Nous n'avons pas été officiellement présentés. Je suis Joël Addison, le nouveau directeur de l'unité de soins intensifs et de réanimation.

— Allegra Tallis.

Elle lui serra brièvement la main et détourna les yeux, un peu intimidée par son regard sombre.

— Asseyez-vous, je vous en prie, docteur Tallis.

Sans la quitter des yeux, il attendit qu'elle soit installée en face de lui avant de s'asseoir lui-même.

— Vous êtes anesthésiste, je crois.

— Oui. Je suis pour un an dans l'unité de soins intensifs.

Elle se sentait un peu comme une collégienne convoquée dans le bureau du proviseur : la bouche sèche, elle réprimait l'envie de se passer la langue sur les lèvres sous ce regard impénétrable qui paraissait surveiller le moindre de ses mouvements.

Un lourd silence s'installa. Allegra comptait les secondes, en se demandant quelles pensées se cachaient derrière ce masque impassible.

Elle n'avait pas eu le temps de remettre du rouge à lèvres, et ses cheveux s'échappaient de la barrette qui les retenait sur sa nuque. Dieu sait à quoi elle ressemblait après une nuit de garde. Sans même avoir vérifié dans le miroir, elle savait qu'elle arborait des cernes profonds qu'aucun maquillage n'aurait pu camoufler.

Leur rencontre dans le couloir avait été trop brève pour qu'elle puisse l'examiner en détail. Maintenant, elle pouvait observer le menton fraîchement rasé, les cheveux bruns indisciplinés. Il était bronzé, comme s'il passait ses loisirs dehors, et il avait les yeux si sombres qu'on ne distinguait pas les pupilles de l'iris.

— J'ai entendu dire des choses intéressantes sur vous, docteur Tallis, reprit-il soudain.

— Vraiment ?

Il s'appuya contre le dossier, l'air un peu sarcastique.

— Oui.

Elle soutint son regard avec détermination, s'obligeant même à ne pas ciller.

— J'ai quelques doutes à propos de votre projet de recherches. Je le trouve difficile à justifier et j'aimerais que vous m'expliquiez son intérêt scientifique. D'après ce que j'ai vu, il serait plus à sa place dans une exposition sur les techniques alternatives de relaxation que dans une unité de soins intensifs.

Allegra se redressa, agacée par son attitude condescendante.

— J'ai eu l'approbation du comité d'éthique pour ce projet sur les techniques d'aide au réveil, et l'hôpital a débloqué des fonds.

— Je ne mets pas l'éthique en cause, docteur Tallis. C'est la valeur scientifique du travail, malencontreusement défini par ses initiales, si vous me permettez de le dire, qui m'inquiète. Il me semble que le comité de recherches a été convaincu par des facteurs autres que la validité scientifique.

— Je ne sais pas exactement où vous voulez en venir, mais si vous lisez le préambule...

Elle s'interrompit, comprenant brusquement l'acronyme qu'il avait fait de son titre : PETAR, pour « Projet d'évaluation des techniques d'aide au réveil ». Comment pouvait-il faire des jeux de mots stupides à propos d'une chose qui lui tenait tant à cœur ?

Elle avait déjà rencontré des sceptiques, mais le Dr Addison les dépassait tous. Furieuse, elle souhaita une fois de plus que Dougal Brenton ait été nommé à sa place.

— Je l'ai lu, plusieurs fois. Depuis combien de temps êtes-vous au Melbourne Memorial ?

— J'y ai fait mon internat.

— Ainsi, vous n'avez jamais travaillé ailleurs ?

Il était curieux de voir à quel point les médecins qui avaient travaillé à l'étranger en tiraient toujours un sentiment de supériorité, pensa Allegra. Comme si l'Australie n'était qu'un coin perdu où l'on ne pouvait espérer une formation de qualité.

— Non, je n'ai pas encore eu ce privilège, dit-elle, ironique.

Il ignora le commentaire et poursuivit :

— En une phrase, quel est l'intérêt essentiel de votre recherche ?

Allegra se força à détendre ses épaules ; il lui fallait paraître calme et efficace.

— J'examine les effets de différentes méthodes de contact

sensoriel, en les mesurant à l'aide d'un moniteur BIS pour déceler le moindre signe d'activité cérébrale.

— Contact sensoriel... Par exemple ? demanda-t-il, un sourcil levé.

— Reiki, massage, thérapie par la musique et aromathérapie.

— Vraiment...

Il fit craquer le dossier de son siège de cuir, s'y calant d'un air carrément moqueur.

— Donc, si je me sens un peu tendu au niveau des épaules, je n'ai qu'à me précipiter en réanimation, feindre un coma dans l'un de nos lits au prix de revient exorbitant, et attendre que vous me fassiez un petit massage ? Est-ce bien cela, docteur Tallis ?

Allegra sentait sa colère monter dans des proportions inquiétantes.

— Je crois que l'art du toucher joue un rôle important dans la guérison, en cas de coma ou autrement, dit-elle entre ses dents.

— Important, j'en doute. Ce que nous faisons en soins intensifs, c'est assurer une bonne oxygénation et une pression sanguine constante. Si les dommages cérébraux ne sont pas trop graves, on peut espérer une guérison. D'après tout ce que je vois, ces thérapies alternatives sont au mieux marginales, au pire contre-productives. Il n'existe aucune preuve scientifique de leur efficacité, et nous n'avons pas les moyens ici de tenter de les réunir.

— Ce n'est pas exact. On a montré que la thérapie par le Reiki améliore la circulation...

— Docteur Tallis, coupa-t-il, améliorer la circulation sanguine localement en touchant le bras de quelqu'un n'est pas la même chose que favoriser l'irrigation du cerveau. Et ces parfums ou soi-disant arômes naturels... Qu'est-ce qui se passe si cela provoque une réaction allergique ?

— J'ai étudié la littérature médicale en ce qui...

— J'ai vu votre bibliographie sur la « littérature médicale ». Difficile de l'appeler ainsi ; cela ressemble à ce qu'on trouve dans les magazines féminins.

— C'est parfaitement injuste !

— Ecoutez, docteur Tallis, vous avez fait... Combien ? Six ans d'études médicales et quatre années supplémentaires en anesthésie, j'imagine. Voilà ce qui s'appelle la science médicale. Laissez les charlatans à leur charlatanisme et consacrez-vous à votre travail qui est de sauver des vies. C'est ce que vous avez appris au cours de vos études et cela doit rester votre préoccupation essentielle aussi longtemps que vous travaillez ici.

— Patrick Naylor, le directeur, m'a donné son feu vert, répondit-elle, le menton levé.

Il soutint un instant son regard, avant de demander :

— Est-il vrai que vous entretenez avec lui des relations extra-professionnelles ?

Allegra sentit le rouge lui monter aux joues. Comment avait-il découvert qu'elle avait dîné avec Patrick ? Il vivait une séparation difficile, et elle avait accepté son invitation, non parce qu'il lui plaisait, mais parce qu'elle avait eu pitié de lui. Cette unique sortie, la première pour elle depuis dix-huit mois, ne regardait personne.

— Je ne vois pas en quoi ma vie privée vous concerne...

— Non, en effet, sauf si elle interfère avec le bon fonctionnement du service. J'ai été nommé pour veiller à ce que cette unité devienne la plus performante du pays. Je ne tolérerai pas que ma réputation ou celle de l'hôpital souffre d'être associée à des pratiques « alternatives » qui n'ont rien de médical. Nous avons assez de travail avec la médecine conventionnelle.

— Le temps que je consacre à ces recherches ne change rien à mes responsabilités dans le service, répliqua Allegra en se levant. J'y consacre essentiellement mes loisirs.

Il se leva en soupirant.

— Je vous donne un mois pour obtenir les résultats que vous pouvez, et ensuite, je ferai une évaluation de vos recherches. Mais je vous avertis que si j'entends la moindre plainte sur vos méthodes, j'annulerai votre autorisation sur-le-champ. Nous lançons un nouveau service, et tous les yeux sont fixés sur nous, que ce soit dans l'univers médical ou politique. Tous les investisseurs voudront être certains que les sommes astronomiques allouées au projet ont été utilement dépensées. Ma réputation est en jeu aussi, et je ne veux pas que la presse raconte qu'on lit le tarot des patients dans le coma pour les aider à guérir.

Jamais de sa vie, Allegra ne s'était sentie aussi révoltée. Elle serra les poings derrière son dos pour ne pas céder à la tentation de gifler ce visage arrogant au petit sourire hautain. La colère l'étouffait au point qu'elle ne pouvait parler.

— Bonne journée, docteur Tallis, dit-il en lui ouvrant la porte. Je suis sûr que vous avez des patients à soigner. Je ne veux pas vous empêcher de les rejoindre plus longtemps.

Elle le dépassa en relevant la tête, les lèvres pincées.

— Oh, encore une chose..., ajouta-t-il.

— Oui ?

Elle s'arrêta pour le regarder. Une lueur amusée brillait dans les yeux de son interlocuteur.

— Si vous me permettez, je trouve que, pour quelqu'un qui s'intéresse tellement aux techniques de relaxation, vous paraissez un peu tendue. Avez-vous songé à prendre rendez-vous pour un massage ?

— Pourquoi ? Vous m'offrez vos services ?

Il eut un sourire inattendu, découvrant des dents parfaites.

— Je ne suis pas sûr que mon intervention ait l'effet désiré dans votre cas.

— Il faudrait vraiment que je sois dans un état de coma profond, rétorqua-t-elle avant de sortir dans le couloir.

2

— Comment s'est passé votre entretien avec le directeur ? demanda Louise un peu plus tard.

— Oh, chaque fois que je pense à cet individu, j'ai envie de casser quelque chose, marmonna Allegra.

— Cela ne vous ressemble pas ; d'habitude, c'est toujours vous qui nous montrez comment nous détendre. A-t-il vraiment l'intention de mettre fin à vos recherches ?

— Il me donne un mois pour prouver qu'elles sont dignes d'intérêt du point de vue scientifique, ou de ce qu'il considère comme scientifique. Mais comment prouver quoi que ce soit en un mois ? Tout dépend des patients qui nous arrivent. Nous n'avons eu personne depuis cette pauvre Alice Greeson, il y a trois semaines, et nous n'avons pas pu la sauver. Il faut que j'arrive à le faire changer d'avis car je tiens à cette étude, reprit-elle après un soupir.

C'est alors qu'une voix métallique résonna dans les haut-parleurs de l'hôpital.

— Code bleu, bloc opératoire.

— J'y vais. Je suis de l'équipe des urgences aujourd'hui, dit Allegra en s'éloignant.

Le bloc opératoire était au sixième étage. En arrivant devant les ascenseurs, Allegra se rendit compte qu'aucun des deux ne semblait fonctionner. Aussi s'élança-t-elle dans l'escalier de secours. Escaladant les marches deux par deux, elle se félicita d'avoir repris ses cours de remise en forme après Noël.

Quand elle arriva, le chariot d'urgence était en place, et deux infirmières assistaient l'interne qui pratiquait un massage cardiaque sur le patient.

— Qu'est-ce qui se passe ? demanda Allegra en écartant les rideaux.

— Un homme de soixante-cinq ans, opéré il y a deux jours : hémicolectomie, répondit l'interne. Les infirmières étaient en train de le lever pour sa toilette quand il s'est effondré. Cela ressemble à un infarctus.

— L'anesthésiste arrive ?

— Il ne pourra peut-être pas venir, répondit l'une des infirmières. Il y a un cas complexe au bloc en ce moment, qui mobilise beaucoup de personnel.

— Je vais l'intuber, dit Allegra en prenant une sonde sur le chariot. Il va falloir que vous m'aidiez, ajouta-t-elle à l'intention de l'infirmière la plus proche.

— Mais je sors de l'école, répondit nerveusement la jeune fille. Je ne suis pas sûre de moi, et je n'ai jamais vu d'arrêt cardiaque.

— Faites simplement ce que je vous dis, et tout ira bien. Branchez la sonde aspirante.

Allegra dégagea la bouche du patient avant d'appliquer le masque à oxygène, prit un tube endotrachéal et vérifia les piles du laryngoscope.

— C'est bon, dit-elle à l'interne, manœuvre de Sellick, allons-y.

L'interne fit place à Allegra tout en continuant d'exercer des pressions sur le cartilage cricoïde, pendant qu'elle insérait le tube, rebranchait l'oxygène et lui tendait la poche pour qu'il ventile jusqu'à la fin de l'opération. Le chef de clinique, Peter Newton, venait d'arriver et examinait l'électrocardiogramme.

— On dirait une tachycardie ventriculaire. Il faut lui faire une cardioversion : je m'en charge.

Il saisit un défibrillateur et posa les électrodes sur la poitrine du malade.

— Attention !

Chacun s'écarta du patient, dont le dos s'arqua brusquement sous l'effet de la décharge électrique.

— Rythme sinusal, dit Allegra. Quels médicaments voulez-vous lui donner ?

— Je pense que c'est un infarctus ; il y a des extrasystoles ventriculaires. Perfusion de lignocaïne pour commencer, et nous allons le transférer en réanimation pour qu'on surveille l'oxygénation.

— Vous aussi, vous avez un peu l'air d'avoir besoin d'oxygène, remarqua Allegra, le regard fixé sur le visage rouge de Peter.

— Les ascenseurs étaient occupés. J'ai dû monter deux étages à pied en courant, et je ne suis pas aussi en forme que je l'aurais cru.

— Vous avez de la chance, moi, j'ai dû en monter six !

Allegra s'écarta pour laisser passer les brancardiers venus pour transférer le patient.

— Comme je dois retourner en réa, je vais accompagner le patient, si vous voulez. Vous pourrez souffler un peu.

Allegra parlait du malade qu'elle venait d'escorter avec le chirurgien lorsque la chef de clinique du service de réanimation, Danielle Capper, fit son entrée.

— Docteur Tallis, pouvez-vous me donner un coup de main avec M. Munsfield, au lit numéro 5 ? demanda-t-elle. Il est sorti de réanimation hier et tout allait bien, mais, depuis une heure, il est fébrile et se plaint de douleurs abdominales. Le pourcentage d'oxygène dans le sang baisse dans des proportions inquiétantes.

— J'arrive, répondit Allegra en emboîtant le pas de Danielle. Avez-vous fait faire des examens sanguins ?

— Ils doivent avoir été faxés à mon bureau. Je passe les prendre et je vous rejoins.

Arrivée devant le patient, Allegra salua l'infirmière responsable, Fiona Clark, et vit que les moniteurs affichaient un pourcentage d'oxygène fixé sur l'hémoglobine de 80 %, très loin de la valeur moyenne de 95 %. La tension artérielle était à 100 et le pouls à 110. Le malade était pâle, un peu cyanosé, hors d'haleine.

— Respirez profondément, monsieur Munsfield, dit Fiona. Je viens de vous faire une injection de morphine pour soulager la douleur.

— Quelle est la température ? demanda Allegra.

— Trente-neuf. Elle n'a pas cessé de grimper de la matinée.

Allegra s'adressa au malade avec douceur.

— Où avez-vous mal, monsieur Munsfield ?

— Au… au ventre, et au dos. Au milieu du dos… comme un poignard.

Danielle arrivait avec les résultats, accompagnée de Joël Addison, qui avait fait imprimer les comptes rendus les plus récents.

— Taux d'hémoglobine 80, neutrophiles 25, taux d'amylase et de lipase excessifs, qu'en pensez-vous, docteur Tallis ? demanda-il, relevant les yeux de la liasse de documents qu'il étudiait avec attention.

— On dirait une pancréatite, peut-être une pancréatite septique. Il pourrait y avoir une fuite anastomotique.

— Je suis du même avis. On peut penser que la fuite anastomotique est le facteur déclenchant.

— Danielle, pourriez-vous appeler le chirurgien ? demanda Allegra. Nous avons besoin de son diagnostic de toute urgence, et il nous faut aussi des radios des poumons : nous avons un syndrome de souffrance respiratoire.

— C'est certain, docteur Tallis. Je pense qu'il faut intuber très vite, mais naturellement c'est à vous de voir, ajouta Joël en regardant Allegra qui ne put déchiffrer son expression.

Elle expliqua au patient qu'un problème au niveau du pancréas venait affecter ses poumons et gênait sa respiration, puis elle demanda à Fiona d'aller chercher les médicaments et le matériel.

— Le taux d'hémoglobine a encore baissé, remarqua Joël. Danielle, nous avons quelques unités de sang en chirurgie. Pourriez-vous aller les chercher pendant que je donne un coup de main au Dr Tallis ?

A la demande d'Allegra, Joël injecta 10 mg de suxaméthonium et 10 mg de diazépam, avant de fixer le masque à oxygène.

— C'est difficile de gonfler les poumons…, soupira-t-elle. Ils sont durcis par l'œdème. Il faut l'intuber ; passez-moi le laryngoscope, s'il vous plaît, docteur Addison.

Elle essaya d'introduire le tube, mais les interventions précédentes avaient irrité le larynx, qui était enflé. Le malade avait un cou massif et court, ce qui ne facilitait pas les choses, et elle ne voyait pas ce qu'elle faisait.

Elle jura entre ses dents, consciente du regard de Joël posé sur elle.

— Il faut que j'essaie encore. Cela ne va pas du tout.

— Je vois cela, mais c'est vous la plus compétente ici pour ces problèmes des voies respiratoires, répliqua calmement Joël. Dites-moi simplement comment je peux vous aider.

Allegra lui lança un regard reconnaissant et essaya encore d'intuber, sans plus de succès. Le taux d'oxygène avait baissé à 70 % et le malade se cyanosait à vue d'œil.

— Il faut trouver une voie d'accès, docteur Tallis. Il est en hypoxie et il fait des extrasystoles en série.

— Je n'arrive pas à faire rentrer la sonde, répondit-elle, la sueur au front. Il faut ouvrir. Préparez le plateau, s'il vous plaît, docteur Addison.

Joël ouvrit le pack chirurgical qui était posé sur le chariot, pendant qu'Allegra enfilait des gants stériles. Un instant plus tard, le thorax commençait à se lever et s'abaisser au rythme de la pompe.

Soulagée, elle jeta un coup d'œil aux moniteurs ; le taux d'oxygène remontait à 90.

— Très bien, docteur Tallis, dit Joël, en lui posant brièvement une main sur l'épaule. C'était une intubation d'urgence impeccable. Il me semble que vous avez tout remis en ordre. Je vous laisse mettre Harry au courant. Il vient d'arriver.

Il s'éloigna avant qu'Allegra, en proie à des sentiments contradictoires qu'elle aurait été bien en peine d'expliquer, ait eu le temps de le remercier pour son aide.

Elle reporta son attention sur le chef de clinique en chirurgie et Harry Upton, le médecin consultant, et leur expliqua la situation.

— Je suis d'avis de l'opérer, dit Harry. Il doit y avoir une fuite au niveau de l'anastomose pancréatique. Bravo pour avoir sauvé la situation, Allegra...

— Vous avez l'air fatiguée, remarqua Danielle.

Allegra écarta une mèche de son front en soupirant.

— Je vais faire une pause. C'était une matinée pénible.

— Alors, vous avez enfin rencontré notre nouveau directeur ? demanda Harry, l'œil rieur. On ne vous a pas vue à sa réception de bienvenue, la semaine dernière.

— J'étais de service de nuit, expliqua Allegra en se rembrunissant un peu.

Harry sourit.

— Qu'est-ce qui se passe, Allegra ? Vous ne l'appréciez pas ?

— Ne commencez pas, Harry, dit-elle sur un ton de reproche amusé. Il a traité mon projet comme s'il était bon pour la poubelle. D'après lui, cela ne vaut rien : « Nous ne pouvons pas nous permettre d'expérimenter des thérapies alternatives dans un service qui repose sur des méthodes scientifiques. » Voilà à peu près ce qu'il a dit.

— Oui, mais il doit être sous pression car il a intérêt à faire fonctionner le département. Beaucoup d'argent y a été investi, et un certain nombre de chefs de service sont furieux de ne pas avoir bénéficié des mêmes largesses. Si l'unité n'est pas rapidement rentable, c'est sa tête qui va tomber.

Harry fit la grimace en entendant son bip sonner.

— On m'attend au bloc. A plus tard. Au fait, bravo pour M. Munsfield ! Vous formez une bonne équipe avec Joël Addison.

Elle lui lança encore un regard faussement réprobateur, adouci cette fois d'un sourire.

— Merci, Harry.

Allegra était en train de se laver les mains quand sa collègue, Kelly Wilton, vint la rejoindre.

— J'espérais tomber sur toi, dit Kelly. On m'a raconté ta rencontre avec le Dr Addison.

Après avoir rattaché ses cheveux châtains avec une barrette, Allegra se tourna vers son amie, les sourcils froncés.

— Je vois que le bouche à oreille fonctionne toujours aussi bien dans cet hôpital. Qui t'en a parlé ?

— C'est Louise qui l'a mentionné à la pause du matin. Vous avez l'air d'être partis du mauvais pied, tous les deux. Quel est le problème avec ton projet ? Je croyais que Patrick Naylor l'avait recommandé comme une opportunité unique.

— Il l'avait fait, mais apparemment, le Dr Addison a l'impression que ses décisions ont plus de poids que celles du directeur.

Je déteste les hommes qui ont à la fois un ego surdimensionné et un esprit borné.

— Au fait, comment ça va avec Patrick ?

— Ecoute, Kelly, répondit-elle avec une légère exaspération, j'ai dîné avec lui, une fois. Ce n'était pas dans un restaurant chic, on a mangé une pizza qui avait un goût de carton et bu de la piquette qui fait mal à l'estomac, et c'est moi qui ai payé parce que sa carte bleue ne marchait pas. Par ailleurs, il a passé toute la soirée à se plaindre de sa future ex-épouse. Ce n'est pas ce qu'on peut appeler un rendez-vous romantique.

— Oui, j'ai entendu dire que sa séparation l'avait déprimé. Tu devrais sortir plus, Allegra, et avec des gens nouveaux. As-tu jamais pensé à chercher sur Internet ? Ma sœur l'a fait et elle a rencontré un type adorable.

— Je n'en crois pas mes oreilles, Kelly... Qu'est-ce que tu crois ? Que je suis désespérée ? Je peux rencontrer des hommes sans l'aide d'un ordinateur, merci bien.

— Un mauvais dîner en deux ans n'est pas un résultat fabuleux, commenta Kelly.

— Dix-huit mois, corrigea Allegra.

— Tu as vingt-huit ans, et d'après tout ce que je vois, ta seule distraction récemment a été de venir regarder des films à l'eau de rose chez moi en mangeant des glaces au chocolat.

Allegra soupira.

— Ne m'en parle pas. J'ai mis quatre semaines à pouvoir fermer mon jean de nouveau.

— Nous sommes une petite bande à aller boire un verre ce soir. Pourquoi ne pas te joindre à nous ?

— Où allez-vous ?

— Au pub d'Elgin Street. Nous n'allons pas rentrer tard. Tu n'es pas de service de nuit ?

— Non, Dieu merci..., soupira Allegra.

— Alors, tu viens ? On ne sait pas, tu pourrais trouver...

— Trouver quoi ? Un bouton de fièvre ou une angine ?

Kelly se mit à rire.

— Tu es vraiment impossible. Tu fréquentes trop de gens dans le coma.

— Peut-être. Eux au moins ne sont pas infidèles, et ils ne brisent le cœur de personne, conclut Allegra avec ironie.

— Mais ils ne survivent pas tous, même si tu fais l'impossible pour les sauver, reprit doucement Kelly. Alice Greeson n'avait aucune chance, Allegra. Tu as fait tout ce que tu pouvais.

— Je sais. Mais c'est toujours si dur d'annoncer cela aux familles. Elle n'avait que vingt et un ans.

— Elle était en état de mort cérébrale, et il n'y avait aucun espoir. Malgré tes efforts, elle ne pouvait pas survivre aux blessures qu'elle avait reçues dans cet accident de voiture.

— Je sais, mais j'espérais un miracle. Quelquefois, cela arrive, et j'en aurais vraiment voulu un pour Alice et sa famille.

— Tu auras ton miracle un jour, dit Kelly. Chacun de nous a le sien, et c'est ce qui nous donne le courage de continuer. Pour quoi travaillerions-nous autant s'il n'y avait pas de miracles ?

— Tu as raison, merci, Kelly. A quelle heure dis-tu que vous sortez ce soir ?

— Viens dès que tu as terminé. L'heure n'a pas d'importance. Tu as besoin de prendre un peu de bon temps.

— On dirait ma mère.

— Oui, et les mères ont souvent raison, même si je ne suis pas certaine que la mienne approuverait le garçon avec qui j'ai pris rendez-vous pour le week-end.

— Ne me dis pas que tu as cherché l'âme sœur sur Internet, comme ta sœur ?

— Et pourquoi pas ? Au bout de six mois, elle est mariée et enceinte d'un homme génial. Cela peut nous arriver, à nous aussi.

Allegra leva les yeux au ciel.

— Ma mère aurait une attaque si je lui disais que j'ai rendez-vous avec quelqu'un que j'ai rencontré sur le Net. Et mon père, je ne t'en parle pas, ce serait pire. Je pense qu'il va falloir que je me débrouille de la façon classique.

— Cette façon-là se termine souvent en divorce, remarqua Kelly. Etre physiquement attiré par quelqu'un est une chose, mais trouver une personne avec qui établir une vraie relation est plus important. Il faut être d'abord amis, et amants seulement ensuite.

— Oui… Tu as sans doute raison, mais avec les horaires de

travail que j'ai, comment pourrais-je trouver le temps de me faire des amis ? Les hommes que je rencontre ne s'intéressent pas à mon amitié, ils veulent simplement aller au lit le plus vite possible.

— C'est en cela que les agences de rencontre et les sites Internet sont utiles, reprit Kelly. Cela te fait gagner du temps en éliminant les psychopathes et les gens qui n'ont rien en commun avec toi. Penses-y. Je peux demander à Jessica de faire une recherche préliminaire pour te montrer comment ça marche.

— J'y penserai... A ce soir !

Elle repoussa la porte d'une épaule, et se retrouva face à Patrick.

— Hello, beauté.

Sans lui laisser le temps de réagir, il lui planta un baiser sur la bouche.

— Patrick, je...

Elle essaya de le repousser, mais il avait les mains posées sur ses épaules.

— Tu dînes avec moi ce soir ? demanda-t-il d'un ton implorant.

Elle ouvrait la bouche pour répondre quand elle aperçut Joël qui sortait d'une petite salle de conférences servant aux entretiens avec les familles. L'ombre d'un sourire narquois jouait sur ses lèvres.

— Désolée, Patrick, mais j'ai promis à Kelly de la retrouver ce soir. Peut-être une autre fois.

— Je te le rappellerai.

Quand il s'éloigna enfin, non sans un nouveau baiser, Joël se dirigeait vers elle.

— Docteur Tallis, vous n'êtes sans doute pas du même avis, mais il vaudrait mieux éviter de trop fraterniser avec les membres de l'équipe dans les couloirs. Je ne voudrais pas que les familles de nos patients puissent penser que vous agissez sans égard pour votre profession.

— Je n'agissais pas...

— Docteur Tallis !

Il désigna la pièce qu'il venait de quitter.

— Dans cette salle se trouvent les parents d'un jeune homme qui vient d'être admis aux urgences. Il a fait une chute sur un chantier et nous pensons que les vertèbres sont touchées. Je ne crois pas qu'ils aient envie de voir deux membres du personnel se bécoter dans les couloirs.

Elle le regarda, choquée.

— Nous n'étions pas...

La porte qui s'ouvrit l'obligea à s'interrompre. Un couple d'âge moyen, au visage crispé par la douleur, s'avança en compagnie du chirurgien chef, Antony Pardle.

Allegra aurait bien voulu avoir le dernier mot, mais c'était impossible en présence de témoins. Une fois de plus, Joël l'avait dépouillée de sa dignité professionnelle. Certes, il l'avait aidée à soigner M. Munsfield, mais la trêve avait peu duré.

— Je suis désolée, dit-elle lorsque le petit groupe fut passé. Cela ne se reproduira pas.

— Très bien.

Le regard de Joël s'attarda sur son visage, et elle ressentit un petit coup au cœur.

— Très bien, répéta-t-il, en se passant une main dans les cheveux. Je... euh... Je ne vous retiens pas.

Elle le suivit des yeux tandis qu'il s'éloignait à grands pas dans le couloir.

Pas question de s'en approcher, se dit-elle sévèrement, en prenant une grande inspiration. Le Dr Joël Addison entrait dans la catégorie « trop compliqué ».

3

Allegra se fraya un chemin jusqu'à la table où ses collègues bavardaient, leurs verres à la main, dans le café bondé à cause de l'heure tardive.

Kelly lui fit signe et se poussa un peu pour lui laisser une place sur la banquette.

— Viens t'asseoir, Allegra. Qu'est-ce que tu bois ?

— Un jus de fruits. Après cinq nuits de garde, je n'ai plus la même résistance à l'alcool. Je prendrai un Schweppes au citron vert. Reste assise, je vais le chercher. Qu'est-ce que tu veux ?

— Une vodka orange, merci.

En se dirigeant vers le bar, Allegra échangea quelques mots avec deux chefs de clinique en chirurgie avec qui elle avait été de garde la semaine précédente puis elle revint s'asseoir en poussant le soupir de soulagement qui marque la fin d'une dure journée.

— Comment se passe ton étude sur le coma, Allegra ? demanda Margaret Hoffman, une anesthésiste.

Allegra échangea un regard avec Kelly avant de répondre.

— Le nouveau directeur ne la trouve pas d'un intérêt scientifique suffisant, selon ses propres critères. Il me donne un mois pour prouver qu'elle vaut quelque chose.

— Ah ? répondit Margaret, surprise. Mais je croyais qu'elle avait été approuvée, et ce que tu as fait avec Mlle Greeson avait l'air intéressant.

— Mlle Greeson est morte, dit Allegra tristement.

— Je sais, mais tu n'as peut-être pas bien vu à quel point ta présence était importante pour les parents. Cela les réconfortait de te voir masser les jambes et les bras de leur fille, la toucher comme une personne. Tu les as aidés dans un moment tragique, Allegra. Et même si l'étude ne montrait rien en ce qui concerne le patient, je suis sûre que tes méthodes sont bénéfiques pour les familles. C'est important de montrer que nous traitons nos malades avec dignité.

— Je suis du même avis, intervint Kelly, et c'est ce qui manque à la médecine de nos jours. Nous sommes obligés de courir sans arrêt, et personne n'a plus de temps pour des choses simples, comme tenir la main d'un malade, l'écouter, lui masser le dos pour le soulager.

— Tu as raison, mais si je veux des résultats pour cette étude, j'ai besoin du soutien du directeur. Or, il y a l'air opposé par principe. Le premier contact n'a pas précisément été bon, conclut Allegra avant de boire une gorgée de son verre.

— Je l'ai trouvé charmant quand je l'ai rencontré à la soirée de bienvenue, dit Margaret, l'œil pétillant. Et il est très beau, ce qui ne gâche rien.

— Cela me serait bien égal qu'il ressemble au bossu de Notre Dame, pourvu qu'il me laisse mener mon étude, marmonna Allegra.

— Mais tes relations avec Patrick Naylor te donnent sûrement un atout ? Tu n'as pas tort de viser le plus haut possible, soit dit en passant.

Allegra reposa son verre en fronçant les sourcils.

— Je n'ai pas de relation avec Patrick. D'aucune sorte... Qui propage ces rumeurs ?

— Je l'ai entendu lui-même dire à tout le monde que vous aviez dîné ensemble, répondit Margaret. Tu lui plais vraiment, Allegra, c'est évident.

— Mais il est encore marié, enfin ! Et puis il ne me plaît pas, à moi, pas du tout !

— Eh bien, ce n'est pas clair..., répondit Margaret. Patrick présente les choses comme s'il divorçait à cause de toi.

— Mais ce n'est pas vrai ! Je ne suis sortie avec lui que parce qu'il paraissait tellement déprimé ! C'était un geste amical de ma part. Je m'inquiétais pour lui... Quand il m'a dit que sa femme l'avait quitté, il s'est mis à pleurer. Je ne sais pas résister à la tentation de jouer les sauveteurs.

— Tiens, tiens, interrompit Kelly. Ne regarde pas maintenant, mais devine qui vient d'entrer ?

Allegra gémit.

— Pas Patrick, par pitié... Je ne pourrais pas le supporter.

— Ce n'est pas Patrick.

Pivotant sur sa chaise, Allegra aperçut Joël Addison, qui avait les yeux fixés sur elle. Elle se détourna, les joues en feu.

— Et devine qui vient de rougir ? demanda Kelly d'un ton moqueur. Allez, Allegra, admets-le, il est très sexy.

— Tais-toi, il va t'entendre, murmura-t-elle.

— Il vient par ici, dit Kelly. Bonsoir, docteur Addison, il y a un siège libre ici en face d'Allegra.

Celle-ci lança à son amie un coup d'œil meurtrier.

— Merci, dit Joël en s'asseyant. Puis-je aller vous chercher quelque chose à boire ?

— Pas pour moi, merci, répondit Margaret aimablement.

— Ni pour moi, ajouta Kelly qui se leva. Nous partions de toute façon. Nous avons décidé de rentrer tôt, n'est-ce pas Margie ?

— Ah bon ? Ah, oui, que je suis bête ! Eh bien, à plus tard, dit Margaret en se levant avec un sourire confus.

— Et vous, docteur Tallis ? demanda Joël après leur départ. Quel est votre poison ?

— Je ne bois que du Schweppes ce soir, répondit-elle en détournant les yeux.

— De garde ?

— Non.

Un silence passa.

— J'espère que je n'ai pas fait fuir vos amies, reprit-il. Elles ont eu l'air très pressées de partir dès que je suis arrivé.

Le regard qu'Allegra posa sur lui était totalement dépourvu d'aménité.

— Elles ont voulu nous laisser seuls. Vous vous en êtes sûrement rendu compte ?

Il fronça les sourcils.

— Seuls ? Et pourquoi cela ?

Allegra résista à l'envie de lever les yeux au ciel. Mais de quelle planète sortait-il ?

— Seuls, tous les deux. Kelly essaie sans arrêt de me faire rencontrer l'âme sœur et cela m'horripile.

Joël sirota une gorgée de son soda au citron vert en l'étudiant. Sa bouche avait un rictus ironique, comme si l'idée de quoi que ce soit entre eux lui paraissait ridicule.

— Alors elle n'approuve pas vos relations avec le directeur général ?

— Je n'ai aucune relation avec le directeur général, répondit-elle en détachant chaque mot.

— Ainsi, ce petit tableau dont j'ai été le témoin n'était qu'une aberration ?

— Patrick et moi sommes amis… Si l'on veut, ajouta-t-elle. Parce qu'il vit une séparation particulièrement difficile, je lui ai prêté une oreille compatissante un jour, et maintenant, tout l'hôpital est plein de rumeurs nous concernant. Mais il n'y a rien entre nous.

— Alors vous devriez peut-être mettre les choses au point. Il a l'air de croire que vous n'attendez que lui.

— Je sais… Mais je ne vois pas comment éviter de le vexer.

— Il s'en remettra, répliqua Joël en finissant son verre. Dites-lui que vous avez rencontré quelqu'un.

— D'accord, mais qui ? Je travaille treize heures d'affilée, je n'ai même pas le temps de faire la lessive ni les courses, sans parler de trouver quelqu'un avec qui sortir.

— Je comprends. Cela fait un an et demi que je suis seul. Ma mère menace de m'inscrire à un site de rencontres sur Internet. Qu'est-ce que j'ai dit ? ajouta-t-il comme Allegra le fixait, stupéfaite.

— Rien… Mais Kelly vient de me suggérer de faire la même chose.

— Quand on y réfléchit, cela paraît bien, au moins en théorie.

— Vous croyez ? dit-elle, dubitative.

— Oui. Cela permet de séparer le bon grain de l'ivraie, si vous voyez ce que je veux dire.

Il s'adossa à son siège, un bras posé nonchalamment sur l'accoudoir, pendant qu'Allegra se retenait d'éclater de rire.

— Le bon grain de l'ivraie ? C'est comme cela que les hommes d'aujourd'hui parlent des femmes ?

— La métaphore n'est pas terrible, mais j'ai pensé que parler de brebis galeuses n'aurait pas été mieux.

— Probablement pas, répondit Allegra qui commençait à s'amuser.

Joël l'observait tandis qu'elle repoussait d'une main fine aux ongles coupés courts une mèche de cheveux qui retombait devant ses yeux verts. Il lisait la fatigue sur son visage, mais il savait qu'il était dans le même cas. Elle avait une bouche pulpeuse et une peau d'un blanc crémeux, comme si elle n'avait pas beaucoup vu le soleil estival.

Il savait qu'elle travaillait beaucoup, et il eut un peu honte de la façon dont il lui avait parlé dans la matinée. Sa réputation dans l'hôpital était excellente, et tous parlaient de son dévouement. Pourtant, il ne pouvait pas écarter l'idée que son projet était de ceux qui provoquent la critique et les commentaires malveillants. Le nouveau service d'urgence serait évalué par ceux qui avaient fourni les fonds, autant que par ceux qui avaient perdu une partie de leurs subventions à son profit. D'après ce que Joël avait entendu, les recherches d'Allegra prenaient un temps précieux sans reposer sur des bases théoriques et il serait bien difficile d'en démontrer les résultats. Or, seuls ceux-ci comptent, il le savait mieux que personne. La situation de ses parents en était un exemple.

— Alors, comment trouvez-vous le Melbourne Memorial? reprit Allegra.

— C'est un magnifique hôpital, le premier dans son genre en Australie. Le fait d'avoir fait fusionner la réception de traumatologie et l'unité de soins intensifs donne au personnel de toutes les spécialités l'occasion de travailler ensemble. C'est un concept très nouveau, même pour un hôpital de pointe.

— Oui, c'est une bonne idée de limiter les transferts des patients, et d'impliquer tout le personnel dès la réanimation. Pousser un brancard sur vingt mètres jusqu'à l'unité de soins intensifs vaut infiniment mieux que de transporter les malades à l'autre bout du bâtiment et deux étages plus haut, comme on le faisait autrefois.

— Et le fait d'avoir deux blocs opératoires en traumatologie est un progrès aussi, même si tous les chirurgiens n'approuvent pas la nouveauté. Ils n'aiment pas beaucoup partager l'équipement et le personnel entre le bloc principal et notre unité.

— Opérer dans un endroit qu'on ne connaît pas peut être source de confusion, remarqua Allegra.

Il la regarda droit dans les yeux.

— Il y a des gens très bien dans ce service. Mais c'est un métier très exigeant, et j'ai bien conscience d'être le nouveau balai, pour ainsi dire.

— Vous tenez beaucoup à vos métaphores, n'est-ce pas ?

— On le dirait bien, non ?

Allegra trouvait rafraîchissant ce nouvel aspect de son directeur, et elle se demanda s'il essayait de rattraper leur mauvais départ. Sans l'arrière-plan austère de l'hôpital, sans la blouse blanche et la cravate, il ressemblait à n'importe quel trentenaire séduisant.

— J'ai entendu dire que vous aviez travaillé à l'étranger, dit-elle en jouant avec son verre vide.

— En voulez-vous un autre ? demanda-t-il.

— Pourquoi pas ? Vodka citron, alors.

Elle commençait à s'amuser, et cela ne lui était pas arrivé depuis longtemps.

— J'y vais, dit-il en se levant.

Un instant plus tard, il posait un verre en face d'elle et se rasseyait.

— Oui, j'ai travaillé un peu à l'étranger, reprit-il, avec une expression légèrement assombrie.

— Où étiez-vous ?

— Au Moyen-Orient.

— Cela ne devait pas être facile, j'imagine ?

Il but une gorgée avant de répondre.

— Non, cela n'avait rien de facile.

Devinant qu'il n'avait pas envie d'entrer dans les détails, elle décida de changer de sujet.

— Etes-vous de Melbourne ?

— Oui, j'y suis né et j'y ai été élevé. Et vous ?

— Mon père est de Sydney et ma mère de Melbourne. Ils vivent ici tous les deux maintenant, mais pas ensemble. J'ai passé autant de temps avec l'un qu'avec l'autre.

— Ils sont divorcés ?

— Ils n'ont jamais été mariés, mais ils sont les meilleurs amis du monde. Ils sont ce qu'on pourrait appeler... progressistes.

— Progressistes ?

— Ils ne vivent pas ensemble, mais quand ma mère a besoin d'un partenaire pour une occasion ou une autre, elle appelle mon père, et vice versa. Je ne serais pas surprise s'ils dormaient encore ensemble quelquefois, ajouta-t-elle, un peu gênée.

— Vous avez raison, ils sont assez progressistes.

— Et vous ? Vos parents sont-ils toujours ensemble ?

— Oui, depuis près de trente-cinq ans.

— Avez-vous des frères et sœurs ?

Il détourna les yeux et passa distraitement un doigt sur la buée de son verre.

— J'ai un frère jumeau.

Quelque chose dans le ton avertit Allegra que le sujet était lourd d'émotion. Son visage s'était fermé, comme s'il regrettait de s'être laissé aller aux confidences. Pourtant, elle avait envie d'en savoir plus.

— Etes-vous de vrais jumeaux ?

— Oui et non. Et vous, que font vos parents dans la vie ? ajouta-t-il comme pour prévenir d'autres questions.

— Mon père est psychologue, spécialisé dans la thérapie par le rêve éveillé dirigé, et ma mère enseigne le Tai-Chi et le yoga.

Il leva les sourcils.

— Cela ne m'étonne plus que vous ayez des tendances à vous intéresser à l'autre monde.

— Je ne vois pas le rapport avec ce que je fais ! s'écria-t-elle.

— Alors, expliquez-moi ce que vous faites exactement, demanda-t-il en s'installant au fond de son siège.

— Vous allez vous moquer de moi.

— Je vous promets de vous écouter sans faire de commentaires. En ce moment, que sommes-nous ? Seulement deux personnes surmenées, épuisées, qui bavardent dans un bar en prenant un verre, non ?

Après une seconde d'hésitation, elle acquiesça, et commença à expliquer brièvement sa théorie : par le toucher, on pouvait stimuler les souvenirs d'une personne plongée dans le coma et l'aider à reprendre conscience.

— Nous savons que les sensations tactiles sont reliées à notre mémoire la plus ancienne, localisée dans les zones primitives du cerveau. Si vous étudiez vos rêves, vous verrez que ces sensations y sont prédominantes. Pour cette étude, j'encourage les parents et les intimes à toucher le patient de façon particulière. Je leur montre comment le masser et le stimuler de manière à faire naître les souvenirs.

Joël l'écouta en silence, pendant qu'elle racontait avec passion une expérience sur un patient tombé dans le coma après une opération cardiaque.

— On avait conseillé à la famille de débrancher les appareils qui le maintenaient en vie car il n'y avait plus aucun signe d'activité cérébrale. Mais sa femme m'a confié que leur fille, qu'ils n'avaient pas vue depuis quinze ans, arrivait du Canada pour lui dire adieu. Quand elle est arrivée, je lui ai demandé de toucher son père sur les sourcils, le nez et les lèvres, comme elle le faisait petite lorsqu'il l'emmenait au lit. Il a ouvert les yeux, a fixé sa fille pendant trente secondes, et il est mort paisiblement quelques minutes plus tard.

— Ainsi, il ne s'est pas rétabli.

Allegra ne se laissa pas décourager.

— Non, mais ce n'est pas de cela qu'il s'agit. Il a repris conscience à temps pour dire adieu. Il a reconnu la main de sa fille, sa façon de le caresser. Un souvenir puissant a rétabli la conscience un bref instant.

— Il n'y a aucun moyen de le vérifier scientifiquement.

— Je sais. Ce n'est qu'un cas isolé, et il n'y a eu aucune mesure de l'activité cérébrale. Mais c'est justement ce que je veux faire maintenant : mesurer les effets. Il existe aussi d'autres techniques pour stimuler l'ouïe et l'odorat. N'avez-vous jamais entendu un air qui vous a transporté à une autre époque de votre vie ? La musique évoque des émotions, tout comme les odeurs. Les souvenirs émotionnels sont les plus puissants. Les propriétés qu'on attribue aux essences naturelles comme le néroli, la camomille, l'encens, la bergamote, la sauge, viennent peut-être de la façon dont elles stimulent ce souvenir.

— Peut-être, mais aucune de ces essences n'a été contrôlée ; elles peuvent contenir des contaminants. On a vu des cas récents où l'usage de la sauge chez des femmes enceintes a été associé à des malformations fœtales. L'essence de menthe est susceptible de provoquer des crises d'épilepsie. Mon souci, c'est que vous introduisiez dans un espace *high-tech* des thérapies qui n'ont jamais été étudiées ni approuvées. S'il y avait le moindre soupçon de réaction défavorable, nous serions cloués au pilori.

— Je respecte des directives très strictes, approuvées par le comité d'éthique. Mon but est de faire avancer la recherche en matière de guérison après un coma. Je ne veux pas être arrêtée par une bureaucratie aveugle.

— Je suppose que c'est de moi que vous parlez ?

— Vous n'avez guère été encourageant, répondit-elle avec un peu de dépit.

— Mon travail n'est pas d'avoir le prix de popularité. Je suis obligé de diriger ce service tout neuf et très coûteux en respectant les directives qui sont énoncées dans mon contrat. L'essentiel de ces directives, vous les connaissez : pas de dépassement de budget, et pratiques médicales irréprochables rapportant des bénéfices qui justifient les dépenses. Je ne peux pas me permettre de me lancer dans des recherches pseudo-scientifiques sur le budget de l'hôpital.

— Ainsi, vous pensez toujours que cela ne sert à rien de toucher une personne mourante ou plongée dans le coma, n'est-ce pas ? Selon vous, il est inutile que les amis et la famille soient là, tiennent la main de leur proche, lui disent qu'ils l'aiment ?

— Non, bien sûr. Mais l'unité de soins intensifs est déjà trop encombrée. Ce n'est pas le bon endroit pour faire intervenir des thérapeutes *new age* avec leurs potions. Et pensez au risque d'infection, si des gens vont et viennent toute la journée sans contrôle !

— Je fais intervenir très peu d'autres thérapeutes. Je travaille seule.

— Quelle petite abeille industrieuse vous êtes ! Vous avez passé un diplôme en gris-gris, en même temps qu'en anesthésie ?

Allegra se leva brusquement.

— Vous savez quoi, docteur Addison ? Il vaut mieux que vous ne vous présentiez pas pour le prix de popularité car si cela ne tient qu'à moi, vous ne serez même pas sélectionné.

— Et sur quels critères feriez-vous la sélection ? demanda-t-il, narquois. Mon aura n'envoie pas les bonnes vibrations, ou mon bureau n'est pas assez Feng Shui ? Vous devriez peut-être le réorganiser pour moi.

Les yeux brillant de colère, elle appuya ses mains sur la table et se pencha vers lui.

— Les seules choses que j'aimerais réorganiser sont votre attitude et votre personnalité, et si ce n'était pas formellement interdit par la loi, j'aimerais pratiquer une thérapie par le toucher sur votre personne, sous la forme d'une bonne gifle.

Il la fixa de ses yeux sombres.

— Allez-y, ma chère, et voyez avec quelle vitesse vous serez renvoyée du service.

— Vous ne pouvez pas me renvoyer, c'est Patrick Naylor qui engage et licencie le personnel, répondit-elle d'un ton de défi.

Il se leva à son tour.

— Je peux vous assurer, docteur Tallis, que je n'ai qu'un mot à dire pour que le directeur déchire votre projet et votre contrat en mille morceaux.

Avec un dernier regard noir, il passa devant elle et sortit.

4

— Alors, comment s'est passé la soirée d'hier avec le directeur ? demanda Louise, le lendemain.

Elle se trouvait dans le vestiaire avec Allegra, qui jeta son sac dans le casier avant de tourner la clé d'un mouvement furieux.

— Je vais tuer Kelly Wilton et Margaret Hoffman.

— Il ne vous a pas invitée chez lui pour un café, si je comprends bien ?

— Non, pas vraiment. Il a menacé de me faire renvoyer.

— Renvoyer ? Il peut ? Je croyais que seul le directeur général pouvait engager et renvoyer les gens ?

— Je commence à croire que Joël Addison peut faire tout ce qui lui passe par la tête.

— C'est dur d'être en position de responsabilité, remarqua Louise d'un ton conciliant. Beaucoup de gens n'étaient pas d'accord avec toutes ces innovations. Le Dr Addison est sans doute excessivement prudent, mais cela se comprend. Les chirurgiens ont fait un scandale à propos du nouveau bloc. Si le service ne produit pas les résultats escomptés, et ne rapporte pas en fonction des investissements, c'est sur lui que cela retombera.

— Je sais, dit Allegra en mettant sa clé dans sa poche et en se tournant vers Louise. Hier soir, pendant un moment, j'ai eu l'impression d'entrevoir quelqu'un de sympathique. Nous avons bavardé et il avait l'air intéressé par ce que je disais.

— Alors, qu'est-ce qui s'est passé ?

— Est-ce que je sais ? s'exclama Allegra en haussant les épaules.

Il a l'air opposé à tout ce qui est un peu extrascientifique. On dirait qu'il en fait une affaire personnelle.

Louise eut un petit ricanement.

— Peut-être a-t-il eu une mauvaise expérience avec une masseuse, autrefois ?

— La seule chose qu'il voudrait faire masser, c'est son ego, mais ce n'est pas moi qui vais m'en charger !

— Lui avez-vous parlé de vos raisons privées de vous intéresser au sujet ?

Allegra soupira et s'adossa aux casiers métalliques.

— Non... Si je le faisais, cela ne ferait qu'empirer les choses. Il dirait que je regarde les choses d'un point de vue émotionnel et pas d'un point de vue scientifique.

— Mais si vous lui disiez ce qui est arrivé à votre amie en faculté de médecine, cela l'aiderait à comprendre pourquoi ce projet est si important à vos yeux, remarqua doucement Louise.

Le bip d'Allegra se mit à sonner, et elle se prépara à sortir.

— Je ne peux pas me permettre de revenir constamment sur ce qui est arrivé à Julie, mais je dois à sa mémoire de faire tout mon possible pour que cela n'arrive plus, et le Dr Addison ferait bien de réfléchir à deux fois avant d'essayer de m'en empêcher.

Puis elle se hâta de rejoindre le centre de traumatologie, situé entre l'espace réservé aux ambulances et l'unité de soins intensifs. Deux ambulanciers étaient au travail, accompagnés des pilotes du service de secours par hélicoptère et d'infirmières.

— Qu'est-ce qui se passe ? demanda-t-elle à Alex Beswin, le chef du personnel du service des urgences.

— Bonjour, Allegra. Deux victimes d'accident, la mère et l'enfant. Leur voiture a quitté la route et plongé dans la rivière. Le conducteur qui les suivait a réussi à les repêcher, mais ils avaient perdu conscience et ils ont passé du temps dans l'eau froide avant l'arrivée des secours. L'enfant est toujours inconscient et hypothermique. Son cœur bat, mais trop lentement. La mère a été réchauffée ; elle a des blessures à la tête, des côtes enfoncées, et un traumatisme abdominal. Nous avons besoin de toi pour l'enfant qui a été intubé sur place. Il faudra lui faire un scanner cérébral. Joël Addison dirige l'équipe qui s'occupe de la mère. On les transporte tous les deux dans l'unité de soins intensifs.

— Bien, dit Allegra en se dirigeant vers l'enfant.

Tony Ringer, le médecin aux urgences, eut l'air soulagé en la voyant apparaître.

— Le tube a été inséré trop profond, Allegra, et il est trop court. Il faut le changer, et j'aimerais que tu t'en occupes. Je vais t'aider. Il y a des lésions au cou à cause de l'airbag.

Allegra se dirigea vers la tête du lit et se pencha pour ausculter la poitrine de l'enfant à l'aide de son stéthoscope, après avoir vérifié le débit du ballon d'oxygène.

— Oui, tu as raison, Tony. Le côté gauche ne se gonfle pas, le tube est trop court et sans doute enfoncé dans la bronche droite. Je vais le changer avec un introducteur pour maintenir l'accès, mais il faudra être prêt à pratiquer une trachéotomie si le larynx est trop œdémateux.

Tony reprit l'oxygénation pendant qu'Allegra, aidée par l'infirmière, réunissait tous les instruments dont elle avait besoin et les disposait à portée de main.

— C'est bon, Tony, on y va, dit-elle.

Prenant un long introducteur en plastique flexible, elle put remplacer le tube sans trop de peine de manière à bien ventiler les deux bronches. Après avoir ausculté les poumons et s'être assurée que la position était correcte, elle fixa l'appareil avec du sparadrap.

— Bon travail, Allegra, dit Tony. C'est utile d'avoir un spécialiste des intubations dans ce genre de circonstances.

— Merci, Tony. Je pense que c'est tout l'intérêt de notre système de rotations.

— Cet enfant est toujours en hypothermie. Nous lui faisons une instillation saline intraperitonéale, et dès qu'il sera réchauffé, il lui faudra un scanner cérébral. Peux-tu veiller à son transfert et l'installer en soins intensifs ? Je veux aller voir l'équipe qui s'occupe de la mère. On vient de me dire que le père a été prévenu, et qu'il est en route.

— Comment s'appelle cet enfant ?

— Tommy Lowe. Je ne sais pas quel âge il a, le père était trop affolé pour pouvoir parler. Qu'en penses-tu ?

Allegra regarda le corps menu qui reposait sur le lit, et son cœur se serra à l'idée que quelqu'un de si jeune avait déjà tant souffert.

— Je dirais six ou sept ans.

— Pas assez vieux pour ce genre d'histoire, conclut Tony, qui enlevait ses gants avant de les jeter à la corbeille.

Allegra posa une main sur le bras de l'enfant, essayant de faire passer un peu de chaleur sur cette peau glacée.

Joël était en train de brancher le système de ventilation assistée sur la mère quand Allegra arriva dans l'unité de soins intensifs avec l'enfant. Il n'y avait aucune trace sur son visage de sa colère de la veille.

— Le scanner cérébral de la mère montre des contusions, mais pas d'hémorragie crânienne, annonça-t-il. On lui a mis un tube intercostal avant de la transférer ici. Elle a des côtes enfoncées à droite et des contusions au foie, visibles au scanner. On ne voit pas de sang, donc les chirurgiens attendent sans intervenir. On lui refera un scanner demain. Les examens sanguins sont normaux, mais nous avons fait une découverte imprévue que nous allons devoir signaler à la police.

— Quoi donc ? demanda Allegra tout en surveillant l'enfant que l'on transférait du brancard dans son lit.

— Son taux d'alcool est excessivement élevé. Ce n'est pas étonnant qu'elle ait quitté la route.

— C'est incroyable ! Comment une mère peut-elle conduire sur une petite route de montagne, avec son enfant à l'arrière, si elle est ivre ?

— Je fais faire des tests pour voir si elle était également droguée, ajouta Joël. J'ai un mauvais pressentiment. Ce n'est peut-être pas un simple accident, mais un suicide, doublé d'un meurtre.

Allegra sentit un frisson glacé la parcourir en regardant la femme placée sous ventilation artificielle. Quelles circonstances de sa vie auraient pu la mener à prendre une décision aussi radicale ?

— Et pour l'enfant, quels sont les résultats ? demanda Joël.

— Pas d'atteinte visible du cerveau. Il peut avoir des contusions mineures, peut-être un léger œdème cérébral. Sa température est remontée à 37. Pas de blessures importantes. Nous avons passé le thorax, le cou et l'abdomen au scanner sans rien déceler.

Danielle Capper apparut.

— Docteur Addison ? Docteur Tallis ? Le mari de Mme Lowe est là. Il vaudrait peut-être mieux que l'un de vous lui parle avant qu'il entre. Il est très agité. Je lui ai fait une tasse de thé et je l'ai installé dans la salle 2.

— Il vaudrait mieux que nous allions le voir ensemble, dit Joël.

— Très bien.

Allegra se força au calme. Comment le père allait-il supporter d'apprendre que sa femme conduisait ivre, peut-être dans l'intention délibérée de se suicider et de tuer son enfant ?

Dans la salle de conférences, un homme d'une trentaine d'années marchait nerveusement de long en large, le visage hagard. Il avait visiblement passé les vêtements qui lui tombaient sous la main, en boutonnant la chemise de travers. Sa cravate pendait d'un côté.

— Je veux voir mon fils ! Où est-il ?

— Monsieur Lowe, je suis le docteur Addison et voici le Dr Tallis. Votre fils est en unité de soins intensifs, son état est stable.

— Et ma femme ? demanda M. Lowe.

— Elle est près de lui, répondit Joël. Ils sont tous les deux sous respiration artificielle. Ils ont été blessés à la tête, mais nous n'avons pas encore de certitude quant à la gravité de ces blessures. Le neurochirurgien va les voir. Nous en saurons plus dans quelques jours, après une période de surveillance.

— Elle avait bu, n'est-ce pas ? dit M. Lowe entre ses dents.

Il leur tourna le dos brusquement pour regarder par la fenêtre.

— Je sais que cela a dû être un choc terrible pour vous, monsieur Lowe, intervint Allegra, mais si vous en avez la force, pouvez-vous répondre à quelques questions qui nous aideront à nous organiser, avant que nous vous conduisions près d'eux ?

Il se retourna et alla s'effondrer sur la chaise la plus proche, la tête entre les mains.

— Monsieur Lowe, intervint Joël, votre femme avait un taux d'alcool très élevé dans le sang, le double du maximum au-delà duquel on ne doit plus conduire. Savez-vous si elle prenait aussi des médicaments ?

M. Lowe leva la tête et ses yeux rougis se posèrent sur Joël.

— Elle prenait des antidépresseurs depuis six mois. Et elle s'était mise à boire depuis quelques semaines, ajouta-t-il en regardant ses mains. Mais je n'aurais jamais cru qu'elle ferait une chose pareille...

— Vous pensez qu'elle a précipité la voiture dans la rivière délibérément ? demanda Allegra.

Le visage de Keith Lowe se crispa.

— Nous avions des... difficultés dans notre mariage. J'essayais d'arranger les choses. Je lui avais suggéré de voir un conseiller conjugal, mais elle ne voulait pas en entendre parler. Alors j'avais organisé ces vacances à la montagne dans l'espoir que nous pourrions nous retrouver. Elle est partie avec Tommy et je devais la rejoindre un peu plus tard car j'avais des affaires à régler en ville. Quel désastre ! Si j'avais pu deviner ce qu'elle avait dans la tête, je ne l'aurais jamais laissée partir...

— Avait-elle déjà montré des tendances suicidaires ?

— Non, pas vraiment, seulement des accès de dépression. Elle restait à la maison sans rien faire pendant des semaines, et puis elle s'en sortait... C'était l'enfer, vous savez, mais j'étais obligé de rester... Ne serait-ce que pour Tommy.

— Oui, bien sûr, dit Joël. Voulez-vous les voir maintenant ?

— Oui. Je veux être sûr que Tommy est bien vivant...

Ses yeux se remplirent de larmes et il réprima un sanglot. Sans parler, Allegra lui tendit une boîte de mouchoirs en papier.

— Essayez de ne pas vous laisser impressionner par les tubes et les machines. Elles ne sont là que pour aider à stabiliser les patients pendant qu'on les garde en observation. Je sais que cela a l'air inquiétant, mais votre fils est jeune et fort, et je suis sûre que sentir son père près de lui va l'aider.

Keith se moucha et s'essuya les yeux avant de se tourner vers Joël.

— Je préférerais ne pas voir ma femme tout de suite, si c'est possible. Pas après... ça.

Joël lui posa une main rassurante sur l'épaule.

— Je comprends très bien. Elle est dans le box à côté, mais je vais m'assurer que le rideau est tiré. Nous pourrons la changer de place si vous voulez.

M. Lowe réfléchit un moment.

— Non, ce n'est pas nécessaire. Je pense que Tommy préférerait l'avoir près de lui. Je peux me débrouiller.

— Il y a quelqu'un près de lui en permanence ; vous pouvez téléphoner à tout moment et parler à l'infirmière qui s'en occupe.

— Ma... femme est-elle gravement blessée ?

— A part la blessure à la tête, qui est la raison pour laquelle elle est inconsciente, elle a des côtes cassées et des ecchymoses aux poumons et au foie. Elle a aussi des contusions sur les bras, qui viennent peut-être des manœuvres de sauvetage. Il faudra attendre quelques heures pour avoir le résultat de tous les examens.

M. Lowe baissa les yeux de nouveau.

— Va-t-elle... va-t-elle survivre ?

— Son état est sérieux, mais il est stable, et nous avons tout mis en œuvre. Je pense qu'elle a une bonne chance de se rétablir.

Un peu à l'écart, Allegra regardait Keith refouler ses larmes à grand-peine près du lit de son fils. Elle se sentait oppressée ; combien de fois avait-elle dû assister à des scènes du même genre ? Elle ne les comptait plus, mais celle-ci avait quelque chose de plus tragique encore que d'autres avec ce soupçon de meurtre et de suicide.

— Vous pouvez lui parler, monsieur Lowe. Touchez-le et parlez-lui autant que vous le voulez.

Keith Lowe gardait les yeux fixés sur l'enfant.

— Mais il ne m'entend pas, n'est-ce pas ?

— Il est inconscient, mais cela ne veut pas dire que son cerveau n'enregistre pas le son d'une voix familière. Le toucher peut aussi l'aider.

Keith tendit une main et la posa timidement sur la jambe de son fils puis il ouvrit la bouche pour parler, mais la referma aussitôt, une expression torturée sur le visage.

— Je ne peux pas... J'ai besoin... d'air... Désolé... Je ne peux pas supporter de le voir comme ça...

— Je comprends, monsieur Lowe, dit doucement Allegra.

— Comment pouvez-vous comprendre ? s'exclama-t-il avec une soudaine amertume. Mon fils est là, dans ce lit, par la faute de cette folle derrière le rideau. Si quelqu'un mérite de mourir, c'est elle, pas lui ! Il n'a que sept ans !

— Monsieur Lowe, je pense qu'il vaudrait mieux...

— Excusez-moi.

Passant brusquement devant Allegra, Keith lança au hasard la blouse que portaient tous les visiteurs, et sortit.

— Docteur Tallis ?

Allegra soupira et se retourna pour faire face à Joël.

— Oui ?

— J'aimerais vous parler, si vous êtes libre. Dans mon bureau. Ce n'est pas pressé, venez quand vous avez cinq minutes.

— Je suis libre maintenant.

— Très bien, je vais faire monter du café, dit-il en s'éloignant.

— Du café, ou un rameau d'olivier ? demanda Louise quand il fut hors de vue.

Mais Allegra l'entendit à peine. Elle avait les yeux fixés sur le lit où gisait l'enfant, si petit et complètement inerte, dans cette pièce déserte où on n'entendait que le sifflement du respirateur.

— Allegra ? demanda Louise en lui donnant un léger coup de coude.

Elle cligna des yeux et sourit faiblement.

— Je suis désolée, j'étais à mille lieues d'ici. Vous avez dit quelque chose ?

— Rien d'important. Mais vous feriez mieux d'aller prendre ce café, vous avez l'air d'en avoir besoin.

— C'est vrai...

Soucieuse, Allegra s'éloigna en direction du bureau de Joël.

5

— Entrez, répondit Joël lorsque Allegra frappa à la porte.

Elle le trouva en train de poser deux tasses de café fumantes sur un plateau.

— Quelle matinée ! s'exclama-t-il en lui tendant sa tasse. Lait, sucre ?

— Non, merci, noir, c'est parfait.

Joël attendit qu'elle soit assise pour s'installer à son bureau. Elle rencontra son regard brun et vit le coin de sa bouche s'étirer d'un demi-sourire.

— Vous devez vous demander pourquoi je vous ai demandé de venir, après ce qui s'est passé hier soir.

Allegra fut incapable de s'empêcher de rougir.

— Comme vous l'avez dit au cours de cette conversation… malheureuse : nous étions seulement deux personnes surmenées, réunies autour d'un verre.

Le regard de Joël était étonnamment chaleureux.

— Oui, c'est vrai, mais je pense quand même que je vous dois des excuses pour m'être montré si…

Il s'interrompit, à la recherche du mot juste.

— Imbu de votre autorité ?

Ses yeux se plissèrent quand il se mit à rire, son visage s'adoucit, et il perdit soudain toute la réserve et la froideur qu'elle lui avait toujours connues.

— On m'a donné bien des appréciations, mais « imbu de son autorité » est une première…

Elle leva un sourcil, sceptique.

— Vraiment ? Cela m'étonne.

— Ecoutez, Allegra, je sais que nos débuts n'ont pas été terribles, et je voulais m'excuser pour la part que j'ai prise dans cette « conversation malheureuse » comme vous dites. Je n'ai aucune intention de parler à Patrick Naylor, et d'après ce que j'ai vu, vous êtes une anesthésiste compétente et pleine de compassion.

— Merci.

— Par ailleurs, je voulais vous donner un conseil à propos de Keith Lowe.

— Oui ? demanda-t-elle en se raidissant.

— Après ce qui lui est arrivé, il est en état de choc, mais je ne pense pas qu'il soit enclin à toucher ou à caresser son enfant. Beaucoup d'hommes sont comme ça. Je l'observais de loin. Il semblait très raide et mal à l'aise.

— Que voulez-vous dire ?

— Il serait sage d'y aller doucement avec lui en ce qui concerne votre projet. Keith Lowe ne me semble pas le genre d'homme à chanter des berceuses à son fils, quelles que soient les circonstances.

— Je ne pensais pas nécessairement à des berceuses, mais je crois qu'il faut qu'il parle à son fils.

— Je suis d'accord. Mais il essaie de se faire à l'idée que sa femme a peut-être essayé de se tuer avec leur enfant. De plus, elle est dans le lit à côté. Il est à cran.

— Vous croyez que nous devrions la transporter ailleurs... Peut-être dans l'une des chambres d'isolement ?

Tout en réfléchissant, Joël pianotait avec deux doigts sur le bureau.

— On peut voir... Mais cela risque d'être mal interprété. Et il a dit que Tommy avait besoin d'elle.

— Même si elle a essayé de le tuer ?

— Nous n'en savons rien. C'était peut-être un accident.

— Conduire en état d'ivresse, un accident ? Ce n'est guère responsable, de la part d'une mère.

— Ecoutez, je sais que c'est moi qui en ai parlé le premier, mais je pense qu'il vaut mieux ne pas porter de jugement avant d'avoir connaissance des faits.

— M. Lowe a dit qu'elle était déprimée et il a tout de suite pensé qu'elle avait bu, comme si cela arrivait souvent.

— Des tas de gens souffrent de dépression sans pour autant attenter à leur vie ou à celle des autres.

— Alors, pourquoi avoir fait faire des tests pour savoir si elle était droguée ? Vous deviez bien avoir des soupçons ?

Il passa une main dans ses cheveux en soupirant.

— J'ai pensé qu'il nous fallait une certitude, dans un sens ou dans l'autre. Les résultats doivent être arrivés.

— Et que pensez-vous qu'ils vont montrer ?

— On peut penser qu'elle a pris ses antidépresseurs habituels, mais combien ? Et quoi d'autre ? Sédatifs, tranquillisants ? Elle a aussi pu se faire un cocktail.

Approchant le téléphone, il composa le numéro du service de pathologie.

Allegra écouta la conversation en buvant son café.

— Si haut ? Et pour les deux ? Oui, j'en ai bien l'impression. Bien, merci d'avoir fait si vite. Il faut envoyer une copie à la police. Je vais leur dire de vous appeler, ils auront peut-être des questions à vous poser.

Il reposa le téléphone et regarda Allegra d'un air grave.

— Mme Lowe avait pris un cocktail : paroxétine, cinq fois la dose prescrite, diazépam à haute dose et des traces de codéine.

— Elle avait vraiment l'intention d'en finir, conclut Allegra en se mordant la lèvre inférieure.

— On le dirait bien.

Allegra fronça les sourcils.

— Cela fait trois drogues. Mais vous avez dit : « tous les deux ». De quoi parliez-vous ?

— J'ai fait faire des tests sanguins pour l'enfant. Il semble qu'il ait pris aussi du diazépam, mais pas autant qu'elle.

— Quoi ? Elle avait drogué l'enfant d'abord ? s'exclama Allegra, incrédule.

— Cela en a bien l'air. C'est difficile à croire, mais ce n'est pas la première fois qu'un parent a recours à de telles extrémités.

— C'est terrible de penser que si cette voiture ne les avait pas suivis, ils seraient morts..., murmura Allegra.

— C'était peut-être leur destin.

— Pardon ? Ne me dites pas que le très scientifique Dr Addison croit en quelque chose d'aussi métaphysique que la destinée !

Il s'adossa à son siège sans la quitter des yeux.

— Qu'avez-vous comme plans pour ce soir ?

— Pour ce soir ? répéta-t-elle, étonnée.

— Quand vous avez fini votre journée de travail, qu'avez-vous prévu de faire ?

— Euh... rien. Je devrais faire la lessive, je suppose. Ma machine est cassée et je ne peux jamais être là quand vient le réparateur, mais la perspective de passer la soirée à la laverie n'est pas très réjouissante.

— Alors, si je vous invitais à dîner, j'aurais une petite chance que vous acceptiez, puisqu'il y a si peu de concurrence ?

Allegra sentit son estomac se nouer.

— Vous voulez m'inviter à dîner ?

— Vous avez l'air étonnée ?

— Je le suis.

— Vous n'êtes pas très souvent invitée ?

Elle lui lança un regard noir.

— Seulement par des hommes récemment séparés, qui passent la soirée à se plaindre de leur future ex-épouse.

— Je peux vous assurer que je ne suis ni séparé, ni marié, ni en couple, au grand désespoir de ma mère, soit dit en passant.

— Vous pourriez essayer Internet, répliqua-t-elle, ironique.

— J'ai pensé que j'allais m'y prendre autrement pour commencer, si vous ne préférez pas la lessive à ma compagnie, bien entendu, dit-il en se levant.

Allegra en fit autant, et s'étonna de sentir ses jambes flageolantes.

— Je vais réfléchir... Mais si vous ne me proposez pas une pizza immangeable et du mauvais vin rouge, je pourrais peut-être renoncer à la laverie.

— Alors je viendrai vous chercher à 20 heures, si ce n'est pas trop tôt...

— D'accord. Je vous donne mon adresse.

Il prit un bloc et un stylo et Allegra, qui le regardait noter, pensa que sa mère adorerait faire l'analyse de sa grande écriture volontaire.

— A ce soir, alors, dit-il en glissant le papier dans sa poche.

— Entendu, et merci pour le café.

— Tout le plaisir était pour moi.

Lui adressant un bref sourire, elle s'éloigna sur des jambes de plus en plus faibles, comme si ses os s'étaient subitement transformés en gélatine...

Le soir, Allegra passa voir Tommy Lowe avant de s'en aller. Susie, l'infirmière qui veillait sur lui, confirma que tous les paramètres de surveillance étaient stables, pour la mère comme pour l'enfant.

— Pauvre bout de chou ! commenta Susie. Comment une mère peut-elle en venir à faire une chose pareille ?

— Cela paraît incroyable, n'est-ce pas ? répondit Allegra en lui rendant la fiche de surveillance. Mais il faut faire attention, et ne pas lancer de rumeurs que nous pourrions regretter plus tard. Pour l'instant, nous ne pouvons qu'imaginer ce qui s'est passé.

— Je ne supporte pas d'être près d'elle... Je voudrais que Chloé termine sa pause et revienne vite s'en occuper. Je la remplace seulement pour quelques minutes.

— Nous devons traiter Mme Lowe comme tous les autres patients du service, rappela Allegra sévèrement. Nous sommes des professionnels de santé, pas des juges.

— Je le sais, mais j'imagine ce que doit ressentir ce pauvre père... C'est une véritable épave. On ne peut pas lui reprocher d'être en colère.

— Est-il revenu ?

— Oui, il y a quelques minutes, mais il n'est pas resté longtemps. J'ai dû lui donner un verre d'eau et deux aspirines dès qu'il a posé les yeux sur Tommy. Il se reproche certainement de ne pas avoir vu le drame venir.

— Oui, sans doute, répondit Allegra avec un long soupir. Le suicide crée toujours ce genre de culpabilité. On se demande toujours ce qu'on aurait pu faire pour le prévenir.

Susie la regarda avec attention.

— On dirait que vous parlez d'expérience. C'est arrivé à l'un de vos proches ?

Allegra fut impressionnée par la sensibilité de l'infirmière, mais elle n'était pas assez intime avec elle pour lui confier ce qui était arrivé à son amie Julie pendant leur première année d'école de médecine. Seule Louise était au courant, parce que son frère, qui était heureux en couple aujourd'hui, avait fait une tentative de suicide quelques années plus tôt après une rupture sentimentale.

Mais ce qu'Allegra avait vécu avec son amie lui donnait encore des cauchemars. Elle se torturait en se demandant pourquoi elle n'avait pas vu les signes annonciateurs, et pas su empêcher la tragédie qui la hantait maintenant.

— Non..., répondit-elle en recouvrant Tommy. Mais on finit par comprendre de quoi il s'agit quand on travaille ici.

— Oui, on voit de tout ici, et puis on rentre chez soi et il faut quand même dormir.

Allegra fit une petite grimace pleine d'ironie.

— Dormir... Voilà une chose qui paraît bien tentante...

— Mais pas autant que de prendre un café avec le nouveau patron ?

— Est-ce que toutes les infirmières n'ont que cela à faire, cancaner tout le temps ? demanda Allegra en fronçant les sourcils. Ce n'était qu'un café, rien de plus !

— Et Patrick Naylor ?

— Quoi, Patrick Naylor ? répéta-t-elle irritée.

— Il ne va pas être heureux de vous voir fraterniser avec le nouveau directeur, alors qu'il était déjà sur les rangs.

— Mais pour l'amour du ciel, combien de fois dois-je vous dire qu'il n'y a strictement rien entre Patrick et moi ?

— Je crois que le seul moyen de convaincre tout le monde serait de sortir avec quelqu'un d'autre, suggéra Susie.

— Oui, et bien je crois que c'est exactement ce que je vais faire, conclut sèchement Allegra avant de tourner les talons.

6

Joël rajusta sa cravate pour la troisième fois en attendant que Allegra réponde à son coup de sonnette. Il y avait si longtemps qu'il n'avait pas invité une femme à dîner qu'il avait l'impression de ne plus savoir s'y prendre. Encore que ce soir, il ne s'agissait que d'un dîner entre collègues, pour faire connaissance. Rien d'autre.

— Oui ?

— Bonsoir, Allegra. C'est Joël. Je vous attends en bas ?

— Non, montez, je vous en prie. Je ne suis pas tout à fait prête.

En arrivant au cinquième, il vit la porte s'ouvrir avant même d'avoir mis le doigt sur la sonnette.

— Désolée, dit-elle en se baissant pour ramasser une boucle d'oreilles. J'ai été prise dans les embouteillages. Asseyez-vous, j'en ai pour une minute. Voulez-vous boire quelque chose ?

— Merci, non.

Elle disparut dans une pièce qui devait être la chambre. Avec amusement, il l'entendit faire tomber quelque chose et pester. Peut-être n'était-il pas le seul à avoir perdu l'habitude de sortir ?

Elle le rejoignit très vite, vêtue d'une robe noire toute simple. Un subtil maquillage mettait en valeur ses yeux verts et ses longs cils ; un rouge rose soulignait ses lèvres et ses cheveux flottaient sur ses épaules. Les souples ondulations dorées avaient l'air si soyeuses qu'il dût se retenir d'y passer la main.

— Je suis désolée de vous avoir fait attendre, dit-elle en allant chercher son sac sur le canapé. Je ne suis pas si mal organisée d'habitude.

Un léger nuage de parfum la suivait.

— C'était une journée difficile ; moi aussi, j'ai tout fait à la dernière minute.

Allegra le suivit jusqu'à sa voiture.

— Vous habitez près de l'hôpital ? demanda-t-elle quand ils furent installés.

— Je loue quelque chose provisoirement, le temps de savoir quel genre de logement j'ai vraiment envie d'acheter.

— Un appartement ou une maison ?

— Oui. Les deux ont leurs avantages, même si je ne vois pas pourquoi acheter une grande maison avec jardin si je n'ai pas le temps d'aller m'y asseoir, sans parler de l'entretenir.

— C'est à cela que servent les jardiniers. J'ai même pensé chercher quelqu'un pour arroser mes plantes en pot. Je n'ai jamais le temps de le faire.

— Vous pourriez acheter des plantes en plastique ?

— Ma mère en ferait une crise de nerfs, répondit-elle avec une lueur rieuse dans les yeux. Les plantes artificielles ne sont pas bonnes pour les courants d'énergie positive.

Joël gardait les yeux sur la route, mais un sourire jouait aux coins de sa bouche.

— Vous savez, j'ai l'impression que vous n'êtes pas aussi adepte des techniques alternatives que vous voulez bien le faire croire.

— Et vous n'êtes pas non plus l'ogre hyperautoritaire que vous voulez paraître aux yeux de tous, n'est-ce pas, Joël Addison ?

Il lui jeta un bref coup d'œil.

— Cela, vous le verrez bien.

Installée à table avec le menu, Allegra commença à se détendre. Pas une pizza en vue.

— Pourquoi ce petit sourire ? demanda-t-il.

— Je vérifiais qu'il n'y avait pas de pizza.

Il lui tendit la carte des vins.

— Vous devriez choisir le vin rouge. Je ne veux pas être accusé d'en avoir pris un mauvais.

— Je n'ai pas l'impression que ce soit votre genre.

— Vous voyez cela à mon aura ?

— J'espère que vous n'allez pas chercher la bagarre, docteur Addison ?

— Pas ce soir. Nous ne sommes que deux personnes surmenées et épuisées en train de dîner, n'est-ce pas ?

— Et maintenant, qui lit les auras ? Je croyais que j'avais réussi à cacher mes cernes !

— Je ne connais rien aux auras, mais je sais que vous travaillez dur, plus que beaucoup d'entre nous.

— Bien, alors je vais vraiment me faire rembourser mon soi-disant anticerne, répondit-elle d'un air faussement sérieux, ce qui le fit sourire.

Puis le serveur vint prendre la commande des vins et les conseiller sur les spécialités du jour.

Allegra étudiait Joël sans en avoir l'air. Il parlait aimablement avec le garçon, écoutant ses conseils. Elle frissonna en se rappelant le scandale qu'avait fait Patrick qui avait insulté la jeune serveuse, coupable d'avoir oublié le pain.

Après le départ du garçon, Joël regarda Allegra.

— Dites-moi ce qui vous a incitée à choisir un projet de recherche sur le coma ?

Allegra fut aussitôt sur ses gardes.

— Est-ce pour cela que vous m'avez invitée à dîner ? Pour que j'essaie de justifier mon sujet encore une fois ? Si c'est le cas, il vaut mieux que je m'en aille maintenant. Cela évitera au chef de préparer un repas auquel je ne pourrai pas toucher.

— Non, ce n'est pas cela. Je voudrais savoir ce qui vous a motivée pour choisir ce sujet, dont on peut penser qu'il a peu de chances de produire des résultats significatifs sur le plan scientifique.

— On voit bien que c'est votre opinion, en tout cas.

— Allons, Allegra, tout dans notre profession dépend des résultats : ce qu'on ne peut pas mesurer n'existe pas ! Les opinions d'experts non étayées par les faits n'ont plus cours.

Elle lui lança un regard sans aménité.

— Pouvons-nous changer de sujet ?

— D'accord... Mais nous avons deux patients plongés dans un coma profond, et je ne veux pas que vous fassiez quoi que ce soit avec eux qui puisse attirer l'attention sur le service.

— Qu'est-ce que vous voulez dire ? Que pensez-vous que je veux faire ? Leur jeter un sort ?

— Je veux que vous soyez très prudente. Si le fils de M. Lowe mourait, ce serait trop facile de faire retomber la responsabilité sur vous.

— Moi ? Mais sa femme, alors ? Est-ce moi qui conduisais la voiture ?

— Non, bien sûr. Mais vous savez bien comment les gens réagissent. Nous voyons tout l'arc-en-ciel des émotions dans notre service, le pire et le meilleur du comportement humain. A mon sens, Keith Lowe est une bombe à retardement, le genre de personne à nous poursuivre en justice pour réclamer des dommages et intérêts.

Allegra se rendait compte qu'il avait raison, même si elle n'avait pas envie de l'admettre. Elle baissa les yeux.

— Je dois dire que cela a l'air d'être son style, en effet.

— Je n'essaie pas de saboter votre projet, Allegra, au contraire. Je serais vraiment heureux si vous arriviez à obtenir des résultats que l'on puisse mesurer et répéter. Mais il faut savoir si c'est bien le moment de le faire, et si le cas convient.

— Me défendez-vous expressément de faire quoi que ce soit, ou voulez-vous seulement que je sois discrète ?

Il la regarda dans les yeux.

— Je vous ai donné un mois et je m'y tiendrai. Mais si vous faites quelque chose, faites-le discrètement. La situation est beaucoup plus tendue que d'habitude, à cause des soupçons qui pèsent sur Kate Lowe. S'il y a une fuite, la presse s'emparera de l'affaire, et l'émotion publique serait vite à son comble. L'idée qu'une mère tue son enfant au cours d'une tentative de suicide est très étrange, et les journalistes joueront sur tous les tableaux. S'ils apprenaient que la mère et l'enfant sont l'objet d'un projet de recherches, utilisant des méthodes qui ne sont pas strictement médicales, ce serait la curée. Aucun d'entre nous n'y survivrait professionnellement.

— Je comprends. Mais j'aimerais quand même essayer quelque chose sur le petit garçon, en demandant la permission au père, naturellement.

— Bien. Mais n'oubliez pas que lorsque des enfants sont concernés, le degré d'émotion est très élevé.

Allegra pensa à sa conversation avec Susie, mais ne jugea pas utile de la mentionner.

— Je me demande souvent comment nos patients s'en sortent, une fois sortis de l'unité de soins intensifs, reprit-elle. Nous les réparons et les renvoyons chez eux, mais nous avons très peu de nouvelles à long terme. Comment font-ils pour se réadapter, en particulier ceux qui restent handicapés ?

Joël examinait le fond de son verre ; son visage s'était assombri.

— J'essaie de ne pas y penser.

— Mais vous y pensez quand même, n'est-ce pas ? demanda-t-elle d'une voix douce.

Il eut un sourire sans joie.

— Cela fait partie du métier. On rentre chez soi épuisé par une longue journée, et on ne peut pas trouver le sommeil parce qu'on se tourmente en se demandant ce qu'on aurait pu faire de plus.

— Je sais… C'est un miracle que nous ne soyons pas plus souvent en congé maladie pour cause de stress.

— Mais c'est pourquoi les mariages entre médecins finissent plus souvent que les autres par un divorce, conclut-il en buvant une gorgée de vin.

Le garçon les servit et Allegra attendit qu'il soit reparti pour reprendre :

— Vous ne m'avez pas dit ce que font vos parents.

— Mon père est professeur et ma mère a cessé de travailler après ma naissance et celle de mon frère jumeau.

— Cela devait être plaisant pour vous, d'avoir votre mère pour vous.

— Cela avait des avantages. Et vous, votre mère travaillait-elle quand vous étiez enfant ?

— Elle n'était pas du genre à rester à la maison. Mon père s'est beaucoup occupé de moi dans les premiers temps, et je crois avoir connu aussi un certain nombre de garderies.

— Mais vous avez eu une enfance heureuse ?

— Très. Mes parents étaient un peu absents de temps en temps, mais je ne me rappelle pas avoir jamais été malheureuse. Même quand ils ont décidé de se séparer, ils l'ont fait si bien que j'étais enviée de toutes mes amies pour avoir des parents si « cool » et si modernes.

Son enfance à lui avait été marquée par la tragédie, une tragédie permanente et sans répit, songea Joël. La dernière fois qu'il avait rendu visite à ses parents, deux jours plus tôt, il avait trouvé sa mère vieillie et comme rétrécie. Son père, quant à lui, portait sur le visage un masque douloureux. Chaque ride, chaque ombre évoquait la souffrance.

Un peu gênée par le silence qui planait, Allegra se demanda si elle l'ennuyait.

— Je suis désolée... J'ai tendance à m'épancher quand je bois du vin...

— Sérum de vérité ? demanda-t-il en montrant son verre.

— Bientôt, je vais vous raconter tous mes secrets...

— Vous avez l'air d'un livre ouvert. Et vous avez le cœur sur la main, ce qui est rare chez les médecins. En général, on vous en dissuade très vite à l'école de médecine.

— Eh bien, j'ai dû être absente ce jour-là, répondit Allegra, songeuse, fixant la bougie sur la table.

— Qu'est-ce qui s'est passé ?

Elle le regarda, surprise de la chaleur qu'elle lisait dans ses yeux.

— J'ai perdu ma meilleure amie en deuxième année.

— Accident ?

— Suicide.

— Je suis désolé. Cela a dû être des moments difficiles.

— J'étais... Je me suis reproché de ne pas avoir vu les signes.

— La plupart des gens à qui arrive une chose comme celle-là éprouvent le même sentiment de culpabilité. Regardez M. Lowe... Je suis sûr que c'est pour cela qu'il n'arrive pas à être là. Il doit penser que c'est sa faute.

— Oui... Mais dans le cas de Julie, j'aurais dû savoir. J'étais sa meilleure amie et nous partagions tout. Nous nous étions rencontrées à la journée d'orientation.

— On ne peut pas toujours lire dans l'esprit des gens.

— Ma mère serait en complet désaccord avec vous, répondit-elle pour alléger le ton de la conversation. Elle jure qu'elle peut toujours savoir ce que pensent les gens en les regardant dans les yeux.

— Ah, vraiment ? Et vous avez peut-être hérité de ce petit talent ?

Il ne prit pas la peine de déguiser son incrédulité, mais la tempéra cette fois d'un sourire.

— Je ne sais pas. Je n'ai jamais vraiment essayé.

Elle se pencha en avant, l'observant.

— Voyons cela… En fait, vous pensez à dormir. Vous n'avez pas eu une nuit de sommeil correcte depuis des semaines, peut-être des mois.

— Pas mal, il y a peut-être quelque chose dans tout cela après tout. Mais que voyez-vous encore ?

Elle se pencha encore plus près, et ses longs cheveux vinrent caresser la main que Joël avait posée sur la table.

Sans y être préparée le moins du monde, elle ressentit une brusque bouffée de désir. Subitement, elle eut l'impression que le regard noir de Joël la brûlait.

Avec un petit rire gêné, elle se recula.

— J'ai vraiment trop bu.

— Les yeux sont le miroir de l'âme, dit-il en faisant signe au serveur pour demander l'addition. Que se passe-t-il si l'on n'en a pas, je me le demande…

— Tout le monde en a une ! protesta-t-elle.

Il eut son sourire cynique.

— N'en cherchez pas une chez moi, Allegra. La mienne a disparu il y a bien longtemps.

Allegra le suivit dehors, attristée à la pensée qu'il avait dû beaucoup souffrir pour s'être ainsi endurci. Elle avait lu dans ses yeux l'ombre d'une douleur qu'aucune nuit de sommeil ne pourrait jamais effacer. Et elle savait que s'il regardait au fond des siens, il y verrait la même chose…

7

— Merci pour ce dîner, dit Allegra à Joël qui la raccompagnait à sa porte. C'était un excellent restaurant, et sans une seule pizza !

— Vous n'allez pas m'inviter à entrer prendre un café ?

— J'allais le faire, mais je craignais que vous ne le preniez pas bien.

— Je le prends comme vous : noir.

— Je voulais dire... Enfin, vous savez très bien ce que je voulais dire.

Il sourit et quand il suivit d'un doigt la courbe de sa joue, elle passa nerveusement sa langue sur ses lèvres.

— Je ferais mieux de rentrer. Il se fait tard, je commence tôt, et...

Le pétillement qu'elle vit dans ses yeux sombres lui coupa la parole. Il pencha lentement la tête, et elle sentit d'abord son souffle chaud sur sa bouche avant qu'il y pose les lèvres.

— Je n'aurais sans doute pas dû faire cela, dit-il en s'écartant.

— Pourquoi ? demanda-t-elle, la gorge serrée.

— Parce que maintenant, j'ai envie de recommencer. Et cela pourrait poser toutes sortes de problèmes.

Il la prit par les épaules et l'attira à lui.

— Vous croyez ? demanda-t-elle en s'appuyant instinctivement contre son torse.

— Je le sais.

— Dommage...

— Les commérages deviendraient insupportables, Allegra.

— Complètement...

— Et puis il y a le problème des gardes.

— Oui ?
— Et enfin, il y a la question : chez vous, ou chez moi ?
— Compliqué !
Il sourit et lui releva le menton.
— Vous êtes la tentation faite femme, Allegra Tallis, mais je vais être le plus fort des deux et reculer avant que nous nous engagions en terrain dangereux.
— D'accord... Je pense que ce serait plus sage, en effet.
— Beaucoup plus sage.
Trente longues secondes passèrent.
— Alors ? Est-ce que vous allez le faire ?
— Faire quoi ?
— Reculer. Vous avez dit que vous alliez être fort et reculer.
— Vous avez raison. Ce serait bien de le faire maintenant.
— Très bien...
Il lui prit les poignets.
— Pourquoi ne pas compter jusqu'à trois ? proposa-t-il.
Sentant son cœur battre à tout rompre, elle entrelaça ses doigts à ceux de Joël.
— Très bien, faisons comme cela. A trois.
Elle prit sa respiration et commença à compter.
— Un...
— Deux, continua-t-il en posant les mains sur ses hanches.
Un long silence passa. Allegra savait qu'elle devait dire le dernier chiffre mais la main qu'il avait posée sur elle la brûlait, et elle était frappée de mutisme.
— Vous n'allez pas le dire ? demanda-t-il dans un souffle.
— J'allais le faire...
Elle sentit ses lèvres sourire contre les siennes avant qu'il n'augmente la pression sur sa bouche, et chancela. Elle n'était pas sans expérience, mais elle ne se rappelait pas avoir jamais ressenti une attraction aussi violente. Il lui semblait avoir attendu toute sa vie ce moment où son désir allait être enfin éveillé.
A cet instant, une voiture passa, les éclairant de ses phares, et elle se recula un peu, le souffle court.
— T... trois.

Les mains de Joël glissèrent le long de ses hanches et il lui adressa un sourire tendre.

— Je savais que vous pouviez le faire.

— C'était dur, mais je crois qu'il fallait que quelqu'un le fasse.

— Oui, c'est vrai.

— Alors, à demain, à l'hôpital ? dit-elle, s'efforçant de prendre un ton tranquille comme si elle embrassait des hommes tous les soirs sur le pas de sa porte.

— A demain. Bonne nuit, Allegra. J'ai passé une très bonne soirée. Vous êtes d'une compagnie très agréable, plus que je ne le pensais.

— C'était mieux qu'un rendez-vous pris sur Internet ?

— Beaucoup mieux, dit-il, en regardant sa bouche.

— Hum, maintenant, c'est le moment de descendre les marches et de monter dans votre voiture. Vous pensez pouvoir faire ça ?

— Je m'y efforce.

Elle se mit à rire.

— Vous aurez le premier prix de séduction.

— Vous aussi, docteur Tallis, dit-il en posant un dernier baiser sur sa joue avant de s'éloigner à grandes enjambées.

— Dormez bien ! lui cria-t-elle de loin.

Il se retourna pour la regarder.

— C'est une plaisanterie ?

— Non... Pas vraiment...

Il lui adressa un signe de la main et disparut dans un vrombissement de moteur.

Joël ne s'était pas cru capable de s'endormir, mais quand le téléphone sonna à 3 heures du matin, il était plongé dans un sommeil profond, dont il eut du mal à sortir.

— Joël Addison, dit-il d'une voix rauque.

— Docteur Addison, c'est Brian Willis, de l'équipe de nuit. Nous avons un problème, et j'ai pensé qu'il valait mieux que je vous en parle maintenant plutôt que d'attendre demain.

Joël s'assit en se passant une main sur le visage.

— Qu'est-ce qui se passe ?

— C'est Mme Lowe. Quelqu'un a saboté son respirateur et elle a fait un arrêt respiratoire.

Joël sauta du lit, le cœur battant.

— Quoi ? Qu'est-ce que vous dites ? Quelqu'un a saboté son respirateur, mais qui ? Et elle, comment va-t-elle ?

— Elle va bien, docteur Addison. Tout est en ordre, mais les infirmières sont bouleversées. C'est Judy Newlands qui a donné l'alarme. Si elle n'était pas aussi compétente et bien organisée, cela aurait fini en désastre. Quelqu'un a déconnecté les alarmes du respirateur et a interverti les bouches d'oxygène et d'oxyde d'azote. Mme Lowe respirait un mélange d'air et d'oxyde.

— C'est impossible, dit Joël. Les connecteurs sont différents. Il est impossible de visser une bonbonne d'oxygène sur un tube d'oxyde d'azote, et vice versa.

— Je sais, mais ce n'est pas comme cela qu'on a procédé. On a coupé les tubes et utilisé des joints pour les intervertir. L'oxyde d'azote vient de la réserve, et à mi-chemin, il est connecté aux tuyaux d'oxygène. Idem pour la réserve d'oxygène, en sens inverse.

— C'est très grave, Brian. J'arrive. Je serai là dans quinze minutes. Avez-vous prévenu la police et la sécurité de l'hôpital ?

— Tout l'hôpital est plein de policiers et d'hommes de la sécurité, et je ne sais pas comment, mais la presse a été informée. Il y a au moins deux quotidiens sur l'affaire et la sécurité me dit qu'un car de télévision est en train d'installer une antenne satellite dehors.

Joël lâcha un juron bien senti.

— J'arrive.

Un groupe de journalistes s'approcha de Joël qui se dirigeait vers l'entrée.

— Docteur Addison ? Vous êtes le nouveau directeur de l'unité de soins intensifs très innovante du Melbourne Memorial. Avez-vous des commentaires à faire sur l'état de Kate et Tommy Lowe ? Sont-ils concernés par l'incident ou l'accident survenu dans le service ?

— Désolé, je n'ai pas le droit de parler de l'état des malades avec quiconque hormis la proche famille, répondit-il en se frayant un chemin.

— Docteur Addison, une rumeur circule, selon laquelle Kate Lowe a essayé de se suicider et de tuer son fils. On aurait attenté à sa vie ici ce matin même. Pensez-vous qu'il y ait un problème de sécurité majeur dans votre service ? Est-ce que n'importe qui peut entrer pour faire n'importe quoi avec les patients ?

— Le public est-il en sécurité dans votre hôpital, docteur Addison ?

— S'il vous plaît, allez-vous-en, dit Joël en sortant sa clé électronique de sa poche.

Une fois entré, il repéra Brian Willis et l'entraîna dans son bureau. Derrière la porte bien fermée, il se fit répéter tous les événements de la nuit.

— La personne qui a fait cela n'a pas pensé aux autres alarmes, raconta Brian. La première qui a sonné, c'est celle de l'oxymètre qui mesure le pouls. Puis le rythme cardiaque. Nous étions un peu à court de personnel, et nous n'avions qu'une infirmière pour trois à ce bout du couloir. Judy était allée préparer un antibiotique pour Tommy, et j'étais dans le bureau. Judy a entendu la première alarme et elle est allée voir. Le respirateur semblait marcher normalement, mais elle s'est aperçue que les alarmes étaient déconnectées, et les a remises en marche, alors elles se sont mises à sonner, évidemment. Voyant que les niveaux d'oxygène avaient baissé à 70 %, Judy a déconnecté Mme Lowe du respirateur et l'a ventilée à la main. Les niveaux sont redevenus normaux, mais quand elle a rebranché le respirateur, toutes les alarmes se sont encore déclenchées. Pensant que le respirateur était défaillant, nous avons ventilé Mme Lowe pendant que Chris Farmer, notre aide-soignant, en apportait un autre. Nous l'avons installé avec sa propre réserve, et comme tout marchait très bien, nous avons déconnecté l'ancien respirateur, et mis le nouveau à la place en le branchant sur la réserve fixée au mur. C'est là que toutes les alarmes se sont remises à sonner. Nous savions qu'il ne pouvait pas y avoir de problème avec la réserve installée sur le mur parce qu'elle alimente tous les autres respirateurs du service. Rien ne paraissait logique. C'est à ce moment-là que Chris a trouvé les tubes intervertis et les connecteurs. L'une des boucles était cachée derrière le chariot dans le coin du box.

— Ce n'est pas du sabotage, Brian, c'est une tentative de meurtre, dit Joël.

— Je suis du même avis, et la police le pense aussi. On interroge Judy et Chris en ce moment. J'ai donné mon témoignage, mais ils veulent aussi vous parler.

— Y avait-il des familles dans le service ?

— Il y a eu des allées et venues jusqu'à une heure assez tardive. Vous savez comment c'est ici parfois, nous autorisons le plus de contacts possible. Ce jeune homme qui est entré l'autre jour, avec une blessure aux vertèbres, ses parents ne l'ont pas quitté. Sa sœur et sa petite amie sont venues aussi, je crois. On ne peut pas savoir exactement qui est là dans un service aussi grand.

Joël se passa une main dans les cheveux.

— Je sais... C'est difficile de dire aux gens de partir quand ils ne reverront peut-être plus jamais leur proche. Est-ce qu'on a prévenu le mari de Mme Lowe ?

— Oui.

— Comment a-t-il réagi ?

— Très froid et peu intéressé, apparemment. En fait, je ne crois pas que cela l'ennuierait beaucoup si quelqu'un débranchait le ventilateur de sa femme.

Joël fronça les sourcils.

— A-t-il été là ce soir, à un moment ou à un autre ?

— Je n'en suis pas sûr, il faudra vérifier auprès des infirmières. Vous pensez que c'est lui ?

— Ce serait idiot : il serait le premier soupçonné.

— Oui, j'imagine, mais il doit être complètement hors de lui. L'enfant ne va pas très bien et s'il meurt ou reste handicapé à vie, le père est capable de faire n'importe quoi.

— Espérons qu'il ne sera pas handicapé à vie, soupira Joël comme son téléphone se mettait à sonner.

— Je vous laisse, dit Brian.

— Joël, ici Patrick Naylor. Qu'est-ce qui se passe dans le service ? Je viens d'avoir un appel du standard qui me dit que la police et la presse sont là.

— Il y a eu un incident en soins intensifs avec un patient, répondit Joël. Tout est en ordre maintenant, mais la presse attend une déclaration de l'un d'entre nous. Si c'est moi, je veux me concerter avec vous avant de leur parler. Le mieux serait que vous veniez pour que je vous donne tous les détails.

Tout en parlant, il se massait l'arête du nez pour essayer de soulager la tension qu'il sentait s'accumuler derrière son front.

— Nom de nom, mais il est 4 heures du matin ! Cela ne peut pas attendre demain ? Je n'arrive pas avant 8 h 30, normalement !

Levant les yeux au ciel, Joël fit un effort pour rester poli.

— Faites ce que vous voulez.

— Bien. Je vous verrai dans mon bureau à 8 h 30. Et débrouillez-vous pour que la sécurité nous débarrasse de la presse. Je ne veux pas être harcelé par les journalistes entre ma voiture et les ascenseurs.

— Très bien, mais si on doit attendre 8 h 30, je ne veux pas être tenu responsable de toutes les spéculations de fantaisie qui paraîtront dans la presse demain matin, rétorqua Joël.

Mais le directeur général avait déjà raccroché.

8

— Tu as entendu ce qui s'est passé cette nuit dans le service de soins intensifs ? demanda Margaret Hoffman en arrivant dans le vestiaire du bloc opératoire.

Allegra était en train de se préparer pour la première des opérations prévues sur la longue liste de Harry Upton.

— Non, je suis venue directement ici ; je ferai mes tournées après. Qu'est-ce qui s'est passé ?

— Quelqu'un a essayé de tuer Kate Lowe.

— *Quoi ?* Mais comment est-ce arrivé ? demanda Allegra en écarquillant les yeux.

— En bricolant le respirateur ; quelqu'un a interverti les tubes d'oxygène et d'oxyde d'azote.

— Incroyable ! Est-ce qu'on a arrêté le coupable ?

— Non, mais je parie que c'était le père, affirma Margaret.

— Cela pourrait être n'importe qui, dit Allegra sans savoir pourquoi elle avait envie de défendre Keith Lowe. Cela pourrait même être un membre du personnel.

Margaret resserra d'un coup sec les cordons de son pantalon chirurgical.

— Mais un membre du personnel connaîtrait tous les systèmes d'alarme et aurait su les débrancher. Cette femme serait morte et j'en connais un ou deux qui ne la regretteraient pas.

— Allons, Margaret, ne sois pas si dure. Nous ne savons pas si c'est un suicide doublé d'un meurtre ou un accident.

Margaret sortit un journal de son casier.

— Tu n'as pas lu l'édition de ce matin ?

Allegra le déplia et regarda la première page, le cœur serré. De gros titres annonçaient la culpabilité de la mère, au-dessus de photos récentes de Kate et Tommy Lowe.

— Pour moi, elle est coupable puisqu'elle est dépressive. Le fin mot de l'histoire, c'est que le mari voulait divorcer, et qu'elle ne l'a pas supporté. Comme elle ne voulait pas renoncer à la garde de l'enfant, elle a décidé de faire les choses à sa façon.

Repliant le quotidien, Allegra le tendit à sa collègue.

— Elle a quand même droit à être jugée équitablement.

— Oui, et elle va trouver un as du barreau pour plaider un accès de folie temporaire. Elle peut s'en sortir sans même une amende, reprit Margaret d'un ton cinglant. Qu'est-ce qu'il y a d'équitable à ça ? Et en quoi cela va aider ce pauvre gosse relié à son respirateur ?

— Ce qui peut aider l'enfant et sa mère, c'est que le personnel de l'hôpital fasse son travail au lieu de se lancer dans des spéculations à leur sujet.

— Mais tu ne la crois pas innocente, quand même ? C'est impossible, puisqu'elle conduisait ivre et droguée !

— Je sais, dit Allegra en enlevant sa jupe, mais je n'arrive pas à croire qu'une mère fasse une chose pareille, sauf en cas de folie, temporaire ou non.

— Je plains le mari. L'article dit qu'il a tout fait pour sauver son mariage.

— Et pourtant, il a demandé le divorce, remarqua Allegra qui attachait ses cheveux.

— Tout le monde a ses limites. Il a peut-être fini par en avoir assez, et par rencontrer quelqu'un d'autre. C'est la tendance aujourd'hui, non ? Remplacer l'ancienne épouse par une nouvelle version plus jeune...

Allegra se retourna vers elle, songeuse.

— Ou *se débarrasser* de l'ancienne épouse.

Margaret resta un instant muette de surprise.

— Mais comment aurait-il fait ? Il était à Melbourne quand c'est arrivé. Il a un alibi en béton.

Elle croisa les bras et, les yeux plissés, ajouta :

— Et qui se lance dans des spéculations maintenant ?

— Tu as raison, nous ferions mieux de laisser l'affaire aux professionnels et de faire notre métier. Est-ce que Harry est arrivé ? Je voudrais étudier la liste avec lui, avant d'aller voir Tommy et sa mère.

— Alors tu as réussi à convaincre le nouveau directeur ?

— Je ne dirais pas « convaincre » ; il a beaucoup de réserves, et ce dernier épisode ne va rien aider. Tout le monde marche sur des œufs dans cette affaire. Mais à moins que Tommy et sa mère se réveillent, on ne saura jamais ce qui est arrivé. Personne ne connaîtra la vérité, et un meurtrier restera peut-être impuni. Tel que je le vois, mon projet est doublement important dans cette affaire.

— Mais si c'est vrai qu'elle a essayé de se tuer avec l'enfant ? Comment ce pauvre petit va-t-il pouvoir accepter cela ?

Allegra soupira en ramassant ses mules.

— Comment fait-on pour accepter la vérité ? On souffre longtemps, mais d'une façon ou d'une autre, il faut bien que la vie reprenne ses droits. Les enfants sont capables de se remettre après des souffrances terribles, et ils sont aussi capables de tout pardonner.

— Je peux te dire une chose : si cette femme était ma mère, jamais je ne lui pardonnerais ! Cet enfant restera sans doute handicapé à vie, et c'est au-delà du pardon, si tu veux mon avis.

— Rien n'est inaccessible au pardon, Margaret. Personne au monde n'a vécu sans avoir au moins une chose à se reprocher. Nous ne savons rien des circonstances de sa vie, après tout... Un autre jour, elle aurait pu ressentir les choses autrement. Quelques heures de plus ou de moins, et elle n'aurait peut-être pas été réduite à ces extrémités. Quant à Tommy, à ce stade, nous ne connaissons pas l'étendue des lésions cérébrales. Il peut se rétablir complètement.

Margaret la regarda d'un air sceptique tout en ouvrant la porte d'un coup d'épaule.

— Tu crois vraiment aux miracles, n'est-ce pas ?

— Il le faut parfois ; la science ne peut pas tout guérir, et ce n'est pas elle qui nous enseigne nos valeurs. Si nous ne croyons à rien, nous pouvons tout de suite aller débrancher tous les ventilateurs.

— J'espère que nous n'aurons pas à débrancher Tommy, surtout pas après cette pauvre Alice Greeson.

— Nous n'en arriverons pas là, Margaret ; je ferai tout mon possible pour cela.

A cause d'une complication avec un patient, Allegra avait pris du retard, mais elle venait de terminer lorsqu'elle reçut un coup de téléphone du directeur général. Il insistait pour qu'elle vienne le retrouver immédiatement dans son bureau.

— Je dois descendre à l'unité de soins intensifs, lui expliqua-t-elle.

— Pourquoi ? demanda Patrick d'un ton sec. Pour rejoindre le nouveau directeur ? J'ai entendu parler de votre petit souper d'hier soir.

Allegra sentit la moutarde lui monter au nez.

— Ecoute, Patrick, je suis désolée, mais si tu souhaites une relation autre que professionnelle avec moi, je ne suis pas intéressée. Ce que je fais de mon temps libre me regarde. Désolée d'être aussi brusque, mais c'est comme ça.

Il y eut un petit silence.

— Pas de problème, je comprends. Mais je voudrais que tu viennes boire un verre avec moi. Tu as été merveilleuse ces temps-ci et c'est pourquoi j'ai soutenu ton projet, mis à part le fait que je le trouve intéressant. Je pensais que je te devais bien cela, puisque tu savais me soutenir en des moments difficiles. Retrouvons-nous ce soir au pub d'Elgin Street, à 19 h 30. C'est tout ce que je te demande, s'il te plaît, Allegra.

Elle retint un soupir résigné. Il avait raison. Il avait tout fait pour l'aider et elle lui devait au moins son amitié.

— D'accord, juste un verre en amis, alors.

— Entendu. Mais je pense qu'il vaut mieux que je te prévienne à propos du nouveau directeur. Cela ne peut que mal finir pour toi.

Quelque chose dans le ton de Patrick la fit frissonner.

— Qu'est-ce que tu dis ?

— En fait, il ne t'a invitée hier soir que pour t'obliger à quitter l'hôpital. Il ne veut pas que tu t'occupes du petit Lowe.

— Allons, Patrick, ce sont des mensonges.

Mais le doute avait déjà fait son chemin dans son esprit. Elle se rappela le caractère imprévu de l'invitation, et le fait que Joël avait commencé à parler de ses recherches à peine installé à table.

— Va lui demander, dit Patrick sur un ton de défi. Il ne va pas le nier… Il ne veut pas que tu te mêles de la manière dont il dirige l'unité. Les articles dans la presse ont fait des dégâts. Déjà, les journalistes sous-entendent que n'importe qui peut entrer dans le service et y faire n'importe quoi, alors s'ils entendent parler de toi, avec tes bougies parfumées et tes cristaux, nous serons la risée de tous.

— Mais tu m'avais dit…

— Je sais ce que j'ai dit et je le maintiens : je pense que tes idées ont du potentiel, mais dans ce cas précis, je suis obligé de me ranger du côté d'Addison. Nous avons trop à perdre. Garde cela en tête s'il t'invite de nouveau.

— Ne t'en fais pas pour moi, conclut-elle avant d'enfoncer rageusement son téléphone dans sa poche.

Joël se dirigeait vers son bureau après un rendez-vous en radiologie lorsqu'il rencontra Allegra. Elle fonçait dans sa direction, le regard noir de colère.

— Juste la personne que j'espérais voir, dit-il avec un sourire. Vous avez le temps de prendre un café ?

— Pourquoi ? Pour m'éloigner de l'unité de soins intensifs et de mes recherches un peu plus longtemps ?

— De quoi parlez-vous ? demanda-t-il, visiblement surpris.

— Vous n'avez pas besoin que je vous détaille vos motivations sordides.

— Je n'ai pas la moindre idée de ce que vous voulez dire.

— Pourquoi m'avez-vous invitée à dîner hier soir ?

Il la regarda dans les yeux.

— Pourquoi un homme invite-t-il une jolie femme à dîner ?

Le compliment ne fit qu'intensifier sa colère.

— Si vous étiez un autre, j'aurais dit que c'était pour faire sa connaissance, mais je suis trop consciente de vos raisons privées.

— D'accord, je l'admets, j'avais un motif différent.

— Eh bien, allez-vous l'avouer ? insista-t-elle comme le silence planait.

Avant qu'elle ait pu réagir, il l'entraîna dans une petite salle de réserve et referma la porte. Comme elle allait protester, il prit sa bouche pour un long baiser qui la laissa vulnérable et sans défense.

La libérant, il alluma la lumière et la regarda, ses yeux sombres brillant de désir.

— Vous n'avez pas le droit de faire ça, dit-elle d'une voix qu'elle aurait voulu furieuse, mais qui n'était que faible.

— Vous m'avez demandé d'expliquer mes motifs. J'ai préféré les démontrer.

— Tout ce que vous avez démontré, c'est votre incroyable effronterie. Vous m'avez invitée hier pour m'éloigner du service, ne le niez pas.

— Je ne nie rien.

— Comment osez-vous prétendre que je vous plais ? Votre attitude est... est...

— Je ne prétends rien, Allegra.

— Je ne vous crois pas. Vous êtes contre moi depuis le début. J'aurais dû deviner que vous aviez une idée derrière la tête quand vous avez lancé cette invitation si inattendue.

— J'admets que c'était un peu spontané, mais...

— Spontané ? Vous m'avez délibérément éloignée de l'hôpital !

— Je vous ai invitée à dîner, il y a une loi contre cela ? demanda-t-il, très calme. Qu'est-ce qui vous prend ? Je vous ai invitée parce que vous me plaisiez ! Si ce n'est pas réciproque, aucun problème ! Je vais peut-être essayer sur Internet après tout.

— J'espère que vous allez finir avec une psychopathe qui va vous empoisonner la vie !

— Oui ? Eh bien, ce ne serait pas la première fois, dit-il en claquant la porte.

L'unité de soins intensifs était plus calme que d'habitude, à cause des nouvelles mesures de sécurité. On demandait aux familles de limiter leurs visites, et d'accepter que l'on fouille les sacs. Le personnel lui-même était soumis à toutes sortes de vérifications et les casiers étaient contrôlés. Un vigile restait en permanence sur les lieux.

Kate avait été transportée dans une chambre d'isolement et elle était sous garde policière.

Tommy ne montrait aucun signe de conscience. Bethany Gladstone, l'infirmière qui en avait la charge, se préparait à faire un nouvel électroencéphalogramme et un scanner.

— Le père est-il passé aujourd'hui ?

— Il est venu puis est allé déjeuner, dit Bethany. Il ne devrait pas tarder à revenir.

Allegra regarda l'enfant inconscient sur le lit et se demanda comment un parent pouvait penser à manger quand son fils unique oscillait entre la vie et la mort.

— Il n'est pas très chaleureux, n'est-ce pas, ce père ? demanda Bethany.

— Pourquoi dites-vous cela ?

L'infirmière haussa légèrement les épaules.

— Je ne sais pas... Il n'a pas l'air d'avoir envie d'être près de son fils.

— C'est dur pour les parents, ils ne savent pas toujours comment gérer leurs émotions. Il n'y a rien de pire au monde que l'idée de perdre votre seul enfant.

— J'imagine. Qu'est-ce que vous comptez faire avec lui ?

— Je voudrais parler de Tommy avec son père, savoir ce qu'il aime, quels livres, quels films... Il faut que je le connaisse un peu pour arriver à l'atteindre.

— Le père n'a pas l'air d'être le genre à connaître très bien son enfant. Je n'ai pas l'impression qu'il ait touché son fils une seule fois depuis que je suis de garde auprès de lui.

— Il n'y a pas deux pères semblables, et certaines personnes ne supportent pas la maladie, ni la proximité de la mort.

— Je trouve que M. Lowe devrait prendre des leçons auprès du père de Jonathan Sprent. Depuis qu'il est arrivé avec ses lésions aux vertèbres, ses parents n'ont pas quitté son chevet. Voilà ce que j'appelle une famille parfaite.

— Comment va-t-il ? Je n'ai pas eu l'occasion de m'occuper de son cas.

— Antony Pardle a fait une décompression spinale et cela a l'air d'aller un peu mieux. Il a eu une sensation de chatouillement dans les jambes.

— Très bien. Je ne peux pas supporter l'idée qu'un jeune homme de dix-neuf ans vive dans un fauteuil roulant.

— Moi non plus, soupira Bethany. Comme il respire sans ventilation assistée, on parle de le transférer dans le service pour malades dépendants.

— Cela fait du bien d'entendre de bonnes nouvelles de temps en temps. Je vais dans mon bureau, j'ai des papiers à remplir.

Un peu plus tard, Allegra aperçut Keith Lowe par la cloison vitrée. Elle se leva avec un sourire rassurant pour aller à sa rencontre.

— Comment allez-vous, monsieur Lowe ?

— Je vais bien, mais je veux savoir ce qui se passe, dit-il d'un ton impatient. J'ai une entreprise à diriger, et toute cette attente ne m'aide pas.

Allegra resta impassible : si M. Lowe faisait passer ses affaires avant l'état de santé de son fils, ce n'était pas à elle d'en juger.

— Votre fils va aussi bien que possible à ce stade.

— Ecoutez, docteur, euh... Tallis ? dit-il en se penchant pour lire son badge. Je veux que mon fils sorte d'ici, et vite. Mes affaires peuvent attendre, mais je ne peux pas jongler entre les deux beaucoup plus longtemps. Y a-t-il quelque chose que je puisse faire pour l'aider à reprendre conscience ?

— Eh bien oui, certainement. J'ai besoin que vous me disiez ce qui intéresse votre fils en ce moment, quels sont ses livres, histoires, musiques, activités préférées.

— C'est facile. Tommy est complètement obsédé par les histoires de *Harry Potter*. Je lui ai acheté le premier DVD et il l'a regardé cent fois. Il peut pratiquement réciter les dialogues par cœur.

— Génial ! Voyez-vous un inconvénient à ce que j'installe un lecteur de DVD près de lui pour voir si nous arrivons à réveiller l'activité cérébrale ?

— Vous pensez que lui passer un film va lui faire reprendre conscience ?

— Je ne peux faire aucune promesse, mais le cerveau humain est complexe, et il arrive qu'il cesse toute activité sans qu'il y ait de dommages physiques. L'électroencéphalogramme de Tommy semble normal. Bien sûr, certaines lésions n'apparaissent pas toujours, mais c'est quand même bon signe. Nous pouvons essayer de donner un coup d'accélérateur aux processus conscients en stimulant les sens. Si par le toucher, l'odorat, l'ouïe, nous réussissions à évoquer des souvenirs forts, cela pourrait marcher. Il est possible qu'écouter son film favori réveille quelque chose en lui. C'est sans garantie, mais cela vaut la peine d'essayer.

— Si vous croyez qu'il y a une chance...

Il avait l'air peu convaincu, mais Allegra n'allait pas se laisser décourager, maintenant qu'elle avait obtenu sa permission.

— Je vais m'occuper de tout, dit-elle. J'ai un lecteur et même une copie du film. Y a-t-il autre chose qu'il aime vraiment ? Des chansons, un plat favori ?

— Pourquoi ? Vous allez lui présenter des hamburgers et des chips ?

— C'est son plat préféré ?

Les épaules de Keith s'affaissèrent et il soupira.

— Je suis rentré si souvent pour trouver la cuisine vide, Kate n'ayant rien préparé. Je ne suis pas le genre d'homme à exiger un dîner cuisiné, mais Tommy est un enfant, il a besoin de repas réguliers. Je ne sais pas depuis combien de temps nous n'avons pas mangé autre chose que des plats sous sachet plastique.

— Ce n'est pas toujours facile d'être une mère, dit Allegra qui pensait à ses propres limites en matière culinaire. Il y a tant à faire, et en si peu de temps.

Il eut une ébauche de sourire.

— Je sais. Avez-vous des enfants ?

— Euh... Non.

— Cela change tout, vous savez. On a de grands idéaux, et puis la réalité vient les détruire.

— C'est un moment pénible pour vous, monsieur Lowe, mais je pense que nous pouvons travailler ensemble à aider Tommy. Vous l'aimez, et même s'il n'a pas l'air conscient de votre présence, il n'est pas impossible qu'il le soit. Il n'est simplement pas encore en état de se réveiller.

— Mais quand va-t-il l'être ?

— J'espère qu'il va revenir à la conscience quand nous toucherons quelque chose de profond chez lui. Cela peut être le film ou votre voix. Il faut trouver la bonne stimulation.

— L'avez-vous déjà fait ? Avez-vous déjà réveillé des gens plongés dans le coma ?

— J'ai eu quelques succès, oui.

— Et ma femme ? Allez-vous essayer de la ranimer aussi ? demanda-t-il d'un ton dur.

— J'aimerais qu'elle puisse nous dire au moins ce qui s'est passé.

Son regard bleu se glaça.

— Ce qui s'est passé, c'est qu'elle a voulu me prendre Tommy pour toujours.

— Il n'y a aucun doute dans votre esprit ?

— Bien sûr que non. C'est ce que la police a pensé dès le début. Elle a voulu se suicider et tuer l'enfant pour se venger parce que j'avais demandé le divorce.

— Quand lui avez-vous parlé de divorce ? demanda Allegra en observant ses réactions.

Il haussa les épaules en détournant les yeux.

— Je ne sais pas... Il y a quelques jours.

— Quelle a été sa réaction ?

— Pas très contente, de toute évidence !

— A-t-elle dit ou fait quelque chose qui aurait pu vous faire penser qu'elle allait en arriver là ?

Il la regarda, l'air irrité.

— Ecoutez, je n'avais pas la moindre idée de ce qu'elle avait dans la tête. Je n'en savais plus rien depuis des années et je voulais en terminer le plus vite possible ; j'ai fait tout ce que j'ai pu, mais il était temps d'arrêter les frais.

— Avez-vous parlé de la garde de l'enfant ?

— Je ne sais plus. Peut-être. Maintenant, si vous voulez bien m'excuser, j'ai une réunion et je suis déjà en retard.

Allegra le regarda s'éloigner à pas pressés, comme s'il tenait à quitter l'hôpital le plus vite possible. Il ne s'arrêta pas près du lit de son fils.

— Qu'est-ce que je disais ? dit Bethany en la rejoignant. Froid et affairé...

— C'est indéniable. Mais il m'a donné l'autorisation de travailler avec Tommy. J'avais peur qu'il ne veuille même pas en entendre parler.

— Je ne pense pas qu'il souhaite vous voir travailler sur la mère ?

— Non, mais cela ne veut pas dire que je ne le ferai pas. Est-ce que quelqu'un est venu la voir ?

— Personne. Ou elle n'a pas de famille, ou ils sont trop en colère pour venir. Je dois dire qu'on les comprend, si c'est le cas.

— Il doit bien y avoir quelqu'un qui tient à elle ? Un ami, une sœur, un cousin ? Elle ne peut pas être complètement seule au monde.

— On le dirait. Mais le mari n'a peut-être rien dit à personne ? Et si j'y réfléchis, Tommy n'a pas eu beaucoup de visites non plus.

— Qui est venu, à part son père ?

— La sœur de M. Lowe, sa tante, une ou deux fois.

— Comment est-elle ?

Bethany fit la grimace.

— Exactement comme son frère, froide et distante. Habillée comme une gravure de modes, coiffure impeccable, vêtements griffés, bijoux et parfum qu'on respire à trente mètres... Elle n'est pas restée plus d'une minute.

— Tommy a-t-il des grands-parents ?

— J'ai entendu une infirmière poser la question à son père. Il n'a pas parlé des parents de sa femme, mais il a dit que les siens étaient en voyage et ne pouvaient être joints.

— Ce qui signifie sans doute qu'il ne veut pas les mettre au courant. Je me demande pourquoi...

— Je n'en ai pas la moindre idée, répondit Bethany. Qu'est-ce que vous comptez faire avec Tommy ?

— Son père dit qu'il adore *Harry Potter*. Je vais installer un lecteur de DVD près de son lit ; cela peut l'aider à retrouver des souvenirs familiers... Je veux aussi poser un moniteur pour enregistrer toute activité cérébrale. Pouvez-vous démarrer la lecture du film dans une heure ? Quand ce sera terminé, enlevez simplement les écouteurs. Je reviendrai ce soir.

— D'accord, dit Bethany. Vers quelle heure allez-vous revenir ?

— Vers 20 h 30, je pense. Je n'ai qu'un rendez-vous avant de repasser ici, puis je rentre chez moi.

— Je ne savais pas que vous aviez un « chez vous ». Vous avez l'air de passer votre vie ici.

Allegra leva les yeux au ciel.

— Merci de me le rappeler !

9

Allegra venait de terminer les listes d'admissions en chirurgie quand son téléphone portable signala un message. Tony Ringer l'informait que Joël était avec Harry Upton auprès d'une patiente qui avait subi une intervention ce matin même, laquelle s'était mal passée. Il avait besoin d'informations concernant l'anesthésie.

Gaile Donovan avait été opérée d'un cancer des ovaires qui avait envahi le plancher pelvien et le colon sigmoïde. Harry avait opéré avec le gynécologue, qui avait tenu à faire l'ablation complète de la tumeur ; mais quand la patiente avait commencé à se vider de son sang, Harry avait insisté pour arrêter l'opération. Ils avaient temporairement stoppé l'hémorragie et refermé l'abdomen, avec l'intention de pratiquer une laparotomie le lendemain.

Dès qu'elle arriva dans le service, Allegra entendit Harry et Joël discuter de leur plan d'action.

— La tension artérielle est au plus bas. Elle est en train de faire une hémorragie : il n'y a pas d'autre choix que d'opérer tout de suite, disait Joël.

— C'était un cauchemar la première fois. Je pense qu'une angiographie suivie d'une embolisation permettraient de mieux contrôler l'hémorragie.

— Ecoutez, Harry, elle se vide de son sang, elle ne survivra pas à un passage à la radio, et encore moins au temps d'attente. Il faut absolument arrêter l'hémorragie, peut-être en pratiquant l'embolisation d'abord.

— J'aurais bien voulu ne jamais opérer ce cas ! Dès que j'ai ouvert, j'ai vu qu'on courait à la catastrophe.

Joël se tourna vers Allegra avec une expression peu amène.

— Je croyais que Tony avait appelé l'anesthésiste de service.

— C'est moi qu'il a appelée, mais si vous préférez quelqu'un d'autre, je m'en vais.

— Bien, docteur Tallis, restez. Le pouls de Mme Donovan est à 160, la pression artérielle moyenne est à 50, le pourcentage d'oxygène est de 80, autrement dit, ce n'est pas brillant. Elle est sous perfusion de noradrénaline, et nous lui faisons une transfusion, mais il faut avant tout arrêter l'hémorragie chirurgicalement. Je change la perfusion de ce matin, qui semble compressée quelque part et ne laisse pas passer assez de volume.

— Je vais tout préparer, dit Allegra avec un calme tout professionnel.

— Combien d'unités de sang a-t-elle eues ce matin au bloc ? Je n'ai pas eu le temps de regarder les rapports.

— Quatre de sang, trois de plasma. Savez-vous combien il nous en reste dans son groupe ?

— Vingt unités, c'est la réserve habituelle de l'hôpital pour le groupe B. La Croix-Rouge va pratiquer des prises de sang ce soir pour remplir un peu nos réserves.

Joël se tourna vers sa patiente, prêt à tous les efforts pour contrer le drame qui se jouait sous leurs yeux.

Gaile Donovan avait un mari et deux filles adolescentes qui attendaient anxieusement des nouvelles. Le diagnostic de cancer était déjà pénible, mais les complications en cours d'opération ajoutaient un élément de tragédie qu'il serait très difficile d'annoncer à la famille si les choses se passaient mal.

Avec l'aide de Danielle, il remplaça la perfusion et s'assura qu'elle coulait rapidement.

— Danielle, augmentez la noradrénaline à trois, pour aider à maintenir la pression artérielle. Je commence une perfusion de vasopressine pour réduire la pression au niveau du pelvis.

— Docteur, elle saigne à tous les points de ponction, observa l'infirmière d'une voix inquiète.

Joël comprit que, malgré la transfusion, une coagulopathie était en train de se développer, et il eut un instant devant les yeux le visage des filles de la malade. Il ne voulait pas avoir à leur apprendre la pire des nouvelles.

— Si nous n'arrêtons pas l'hémorragie maintenant, rien ne pourra l'aider. Donnez-moi quatre unités de plasma et je vais appeler la banque du sang moi-même pour avoir dix unités de plaquettes.

Quelques minutes plus tard, un coursier arrivait avec les unités demandées, et Joël réussit à stabiliser sa patiente juste assez longtemps pour la transférer au bloc opératoire.

Allegra avait installé l'équipement nécessaire pour l'anesthésie et les moniteurs de contrôle. Harry et son équipe, en tenue, attendaient.

— Elle est très instable, docteur Tallis, prévint Joël. Elle fait de la coagulopathie. Je l'ai mise sous perfusion de vasopressine et sous transfusion : nous en sommes à la dixième unité de sang frais groupe B, et j'ai appelé la banque du sang pour en avoir plus.

Allegra lui jeta un regard inquiet.

— Cela va être difficile de pallier tous ces problèmes. Dès qu'on va ouvrir, la tension artérielle va encore baisser.

— Je sais. Je vais aider pour la coagulation pendant que vous vous occupez de l'anesthésie.

— C'est une première, remarqua Harry, à qui l'infirmière tendait un scalpel. On ne voit pas souvent un spécialiste de réanimation au bloc.

— C'est exactement le principe de cette nouvelle unité, répondit Joël. Recouper les qualifications pour briser les barrières trop rigides entre spécialistes.

Pendant que Allegra veillait à l'anesthésie, Joël jonglait avec les apports de liquides et les facteurs de coagulation, consultait l'hématologiste et la banque du sang, et se rendait utile partout où il le pouvait. En rouvrant la première incision, Harry découvrit un flot de sang veineux provenant du pelvis.

— La pression artérielle est à 60, docteur Addison, prévint Allegra, soucieuse.

— Harry, cela va mal, dit Joël. De votre côté, comment vous en sortez-vous ?

— Je fais ce que je peux, mais il y a plusieurs hémorragies, répondit Harry entre ses dents.

Le front emperlé de sueur, il enlevait les anciennes agrafes et les remplaçait après avoir fixé chaque veine hémorragique au mur pelvien avant de comprimer. Pour finir, il ligatura les deux artères iliaques internes, une démarche drastique, mais qui réussit à arrêter les saignements.

— Je vois des caillots se former, dit enfin Harry d'un ton soulagé. Vous avez dû réussir à améliorer son profil de coagulation.

— Elle fait de l'œdème pulmonaire, et elle est déjà en détresse respiratoire, intervint Allegra. J'apprécie votre aide ici, docteur Addison, mais je pense que je vais pouvoir me débrouiller maintenant. Vous avez certainement d'autres patients à voir, ajouta-t-elle avec fermeté.

Joël lui jeta un regard énigmatique avant de se tourner vers le chirurgien.

— A plus tard et bonne chance pour la suite, Harry.

— Merci, Joël. J'apprécie votre idée de partage entre soins intensifs, anesthésie, et bloc pour ce genre de cas. J'espère que cette pauvre femme va s'en sortir.

Après le départ de Joël, Harry regarda Allegra.

— Je l'ai déjà dit, vous travaillez bien tous les deux. Est-ce que les rumeurs disent la vérité, pour une fois ?

— Je croyais que les commérages étaient réservés aux infirmières ?

— Malgré votre réserve professionnelle, on voit bien qu'il y a quelque chose entre vous.

— Oui, une dispute.

— Il est bien, reprit Harry. J'ai travaillé avec pas mal de directeurs, mais je peux dire que Joël fait du bon travail.

— Il est très compétent, admit Allegra à contrecœur.

— Est-ce qu'il risque de compromettre votre projet ?

— Il ne tient pas à ce que je travaille avec Tommy Lowe, surtout maintenant.

— Il fallait s'y attendre. Quel choc de penser que quelqu'un a pu s'introduire ici et trafiquer les instruments ! Est-ce que la police sait qui est le coupable ?

— Je ne crois pas.

— Et le père ? Il a un motif.

— Mais il a aussi un alibi.

— Comme c'est pratique, dit Harry qui commençait à refermer l'incision.

— Je ne pense pas que ce soit lui.

— Il a pu commissionner quelqu'un.

Allegra, qui vérifiait les moniteurs, avait eu la même idée. Keith avait-il payé quelqu'un pour tuer sa femme ?

— Et si c'était lui qui l'avait droguée et envoyée sur la route ? demanda Harry.

— Avec son propre fils à l'arrière ? Allons, Harry, il n'est sans doute pas le meilleur des maris, mais il aime son fils. D'ailleurs, il est d'accord pour que je tente tout pour le ranimer. S'il était coupable, il ne voudrait pas qu'un témoin de sept ans puisse témoigner contre lui.

— Oui, sans doute. Mais il faut regarder le problème sous tous ses angles.

— C'est à cela que sert la police. Il y a eu assez de discussions oisives sur ce sujet.

— A propos de discussions oisives, Patrick Naylor a raconté partout que vous alliez prendre un verre ce soir.

— Je le vois ce soir parce qu'il soutient mon projet.

— Beaucoup de gens y étaient opposés. Patrick l'a défendu, quels que soient ses motifs.

— Je sais qu'il y a du potentiel dans cette étude. Je pense qu'il existe des manières de ranimer les gens que nous n'utilisons pas. Aujourd'hui, tout doit être rationnel d'un point de vue économique : si l'encéphalogramme est plat après tant de jours et tel budget, on débranche. Mais avec une approche théorique différente, du temps et des efforts, je crois qu'on pourrait introduire un vrai changement dans la façon de traiter les comas post-traumatiques.

— J'espère que vous avez raison, Allegra, dit Harry en enlevant sa blouse. Je déteste voir débrancher quelqu'un dont le corps est vivant. Malgré les scanners et les encéphalogrammes, je me dis toujours qu'on aurait pu...

Il ne termina pas sa phrase.

— Je sais, répondit Allegra en soupirant. « Mort cérébrale » est un terme qui me glace.

— C'est un cliché, mais je crois que tant qu'il y a de la vie, il y a de l'espoir. Même Gaile Donovan, mal en point comme elle est, a une chance de s'en sortir.

— Je l'espère, Harry.

— Je vais voir la famille maintenant. Je voudrais pouvoir leur promettre plus, mais je ne fais pas de miracles.

— Elle est vivante, Harry. C'est tout ce qu'ils veulent entendre.

— Je sais, mais pour combien de temps ?

Allegra ne répondit pas. Les chances de la patiente étaient restreintes, certes, mais elle ne voulait pas songer au pire. Elle voulait un miracle, et elle irait le chercher, avec ou sans l'accord de Joël Addison.

10

Patrick Naylor était assis au bar et l'attendait.

— Je suis désolée d'être en retard, mais j'ai dû retourner au bloc, dit Allegra en s'asseyant en face de lui.

— Je ne m'inquiétais pas... pas vraiment, répondit-il avec un bref sourire. J'avais juste envie de voir un visage amical.

Il fixait le verre vide devant lui, les épaules affaissées.

— Tu vas bien, Patrick?

Il la regarda, les yeux embués.

— Ma femme est enceinte de son amant. J'ai appris cela ce matin.

— Je suis désolée. Tu dois te sentir terriblement mal.

— L'ironie, c'est que je remettais toujours à plus tard l'idée d'avoir des enfants... Je suppose que c'est la raison pour laquelle elle est allée chercher ailleurs.

Allegra lui pressa doucement la main.

— Est-ce que je peux faire quelque chose pour toi?

— Non, personne ne peut rien pour moi. J'ai pris rendez-vous avec un psy. Je pense qu'il est temps que je me pose quelques questions sur moi-même. Je suis désolé d'avoir été aussi brutal avec toi, Allegra. Je pensais que si je me lançais dans une autre relation, je me sentirais moins mal.

— Je comprends.

Il eut un sourire triste.

— Je voulais rendre ma femme jalouse. Mais il n'est plus question de cela maintenant, c'est fini.

— Je suis contente que tu me l'aies dit.

— Il y a autre chose...

Il repoussa son verre vide loin de lui avant de la regarder.

— Joël Addison ne t'a pas invitée pour t'éloigner du service. Il a des réserves sur ton projet, surtout après ce qui est arrivé à Kate Lowe, mais j'étais jaloux et je voulais simplement semer la zizanie.

— Oh...

— C'est pathétique, je sais, et j'ai honte. J'espère que je n'ai pas créé trop de problèmes ; je sais que tu dois travailler avec lui.

— Je suis sûre que nous pourrons nous en remettre..., répondit Allegra, qui était déjà en train de formuler mentalement les excuses qu'elle allait faire à Joël.

Patrick se leva, et se pencha pour lui déposer un baiser rapide sur sa joue.

— Merci de m'avoir écouté, Allegra. A bientôt.

— Prends soin de toi, Patrick. Ces choses-là prennent du temps. A bientôt.

Joël finit d'écrire la dernière ligne de son rapport avant de s'adosser au fauteuil avec un soupir de fatigue. La conversation qu'il venait d'avoir au sujet de Tommy avec Anthony Pardle l'avait déprimé. Il ne restait pas beaucoup d'espoir, mais Joël avait réorganisé les équipes pour que les infirmières responsables de l'enfant soient choisies parmi les plus expérimentées.

Il était resté au chevet de l'enfant après le départ d'Antony pour lui raconter ses souvenirs d'enfant de sept ans. Quand une infirmière était passée, il avait attendu qu'elle parte avant d'ajouter, d'un ton suppliant :

— Allez, Tommy, tu peux y arriver, mon vieux, réveille-toi. Vas-y, fais un effort, d'accord ?

Il avait serré doucement la main inerte.

— Je compte sur toi pour te sortir de là. Il faut que tu y arrives, pour toi, pas seulement pour tes parents ou pour le Dr Tallis. Pour toi...

— Comment va Tommy ? demanda Allegra à Bethany un peu plus tard.

L'infirmière lui tendit les feuillets de l'électroencéphalogramme.

— Aucun signe d'activité cérébrale, malheureusement. Le film est fini depuis un moment. Voulez-vous que je le remette en marche ?

— Oui. Cela ne peut pas faire de mal, répondit Allegra qui luttait contre le découragement.

— Anthony Pardle est passé, il y a un moment. Je l'ai entendu parler de Tommy avec le Dr Addison.

— Qu'est-ce qu'il a dit ?

— Il ne pense pas qu'il y ait beaucoup d'espoir.

Allegra secoua la tête, refusant ce pronostic.

— Vous savez comment sont les neurochirurgiens... Ils voient le pire toute la journée, alors ils imaginent le pire.

— Peut-être, mais le Dr Addison avait l'air d'accord. Ils ont évoqué la possibilité de dire au père qu'il fallait envisager de débrancher le respirateur.

— Mais cela ne fait que quelques jours ! s'écria Allegra. Normalement, on donne aux patients une semaine ou dix jours avant de faire cette proposition. Par ailleurs, c'est un enfant. Les études ont montré que parfois les enfants se rétablissent même au bout d'un temps de coma prolongé.

— Je sais, mais c'est au Dr Addison et à Anthony Pardle de décider, en accord avec le père, quand ils pensent que le moment est venu. Ce qui est triste, c'est que la mère commence à donner des signes de conscience. Cela ne paraît pas juste qu'elle revienne à la vie, et pas son fils.

— Qu'est-ce qui se passe de son côté ?

— On a supprimé les barbituriques, comme pour Tommy, mais alors que cela n'a rien donné chez lui, Kate a commencé à respirer spontanément et elle a ouvert les yeux une fois.

— Et son électroencéphalogramme ?

— Il montre des signes d'activité cérébrale.

Désemparée, Allegra regardait l'enfant, qui paraissait encore plus menu et fragile que la veille, quand Bethany lui donna un léger coup de coude.

— Voilà son père et sa tante.

— Docteur Tallis, dit Keith, je vous présente ma sœur, Serena Fairbright.

— Bonjour, dit Allegra en tendant la main à la femme élégante qui lui faisait face, mais celle-ci la serra mollement.

— Comment va mon neveu ?

— Aussi bien que possible.

— Avez-vous passé le film ?

— Nous sommes en train de le faire pour la deuxième fois.

— Alors cela n'a rien donné ?

— Non, mais j'aimerais votre autorisation pour essayer deux ou trois autres méthodes. En particulier, un massage qui pourrait le faire réagir.

— Massage ? répéta Serena. Comment un massage pourrait-il soigner ses lésions cérébrales ?

— Les enfants sont très sensibles au toucher, expliqua Allegra. Les jeunes enfants en particulier sont habitués à être touchés et caressés par leurs pères et mères.

— Ecoutez, docteur Tallis, je ne suis pas très adepte de ces idées, comme vous l'avez certainement remarqué, intervint Keith. J'ai été élevé par des parents stricts qui ne m'ont jamais touché autrement qu'avec un ceinturon ou un fouet. Je n'ai jamais vraiment embrassé ni câliné Tommy, en tout cas pas depuis qu'il n'est plus un bébé.

— Savez-vous si sa mère avait un rituel particulier avec lui qui pourrait le faire réagir ?

— Je reprochais toujours à Kate d'être trop douce avec Tommy. Elle était toujours en train de le caresser, de l'embrasser ou de lui passer la main dans les cheveux. J'avais peur qu'elle le rende efféminé.

— Beaucoup d'hommes ont cette crainte, mais je peux vous assurer que cela n'a rien à voir, répondit Allegra. Pourquoi ne pas vous asseoir maintenant près de Tommy, lui dire que vous êtes là, et le caresser un peu si vous vous sentez assez à l'aise ?

— Nous sommes pressés, intervint Serena avec un regard impatient vers son bracelet-montre incrusté de diamants.

— Si vous croyez que cela peut aider, marmonna Keith d'un air dubitatif.

Allegra les laissa dans la chambre et retourna à son bureau, mais elle avait à peine eu le temps de s'y asseoir qu'elle vit sortir Keith et sa sœur.

— Qu'est-ce que je vous avais dit ? commenta Bethany. Elle est comme lui : aussi glaciale qu'un poisson congelé.

— Oui, mais avec les parents qu'ils ont eus, qu'est-ce qu'on peut attendre d'autre ? Cela ne m'étonne plus qu'il ne veuille pas contacter les grands-parents.

— Vous avez sûrement raison. Bon, je m'en vais, maintenant que Chloé est de retour. J'ai fait quelques heures de garde à sa place, parce que le Dr Addison ne veut que les infirmières les plus expérimentées auprès de Tommy.

Allegra releva la tête.

— Ah bon ?

— Oui, et il n'est peut-être pas enchanté de vos recherches, mais il fait vraiment tout pour aider ce petit garçon. Je l'ai vu assis près de son lit tout à l'heure ; il lui a parlé longtemps, en lui caressant la main. Si vous voulez mon avis, il est bien mieux que le père.

— Merci de votre aide, Bethany, répondit Allegra après un silence. Je vais rentrer moi aussi.

— Pas de rendez-vous ce soir ?

— J'ai rendez-vous avec un livre et un verre de pinot noir. Voilà le summum de ma vie sociale...

— Vous pouvez toujours ajouter un poulet tandoori, pour réchauffer un peu le tout, plaisanta Bethany.

— Quelle bonne idée ! C'est exactement ce que je vais faire.

Quittant le restaurant indien, Allegra n'avait pas fait trois pas dans la rue, lorsqu'elle vit une silhouette familière venir à sa rencontre.

Joël regarda le sac qu'elle tenait à la main.

— Les grands esprits se rencontrent ! Qu'est-ce que vous avez commandé ?

— Un poulet tandoori.

— Assez pour deux ?

— Non. Enfin, je suppose cela pourrait aller, mais seulement si vous aviez une bonne bouteille pour l'accompagner...

Il eut un sourire qui la fit fondre.

— Pas de problème. Je vais en chercher une et je vous rejoins chez vous. Avez-vous besoin d'autre chose ?

Elle lui rendit son sourire.

— Le vin suffira, merci.

Lorsque Allegra ouvrit la porte, il tendit la bouteille.

— Un merlot 98. Pas mal ! Vous avez bon goût.

— Pour certaines choses, oui.

— Si je comprends bien, Internet n'a pas marché ?

— J'y pensais sérieusement, mais j'ai eu peur que vous m'ayez jeté un sort tout à l'heure. Je ne voulais pas me retrouver avec une folle.

— Je ne jette pas de sorts ! s'écria-t-elle en s'efforçant de paraître indignée.

— Si... C'est ce que vous êtes en train de faire.

— C'est ridicule, je ne connais rien à la magie..., dit-elle dans un souffle, tandis qu'il posait les mains autour de sa taille pour l'attirer à lui.

— Alors qu'est-ce que c'est ? demanda-t-il en effleurant ses lèvres.

— Ce n'est pas de la magie, c'est de la folie, répondit-elle en l'enlaçant pour l'embrasser.

— Ce n'est pas de la folie, c'est du désir..., murmura-t-il.

— Il va disparaître si nous choisissons de l'ignorer.

— Et comment avez-vous l'intention de faire ? demanda-t-il en lui mordillant doucement l'oreille.

— Nous... pourrions essayer une autre activité...

— Quoi par exemple ? Jouer au scrabble ?

— Je triche au scrabble. J'invente des mots et je gagne toujours, soupira-t-elle en se pelotonnant contre lui.

— Je ne vous laisserais pas faire.

— Personne ne m'a jamais battue.

— J'aime l'idée d'être le premier à vous conquérir, conclut-il avec un baiser brûlant qui la laissa tremblante.

— Nous devrions dîner avant que tout ceci ne devienne complètement déraisonnable, dit-il en s'écartant mais sans la lâcher. Nous avons eu une longue journée et nous n'en pouvons plus ni l'un ni l'autre.

— C'est juste. Et il faut aussi que je vous fasse mes excuses.

— Pourquoi ?

— Patrick m'avait dit que vous m'aviez invitée hier pour m'empêcher de rester travailler dans le service. J'étais en colère contre vous, et je n'ai pas cherché à vérifier si c'était vrai.

— Je vois.

— Il m'a fait des excuses. Il a des problèmes personnels en ce moment.

— Et moi qui croyais que mes baisers vous avaient convaincue de mes motivations...

— Vos baisers sont très convaincants, mais vous ne croyez pas que nous allons un peu trop vite ?

— Que voulez-vous dire ?

— Nous sommes peut-être attirés l'un vers l'autre physiquement, mais nous sommes à des années-lumière l'un de l'autre professionnellement. Vous n'êtes pas d'accord avec mon étude et je ne suis pas d'accord avec votre décision de débrancher le petit Lowe.

— Allons, Allegra, vous connaissez les règles habituelles en matière de lésions cérébrales. Quand le neurochirurgien a déclaré l'état de mort cérébrale, nous n'avons pas d'autre choix que de conseiller à la famille d'envisager l'arrêt de l'assistance respiratoire. Ce n'est pas juste de laisser les proches dans l'attente quand il n'y a plus d'espoir.

— Tommy est un jeune enfant. De nombreuses études ont montré qu'un enfant pouvait se réveiller après un temps de coma prolongé.

— Oui, mais dans quel état ?

— Complètement rétabli, bien sûr.

— Vous vivez vraiment sur une autre planète ! Bon sang, Allegra, vous savez bien qu'il existe différentes sortes de réveils dans ces cas-là. Tommy pourrait très bien se retrouver handicapé à vie, physiquement ou intellectuellement, ou les deux. S'il survivait dans ce cas, il serait complètement dépendant de ses parents. Quel genre de vie est-ce pour chacun des trois ?

— Il serait vivant, et c'est tout ce qui compte pour des parents.

— Vraiment ? demanda-t-il, les yeux brillant d'une émotion qu'elle ne comprenait pas.

— Bien sûr ! Perdre un enfant est la pire chose qui puisse arriver à un parent. C'est une douleur irréparable.

— Mais la douleur d'avoir un enfant qui ne grandira jamais, ni physiquement ni mentalement, est pire, croyez-moi, dit-il en la saisissant par le bras. Avez-vous pensé à cela au cours de vos recherches pour contes de fées ? Avez-vous jamais interrogé les parents d'un enfant qui n'avait pas obtenu cette guérison complète dont vous rêvez ? Leur avez-vous demandé ce que cela représente de changer les couches d'un adulte plusieurs fois par jour, d'essayer de le nourrir à la cuiller sans que les trois quarts de ce qu'on lui donne lui dégouline sur le menton ? Leur avez-vous demandé ce que cela fait de rester éveillé toute la nuit, en l'entendant hurler de douleur, une souffrance que rien ne peut apaiser, ni les mots, ni les démonstrations d'affection ? Leur avez-vous demandé quel impact cela a sur leur vie, celle du reste de la famille, sur leur mariage ? Hein ?

Elle recula, terrifiée par sa violence.

— Je… je… non, mais je…

Il la lâcha si brusquement qu'elle faillit trébucher.

— Vous ne savez pas ce que vous faites, Allegra. Vous ne pouvez pas garder les gens en vie indéfiniment sans en peser les conséquences.

— Et vous n'avez pas à jouer à Dieu. Vous ne pouvez pas penser que c'est raisonnable de vous promener dans le service et de débrancher les respirateurs, sans laisser aux familles le temps de prendre la décision elles-mêmes si elle est vraiment indispensable.

— Tommy Lowe aura le même temps de ventilation assistée que les autres patients dans son cas. Mais au bout de dix jours, s'il n'y a toujours aucune activité cérébrale, il faudra en informer son père. Nous pouvons garder cet enfant en vie pendant des mois, mais cela voudrait dire que trois ou quatre autres enfants mourront parce qu'ils auront trop attendu une greffe d'organe que son corps aurait pu offrir. Pourquoi n'allez-vous pas faire un tour dans le service de pédiatrie ? Vous les verriez, ces enfants, et leurs parents qui attendent là des jours et des semaines, pendant que chaque heure qui passe réduit les chances de survie de leur petit.

Allegra savait que l'argument était juste : une transplantation offre une dernière chance quand tout le reste a échoué. Les parents de Julie avaient pris cette terrible décision. C'était parfois la seule consolation possible de penser qu'une autre vie allait pouvoir être sauvée grâce au don d'organes. Mais Allegra avait toujours pensé que Julie aurait dû avoir plus de temps. Elle ne pouvait oublier cette impression qu'une pression avait été exercée sur sa famille au moment de la décision ultime.

— Je comprends, mais tout ce que je demande, c'est un peu de temps pour Tommy.

— Vous avez une semaine, dix jours au maximum, répondit-il en se dirigeant vers la porte.

— Je croyais que nous devions dîner ?

— Une autre fois. Je n'ai plus faim.

Lui jetant un regard dur, il sortit.

Allegra s'appuya contre la porte en écoutant le son de ses pas décroître.

— Aide-moi à lui montrer qu'il a tort, Tommy, dit-elle, ses mots résonnant dans le silence.

11

Le lendemain matin, Allegra arriva dans le service avant l'heure pour étudier les relevés d'électroencéphalogramme de Tommy. Ils ne montraient aucun résultat. C'était décevant en soi, mais avec le délai imposé par Joël, un sentiment d'urgence se greffait sur l'inquiétude. Allegra avait mal dormi en pensant à l'enfant, à ce qu'il deviendrait dans cinq, dix ans.

En levant les yeux, elle aperçut Judy, l'infirmière qui avait été de garde le soir où le respirateur de Kate avait été saboté deux nuits auparavant.

— Docteur Tallis ? Vous êtes déjà là ? J'allais vous appeler chez vous ; je pensais que vous aimeriez avoir des nouvelles de Mme Lowe.

— Comment va-t-elle ?

— On l'a extubée, et elle reprend conscience petit à petit.

— A-t-elle dit quelque chose ?

— Elle a prononcé le nom de Tommy plusieurs fois et l'infirmière qui s'en occupait pendant ma pause dit qu'elle l'a entendue appeler la tante de Tommy. Elle n'a plus rien dit depuis un moment.

— Merci, cela m'intéresse beaucoup. Comment vous en sortez-vous ? Est-ce la première fois que vous êtes de garde auprès d'un malade sous surveillance policière ?

— Ici, oui, mais à Sydney où je travaillais avant, j'ai eu à m'occuper d'une femme détenue qui avait été blessée dans une bagarre entre prisonniers. Après ce qui s'est passé, je préfère qu'il y ait quelqu'un pour veiller sur elle. Je n'arrive pas à croire que nous avons failli la perdre.

— Alors, vous ne pensez pas qu'elle mérite de mourir pour ce qu'elle a essayé de faire ?

L'infirmière parut choquée.

— Oh, mais non ! Je suis mère moi aussi. J'ai traversé des moments difficiles, moi aussi, quand mon mari m'a quittée alors que notre fille n'avait que trois semaines. Je sais ce que c'est de se sentir débordée, découragée. Plusieurs fois, j'ai sérieusement envisagé d'en finir. Mais j'ai eu de la chance : j'avais une mère qui s'est rendu compte de mon état, et qui est venue m'aider jusqu'à ce que les choses s'arrangent. D'autres n'ont pas de famille pour les soutenir ; de toute évidence, c'est le cas de Kate. J'ai mal pour elle. Personne n'est jamais venu lui rendre visite, personne n'a appelé pour avoir de ses nouvelles. Cela montre bien qu'elle est isolée et désespérément seule.

— Oui, c'est un peu inhabituel. Même les criminels ont quelqu'un qui tient à eux et qui vient les voir.

— C'est vrai..., dit Judy d'un air pensif. Mais quand tout allait si mal que je voulais en finir, je me suis systématiquement coupée de tous mes amis. C'est le côté ironique de la dépression, je suppose. Au moment où vous avez le plus besoin d'eux, vous repoussez votre famille et vos proches. Je l'ai fait, et parfois avec cruauté. Quelques-uns de mes amis ne me l'ont pas tout à fait pardonné. Peut-être Kate en a-t-elle fait autant...

— Oui, vous avez raison, et je pense que le monde a besoin de gens comme vous, Judy.

Judy eut un sourire timide.

— C'est exactement ce que je pense de vous, docteur Tallis. Je voulais vous dire à quel point j'admire la façon dont vous vous battez pour mener votre étude. Si j'avais agi de manière aussi définitive que Kate Lowe, et je n'en ai pas été loin, j'aurais voulu que quelqu'un comme vous me donne une seconde chance.

— Nous méritons tous une seconde chance, Judy. Malheureusement, il y a quelqu'un dans les parages qui ne pense pas comme nous, et qui voulait la mort de Kate Lowe. Si vous n'aviez pas été là...

— J'espère que la police ne va pas tarder à trouver le coupable. Cela ne fait aucun bien au service ou au directeur, n'est-ce pas ?

— Non.

Allegra soupira en pensant aux pressions qui s'accumulaient sur Joël. Chaque fois qu'elle le voyait, il paraissait plus épuisé que la veille. Il avait été brusque avec elle la nuit précédente, parce qu'il lui fallait des résultats, et vite. Trop de gens avaient les yeux fixés sur lui. Et malgré tout, il avait pris soin de donner toutes ses chances au petit Tommy.

— Je rentre chez moi maintenant, dit Judy, interrompant le cours de ses pensées.

— Vous en avez de la chance, répondit Allegra avec un coup d'œil à l'horloge. Je n'ai plus que treize heures et demie à tenir.

Allegra se présenta au policier qui gardait la chambre de Kate Lowe et quand elle lui eut expliqué brièvement ce qu'elle voulait faire, il la laissa entrer. La jeune femme, toujours reliée à ses moniteurs de surveillance, paraissait presque aussi frêle et vulnérable que son fils.

— Kate, dit-elle en lui prenant la main, je suis médecin anesthésiste, et je m'occupe de vous et de votre fils Tommy. Je m'appelle Allegra Tallis.

Kate semblant faire un effort pour relever les paupières, comme si le nom de son fils avait réveillé quelque chose en elle, Allegra attendit avant de continuer d'une voix douce.

— Il va bien. Nous lui passons son film favori.

Kate remua les lèvres et un son presque inaudible en sortit.

— Tommy...

— Tommy va aussi bien que possible, Kate.

— Serena...

Kate gémit et retomba dans l'inconscience.

Allegra caressa les mains fines, selon une méthode de massage qu'elle avait apprise, en séparant les doigts et en les étirant doucement pour les détendre. Elle se figea lorsqu'elle les retourna : une série de fines cicatrices blanches barrait le poignet. Elle chercha l'autre bras et trouva les mêmes marques.

— C'est une cinglée, murmura Ruth Tilley, l'infirmière de service dans la chambre d'isolation, mais le policier de garde avait de toute évidence entendu.

Allegra fronça les sourcils et lui fit face.

— Je vous prie de garder vos opinions pour vous. Si vous n'êtes pas à votre aise avec cette patiente, je suggère que vous demandiez un transfert.

Laissant échapper un reniflement insolent, l'infirmière alla relever les indications données par les moniteurs.

— Je connais mon travail, même quand le patient est un monstre. J'ai soigné bien pire qu'elle.

— N'oubliez pas votre réserve professionnelle quand vous êtes dans cette chambre. Kate Lowe est inconsciente, mais rien ne nous permet de penser qu'elle n'entend pas tout ce que vous dites.

— Cela m'est parfaitement égal. Elle a déjà essayé de se suicider de nombreuses fois et recommencera si elle s'en sort. J'ai déjà vu ça. Ces gens-là font vivre un enfer à leurs proches...

Allegra se crispa en voyant le regard approbateur du policier.

— Excusez-moi, j'ai d'autres patients à voir, dit-elle en sortant précipitamment.

Les poings serrés, elle se dirigea vers le bureau du service de soins intensifs où Louise vérifiait les notes prises par l'équipe de nuit.

— Oh, je n'aime pas beaucoup la couleur de votre aura ce matin. Je vois des éclairs de colère autour de vous. Notre beau directeur vous a encore énervée ?

— Bizarrement, ce n'est pas Joël cette fois-ci. C'est l'une des infirmières.

— Ah, je vois qu'on en est à s'appeler par son prénom, commenta Louise en souriant.

Allegra ignora la taquinerie.

— Je veux qu'on renvoie Ruth Tilley de la chambre de Kate. Immédiatement...

— Mais pourquoi ? C'est l'une des plus expérimentées du service.

— Cela m'est égal. Je n'aime pas son attitude. Joël Addison est-il arrivé ?

— Vous allez lui demander de la transférer ?

— Tout à fait.

— Je crois qu'il est dans la chambre de Gaile Donovan. Il attend Harry Upton. Le mari a passé la nuit ici. Joël est arrivé tôt pour pouvoir discuter de son cas avec Harry.

Joël leva la tête quand Allegra entra dans la petite chambre où Gaile Donovan était placée sous surveillance.

— Vous avez vu Harry ce matin ? demanda-t-il sans préambule.

— Bonjour à vous aussi, docteur Addison, dit Allegra, malicieuse.

Il baissa de nouveau la tête sur ses notes.

— Désolé, je n'ai pas remarqué que c'était le matin. Je suis arrivé avant le jour.

Allegra eut honte de lui avoir reproché son manque d'égards, alors qu'il avait de plus graves soucis en tête, comme la femme qui gisait à côté d'eux. Harry Upton entra.

— Bonjour, Allegra, Joël. Comment Mme Donovan a-t-elle passé la nuit ?

— Stable, répondit Joël. Plus de saignements, mais Allegra avait raison à propos de la détresse respiratoire. Nous avons fait une radio des poumons ce matin et les deux champs pulmonaires sont pratiquement blancs.

Après un coup d'œil au respirateur, Allegra ajouta :

— La pression du ventilateur est élevée et elle a besoin d'oxygène à 40 %.

— Et la coagulation ? demanda Harry. Il va falloir que j'enlève les agrafes à un moment ou un autre dans les prochaines quarante-huit heures. Quand peut-on le prévoir ?

— Elle est stable pour le moment et elle est sous couverture antibiotique à large spectre. Mon conseil serait de la laisser tranquille pendant quarante-huit heures. Le taux de coagulation est meilleur, mais rien n'est vraiment résolu. Il vaudrait mieux améliorer la situation avant de la soumettre à une nouvelle agression hypovolémique. Qu'est-ce que vous en pensez, Allegra ?

— Je suis de cet avis.

Allegra fut choquée de voir les cernes noirs qu'il avait sous les yeux. Il avait l'air défait, épuisé, et c'était exactement ce qu'elle ressentait elle-même. Quelque chose en elle s'adoucit en le voyant ainsi. Elle ne pouvait plus le considérer comme un ennemi. Elle se rendit compte que Harry et Joël avaient les yeux sur elle, et attendaient la suite.

— Euh... Oui, je préférerais ne pas avoir à l'anesthésier de nouveau avant de savoir comment les poumons fonctionnent.

— Il faut que nous allions voir son mari, proposa Joël. Il a passé la nuit ici. Je l'ai envoyé dans la salle de conférences, il y a un moment, pour qu'il se dégourdisse un peu les jambes.

Le bip de Harry se mit à sonner.

— Désolé, les amis, je suis en retard pour ma visite avec les étudiants en chirurgie. Vous savez comment ils sont : si je n'arrive pas à l'heure pile, ils en déduisent que la visite est annulée et ils filent prendre un café.

Joël sourit.

— Je ne les blâme pas tout à fait. Je prendrais bien un double café extra-fort moi-même.

Se tournant vers Allegra, il ajouta :

— Voulez-vous venir avec moi voir M. Donovan, ou préférez-vous un café ?

— Je voulais vous voir à propos d'autre chose. Quand nous aurons parlé à M. Donovan, peut-être aurez-vous quelques minutes ?

— Je verrai ce que je peux faire, répondit-il en lui ouvrant la porte.

Quand ils entrèrent, Neil Donovan redressa la tête avec une expression d'angoisse qui serrait le cœur.

— Comment allez-vous ? demanda Joël.

— J'espère simplement que ma femme va s'en sortir, répondit l'homme épuisé qui leur faisait face. Mes filles et moi, nous ne pourrions pas supporter…

Il ne put continuer.

— Elle est restée toute la nuit dans un état stable, l'informa Joël. C'est bon signe. Et elle a autour d'elle les meilleurs spécialistes de l'hôpital.

— Je sais…, répondit son mari sans se soucier de cacher les larmes qui roulaient sur ses joues. J'espère que cela suffira. Je ne suis pas pratiquant, mais j'ai prié toute la nuit pour un miracle.

Joël jeta un coup d'œil vers Allegra.

— Les miracles sont difficiles à obtenir, mais peut-être, parfois… Je connais des gens qui y croient. Ne perdez pas espoir ; elle a une chance de s'en sortir, et nous essaierons toutes les options possibles.

— Puis-je aller la voir maintenant ?

— Bien sûr, dit Joël avec un sourire. Qui s'occupe de vos filles ?

— Je les ai laissées chez ma mère, même si elles n'étaient qu'à moitié d'accord.

— Si elles veulent rester auprès leur mère, il faut accepter ; c'est leur place. Et si vous voulez que nous fassions quelque chose pour vous, vous n'avez qu'à le demander.

— Merci. Je ne sais pas comment vous faites pour vivre ça tous les jours, vous autres médecins. Cela doit être usant, à force.

— Nous avons appris à gérer, et c'est différent quand vous êtes de l'autre côté. C'est difficile, et vous vous en tirez remarquablement bien. Votre soutien est exactement ce dont votre femme a besoin.

Neil Donovan leur adressa un sourire las avant de se diriger vers la chambre.

— Il est très différent de notre ami M. Lowe, commenta Allegra.

— De quoi vouliez-vous me parler ? demanda Joël, qui respirait avec délices son léger parfum fleuri.

— Je veux que vous transfériez Ruth Tilley. Elle ne doit pas rester dans la chambre de Kate Lowe, ni dans le service de soins intensifs.

Joël fronça les sourcils en se remémorant les différentes occasions où il avait testé les capacités exceptionnelles de l'infirmière. Elle avait sauvé la vie d'un homme souffrant de traumatismes multiples la semaine passée et ne méritait pas d'être renvoyée du service sans une bonne raison.

— Pourquoi ? Vous avez un problème avec elle ?

— Oui. Elle n'a pas la bonne attitude.

— D'après qui ? demanda Joël d'une voix dure.

— D'après moi, répondit-elle en se redressant de toute sa taille.

— Laissez-moi deviner... Son aura est décentrée, peut-être ?

— Je vous interdis de vous moquer de moi !

— Oh, des menaces ! dit-il avec un sourire narquois.

Allegra se rendit compte soudain qu'ils étaient très près l'un de l'autre, assez pour qu'elle sente sa chaleur. Son cœur se mit à battre à tout rompre, et elle voulut reculer, mais trop tard. Il avait posé les mains sur ses hanches et l'attirait à lui.

— Qui va donner le premier coup, Allegra ? Ou alors, est-ce que je devrais plutôt vous embrasser ?

Incapable de résister au désir brûlant qu'elle lisait dans ses yeux, elle ne le repoussa pas tandis qu'il se penchait lentement vers elle.

12

Son baiser fit revivre d'un coup tous les sentiments qu'il commençait à faire naître chez elle, des sentiments qu'elle n'avait jamais éprouvés pour personne, ou du moins pas à ce degré d'intensité. Dieu sait comment, Joël Addison, l'homme qui s'opposait à ce qu'elle tenait plus que tout à réaliser, lui avait volé son cœur.

Elle ne se faisait aucune illusion sur ses sentiments à lui. Elle savait reconnaître le désir quand elle le rencontrait, et rien ne pourrait combattre cette attraction irrésistible qui avait marqué chacune de leurs rencontres.

— J'aurais dû vous laisser me donner un coup de poing, cela aurait été moins compliqué, murmura-t-il en s'écartant.

Elle passa une main tremblante dans ses cheveux.

— Je ne vous aurais jamais frappé ; je ne crois pas à la violence. Je suis désolée. J'ai peu dormi et l'attitude de Ruth Tilley ce matin m'a perturbée. Je me suis vengée sur vous.

— Vous pouvez vous venger sur moi autant que vous voulez si vous choisissez le même *modus operandi*. Et à propos, pourquoi ne pas nous retrouver pour dîner ce soir et continuer à nous disputer ? Est-ce à votre tour de décider où, ou au mien ?

— Je pense que c'est à vous, répondit-elle en souriant, incapable de s'en empêcher.

Il lui sourit en retour et lui effleura la joue d'une caresse légère.

— Restons discrets, d'accord ? Je ne veux pas avoir affaire aux ragots maintenant. Je suis un peu surchargé en ce moment, mais cela ne veut pas dire qu'en dehors des heures de travail, nous ne puissions pas arriver à un arrangement qui nous satisfasse tous les deux.

— Je comprends...

Il lui releva le menton pour l'obliger à le regarder.

— Je n'en suis pas sûr, Allegra Tallis. J'ai l'impression que vous n'avez pas la moindre idée de ce que je veux dire.

— Vous ne croyez pas que je sache lire dans votre âme ?

Les yeux de Joël s'assombrirent.

— Cela fait longtemps que je n'ai pas eu de relation amoureuse, et pour plusieurs raisons que je n'ai pas envie d'évoquer. Mais vous ne me connaissez pas bien, et je ne veux pas que vous me preniez pour ce que je ne suis pas.

— Nous avons tous des bagages, répondit-elle en s'efforçant de lire son expression.

— Peut-être, mais se lier à moi implique des sacrifices que peu de femmes auraient la force d'âme d'entreprendre. Croyez-moi, j'en ai fait l'expérience.

— Quelqu'un vous a-t-il fait du mal autrefois ?

— Je n'ai pas le cœur brisé ; je suis seulement conscient des limites de ce que je peux offrir à quelqu'un dans le cadre d'une relation amoureuse.

— Vous êtes un homme de valeur, et un bel homme..., dit-elle en l'enlaçant pour poser la joue sur son torse. Je veux bien courir le risque.

Il la repoussa doucement.

— Nous verrons...

— Je suis désolée..., murmura-t-elle, gênée. Si vous n'êtes pas intéressé, dites-le. Je m'en remettrai.

— Je ne pense pas pouvoir nier que je suis attiré par vous, Allegra. Après tout, vous en avez les preuves physiques, à la fois répétées et démontrables.

— C'est le scientifique qui parle, n'est-ce pas !

Il l'attira à lui pour un dernier baiser.

— Vous pouvez le croire.

— Je le crois, mais je crois qu'il y a aussi des zones d'ombre auxquelles la science n'apporte pas toutes les réponses.

— Je n'ai jamais dit que la science répondait à tout, mais je ne veux pas que, sans le vouloir, vous risquiez de jeter le discrédit sur le service, au moment où tous les yeux sont fixés sur nous.

— Vous parlez comme si je ne savais pas ce que je faisais !

— Savez-vous ce que vous faites ?

— Evidemment ! Je ne veux que le bien des patients et de leur famille.

— Mais si les patients et leur famille ont des besoins contradictoires ?

— C'est impossible ! La vie est unique, et précieuse sous toutes ses formes.

— Quelque chose en moi admire votre confiance et votre dévouement, Allegra, mais j'ai aussi envie de vous secouer pour vous faire retrouver le monde réel, et vous montrer que ce que vous cherchez n'existe pas.

— Les miracles, vous voulez dire ?

— Les miracles, la poudre de perlimpinpin, l'aromathérapie... Bref, les outils de votre pratique. Cela ne donne pas les résultats que les gens espèrent, et je hais l'idée qu'on puisse leur faire croire des choses qui n'existent pas. C'est intolérablement cruel de susciter des espoirs là où il n'y en a pas.

— Je ne trompe personne.

— Non, seulement vous-même, et c'est peut-être la pire des tromperies, conclut-il en ouvrant la porte.

Après son départ, Allegra s'effondra sur la chaise la plus proche. Il fallait qu'elle réussisse à lui prouver qu'elle avait raison, mais comment ?

Tommy Lowe était toujours inconscient quand Allegra alla le voir un peu plus tard dans la journée ; les moniteurs ne montraient aucune activité cérébrale, et pour comble, la température était en train de monter : il avait 38,5.

Keith Lowe arriva pendant qu'elle lui massait les pieds, en exerçant des pressions sur certains points de la plante pour libérer les tensions.

— Qu'est-ce que vous faites ? demanda-t-il d'un air méfiant.

— C'est une thérapie par le toucher. Les enfants sont très

chatouilleux de la plante des pieds, et j'essaie de provoquer une réaction.

— Rien de tout cela ne marche, n'est-ce pas ?

Il allait et venait dans l'espace réduit de la chambre, visiblement sur les nerfs.

— Nous n'en savons rien encore. Il nous faudra du temps.

Il lui jeta un regard découragé avant de fixer les moniteurs et les systèmes d'assistance qui maintenaient son fils en vie.

— Si Tommy ne redevient pas ce qu'il était, je ne veux pas qu'on le ranime.

Allegra le contempla stupéfaite.

— Vous n'êtes pas sérieux ?

— Vous ne comprenez pas. Il y a vie et vie. Je vous l'ai dit hier, mes parents n'étaient pas du genre affectueux. Ils l'auraient été s'il n'y avait pas eu ma grande sœur, la grande déception de leur vie. Ils me l'ont fait payer.

— Que s'est-il passé ?

— Elle souffrait d'une forme sévère d'autisme. Cela a détruit la vie de mes parents, de telle sorte que je ne peux guère leur en vouloir de leurs réactions à mon égard. C'était un mélange de culpabilité et de frustration, qu'ils ne pouvaient pas exprimer envers elle, et qu'ils m'ont fait supporter à la place.

— Cela a dû être terrible pour vous.

— Oui...

— Et votre autre sœur, Serena ? Vos parents étaient-ils aussi durs avec elle ?

Il détourna les yeux.

— Oui... C'était difficile... pour tous... Je ne peux pas supporter l'idée que mon fils soit handicapé à vie. Pas après ce que j'ai vécu. Je préférerais qu'il meure.

— Qu'est-ce qui est arrivé à votre sœur aînée ?

— Elle est morte à seize ans, de pneumonie. Je vois encore le soulagement sur le visage de mes parents. Je n'ai jamais pu m'empêcher de penser qu'ils s'étaient mis d'accord avec le médecin pour qu'il ne fasse pas d'acharnement thérapeutique.

Allegra sentit l'émotion la submerger, à tel point qu'elle eut du mal à respirer.

— Tommy peut très bien s'en sortir indemne, dit-elle en se raccrochant à son dernier brin d'espoir.

— C'est un risque que je ne veux pas prendre. J'ai vu, personnellement, les dégâts qu'un enfant handicapé peut faire... Et puis, je suis au début d'une nouvelle relation sentimentale. Ma partenaire ne supporterait pas Tommy s'il était... handicapé d'une manière ou d'une autre.

— Ne précipitez rien. Tommy est un petit enfant qui a toute la vie devant lui.

— Ce n'est pas ce que le neurochirurgien avait l'air de dire.

— M. Pardle est un brillant chirurgien, mais au cours de sa longue carrière, il en a trop vu pour apporter beaucoup d'espoir dans des cas comme celui-là. Mais cela ne veut pas dire que Tommy ne peut pas nous surprendre.

Keith se leva lentement, comme un homme épuisé.

— Je ne veux pas savoir ce qui arrive à ma femme, mais je veux que mon fils meure dans la dignité. Je ne veux pas qu'il souffre inutilement pendant des mois, et sa vie ne doit pas avoir été vaine. Quand le moment sera venu, je souhaite faire un don d'organes. C'est ce qu'il aurait voulu lui-même.

— Vous n'avez pas à décider de cela à ce stade. Il a encore une chance de se réveiller.

— Une toute petite chance, n'est-ce pas ?

— Petite sans doute, mais bien réelle.

— Vous êtes la seule à penser qu'il peut s'en sortir. Tous les autres m'ont laissé entendre que s'il se réveillait, ce serait avec des séquelles graves.

— Pas forcément...

— C'est un risque que je ne peux pas prendre, ne serait-ce que pour lui. Il n'aurait pas voulu vivre condamné à un fauteuil roulant.

— Donnez-moi encore un peu de temps avec lui. N'abandonnez pas avant d'avoir tout essayé... s'il vous plaît, monsieur Lowe ? C'est votre fils unique. Vous lui devez bien cela...

Des larmes jaillirent dans les yeux de Keith Lowe qui les essuya d'un brusque revers de main.

— Je ne sais pas si je peux... C'est trop risqué...

— Et votre sœur ? Peut-elle m'aider ? Les proches sont très importants aussi.

— Je ne crois pas qu'elle soit indiquée.

— Mais votre femme l'a appelée plusieurs fois...

— Comment ? Vous êtes sûre ? demanda-t-il, paraissant stupéfait.

— Oui, les infirmières et moi-même l'avons entendue dire son nom et celui de Tommy. Sont-elles proches toutes les deux ?

— Kate n'est proche de personne. Elle s'est fâchée avec sa famille ; ses parents n'ont même jamais rencontré Tommy. Ils vivent dans l'ouest du pays. Elle a une sœur missionnaire quelque part dans le monde.

— La dépression isole celui qui en souffre ; c'est une maladie pénible pour le malade et pour ses proches. N'y a-t-il aucun moyen de contacter la famille de votre femme ?

— Je ne vois pas pourquoi je prendrais cette peine. Ils sont responsables de notre échec, d'une certaine façon. Kate a eu une enfance malheureuse, elle a été maltraitée. Quand je l'ai épousée, j'ai cru que je pourrais l'aider à surmonter les traumatismes du passé, mais, avec le temps, j'ai dû me rendre à l'évidence : le problème me dépassait. Ses accès de dépression montraient que c'était plus sérieux que je ne croyais.

« Alors vous l'avez abandonnée quand les choses sont devenues un peu plus difficiles ? » pensa Allegra, qui était trop professionnelle pour exprimer ses pensées à haute voix, même quand l'envie l'en tenaillait.

— J'ai rencontré quelqu'un d'autre, continua Keith. Elle est tout ce que ma femme n'est pas : elle a confiance en elle, elle sait ce qu'elle veut et comment l'obtenir. Elle est ce dont j'ai besoin. J'ai passé dix ans à fournir des béquilles à ma femme, par tous les moyens possibles. Elle a été hospitalisée maintes fois. Je n'en peux plus. Je veux une vie sans le boulet d'une partenaire à demi psychotique.

— Mais votre fils ?

— Il a peu de chances de survie... Je le sais. Je crois que je l'ai su dès le début. Je fais de mon mieux pour me préparer à l'inévitable.

— Alors vous abandonnez, comme ça ?

— Vous feriez la même chose à ma place. Tout le monde en ferait autant, ou presque.

— Ce n'est pas vrai. Ce n'est pas parce que vous pensez que quelque chose est trop dur pour vous que d'autres n'auront pas le courage de supporter ce que la vie leur apporte.

— Peut-être que la vie ne vous a rien apporté de si terrible, mais attendez que cela vous arrive, et vous changerez d'avis.

— Tommy mérite de vivre, et en ce moment vous êtes la personne qui tient sa vie entre ses mains, monsieur Lowe. Ne la détruisez pas par peur de l'inconnu. L'opinion de M. Pardle et celle du Dr Addison comptent, mais c'est vous qui décidez. Ils ont vu des lésions cérébrales de gravités diverses et moi également, mais j'ai vu aussi des opportunités perdues, des vies coupées net avant que l'on ait fait tout ce qu'on pouvait pour les sauver.

— Je ne peux pas jouer à la roulette russe avec la vie de mon fils. J'ai vu comment un enfant retardé détruit la vie de tous ses proches. Vous serez sans doute choquée de l'entendre, mais il y a pire que la mort d'un enfant. Bien pire…

Puis il s'éloigna sans jeter un regard sur le petit lit où gisait son fils.

13

Le restaurant italien où Joël avait réservé était au bord de la rivière, non loin du casino. Ils s'installèrent à une table près de l'eau qui, malgré sa couleur boueuse, scintillait sous le soleil déclinant.

— Pas très tentant pour un plongeon, n'est-ce pas ? demanda Joël en souriant.

— Je suis tombée dedans souvent quand je faisais partie de l'équipe d'aviron de mon école. Je suis venue ramer très souvent par ici, même en plein hiver.

— Je suis impressionné, dit-il en acceptant le menu que le garçon lui tendait. Vous ramez toujours ?

— Dans les rares occasions où ma mauvaise conscience me pousse à fréquenter une salle de sports, je vais m'exercer cinq minutes sur un rameur, avant de m'écrouler à bout de souffle.

Il eut un petit rire entendu.

— Je connais cette impression. Je n'ai pas fait d'exercice depuis des lustres.

— Mais comment faites-vous pour rester si en forme ?

— En forme ?

— Vous avez un corps de sportif… Vous devez bien faire quelque chose pour le garder ?

— Je cours un peu, et je soulève des poids de temps en temps… Plus pour les enlever de mon chemin quand je passe l'aspirateur que pour autre chose.

— J'avais loué un vélo d'appartement une fois, et très vite, je l'ai utilisé comme portemanteau. Quand j'ai dû le rendre, il m'a manqué pour accrocher mes affaires.

Un sourire éclaira les yeux bruns.

— Et si on installait une salle de sports dans l'hôpital, pour le personnel ? Est-ce que vous iriez ?

— C'est une idée ! Je pense que cela marcherait très bien, si une salle était installée sur place. C'est plus simple que de rentrer chez soi épuisé et de rassembler l'énergie pour aller au club le plus proche.

— Et cela encouragerait les contacts amicaux entre les différentes catégories de personnel. J'ai l'impression qu'il y a des luttes de factions partout dans l'hôpital.

— Oui, c'est vrai, mais c'est dû essentiellement au stress et au fait que les gens travaillent trop. La nouvelle aile a été construite au détriment d'autres services.

— Je le sais bien, et c'est pourquoi c'est si important que cela marche.

— Même si cela veut dire que je n'arrive pas au bout de ma recherche ?

Il releva les yeux par-dessus le menu qu'il était en train d'étudier.

— Ne nous disputons pas ce soir, Allegra. Je suis fatigué et vous aussi. Nous finirions par nous dire des choses que nous ne pensons pas et par gâcher ce qui devrait être une excellente soirée.

— Je sais, mais je ne peux pas m'empêcher de ressentir la pression du temps qui passe. Il me faut du temps pour travailler avec Tommy Lowe.

Il lui jeta un regard froid.

— C'est pour cela que vous avez accepté mon invitation ? Pour me parler de lui et me convaincre de changer d'avis ?

— Est-ce trop demander ? C'est un enfant, et qu'est-ce qu'une semaine de plus ou de moins ? Vous pouvez sûrement me permettre de rester un peu avec lui ?

Joël posa le menu sur la table, comme si tout appétit l'avait déserté.

— S'il vous plaît, Allegra. Je ne veux plus parler travail ce soir.

Quelque chose d'implacable dans son expression la fit capituler. Elle savait qu'ils étaient tous deux sous pression et elle désirait autant que lui s'accorder une pause. Ils l'avaient bien méritée.

— Très bien, dit-elle en se plongeant à son tour dans l'étude du menu.

Joël la regarda à la dérobée. Il l'admirait et l'aimait de croire aux miracles, comme il y avait cru lui-même autrefois, comme ses parents y avaient cru, jusqu'à ce que la réalité les rappelle à l'ordre. Le fardeau qu'ils portaient était trop lourd. Il pensa à eux, si près, mais prisonniers d'une souffrance infinie.

— Vous savez quoi ? dit Allegra, le tirant de sa rêverie. Il y a de la pizza !

— Ah oui ?

— Oui. Même si c'est un pain aux herbes, c'est quand même de la pizza.

— Regardons la carte des vins... Je pense que nous devrions prendre le plus cher pour compenser.

— J'ai envie de pizza ce soir, cela ne vous ennuie pas ?

— J'aimerais bien comprendre les femmes !

— Je ne suis pas si compliquée ! En tout cas pas plus que vous.

— Qu'est-ce qui vous fait dire cela ? demanda-t-il en gardant les yeux fixés sur la carte des vins.

— Il y a une souffrance en vous.

— Alors, nous revoilà en train de lire les auras ?

— je n'ai jamais parlé d'auras, et je ne sais même pas ce que cela veut dire. Mais je sais que nous exprimons tous quelque chose par nos gestes et nos attitudes, et j'ai l'habitude de déchiffrer ce langage.

— Alors, qu'est-ce que mes gestes expriment pour vous, à part une souffrance qui pourrait être une rage de dents ou une migraine ?

— Vous n'êtes pas bien ?

— A part quelques maux de tête dus à la tension nerveuse, je jouis d'une santé de fer.

— Je pourrais vous masser la nuque pour éliminer les tensions, si vous vouliez.

— Je ne sais pas si je vous laisserais vous limiter à la nuque...

Subitement consciente de la proximité de la cuisse de Joël tout contre la sienne, elle résista à l'envie quasi irrésistible d'y poser une main.

— Est-ce bien sérieux d'envisager quelque chose entre nous ?

Elle connaissait déjà la réponse : s'engager avec un homme qui maintenait une telle distance, c'était chercher les ennuis. Sa mère serait horrifiée, et son père n'allait pas tarder à diagnostiquer des troubles de la personnalité !

— Certainement pas, mais nous pouvons rester discrets, au moins pour le moment.

— Fantastique ! Je trouve enfin un homme que j'admire et respecte, et il me dit que nous pouvons garder notre relation cachée ! J'ai vraiment de la chance...

— Ecoutez, Allegra. Vous êtes quelqu'un de bien. Je suis très attiré par vous, plus que je ne l'ai été depuis dix ans. Mais je ne peux pas promettre que cela va durer toujours. Je ne songe pas à me marier ni à fonder une famille. Je crois qu'il fallait que je vous le dise maintenant. Si vous souhaitez tenter l'aventure, je suis plus que partant, pour aussi longtemps que nous en aurons envie l'un et l'autre. Mais une maison en banlieue et un van pour emmener les enfants à l'école, non, ce n'est pas pour moi.

Allegra eut l'impression qu'on lui avait brisé le cœur. Elle se sentit soudain vide et déchirée par l'obligation de faire un choix qui ne pouvait qu'être douloureux.

Malgré la relation très libre de ses parents, elle avait toujours rêvé d'un mariage en grand tralala. Elle voulait aussi des enfants, au moins deux, et un chien, et peut-être un chat, à poils longs de préférence. Elle voulait des nez qui coulent et des nuits sans sommeil. Elle voulait un petit garçon comme Tommy, un petit garçon avec la vie devant lui, et une petite fille qui serait la princesse de la famille. Mais surtout, elle voulait Joël Addison, sans les conditions qu'il venait de poser.

— C'est une décision difficile, dit-elle, faisant de son mieux pour paraître peu affectée.

— J'aurais pensé que, élevée comme vous l'avez été, avec des parents progressistes, vous auriez sauté sur l'occasion.

— Oui, mais si bizarre que cela puisse paraître, l'exemple de mes parents a eu l'effet psychologique inverse. Je ne rêve que de m'installer avec quelqu'un, pour construire une famille et travailler ensemble à des buts communs, comme vos parents l'ont fait. Vous dites qu'ils ont été mariés trente-cinq ans. Est-ce que cela ne prouve pas que les mariages réussis existent ?

Joël fut soulagé de voir le serveur arriver pour prendre leur commande, ce qui le dispensait de répondre que ses parents avaient vécu tout ce temps dans le malheur, liés par la tragédie. Il changea de sujet adroitement après avoir choisi le dîner, et fut heureux quand Allegra commença à parler d'un film qu'ils avaient vu tous les deux. Cela lui permettait d'éviter de parler de sa vie personnelle, et c'est ce qu'il voulait faire le plus longtemps possible.

14

Après le dîner, ils se promenèrent sur les quais, en s'arrêtant pour écouter les musiciens des rues. La nuit était encore chaude, adoucie par une brise légère. Allegra pensa qu'il était étrange mais délicieux de marcher main dans la main avec Joël qui accordait son pas au sien.

Il la raccompagna chez elle. En l'invitant à entrer prendre un café, elle savait que leur relation allait prendre une autre tournure le soir même.

— Théoriquement, je devrais rentrer chez moi dans les trois secondes, dit-il. Autrement, j'ai bien peur que le sommeil dont nous avons tant besoin ne soit remis à plus tard.

Allegra resta sans bouger contre lui, en comptant les secondes. Un million et une, un million et deux, un million et trois...

Joël pencha la tête vers elle et prit sa bouche dans un baiser sauvage qui l'enfiévra. Dans le noir, ils se frayèrent un chemin jusqu'à la chambre, non sans se cogner à quelques meubles, et allèrent s'écrouler sur le lit en un enchevêtrement de bras et de jambes. Elle adorait sentir son poids sur elle, et mourait d'envie de se débarrasser au plus vite de tous les vêtements qui faisaient barrière. Des chaussures tombèrent sur le sol avec un bruit sec, des vestes, pantalon, jupe allèrent s'échouer au hasard dans la pièce.

Elle n'avait jamais de sa vie ressenti autant de désir pour un homme, ni cette faim sauvage qui la submergeait. Le besoin de sentir Joël en elle était presque douloureux. Cela n'avait plus d'importance si elle le connaissait à peine, ou s'il s'opposait à ce qui lui tenait tant à cœur.

Elle gémit quand il la prit puis ne s'occupa plus de ce qu'elle faisait, laissant son corps s'abandonner, savourer chaque nuance d'un plaisir indicible. Quand il se laissa retomber dans ses bras, elle trouva son abandon et sa confiance émouvants. C'était la première fois qu'elle était aussi touchée par la vulnérabilité d'un homme.

Allegra avait la tête posée sur son épaule, et Joël lui caressait les cheveux, le cœur empli d'une émotion nouvelle : pour la première fois de sa vie, il était en train de tomber sérieusement amoureux. Il avait construit un mur qui empêchait quiconque de l'approcher de trop près, pourtant Allegra, avec ses idées folles, son enthousiasme et sa nature généreuse, avait commencé à y tailler une brèche dès leur première rencontre. S'il ne faisait pas attention, elle allait bientôt avoir percé à jour toutes ses résistances ; elle allait le voir comme il était...

Il n'avait rien à lui offrir.

Quelle femme accepterait de partager les responsabilités qui lui incomberaient quand ses parents ne seraient plus là ? Ce moment approchait inexorablement. La conversation téléphonique qu'il avait eue la veille avec sa mère avait confirmé ses craintes. Il avait entendu du désespoir dans sa voix, et la culpabilité l'avait submergé.

Allegra méritait mieux que tout ce qu'il pouvait lui donner. Il ne fallait pas que sa vie soit assombrie par le fardeau qu'il allait traîner jusqu'à la fin de ses jours.

Pourtant, il aurait tant voulu lui dire ce qu'il ressentait, mais les mots restaient bloqués dans sa gorge.

Après tout, n'était-ce pas le sort réservé à son frère Jared ?

15

Allegra fut réveillée par la sensation d'un baiser sur son épaule nue. Elle se redressa, éblouie par la lumière, pour voir Joël se lever.

— Il faut que je m'en aille, dit-il d'une voix où perçait le regret.

— Quelle heure est-il ?

— 5 h 30. Il faut que je rentre chez moi prendre une douche avant de filer à l'hôpital. Je fais une visite du service de soins intensifs ce matin.

— Tu travailles trop.

Il posa un baiser sur sa bouche.

— Toi aussi. A tout à l'heure.

— Joël ?

Du seuil de sa chambre, il se retourna. Elle était adorable avec sa bouche gonflée par ses baisers, au milieu du lit froissé.

— Oui ? dit-il, cachant son émotion.

— J'ai adoré notre soirée. J'ai compris que tu ne veux pas t'engager, mais je veux que tu saches que j'aime être avec toi.

Il eut un bref sourire.

— Moi aussi. Mais je me demande combien de temps il faudra à tout le personnel du Melbourne Memorial pour être au courant ?

— Cela te pose un problème ?

— Non, mais cela va t'en poser un, à toi, quand je vais avoir à évaluer tes recherches.

Allegra fronça les sourcils, ne comprenant pas. La nuit passée n'avait-elle eu aucun sens pour lui ? Serait-il encore capable, malgré tout, de mettre un terme à ses recherches ?

— Je ne veux qu'un peu de temps. Tu me dois bien ça ?

L'expression de Joël se durcit.

— La première chose qu'il faut te mettre dans la tête, Allegra, c'est que c'est une erreur fatale de coucher avec l'ennemi.

— Qu'est-ce que tu dis ? Que tu es mon ennemi ? Ce qui s'est passé la nuit dernière ne signifie rien pour toi ?

— Ce que je dis, c'est que si tu as cru qu'en t'offrant, tu allais me convaincre de voir les choses à ta façon, tu t'es fourvoyée. Mon opinion est inébranlable. Les décisions que je suis amené à prendre dans le service n'ont aucun rapport avec les relations personnelles que nous pouvons avoir. Si je pense qu'il est temps de mettre un terme à tes recherches, ou d'avertir Keith Lowe ou un autre qu'un proche doit être considéré en état de mort cérébrale, je prendrai mes responsabilités professionnelles et je les assumerai, quoi qu'il arrive entre nous sur le plan privé.

— Alors peut-être que les choses seront moins compliquées si nous mettons un terme à notre histoire tout de suite, dit-elle. Je ne vois pas l'intérêt d'une relation avec quelqu'un qui se prend pour Dieu.

— Parfait. Je vois que je dois classer la nuit dernière comme une aventure sans lendemain. Ma première, en fait. Tu dois te sentir honorée.

— Je ne me sens pas honorée. Je suis dégoûtée ! s'écria-t-elle en serrant l'oreiller de toutes ses forces pour s'empêcher de le lui lancer au visage.

— Alors j'imagine qu'il ne me reste plus qu'à partir en disant merci pour ces excellents souvenirs ? persifla-t-il.

Elle rejeta les couvertures et se leva, drapée dans un drap, pour aller ouvrir la porte.

— Non, il ne te reste plus qu'à aller au diable ! Je ne veux plus jamais te revoir !

— Ce qui serait parfait si nous n'avions pas à nous retrouver tous les jours au travail.

— Je ne pense pas que ce soit un problème très longtemps. Si tu mets un terme à mon projet, je jure que je donnerai ma démission dès le lendemain.

— Il y a des quantités d'anesthésistes qui seront trop contents de prendre ta place, répondit-il, moqueur.

Mais il savait que ce n'était pas vrai, car ce qu'elle apportait au service était une combinaison de talents difficile à remplacer.

— Alors va trouver quelqu'un qui travaille aussi dur que moi, et qui continue à s'occuper des malades que tout le monde a abandonnés.

Elle se passa furieusement la main sur le visage, mais Joël avait vu les larmes dans ses yeux. Il fit un pas vers elle.

— Sortez immédiatement, Addison. Je ne plaisante pas. Sortez ou j'appelle la police.

Il soutint son regard un moment avant de tourner les talons et de s'en aller. Cela valait mieux ainsi. Mieux valait en finir tout de suite avant que la souffrance ne devienne trop pénible, et trop durable. Tout en conduisant, pourtant, il sentait son cœur enfler d'un chagrin qui paraissait bien difficile à déloger.

Peut-être était-il déjà trop tard.

Joël avait terminé sa visite et sa tournée des malades du service quand son bip l'avertit qu'il devait se rendre au service des urgences pour y réceptionner un noyé. L'unité de traumatologie reliée au service des urgences travaillait en collaboration étroite avec les médecins urgentistes car il était un partisan convaincu de la mise en commun des savoirs et des ressources, et pensait que la direction d'un hôpital ne devait pas s'éloigner de la pratique avec les patients. Il avait déjà vu les dégâts causés par un directeur qui n'avait plus de contact avec les malades et l'organisation des soins. C'est pourquoi il s'était inscrit lui-même sur la liste de médecins appelés à tour de rôle pour les urgences. Aujourd'hui, il était responsable de tout l'étage.

Quand il arriva à la réception de traumatologie, l'ambulance était arrivée et Rod Banks, médecin urgentiste, était sur place avec son chef de clinique, Justin Denby.

— Docteur Addison, le patient vient d'arriver, annonça Rod.

— Avons-nous des informations ?

— Un homme d'une trentaine d'années, retrouvé flottant dans une piscine : traumatisme crânien, inconscient ; on l'a intubé dans l'ambulance. J'aimerais que vous vous en chargiez. Justin et moi sommes restés debout la moitié de la nuit pour la soirée des internes et nous ne sommes pas au mieux de notre forme.

Les ambulanciers amenaient un homme au crâne bandé, le cou pris dans une minerve.

— Très bien, répondit Joël. Rod, pouvez-vous superviser le transfert en traumatologie, poser une autre intraveineuse et vous occuper des examens sanguins ? Je ferai le reste.

Les infirmières étaient déjà en train de déshabiller le patient et d'insérer un tube nasogastrique. Joël remarqua un logo brodé sur la poche poitrine de la salopette ; l'homme travaillait sans doute pour une société de maintenance de piscines. Joël se tourna vers les ambulanciers.

— Avez-vous des détails sur l'accident ?

— Nous avons été appelés par la voisine, répondit le plus âgé. Elle a entendu les cris d'une dispute à côté, mais elle n'a pas été voir, parce qu'elle était occupée avec ses jeunes enfants. Un peu plus tard, quand elle est sortie, elle a vu cet homme qui flottait sur le ventre dans la piscine. Elle a appelé un autre voisin qui a sorti la victime de l'eau pendant qu'elle courait téléphoner aux services d'urgence. Quand nous sommes arrivés, il respirait par saccades, les poumons étaient de toute évidence remplis d'eau, et il y avait une hémorragie à la base du crâne. Il a sans doute une fracture du crâne.

— Et que fait ici la police ? demanda Joël avec un signe de tête en direction de deux agents dans le couloir.

— C'est moi qui les ai appelés. Cela fait partie de notre protocole en cas de traumatisme grave. Ils avaient l'air ennuyés : la nature des blessures ne s'accorde pas avec les circonstances dans lesquelles on l'a trouvé.

— La deuxième perfusion est posée, intervint Rod, et la sonde nasogastrique a évacué un litre d'eau de piscine. Ce type ne s'est pas laissé couler sans se débattre. Pour avaler autant d'eau, il a fallu qu'il reste conscient un bon moment.

— Cela n'a pas l'air d'un accident, commenta Joël. La police est intéressée et les ambulanciers soupçonnent une fracture du crâne. Je veux regarder cela moi-même.

Joël enfila des gants et ajusta ses lunettes de protection avant d'enlever le bandage autour de la tête du blessé. Ce qu'il vit n'était pas le résultat d'une chute sur les dalles d'une piscine : le côté et l'arrière du crâne étaient écrasés, un crépitement osseux était perceptible et du fluide cérébrospinal coulait par l'oreille droite. Libérée du bandage, la plaie se remit à saigner.

— Bon sang, qu'est-ce qui lui est arrivé ? demanda-t-il, consterné par l'étendue des blessures.

Rod grimaça.

— Cela ne ressemble pas à une chute sur du carrelage.

— Appelez la neurochirurgie, ordonna Joël à l'infirmière. Il nous faut un scanner pour voir l'étendue de la blessure.

— Il ne va pas s'en sortir, n'est-ce pas ? demanda Rod.

— S'il s'en sortait, ce serait pour une vie qu'il n'aurait sans doute pas envie de mener.

Après avoir fait la deuxième série d'examens, il alla voir l'officier de police qui écouta la description des blessures avec attention.

— Nous voulons être mis au courant de la suite, docteur. Allez-vous contrôler le niveau d'alcool et de drogues éventuelles ?

— Nous le faisons dans tous les cas, répondit Joël. Avez-vous des informations concernant le patient ? Son nom, celui de membres de sa famille à contacter ?

— Il s'appelle Terry Fowler, et il est bien connu de nos services, si vous voyez ce que je veux dire.

— Il a un casier judiciaire ?

— Long comme le bras. Quelqu'un avait un grief sérieux contre lui car, d'après ce que nous avons trouvé sur place, il n'était pas supposé survivre à ses blessures.

— Alors c'est bien une tentative de meurtre ?

— C'est comme cela que nous voyons les choses, oui. Et nous sommes sur quelques pistes. Nous vous tiendrons au courant s'il y a quoi que ce soit d'intéressant. Nous avons organisé la garde, mais nous serons discrets : cet hôpital a eu assez de publicité récemment, il me semble.

— Avez-vous progressé dans votre enquête sur la tentative de meurtre contre Mme Lowe ?

Les policiers échangèrent un regard avant que son interlocuteur se décide à répondre.

— Nous avons maintenant visionné des heures de film pris par les caméras de sécurité. L'image n'est pas aussi parfaite qu'il le faudrait, mais un homme qui ressemble énormément à Terry Fowler a été filmé entrant à l'hôpital au moment où on a attenté à la vie de Mme Lowe.

— Avez-vous une idée du lien qui pourrait exister avec Kate Lowe ?

— Pas encore, mais, comme je vous l'ai dit, nous avons des pistes. En attendant, si vous pensez à quelque chose qui pourrait nous aider, appelez-nous.

Le policier tendit sa carte et ajouta :

— Comment va le petit garçon ? J'ai un fils du même âge.

— Je suis médecin urgentiste depuis trop longtemps pour laisser les gens espérer quand il n'y a plus d'espoir. Il n'y a aucun signe d'activité cérébrale, ce qui veut dire qu'il nous faudra bientôt prendre une décision sur son cas.

— Comment le père réagit-il ?

— Il fait de son mieux pour se résigner au pire.

— Je suis sûr que sa maîtresse lui offre toutes les consolations possibles, intervint le plus jeune policier, à qui son chef lança un regard réprobateur.

— Oui, mais cela le regarde, je suppose, dit Joël. Sa sœur est venue quelquefois, m'a-t-on dit.

— Sa sœur ? répéta le policier, surpris.

— Oui, je ne me souviens pas bien du nom... Cela commençait par un F... Fair quelque chose, je crois.

— Serena Fairbright, dit le policier.

— C'est cela !

— Merci, docteur Addison. Nous allons retourner à notre travail.

Joël resta un moment pensif après le départ des policiers, les sourcils froncés.

— Docteur Addison ? dit Rod Banks en s'approchant. J'ai des nouvelles du patient blessé à la tête : arrêt cardiaque au moment de passer au scanner. Je ne crois pas que M. Pardle aurait pu faire quelque chose pour lui, étant donné l'étendue des blessures : il y avait des lésions cérébrales majeures.

— C'est sans doute mieux ainsi..., soupira Joël.

— Ne dites pas ça devant Allegra Tallis, répondit Rod avec un sourire complice. Elle est avec le petit Tommy maintenant. Il semble que l'électroencéphalogramme ait montré quelques signes d'activité. Elle est en train d'en installer un nouveau.

— De quelle sorte d'activité cérébrale s'agit-il ? demanda Joël, partagé entre l'espoir et la crainte du pire.

— Pas très brillante, mais suffisante pour justifier qu'on le maintienne encore sous surveillance.

— Le père est-il au courant ?

— Allegra dit qu'il arrive.

Rod hésita un instant avant de conclure :

— Désolé de n'avoir pu sauver le blessé de tout à l'heure… Je crois qu'il n'y avait rien à faire.

— De toute façon, cela vaut mieux pour lui, répondit Joël d'un ton las.

16

En arrivant ce matin-là, Allegra ne pensait pas pouvoir oublier la douleur qu'elle ressentait, mais quand elle vit le compte rendu du moniteur BIS de Tommy, elle sentit son cœur s'alléger en dépit de l'échec de sa relation avec Joël.

Kelly, le chef de clinique, les vérifia avec elle.

— Tu vois, ici, il y a bien une activité cérébrale, qui va même jusqu'à huit. C'est peu, mais avant cela, il n'y avait rien, et depuis, l'activité cérébrale s'est poursuivie à un niveau moindre.

Allegra savait que huit n'indiquait pas une guérison totale, mais cela signifiait que le cortex cérébral était intact, et c'était la donnée de base qui permettait d'espérer.

— Puis-je voir le rapport d'observation de la nuit dernière ? demanda-t-elle.

— Voilà les tracés à partir de minuit, répondit Kelly en lui tendant une longue feuille imprimée.

— Regarde, à la même heure que le pic sur l'électroencéphalogramme, il y a une progression du pouls et de la tension artérielle ! Cela ressemble à une réaction de stress.

— Je n'avais pas remarqué.

— Tommy a-t-il eu des visites cette nuit ? Son père ? Sa tante ?

— Je n'en suis pas sûre. Je crois que c'était plutôt calme, d'après ce que j'ai entendu, mais je peux aller demander aux infirmières. Pourquoi ? Tu penses qu'il est arrivé quelque chose pour provoquer cette réaction ?

— Difficile à dire. Rien ne l'a fait bouger jusqu'à maintenant et voilà un huit qui nous arrive de nulle part !

— Oui, mais tu sais aussi bien que moi que ce huit ne veut pas dire qu'un polytechnicien est encore en germe dans cette petite tête.

— Certes, mais cela veut dire qu'il faut lui accorder un peu de temps.

— En as-tu parlé à Joël Addison ?

Allegra évita le regard de son amie.

— Non, pas encore, mais il va sûrement en entendre parler et prétendre que cela n'a pas la moindre signification.

— Peut-être, mais le père va être heureux ; et c'est lui qui décide.

— Le père a perdu espoir, il y a longtemps. Il est terrifié à l'idée de se retrouver avec un enfant handicapé à vie.

— Je le comprends, dit Kelly. As-tu pensé à la vie que mènent certains de nos patients une fois que nous les renvoyons chez eux ?

— J'ai eu la même conversation avec Joël Addison hier soir. Mais je pense aux parents d'Alice Greeson, qui auraient été heureux de ramener leur fille avec eux, quel que soit son état.

— Mais qu'est-ce qui se serait passé quand ils seraient devenus trop vieux pour s'en occuper ? La charge revient aux frères et sœurs, au reste de la famille, et eux aussi ont une vie à vivre.

Allegra soupira.

— Oui… Tout n'est pas noir et blanc, mais je veux faire tout mon possible dans ce cas. Je le dois à Tommy. Sa mère est clairement malade mentale. As-tu remarqué les cicatrices sur ses poignets ?

— Oui… Je me demande bien quelle est son histoire.

— Sans doute une enfance malheureuse ; c'est ce que le mari avait l'air de dire. Ils ont le même genre de passé, sa sœur et lui.

— Ils sont très proches, non ?

— Qu'est-ce que tu entends par proches ?

Kelly haussa les épaules.

— Je ne sais pas… J'ai eu une impression… Tu sais, ce rendez-vous que j'avais organisé par Internet ? Nous sommes allés dîner dans un restaurant chic près de la plage, et j'ai vu Keith et sa sœur à une table près de la nôtre. Cela m'a surprise qu'un frère et une sœur se comportent comme ils étaient en train de le faire. C'était vraiment étrange.

— Etrange ? Comment cela ? demanda Allegra, qui sentait son cœur s'emballer.

Perchée sur le bureau, Kelly balançait une jambe pensivement.

— Eh bien, j'ai trois frères que j'adore, pourtant, je ne les laisserais jamais me tenir la main pendant tout le dîner, et encore moins m'embrasser sur la bouche.

Allegra se leva si brusquement que sa chaise se renversa.

— Excuse-moi, Kelly ; il faut que j'aille voir Joël Addison. Préviens-moi s'il y a du nouveau pour Tommy, d'accord ?

Joël sortait de son bureau lorsqu'il aperçut Allegra. Il se redressa, prêt à l'affronter. A sa grande surprise, il n'y avait pas trace de colère sur son visage, mais seulement de l'inquiétude.

— Puis-je vous voir un instant ? demanda-t-elle.

— Bien sûr, entrez. Que puis-je faire pour vous ?

— D'abord, laissez-moi vous dire que je n'ai pas l'intention de vous jouer la classique scène du lendemain, pas plus que de m'excuser ou de vous demander de revenir sur votre décision. Vous et moi, cela ne peut pas marcher, et c'était une folie de simplement essayer.

— Tout à fait d'accord. J'ai entendu parler des progrès de Tommy, reprit-il comme le silence planait. Qu'en est-il exactement ?

— Huit pour une brève période, et d'autres traces d'activité depuis. Son pouls et sa pression artérielle ont monté en même temps.

— Pensez-vous que cela a à voir avec le fait que vous lui avez fait passer son film préféré ?

— Je ne sais pas. Kelly Wilton est en train d'interroger le personnel de nuit pour savoir comment cela s'est passé.

— Il a eu des visites ?

— Je n'en suis pas sûre. J'attends son père pour lui poser la question. Il ne vient pas la nuit d'habitude.

— J'imagine qu'il est trop occupé avec sa maîtresse, marmonna Joël, à qui le commentaire cynique du jeune policier n'avait pas échappé.

— Oui... C'est bien possible... Avez-vous déjà rencontré la sœur de Keith Lowe ?

— Non, pourquoi ?

— Elle me fait une impression bizarre. Kelly l'a vue dîner avec son frère au restaurant ; ils se tenaient la main et s'embrassaient d'une façon inhabituelle pour des gens qui affirment être frère et sœur.

— Mais s'ils n'étaient pas frère et sœur ?

— Mon Dieu ! s'exclama Allegra. Mais c'est elle sa maîtresse ! Pas étonnant qu'elle n'ait aucune affection pour Tommy !

— Et si c'était elle qui avait saboté le ventilateur de Kate ?

— Je ne la vois pas capable d'une prouesse mécanique pareille. Utiliser des pinces pour couper et ressouder des tuyaux, avec les ongles qu'elle a, me paraît impossible.

— Elle aurait pu payer quelqu'un pour le faire à sa place.

— Qui ? Qui prendrait le risque de faire une chose pareille ? Il faudrait payer une fortune et espérer que le criminel ne revienne pas faire du chantage.

— Ou alors s'en débarrasser définitivement.

— L'assassiner ? répéta Allegra, les yeux écarquillés.

— Nous avons eu un cas ce matin qui intéressait beaucoup la police. Je n'ai pas arrêté d'y penser depuis.

— Le noyé avec une plaie à la tête ? J'en ai entendu parler. Ils pensent que ce n'était pas un accident ?

— La blessure faisait penser à un coup donné avec un objet lourd, une barre de fer par exemple. Il n'est sans doute pas tombé dans cette piscine par accident.

— Mais quel rapport avec les Lowe ?

— Aucun peut-être, mais je ne peux pas m'empêcher d'y réfléchir, dit Joël en se passant une main sur le front. L'homme qui est mort avait un casier judiciaire, et peut-être était-il du genre à accepter un contrat pour tuer quelqu'un. Si Serena est bien la maîtresse de Lowe, elle avait un bon motif pour se débarrasser de Kate.

Allegra le regarda, pensive, toute colère envolée. Il avait les yeux rouges, et il semblait épuisé et tendu, comme s'il ne s'était pas autorisé un moment de repos depuis des mois.

Elle lui toucha légèrement le bras.

— Joël... Assieds-toi et laisse-moi te masser les épaules. Cela ne prendra qu'un instant et tu verras comme tu te sentiras mieux après.

— Ce n'est rien. Je vais prendre une aspirine ; je suis sûr que tu as mieux à faire.

Elle sourit et le poussa fermement sur sa chaise.

— Ferme les yeux et pense à quelque chose d'agréable. Détends-toi dix minutes.

Joël pencha la tête en avant pendant qu'elle travaillait à dénouer les muscles de ses épaules. La seule chose agréable qui lui venait à l'esprit était la passion, qui ne pouvait être feinte, avec laquelle elle avait répondu à son désir la nuit précédente. Il l'avait repoussée, mais il ne pouvait chasser ces images de son esprit.

— Comment te sens-tu ? demanda-t-elle au bout d'un moment.

— Beaucoup mieux, merci, dit-il avec reconnaissance en reboutonnant sa chemise.

Quand il eut remis sa cravate, Allegra s'approcha pour l'aider à la recentrer. Elle était si près qu'il sentait sa chaleur contre son torse.

— Allegra...

— Je devrais retourner travailler, murmura-t-elle, les yeux noyés dans les siens.

— Oui... Tu devrais..., dit-il, en même temps qu'il glissait une main dans son dos pour la rapprocher de lui.

Ses lèvres étaient douces et soumises sous les siennes. Un désir irrésistible allait le submerger quand le téléphone attaché à sa ceinture se mit à sonner, le rappelant sur terre, à ses devoirs et ses responsabilités. Il adressa un sourire d'excuse à Allegra avant de répondre.

Cette fois, ce n'était pas pour un patient de l'hôpital qu'on l'appelait, mais pour quelqu'un qui le touchait de bien plus près.

17

— Comment va-t-il ? demanda Joël au cardiologue.

— Votre père a eu un léger infarctus du myocarde, répondit Tim Lockerbie. Je vais le garder ici quelques jours sous perfusion, et préparer une angiographie.

Joël le remercia avant de se diriger vers la chambre où son père était couché, relié à un masque à oxygène, à un électrocardiographe et à une perfusion dans le bras gauche.

Comme s'il avait senti la présence de son fils, Gary Addison ouvrit les yeux et retira le masque.

— Désolé, mon garçon. Je m'en veux de causer tout ce dérangement.

— Mais non, voyons, tu ne déranges personne, répondit Joël en luttant contre son émotion. Et tu seras sur pied dans quelques jours.

— Ta mère va avoir besoin de ton aide ; je n'aime pas te le demander, mais...

— Ne t'inquiète pas, dit-il en serrant doucement la main de son père. Je trouverai une solution pour Jared. Nous savions d'avance qu'il faudrait en arriver là un jour ou l'autre.

— Cela brisera le cœur de ta mère...

— Pour l'instant, c'est de ton cœur, à toi, que nous allons nous occuper. Je vais prendre un jour ou deux pour organiser la suite avec maman.

— Mais tu viens de commencer à ton nouveau poste. Nous avons eu si peur que tu te surmènes... Tu as l'air épuisé.

— Tu n'as pas l'air en pleine forme non plus, plaisanta Joël. Je vais très bien. En réalité, j'ai eu un massage il n'y a pas vingt minutes. Tu vois comme je me soigne ?

— Il était temps… J'espère qu'il était pratiqué par une jolie femme ? Cela fait trop longtemps que tu n'as pas eu de femme dans ta vie pour te distraire de ton travail et de… ta famille.

— Elle n'est pas jolie, elle est… sublime.

— Alors tu es amoureux ?

Il jeta un regard faussement réprobateur à son père.

— Les hommes de trente-quatre ans ne doivent pas discuter de leur vie privée avec leur père. Cela peut causer des troubles cardiaques.

— Les hommes de trente-quatre ans ne doivent pas faire un tas de choses, mais parfois, la vie ne vous donne pas les bonnes cartes.

— Comment va Jared ? demanda Joël après un silence.

— Tu le connais. Il ne nous rend pas la vie facile.

— Ne t'inquiète de rien. Je vais m'occuper de lui et de maman. Repose-toi.

Allegra se précipita en voyant Joël quitter l'hôpital.

— Comment va ton père ? Est-ce que je peux faire quelque chose ?

Joël la regarda, l'air sombre.

— Non, mais je te remercie. Il a eu un infarctus et il faut attendre l'angiographie. Je prends deux jours pour aider ma mère. Elle ne peut pas rester seule et je dois organiser quelque chose.

— Mais ton frère ne peut pas s'en occuper ?

Il baissa les yeux tout en fourrageant dans sa poche à la recherche de ses clés de voiture.

— Mon frère est hors d'état de faire quoi que ce soit et l'a toujours été.

Il agita ses clés avec impatience et elle recula pour le laisser partir.

Elle le regardait s'éloigner dans un crissement de pneus, quand son bip l'avertit que Kate avait repris conscience.

Kelly l'attendait à la porte de la chambre.

— Elle a repris conscience et elle a demandé Tommy. La police veut l'interroger, mais j'ai pensé que tu voudrais lui parler d'abord avant qu'ils l'assomment de questions. Ils attendent ici, dit-elle en indiquant deux policiers postés dans le couloir.

Allegra ouvrit la porte et sourit à Kate, qui paraissait très fragile, d'autant plus que ses ecchymoses avaient pris toutes les couleurs de l'arc-en-ciel.

— Bonjour, Kate, je suis Allegra Tallis, anesthésiste à l'unité de soins intensifs. Je me suis occupée de votre fils.

— Je veux le voir, dit Kate qui s'affolait visiblement. L'autre médecin et l'infirmière m'ont dit qu'il allait bien, mais j'ai besoin de le voir pour en être sûre.

— Ce sera très facile puisqu'il est ici, dans le service. Il est toujours inconscient, mais je suis sûre qu'il va bientôt se réveiller.

Kate ravala un sanglot.

— Qu'est-ce qui nous est arrivé ? Pourquoi sommes-nous ici, Tommy et moi ?

— Vous avez eu un accident de voiture, il y a quelques jours, Kate. Vous ne vous en souvenez pas ?

Les sourcils froncés, elle secoua la tête.

— Non, j'ai un blanc… Je me rappelle que nous étions au chalet, Tommy et moi…

— Et Keith ? Il était là aussi ?

— Je ne m'en souviens pas… Peut-être. Je crois que c'était son intention… Tommy et moi devions y aller d'abord et il devait nous rejoindre.

Son regard désespéré se fixa sur Allegra.

— Mon mari veut divorcer. J'étais malheureuse… Je sais que je ne suis pas une bonne épouse et je ne lui en veux pas. Mais Tommy ? Cela lui ferait tant de mal. Je pensais… que nous pourrions trouver une solution.

— Alors vous ne vous souvenez pas d'avoir conduit la voiture ?

— Non… Non, pas du tout.

— Kate, cela ne va pas être facile pour vous, mais la police veut vous parler de ce qui s'est passé.

— La police ? Pourquoi la police ? demanda-t-elle, terrifiée. J'ai fait quelque chose de mal ? Etait-ce ma faute si j'ai eu un accident ? Oh, mon Dieu ! Ne me dites pas que j'ai tué quelqu'un ?

Allegra lui caressa la main pour la calmer.

— Non, personne n'a été blessé, sauf vous et Tommy. Votre voiture a plongé dans la rivière. Le conducteur qui était derrière vous a vu l'accident, et il vous a sauvés tous les deux.

— Tommy aurait pu mourir... Mon bébé aurait pu...

— Mais il n'est pas mort, Kate. Il est là, bien vivant. Je vais demander qu'on roule votre lit jusqu'à lui. Je reviens dans un instant.

Sortant de la chambre, Allegra se dirigea vers les policiers qui attendaient.

— Elle est très fragile et souffre d'amnésie. Ce ne serait pas une bonne chose de trop insister maintenant. Si elle retrouve la mémoire, et parfois cela n'arrive jamais, elle pourra supporter un interrogatoire plus poussé.

— Sait-elle que quelqu'un a essayé de débrancher son respirateur ?

— Je n'ai pas cru utile de l'en informer. Elle a assez de choses pénibles à supporter pour l'instant.

— Nous continuerons à veiller de près, surtout maintenant qu'elle est consciente.

— Je ne pense pas qu'elle ait cherché à se suicider, mais je crois vraiment que quelqu'un veut se débarrasser d'elle.

— J'ai tendance à penser comme vous.

— Oh, vraiment ? Avez-vous découvert quelque chose ?

— Comme vous le savez, le Dr Addison a fait faire des examens sanguins sur une victime de noyade qui est arrivée ce matin, Terry Fowler. Les résultats montrent qu'il avait dans le sang un cocktail de drogues.

— Je ne les ai pas vus ; vous souvenez-vous de quelles drogues il s'agissait ?

— Un antidépresseur et un sédatif, répondit-il en ouvrant son carnet. Je ne suis pas sûr des quantités, mais j'ai noté paroxétine, codéine et diazépam.

— C'est intéressant. C'est exactement ce qu'on a trouvé chez Kate Lowe.

Le policier fronça les sourcils.

— Je vais demander que l'on compare les dossiers. Il y a peut-être un lien entre Mme Lowe et Fowler. Je mets quelqu'un sur l'affaire immédiatement.

Retournant auprès de Kate, Allegra organisa son transfert

jusqu'à la chambre de Tommy. Elle lui posa une main sur le bras quand elle vit son visage se crisper à la vue du petit garçon intubé et relié au respirateur.

— Ne soyez pas impressionnée par les machines. Vous étiez reliée aux mêmes, et vous êtes complètement remise.

— Mais s'il ne se remet pas ? Des lésions cérébrales, c'est sérieux, et plus encore chez un enfant… S'il était… handicapé à vie ?

— Nous ne connaissons pas encore la gravité des lésions. Les examens que nous avons faits n'ont rien montré, dit Allegra, en choisissant ses mots pour laisser le plus d'espoir possible.

— Tout cela est ma faute…, murmura Kate d'une voix brisée.

— Non, ce n'est pas vrai. Vous n'avez pas blessé délibérément Tommy.

— Si seulement je pouvais me rappeler !

Comme Kate s'effondrait en sanglotant dans son fauteuil, Allegra lui prit la main pour la masser.

— Kate, s'il vous plaît, ne vous torturez pas ainsi… Tommy a besoin de vous, et il a besoin que vous soyez forte. Et moi, j'ai besoin de vous pour m'aider à communiquer avec lui. Pouvez-vous me parler des objets favoris de Tommy ? Son père m'a dit qu'il adorait *Harry Potter* et j'ai fait projeter le film en permanence, mais pouvez-vous me dire à quoi il tient plus qu'à tout ?

Le visage de Kate s'éclaira.

— Il a un ours en peluche qu'il traîne partout depuis qu'il est bébé. Il y a une petite clé au dos, et quand on remonte le mécanisme, il joue *Jingle Bells*. Nous l'avions pris pour aller au chalet.

Et maintenant, il devait être quelque part au fond de la rivière, pensa Allegra, découragée.

— Je vais voir si la police ou les pompiers l'ont retrouvé.

De toute évidence, Kate ne l'écoutait pas. Elle fixait sur elle des grands yeux pensifs.

— Docteur Tallis, j'ai lu quelque chose récemment sur un cas de coma. Une jeune femme a été déclarée en état de mort cérébrale et on a débranché les machines qui la maintenaient en vie. Cela n'arrivera pas à Tommy, n'est-ce pas ?

— Je vous promets que je ferai absolument tout ce qui est en mon pouvoir pour que cela n'arrive pas, Kate.

— Cela ne fait rien s'il est handicapé. C'est mon fils unique, mon bébé. Il est toute ma vie. Je veux qu'il vive. Je m'occuperai de lui, quoi qu'il arrive.

Pendant que les brancardiers ramenaient Kate à sa chambre, Allegra parla au chef des pompiers qui avaient repêché la voiture. Par chance, ils avaient trouvé l'ours et promirent de le déposer sans tarder à l'hôpital.

Elle essaya ensuite de joindre Joël, mais tomba sur son répondeur. C'est alors qu'elle croisa Tim Lockerbie, du service de cardiologie, qui s'occupait de son père.

— Tim ? Est-ce que par hasard, vous connaîtriez l'adresse des parents de Joël ? J'ai besoin de lui parler et son téléphone ne répond pas.

— Il doit être dans le dossier de M. Addison. Je vais demander à la réception de vous le donner. J'ai entendu dire que vous vous intéressiez beaucoup à Joël ?

— Qui dit cela ? demanda Allegra, contrariée.

— Son père. Il était ravi. Il a dit à tout le monde que c'est la première fois que son fils est amoureux.

— J'ai du mal à imaginer Joël Addison annonçant à tout le monde que je suis la femme de ses rêves !

— Si vous preniez le temps de vous regarder dans une glace, vous comprendriez pourquoi. Attention à vous, Allegra, vous travaillez trop.

— Merci, Tim. Je vais aller chercher cette adresse et ma journée de quatorze heures sera terminée.

— Jusqu'à la prochaine, demain ? demanda Tim en souriant.

Allegra se gara en face d'une petite maison de plain-pied située dans une rue ombragée, et resta un moment à regarder l'endroit où Joël avait passé son enfance. Elle ne s'était pas attendue à cette façade modeste, à ce jardin négligé qui ne semblait pas en accord avec la position de Joël à l'hôpital. Elle se rappela que sa voiture, elle aussi, était modeste, à l'opposé des voitures de sport rutilantes qu'arboraient la plupart des médecins-chefs.

Elle se dirigea vers la porte et sonna. Une femme aux cheveux poivre et sel et au visage fatigué vint ouvrir.

— Bonsoir. Que désirez-vous ?

— Madame Addison ? Je suis Allegra Tallis, médecin au Melbourne Memorial, dit-elle en tendant la main.

Le visage de la femme se crispa d'angoisse.

— Ce n'est pas Gary, n'est-ce pas ? Il va bien ? Vous ne venez pas me dire qu'il est arrivé quelque chose ?

— Non, non, votre mari va très bien. Je viens de parler à son cardiologue. En fait, je suis venue pour voir Joël.

Le soulagement détendit les traits de la femme, qui posa une main sur son cœur comme pour en calmer les battements.

— Ah, Dieu merci... Joël n'est pas là pour l'instant. Il est sorti avec son frère, mais ils ne vont certainement pas tarder. Ils sont allés se promener dans le parc. Vous pouvez l'attendre ici, ou, si vous préférez, aller les rejoindre. Il faut que je me sauve ; je dois apporter les affaires de toilette à mon mari.

— Une promenade dans le parc me fera du bien, répondit Allegra.

— C'est au bout de la rue. Je suis heureuse d'avoir fait votre connaissance, et j'espère vous revoir en des moments moins pénibles.

— Je le souhaite aussi, répondit Allegra avec sincérité, séduite par Mme Addison dont le caractère chaleureux lui rappelait sa mère.

Dans la chaleur moite du soir, alors qu'elle suivait le chemin indiqué, Allegra aperçut très vite la silhouette de Joël. Il poussait un fauteuil roulant, et en se rapprochant, elle vit que celui qui y était installé lui ressemblait comme deux gouttes d'eau. Stupéfaite, elle les regarda s'approcher, et elle s'était ressaisie lorsqu'ils furent près d'elle. Elle tendit la main en souriant.

— Bonsoir, vous devez être Jared, dit-elle.

— Il ne t'entend pas.

Elle regarda Joël, étonnée de son ton brusque, puis se tourna de nouveau vers Jared et s'adressa à lui en langage des signes. Un vague sourire aux lèvres, Jared essayait de fixer les yeux sur elle. Il était clair qu'il ne la comprenait pas.

S'agenouillant devant lui, Allegra lui prit la main.

— Bonsoir, Jared. Je suis désolée que tu ne m'entendes pas, mais je suis heureuse de te connaître.

Joël l'observait, le cœur serré. Il n'avait jamais vu aucune de ses précédentes amies prendre la peine de saluer son frère comme un être humain. En général, tout allait bien jusqu'au moment où il leur présentait Jared. A ce moment-là, elles se souvenaient subitement qu'elles avaient des choses urgentes à faire ailleurs. Il ne les revoyait jamais.

Personne ne s'était jamais penché sur Jared pour être à sa hauteur, et ne l'avait regardé dans les yeux avec respect et compassion, sans montrer la moindre pitié.

— Il ne comprend pas un mot. Il est handicapé mental et en état végétatif permanent.

Allegra leva les yeux vers lui.

— Cela ne veut pas dire qu'il n'a pas droit au respect.

— Il ne devrait pas être en vie.

Elle le regarda stupéfaite.

— Comment peux-tu dire une chose pareille ! C'est ton frère !

— Il a détruit la vie de mes parents. Je sais que ce n'est pas sa faute, mais chaque jour de leur vie et de la mienne a été marqué par la souffrance à cause de lui parce qu'il fallait s'en occuper vingt-quatre heures sur vingt-quatre.

— La vie est précieuse, Joël. Tu étais avec lui dans le ventre de ta mère, alors comment peux-tu souhaiter qu'il ne soit pas là ?

— J'aime mon frère, mais cela ne change rien au fait que c'est un enfer de veiller sur lui. J'ai connu ça toute ma vie, et je sais qu'un jour ou l'autre, la responsabilité va retomber sur moi.

Allegra eut le cœur serré en pensant à ce qu'il avait dû endurer enfant, en voyant son frère jumeau, son reflet, enfermé dans un corps et un esprit handicapé à cent pour cent. Elle fit un pas vers lui et lui posa une main sur le bras.

— Pourquoi ne vas-tu pas prendre un café ou faire une longue promenade tranquille, pendant que je me charge de Jared ? Tu as l'air épuisé.

— Jamais tu ne pourras t'en occuper. Aucune de tes théories magiques ne va marcher avec lui, crois-moi.

— S'il te plaît, Joël, donne-moi les clés de chez toi ; je vais rester deux heures avec lui.

Il s'exécuta puis s'en alla sans un regard en arrière, et elle le regarda s'éloigner jusqu'à ce que Jared commence à se balancer d'avant en arrière.

Pour le calmer, elle passa les doigts dans la chevelure épaisse qui lui rappelait tant celle de Joël, mais Jared rejeta un bras en arrière et la frappa d'un coup sec à la joue sans qu'elle ait le temps d'esquiver. Une ecchymose spectaculaire allait sans doute se développer, mais ce n'était rien comparé à ce que Joël avait fait à son cœur.

18

Allegra avait sous-estimé la difficulté qu'il y avait à prendre Jared en charge. Ils n'étaient pas plus tôt rentrés à la maison qu'il commença à hurler de détresse, jetant ses bras et ses jambes dans tous les sens, et elle eut fort à faire pour éviter un nouveau coup.

Pensant qu'il avait soif, elle lui prépara un jus d'orange et, après plusieurs tentatives, réussit à lui en faire boire une partie au biberon tandis qu'il essayait de l'agripper de ses mains tordues.

Puis elle fouilla dans le réfrigérateur et décida de faire une omelette avec des légumes bouillis pour son dîner, supposant qu'il devait avoir du mal à mâcher. Pourtant, elle eut toutes les peines du monde à le faire manger. La plus grande partie de la cuillère qu'elle approchait de sa bouche finissait irrémédiablement sur le tapis. Malgré tout, elle comprit qu'il devait avoir mangé à sa faim car il se calma pour un moment.

— Je suis amoureuse de ton frère, dit-elle, rompant le silence qui planait dans la cuisine. Je pense que je dois te le dire. J'ai compris beaucoup de choses depuis que je t'ai rencontré, notamment qu'il est terrifié à l'idée que quelqu'un doive endurer ce que tu endures, je le vois bien maintenant. Ce n'est pas facile pour toi, n'est-ce pas, Jared ? Mais ce n'est pas facile non plus pour tes parents qui t'aiment ni pour Joël qui a tout laissé tomber pour venir s'occuper de toi…

La tête de Jared retomba d'un côté. Soupirant, Allegra se leva avec peine et partit à la recherche de sa chambre.

S'il avait été difficile de le nourrir, le coucher se révéla un tour de force. Il était incontinent, et elle faillit se mettre à pleurer en essayant de lui changer sa couche car il se débattait au point qu'elle craignit un instant de ne pas y parvenir. Lorsque ce fut fait, elle réussit à le tirer vers le matelas posé à même le sol qui était son lit. Il se débattit encore jusqu'à ce qu'elle le retourne sur le ventre et commence à lui masser les jambes. Sa respiration se calma peu à peu puis il s'endormit.

Alors, elle le recouvrit d'un drap léger et s'assit près de lui. A la pensée de tout ce que Joël et ses parents avaient enduré, elle ne put retenir ses larmes.

Joël la trouva là un peu plus tard, les yeux gonflés et rougis. Il lui fit signe de sortir sans faire de bruit de la chambre puis il la prit dans ses bras, respirant ses cheveux parfumés tandis qu'elle pleurait contre sa poitrine.

— Je suis désolée... Je ne savais pas...

— La plupart des gens ne savent pas.

— Je comprends pourquoi tu t'opposes tellement à mon projet.

Il la serra plus fort contre lui.

— J'aimerais tant que tu puisses réussir, Allegra.

Allegra se dégagea pour le regarder dans les yeux.

— Qu'est-ce qui s'est passé ?

— Méningite bactérienne à la naissance. Je suis né le premier, et la naissance de Jared a été retardée. Quand elle eut lieu, les séquelles étaient déjà irréversibles. S'il avait été le premier, c'est à moi que tu aurais donné à manger à la petite cuillère.

— Je l'aurais fait aussi, et j'aurais été contente de le faire.

— Tu sais quoi ? Je crois que tu es la première personne avec qui il me semble possible de m'engager. Quand tu es partie avec Jared, je me suis rendu compte que je t'aimais. Mais il faut me prendre avec tous mes bagages. Mes parents ne pourront pas continuer longtemps à s'occuper de Jared, et cela pose des problèmes auxquels il va falloir faire face.

— Mais si nous y faisons face à deux, le poids sera moins lourd. Je t'aime, Joël, et je veux partager ta vie.

— Il reste encore un problème non résolu entre nous.

— Kate Lowe a repris conscience aujourd'hui, dit-elle, comprenant à quoi il faisait référence. Elle ne se souvient de rien concernant l'accident, mais elle est prête à reprendre Tommy, quel que soit son état.

— Ma mère a réagi ainsi. On a conseillé à mes parents de ne pas ranimer Jared, mais elle n'a pas voulu en entendre parler.

— C'est pour cela que tu es contre la réanimation à tout prix ?

— Tu me donnes tort ?

— Non, je vois comment tu en es venu à tes positions. J'aurais sans doute fait la même chose. Mais je t'ai parlé de mon amie à l'université, Julie, qui a pris une overdose de somnifères après une rupture. Elle a été mise sous respiration artificielle pendant dix jours, puis on a conseillé à ses parents de débrancher le respirateur. J'ai toujours pensé que cette décision avait plus à voir avec la liste d'attente pour les dons d'organes qu'avec la situation de Julie.

— Si elle avait été reconnue en état de mort cérébrale, cela n'avait pas de sens de prolonger l'agonie.

— Oui, le médecin en moi le sait, mais je crois aux secondes chances. Julie en méritait une, comme Tommy.

— Même si, pour finir, il se retrouve comme mon frère ?

C'était une question à laquelle Allegra n'avait pas de réponse.

— C'est un risque. Certains parents sont prêts à le prendre, d'autres non. Je sais que c'est le plus mauvais moment possible pour en parler, mais me laisseras-tu travailler encore un peu avec Tommy ? Maintenant que sa mère est consciente, j'espère en savoir plus et réussir à atteindre son subconscient mieux qu'auparavant.

— Même si elle a essayé de se tuer avec lui ?

— Elle n'a pas essayé de se suicider, Joël, j'en suis absolument certaine, et la police aussi.

— Il y a eu de nouveaux développements dans l'enquête ?

— Oui. Les analyses de sang que tu as fait faire sur l'homme qui s'est noyé ont révélé le même cocktail de drogues que celui qu'on a trouvé chez Kate Lowe.

Joël sortit son téléphone de sa poche et appela quelqu'un qu'il connaissait au commissariat. En quelques minutes, il avait les informations qu'il recherchait.

— Devine chez qui travaillait régulièrement Terry Fowler ?

— Chez Serena ?

— Oui. Il s'occupait de l'entretien de sa piscine. La police est en train de l'interroger. Elle était bien la maîtresse de Lowe, et pas sa sœur, comme nous l'avions deviné.

— Si seulement Tommy pouvait reprendre conscience ! Il pourrait peut-être nous donner les pièces manquantes du puzzle.

— Il pourrait bien ne jamais se réveiller, Allegra. Il faut t'y préparer.

— Je sais, mais je ne peux pas m'empêcher d'espérer un miracle.

Il secoua la tête, mais cette fois sans moquerie.

— Je crois que c'est pour cela que je suis tombé amoureux de toi. Cela en soi est déjà un miracle ; cela ne m'était jamais arrivé.

— A moi non plus, répondit Allegra en lui offrant sa bouche pour un baiser.

19

— Allegra ! s'écria Kelly en la voyant arriver le lendemain matin. Viens vite voir !

— Quoi ?

— C'est extraordinaire ! Tommy a repris une activité cérébrale maximale !

— Quinze ? s'écria Allegra, stupéfaite.

— Quelqu'un des services d'urgence est passé déposer l'ours en peluche. Il n'est pas en très bon état, mais cela a l'air d'avoir marché quand même.

— Est-ce que Tommy a repris conscience ?

— Pas encore, mais je pense que si tu fais transporter sa mère dans sa chambre, cela ne va pas tarder.

— D'accord. Son père est-il venu ?

— Pas depuis que Kate a repris conscience. Je ne peux pas m'empêcher de penser qu'il est pour quelque chose dans tout cela. La police le recherche.

Allegra entra dans la chambre de Tommy et vit l'infirmière remonter la petite clé au dos de l'ours en peluche, avant de le replacer à la tête du lit. La jeune femme eut un petit sourire gêné.

— J'ai une fille du même âge. Il est si petit, mais il se bat quand même.

Lui adressant un regard reconnaissant, Allegra se pencha vers l'enfant.

— Bonjour, Tommy, ta maman va venir te voir tout de suite.

Tommy ouvrit brusquement les yeux et commença à se battre contre le respirateur, l'air terrifié, mais en tournant la tête, il aperçut l'ours en peluche à côté de lui. Aussitôt, il s'apaisa et referma les paupières. La bataille était gagnée.

En larmes, Allegra contemplait le petit garçon endormi quand Kate arriva.

— Mon Dieu ! Il est... mort ?

— Non, non, il est sauvé, Kate ! Vous avez réussi ! Vous l'avez ramené !

— C'est vous qui l'avez sauvé, répondit Kate en pleurant. Vous avez refusé de perdre espoir. Sans vous, mon fils ne serait plus là...

— C'est lui que nous devons remercier, alors, dit Allegra en indiquant le petit ours en peluche posé sur le lit. Il a fait tout le travail !

Quelques heures plus tard, Tommy était libéré du respirateur et racontait les derniers moments avant l'accident.

Serena était venue au chalet, se présentant comme une voisine. Kate lui avait proposé quelque chose à boire par politesse, et elle avait demandé une vodka orange, qu'elle avait même aidé à préparer. Tommy, qui n'aimait pas beaucoup la nouvelle venue, s'était réfugié dans sa chambre après avoir bu un verre de jus de fruits. Puis il était revenu en entendant une dispute entre la femme et sa mère et celle-ci avait quitté le chalet en l'emmenant. Il se rappelait qu'elle paraissait effrayée, et qu'au bout de quelques minutes, elle avait perdu le contrôle de la voiture. Par chance, Tommy ne se souvenait plus de rien ensuite.

Après l'avoir entendue, les policiers expliquèrent à Joël et Allegra ce qui s'était passé après.

Serena employait Terry Fowler pour nettoyer sa piscine. Après ce premier échec, elle lui avait proposé de l'argent pour assassiner Mme Lowe. Elle avait avoué avoir mis une triple dose de vodka et un cocktail de drogues dans le verre de Kate, ainsi que le meurtre de Fowler, qui lui réclamait toujours plus d'argent en échange de son silence.

D'après les policiers, Keith Lowe était totalement ignorant des agissements de sa maîtresse. Outre qu'ils avaient vérifié son alibi qui tenait debout, sa détresse, lorsqu'il avait appris les faits, les avait émus.

— Cela paraît incroyable qu'elle ait pu attaquer Fowler dans son propre jardin, remarqua Allegra. Elle devait savoir qu'elle serait immédiatement accusée.

— En apprenant que Kate sortait du coma, elle a pris peur, expliqua le policier.

Voyant Allegra frissonner, Joël l'attira contre lui pour la réconforter.

— Vous avez fait un travail magnifique avec le petit garçon, ajouta l'inspecteur en regardant Allegra. Lui apporter son ours était une idée de génie. Qui sait ce qui serait arrivé sans vous ?

— Allegra est un médecin hors pair, intervint Joël, voyant qu'Allegra était trop émue pour répondre. J'ai beaucoup appris en travaillant avec elle, et si cet hôpital est reconnu pour ses méthodes innovantes et ses excellents résultats, ce ne sera pas grâce à moi, comme je l'espérais, mais grâce à une jeune femme qui croit aux miracles.